문화 DNA의 관점에서 바라본 동아시아

BK21 Plus 중일언어문화교육연구단 학술총서 01

문화 DNA의 관점에서 바라본 동아시아

김준연 · 서승원 편저

역락

머리말

이 책은 고려대학교 BK21PLUS 중일언어・문화교육・연구사업단의 연구 성과물이다. 우리 사업단은 지난 2007년 대학원 중어중문학과와 일어일문학과를 중일어문학과로 통합하여 운영해왔다. 학과간 장벽이 높은 우리나라 대학 풍토에서 이는 매우 참신하고 획기적인 시도로 평가받았다. 특히 제2단계 BK21 사업에 참여하는 과정에서 세 차례(2007, 2008, 2011) '외국어부문 최우수 사업단'으로 선정되기도 했다. 이는 사업단 구성원들이 연구와 교육 방면에서 각고의 노력 끝에 얻은 결과라고 자부한다.

우리 사업단은 이러한 성과를 바탕으로 지난 2013년 BK21PLUS 사업에도 신청서를 제출했다. 이 과정에서 우리는 사업단의 현재를 돌아보고 미래를 설계하기 위한 수차례의 자체 점검 시간을 가졌다. 중일어문학과로 통합 운영해 온 약 6년의 시간 동안 혁혁한 성과도 적지 않았으나 중국과 일본을 통합적으로 연구한다는 사업단의 목표가 충분히 달성되었는지에 대해서는 적지 않은 회의감도 있었다. 이는 우리 사업단에 대한 자체 평가에서 평가위원들이 지속적으로 제기한 개선 요망 사항이기도 했다.

이를 고려하여 BK21PLUS 사업 준비팀은 차기 사업단의 비전과 목표 가운데 최우선 과제를 '통합 연구'에 두고 해결책을 모색하였다. 이를 위해 먼저 사업단의 비전을 새로이 검토하여 기존의 '중일어문학'에서 한 단계 더 나아간 '동아시아학'으로 설정하였다. 이러한 문제의식에서 사업단의 목표를 가늠한 결과 우리의 교육과 연구가 해결해야 할 과제는 다가오는 2030년 무렵에 성장과 팽창이 야기하는 도전에 능동적이고 선제적으로 대응할 수 있어야 한다는 것이었다. 또 새로운 '아시아의 세기'에 부합하고 전 세계의 동아시아학을 선도할 수 있는 것이어야 했다. 그러려면 각 전공 분야의 교육과 연구를 더욱 심화시켜 이질적인 요소들을 '통합(integration)'하고 새로운 방향을 제시하는 '혁신(innovation)'이 요구되었다.

'2030년 글로벌 동아시아학 선도'라는 사업단의 비전을 연구 방면에서 실현하기 위해서는 새로운 패러다임과 이슈가 필요했다. 그래서 우리 사업단은 새로운 연구 패러다임을 장시간 논의한 끝에 '중국·일본의 문화 DNA와 그 진화'라는 이슈를 연구의 통합 아젠다로 설정하기에 이르렀다. 이 개념은 중국과 일본의 언어, 문화, 교육, 지역학 등 광범위한 연구 대상을 내포한 것으로 이를 통해 우리 사업단의 비전이 충분히 구현될 수 있을 것이라는 판단이 작용했다.

진화론의 입장에서 문화를 진화하는 유기적 시스템으로 간주할 때, 문화에서 생물의 유전자에 해당하는 복제물을 '문화 유전자'라 하며, '문화 DNA'는 바로 이 문화 유전자의 본체를 이루는 내용이다. DNA의 이중나선구조가 암시하는 바와 같이 중국과 일본의 문화는 상호 영향을 주고받는 가운데 어떤 부분은 공통성을 띠기도 하고, 또 어떤 부분은 개별성이 두드러지기도 한다. 또한 문화 유전자는 생물학적 유전자와 달리 획득형질이 유전된다고 보기 때문에 통시적·공시적 연구뿐만 아니라, 진화론의 관점에서 미래 사회에 대한 전망도 제시할 수 있을 것이다.

문화 유전자에 대한 연구는 새로운 시도인 만큼 연구의 경계 설정과 방법론에서 새로운 연구 시스템의 확립이 요구되는 것이 사실이다. 우리 사업단에서는 이를 위해 다음과 같은 '이중 트라이앵글' 형태의 연구진행 방향을 제시하였다.

첫 번째 트라이앵글은 '문화 DNA'를 키워드로 연구 영역을 언어, 문학, 그리고 지역학의 3개 분야로 구별하되 이를 유기적으로 조화시켜 나가는 것이다. 이 영역에 공통으로 적용되는 '문화'란 생활문화, 언어문화, 대중문화, 정치문화, 경제문화, 정보문화 등을 아우르는 광범위한 개념을 가리킨다. 완성태로서의 '문명'과 달리 지속적인 생명성을 갖는 문화야말로 온존과 변화의 양면성을 지닌 학문 연구에 부합하는 개념이라고 할 수 있다. 주지하는 바와 같이 최근 세계 인문학의 최대 화두로 떠오른 것은 융합(convergence)과 초월(transcendence)이다. 이를 동역학적으로 해석하면 연구 영역을 모으는 동시에 펼쳐가는 것이다.

두 번째 트라이앵글은 연구 시각 면에서 개인, 국가, 그리고 동아시아라는 세 가지 층위에 대한 통시적 · 공시적 방법을 통한 유기적 조화를 말한다. 문화 DNA는 그 작동 원리를 생각할 때 시간적 연속성과 공간적 관계성 사이에서 파악되어야 한다. 유구한 역사를 지닌 동아시아는 왕조 시대로부터 근대국가를 거치며 각국이 개별적으로 고유한 문화 · 문명의 전통을 가지고 시대마다 교섭과 협력, 그리고 충돌의 관계 속에서 심오한 정신세계와 풍부한 문화 콘텐츠를 발전시키고 공유해왔다. 한자문화, 유교문화, 동도서기(東道西器)의 개항 과정, 전후 민족국가 수립 등의 과정에서 한중일 3국은 개별 국가로서의 특징과 '지역'으로서의 특징을 동시에 보여 왔다. 따라서 우리나라에서 진행되는 중국과 일본에 대한 연구는 3국의 개별적 특성을 규명하되, 한편으로 기나긴 역사의 시간을 자유롭게 넘나드는 통시적 연구와 광역화된 지역 공간을 오가는 공시적 연구가 조화를 이루어야 할 것이다.

우리 사업단에서는 '중국 · 일본의 문화 DNA와 그 진화'라는 통합 아젠다를 수행하는 첫걸음으로 2015년 2월 국제 워크숍을 개최하였다. 이 워크숍에는 한국, 중국, 일본, 독일 등지에서 초청한 국내외 저명 학자 7인과 우리 사업단 소속 대학원생 12인이 학술 강연과 논문 발표에 참여하여 문화 유전자의 시각으로 중국과 일본의 언어, 문화, 지역을 어떻게 다룰 것인지 심도 있게 논의하였다. 본서는 이 워크숍에서 발표된 17편의 강연・발표 원고 가운데 16편을 모은 것이다. 워크숍을 기획한 김준연 교수와 서승원 교수가 사업단을 대표하여 공동으로 편집을 맡았다. 편집자들은 원고를 정리하고 내용을 요약하여 워크숍의 취지와 성과를 분명하게 밝히고자 노력했다. 본서는 우리 사업단이 통합 아젠다인 '중국・일본의 문화 DNA와 그 진화'에 다가간 가시적이고 구체적인 첫 번째 발걸음이라는 점에서 큰 의미가 있다고 하겠다. 이를 밑거름으로 삼아 한층 더 심화된 연구가 진행될 수 있으리라 믿어 의심치 않는다.

2015년 7월

차 례

아젠다 국제 워크숍 발표 논문 • 205

글로벌 동아시아학을 향한 문화 DNA 연구

김준연 · 서승원

1. 문화 DNA 연구의 연원과 발전

문화 유전자 또는 문화 DNA[1]의 개념은 영국의 진화생물학자인 리처드 도킨스(Richard Dawkins)로부터 시작되었다고 할 수 있다. 그는 1976년에 『이기적 유전자(The Selfish Gene)』라는 책을 통해 다윈이 말한 자연선택의 단위를 종(種)에서 유전자로 변모시켰다. 그는 유전자 수준에서 볼 때 이기주의가 좋은 것이고,[2] 우리가 생명체라 부르는 '생존 기계'는 유전자라는 이기적 존재에 의해 지배된다고 주장했다.[3] 이를테면 동물의 행동은 그 행동을 담당하는 유전자의 생존을 극대화하는 경향을 가진다는 것이다. 도킨스는 이렇게 진화생물학의 관점에서 유전자의 특성을 고찰한 결과 인간의 문화적 전달이 유전적 전달과 매우 흡사하다는 인식을 갖게 되었다. 이를 설명하기 위해 그가 고안해낸 용어가 '밈(meme)'이라

1) 생물의 염색체 내에 유전자가 존재하고, 유전자는 DNA로 이루어져 있다.
2) 리처드 도킨스, 홍영남 · 이상임 역, 을유문화사, 2012, 89면.
3) 리처드 도킨스, 위의 책, 200면.

는 것이다. 도킨스의 설명에 따르면 '밈'은 문화 전달의 단위 또는 모방의 단위라는 개념을 담고 있다.[4]

도킨스의 뒤를 이어 '밈'의 개념을 발전시킨 이들로 리처드 브로디(Richard Brodie)와 수전 블랙모어(Susan Blackmore)를 꼽을 수 있다. 브로디는 1996년에 펴낸 책 『마인드 바이러스(Virus of the Mind)』에서 '밈 과학(memetics)'의 탄생을 알렸다. '밈 과학'이란 곧 문화적 정보의 전달을 진화론적으로 접근하는 학문의 체계를 말한다. 브로디는 '밈'을 "마음의 정보 단위로서 더 많은 마음에 자신을 복제한 밈을 퍼뜨리기 위해 사건들에 영향을 미치는 것"이라고 새롭게 정의했다.[5] 그는 훌륭한 밈 또는 성공적인 밈이란 사람들 사이에 쉽게 퍼지는 개념이나 믿음을 말한다고 전제하고, 위험, 먹을 것, 짝짓기와 같은 인간의 본능에 호소하는 밈이 그렇지 않은 밈보다 복제되고 확산될 가능성이 더 높다고 분석했다.[6] 또 밈이 본능뿐만 아니라 소속감, 차별화, 배려, 인정, 권위에 대한 복종과 같은 2차 욕구들을 활용한다고 주장했는데,[7] 이러한 통찰은 문화 DNA에 대한 이해를 심화시키고 응용하는 데 큰 역할을 한 것으로 평가된다.

영국의 심리학자인 수전 블랙모어는 1999년에 『밈(Meme Machine)』이라는 책을 통해 인간에게 탁월하고 보편적인 모방 능력이 있음을 자세하게 밝혔다. 블랙모어는 한 사람에게서 다른 사람에게로 전달되는 모든 것을 '밈'으로 정의하고, 모방 능력이 있는 인간이 '밈'의 이동에 꼭 필요한 물리적 숙주가 되었다고 보았다.[8] 블랙모어는 부모에서 자식으로 세대를

4) 리처드 도킨스, 위의 책, 322면.
5) 리처드 브로디, 윤미나 역, 흐름출판, 46면.
6) 리처드 브로디, 위의 책, 56면.
7) 리처드 브로디, 위의 책, 132-133면.
8) 수전 블랙모어, 김명남 역, 바다출판사, 2010, 44-45면.

거치며 종교가 전수되는 과정을 예로 들면서 밈 진화에서는 생물학의 유전자와 달리 획득형질이 유전된다고 하였다. 이는 문화의 전파가 생물의 유전과 비슷하면서도 다른 부분이라고 할 것이다. 또 그녀는 스티븐 핑커와 폴 블룸의 말을 빌려 우리 선조가 생물학적 진화보다 훨씬 빠르게 정보를 습득하고 전달함으로써 다른 종들과의 경쟁에서 결정적인 이득을 누린 것은 언어 덕분이라고 하였다.[9] 그러면서 일본의 문자를 예로 들어 밈 전달이 제일의 가치이고 영어가 압도적인 세상에서 일본이 경제적, 문화적 영향력만으로 고유의 문자 체계를 계속 지켜내기는 어려울 것이라는 전망도 내놓았는데,[10] 한중일 삼국이 모두 고유의 문자를 가지고 있다는 점에서 이목을 끄는 주장이 아닐 수 없다.

한편, 찰스 럼스덴(Charles J. Lumsden)과 에드워드 윌슨(Edward O. Wilson)은 1981년에 펴낸 책 『유전자, 마음, 그리고 문화 : 공진화의 과정(Genes, Mind, And Culture : The Coevolutionary Process)』을 통해 '유전자－문화 공진화 이론'과 더불어 문화 진화의 기본적인 전달 단위로서 '문화 유전자'의 개념을 제시했다. '유전자－문화 공진화 이론'이란 인류가 유전적 진화와 더불어 문화적 진화도 이루어냈으며 이 둘 사이에 긴밀한 상호작용이 있었다는 주장이다. 이때 중요하게 작용하는 원리가 '후성규칙(epigenetic rules)'이라는 것인데, 이것은 유전자 자체에 들어 있는 규칙이 아니고 문화에 의해 영향을 받는 인지적 신경회로와 함께 만들어지는 규칙을 말한다.[11] 이 이론에 대해 비판적 시각이 없는 것은 아니다. '공진화'라고는 하나 문화의 진화에서 주도권이 유전자에 있다고 보고 문화를 단지 선택이 일

9) 수전 블랙모어, 위의 책, 191면.
10) 수전 블랙모어, 위의 책, 374면.
11) 소광섭, 「유전자—문화의 공진화」, 『창작과 비평』, 2005년 가을호(통권 129호), 391-392면.

어나는 환경의 일부로 치부하여 문화의 자율성을 훼손했다는 지적이 그러하다.[12] 그러나 수렵을 위한 무기의 발달(문화)과 더불어 현대인의 신체(유전자)가 초기 인류보다 건장하지 않다는 등의 예를 간명하게 설명[13] 할 수 있다는 것이 공진화 이론의 장점이라고 여겨진다.

문화 유전자(DNA)와 관련된 국내의 선행연구 가운데 주목되는 두 편을 소개하고자 한다. 먼저 소개할 것은 한국국학진흥원에서 펴낸 『한국인의 문화유전자』[14]라는 책이다. 이 책의 머리말에서는 문화 유전자를 이렇게 정의하고 있다.

> 문화유전자는 습득과 모방을 통해 문화를 복제하고 전달하는 점에서 리처드 도킨스의 '밈(meme)' 개념을 수용하지만, 역사적 연속성, 사회적 공통성, 문화적 개성 등을 구체적인 문화권 단위에 적용한다는 점에서 '밈'을 발전시킨 개념이다.

이 책의 저자들은 2012년부터 한국 문화 유전자 포럼을 통해 한국인의 문화 유전자를 발굴하는 작업에 착수하여 그 결과로 어울림(조화), 흥(신명), 예의, 여유, 역동성(열정), 자연스러움, 공동체 문화(모듬살이), 한, 발효(숙성, 삭힘), 끈기(인내) 등을 한국인의 문화 유전자로 제시하였다. 이러한 연구성과는 향후 우리 사업단이 중국과 일본의 문화 DNA를 연구해 나가는 과정에서 좋은 참고가 되리라 여겨진다.

다음으로 살펴볼 것은 정재서 교수의 「동아시아로 가는 길-한중일 문화 유전자 지도 제작의 의미와 방안」[15]이라는 논문이다. 이 논문은 본

---

12) 정상모, 「유전자와 문화 : 후성규칙의 덫」, 『철학논총』 第59집, 2009, 123면.
13) 도모노 노리오, 이명희 역, 『행동 경제학』, 지형, 2007, 319면.
14) 주영하 외, 『한국인의 문화유전자』, 아모르문디, 2012.
15) 『중국어문학지』 제31집, 2009.

래 2009년 한중일비교문화연구소가 주최한 '제1회 한중일문화 국제 심포지엄'에서 기조강연으로 발표되었던 것이다. 정 교수는 이 글에서 한중일 문화코드 분석에 열중해온 이어령의 기획을 높이 평가하면서 그것이 동아시아 문화 공동체의 가능성과 유효성을 미시적으로 검증하고, 한중일 3국으로부터 시작하여 현실적인 접근법을 취하였으며, 문화 유전자 또는 문화코드의 개념을 도입하여 같고 다름을 분명하게 구분할 수 있게 되었다고 했다. 그리고 여기서 더 나아가 동아시아 문화 공동체 건립을 위한 선결과제가 한중일 공유 문화 유전자 지도 제작에 견줄 수 있다고 전제하고, 이러한 지도 제작이 실천에 옮겨질 때 동아시아를 보다 심층적으로 설명할 수 있는 가설을 마련하여 동아시아 여러 나라의 문화적 동질성과 차이를 더 심도 있게 설명할 수 있을 것으로 전망했다. 정 교수가 제안한 한중일 문화 유전자 지도 역시 우리 사업단의 아젠다인 '중국・일본의 문화 DNA와 그 진화'와 관련성이 높다고 생각된다. 이런 선행연구를 발판으로 삼아 연구의 심도를 더해가야 할 것이다.

2. 아젠다 국제 워크숍의 성과

(1) 국내외 저명 학자 강연

고려대학교 BK21PLUS 중일언어・문화교육・연구사업단에서 주최한 아젠다 국제 워크숍에서는 모두 17편의 강연과 논문 발표가 진행되었다. 여기서는 원고의 주요 내용을 요약하면서 워크숍의 성과를 점검하기로 하자. 먼저 국내외 저명 학자 6인의 강연에서 요지를 간추리면 다음과 같다.

우위핑(吳雨平) 교수의 강연 「동질화와 이질화 : 일본 한시와 중국 고전시가 전통」은 중국과 일본의 문학적 전통이 상호 융합되어 일본 한시(漢詩)를 탄생시켰다는 내용이 골자이다. 우 교수는 먼저 외래문화에 대한 일본 민족의 수용과 선택의 원리에 대해 설명했다. 일본이 외래문화를 수용하면서 위화감이나 경계심을 보이지 않는 까닭에 더러 맹목적으로 비칠 수 있으나, 그 이면에는 강한 민족적 자긍심이나 일본 고유의 국가의식 등이 선택과 수용에 크게 작용한다는 것이다. 그런 까닭에 일본 한시가 중국문학의 영향을 가장 깊고 직접적으로 받은 장르이긴 하지만 역사적으로 축적된 문화적 함의는 상당 부분 중국 고전시가와 다르다고 했다.

우 교수는 이런 일본 한시의 특징을 작가의 문체의식(文體意識)에서 찾고자 했다. 모든 문체가 그것이 가장 적합하게 표현할 수 있는 관념적인 내용을 갖는다고 할 때, 문화적 수준이 높은 일본인에게는 문체에서 두 가지 선택사항이 있었다. 그것은 바로 한시와 와카(和歌)로서, 일본인들은 한시를 통해 마음속에 품은 뜻을 표현하고 와카로는 인간에 대한 섬세한 감정과 자연에 대한 순간적인 깨달음을 노래했다. 일본 한시의 또 다른 특징은 그것이 일본인이 창작한 한시이기에 그들의 모국어인 일본어의 흔적이 남아 있다는 점이다. 이를 '화습(和習)' 또는 '화취(和臭)'라 부른다. 이는 비단 시어의 사용뿐만 아니라 제재나 미감에서도 나타나는 것으로서 일본 특유의 한시가 탄생하는 배경이 된다. 요컨대 일본 한시는 중국 고전시가에 대한 전적인 모방 단계를 거쳐 화취라는 독창적인 단계, 그리고 다시 한시와의 융합이라는 과정을 거치며 형식과 내용의 점진적인 조화를 추구해왔다고 했다.

왕샹위안(王向遠) 교수의 강연 「천 년간 일본 고대 문예이론의 흐름과 다섯 가지 논제」는 일본의 고대 문론이 중국의 그것을 받아들여 주체화하고 초월하기까지 천 년의 시간을 추적하여 그 사이에 확립된 다섯 가지 핵심 논제를 추출한 것이다. 왕 교수에 따르면 일본 고대 문론의 발전 과정은 전기, 중기, 후기의 세 단계로 나누어 살펴볼 수 있다. 전기는 나라 시대(710-784)부터 헤이안 시대(794-1192)까지로, 이 시기에 일본 문론은 중국 고전 문론을 학습하여 소화하고 얼마간 중국 문론을 넘어서기도 하였다. 중기는 가마쿠라 시대로부터 무로마치 시대까지 13~16세기의 400년간이다. 이 시기에는 창조적인 이론 개념과 명제가 한층 확립되고 공고해졌다. 후기는 에도 시대(1600-1868) 260여 년간이다. 이 시기에는 다수의 시화(詩話)와 시론 저술이 출현하여 이전의 문론 성과를 총결하였다.

왕 교수는 세계문학의 관점에서 볼 때 문론에도 '원생태(原生態)'와 '차생태(次生態)'가 있다고 주장했다. 외래의 영향 없이 자생적으로 생겨난 중국 문론이 원생태라면, 주로 중국 문론의 영향과 영감을 받아 형성된 일본 문론은 차생태라는 것이다. 먼저 보편성을 갖추고 차츰 여기에서 벗어나 특수성을 형성하는 것이 차생태적 속성이라고 할 때 일본 문론도 여기에서 예외가 아니라고 했다. 보편성과 특수성이라는 양면성의 특징을 지니면서 일본 문론이 천착해온 기본 문제를 왕 교수는 '위로[慰]'의 문학효용론, '유현[幽玄]'의 심미형태론, '사물에서 느끼는 슬픔[物哀]'의 심미감흥론, '고요함[寂]'의 심미태도론, '사물의 분란[物紛]'의 문학창작론으로 요약했다.

한편, 오가와 도시야스(小川利康) 교수의 「저우씨 형제와 일본문학－형제간 사상적 시간차－」는 친형제이자 공히 중국 근대문학에 중대한 영향을 미친 루쉰(魯迅)과 저우쭤런(周作人) 사이의 사상적 분기가 언제, 그리고 어떻게 발생했는가의 의문에 답하고자 한다. 부연하자면 둘은 성장환경과 학문적 배경이 거의 동일하며 게다가 일본유학을 경험했다. 하지만 1920년대 후반 이후 루쉰은 점차 마르크스주의에, 반면 저우쭤런은 전통 문화에 경도되게 된다.

위 물음에 대해 오가와 교수는 형제 사이의 이른바 '시간차'가 상이한 사상적 풍모를 낳았다고 주장한다. 여기서 시간차는 다음 세 인물로부터의 영향에 따라 다시 세분된다. 첫 번째는 시라카바파의 무샤노코지 사네아쓰(武者小路實篤)의 주장에 대한 루쉰의 회의적 자세와 저우쭤런의 전면적 긍정의 자세, 두 번째는 퇴폐파의 구리야가와 하쿠손(廚川白村)에 대한 루쉰의 전면적 부정과 저우쭤런의 공감, 마지막으로는 아리시마 다케오(有島武郎)에 대한 평가의 차이다.

왕즈쑹 교수의 강연 「'소설의 발달'에서 '신문학의 원류'까지－저우쭤런 문학사관과 나쓰메 소세키 문예이론－」은 나쓰메 소세키(夏目漱石) 문학의 애호자였던 저우쭤런(周作人)이 1932년에 펴낸 『중국 신문학의 원류(中國新文學的原流)』와 나쓰메 소세키의 『문학론』이 어떤 관련성을 가지고 있는지 분석한 것이다. 저우쭤런의 「일본 근 30년 소설의 발달」은 당시 중국 학계와 문단에 새로운 문학관을 도입했다고 평가받는데, 그는 여기서 나쓰메 소세키의 문학적 주장을 '여유론(餘裕論)'이라고 규정한 바 있다. 『현대일본소설집』에서도 저우쭤런은 이러한 여유가 있어야만 일어나는 사건과 정서 또한 여전히 생생한 인생이 된다고 서술했다. 이런 생각은 1918년 '인간의 문학'을 주장하던 당시의 문학적 주장과는 차이가 있는 것으로서 '예술 독립론'으로 나아가는 단초가 되었다는 점에서 나쓰메 소세키에 대한 저우쭤런의 관심에 주목할 필요가 있다는 것이다.

왕 교수는 저우쭤런이 나쓰메 소세키의 『문학론』을 번역한 책에 서문을 썼다는 사실도 중요하다고 보았다. 저우쭤런은 『중국 신문학의 원류』

에서 “심리학이나 역사 등을 응용하여 문학을 분석하는 것”이 과학적 연구법이라는 관점을 피력했는데, 심리학을 활용하여 문학을 연구해야 한다는 주장이 담긴 대표적인 저작이 바로 나쓰메 소세키의 『문학론』이라는 것이다. 저우쭤런의 『중국 신문학의 원류』와 나쓰메 소세키의 『문학론』이 일맥상통하는 점은 이뿐만이 아니다. 저우쭤런이 문예사조 추이의 동력을 ‘반동(反動)’에 둔 것은 나쓰메 소세키가 ‘천재의 암시’와 ‘대중의 싫증’을 언급한 것을 연상케 하고, 저우쭤런이 신문학의 근원을 찾아 선진(先秦) 시기까지 거슬러 올라간 것은 나쓰메 소세키가 대부분의 문예사조가 전통적인 것 위에서 탈바꿈한다며 현재주의를 거부한 것과 흡사하다는 점에서 그러하다고 했다.

이경철 교수의 강연 「한일 한자음 대조 연구의 비교음운사적 조명」은 한국한자음과 일본 오음(吳音)・한음(漢音)의 대조 연구에서 논의의 대상이 되는 몇 가지 점들을 비교음운사의 각도에서 조망한 것이다. 한국한자음과 일본의 오음・한음은 중국 중고음(中古音)을 모태로 하고 있는 까닭에 모든 한자가 대응관계를 이루고 있다는 것이 이 테마의 출발점이다. 이 교수는 대응관계를 이루고 있다는 사실이 양국어의 한자음 체계, 양국어 음운사, 중국 중고음 연구, 양국 음성음운 교육 등 여러 방면에 효용 가치가 크다고 역설했다. 한국한자음은 5세기 남북조음(南北朝音)을 반영하는 오음의 체계와 유사하여 진음(秦音)을 반영한 한음과 다르다는 점을 지적하면서, 일본 오음과 한음은 그 모태의 시기가 분명하여 한국한자음을 각 운별로 일본 오음・한음과 대조분석하는 것이 한국한자음의 모태를 밝히는 가장 효율적인 방법이라고 했다.

이 교수는 우리가 일상생활에서 접할 수 있는 비근한 예를 여럿 들었다. 예컨대 ‘일본(日本)’을 ‘니혼’으로 발음하고 ‘한국(韓國)’을 ‘칸코쿠’로 발음하는 이유라든지, 15세기 이후 한국어에서 'i 모음첨가현상'이 일어나 '腦'를 '노'가 아닌 '뇌'로 발음하는 이유를 음운학적으로 설명했다. 이 밖에도 한국어의 구개음화와 치음계(齒音系)에 걸친 단모음화, 일본어 연성(連聲)과 연모음(連母音)의 장음화가 의미하는 것, 설내입성자(舌內入聲字)의 규정 등에 대해서도 최신 연구성과를 소개했다. 특히 '수출(輸出)'을 일본어에서는 왜 '유슈츠'로 발음하는가라는 문제를 예로 들어 한일 비대응한자음의 단면을 보여준 것도 매우 흥미롭다. 또 한국한자음이 5세기부터 8세기까지의 중고음을 모태로 하고 있기 때문에 중고음 재구에도 좋은 재료가 된다는 점도 참고할 만하다.

김문경 교수의 강연 「근대 이전 한중일 문화교류 및 국가관의 충돌」은 아마 금번 학술대회의 취지와 연구 아젠다의 방향성에 가장 부합하는 내용이 아닌가 싶다. 그는 최근 한중일 삼국 간의 정치적 갈등을 볼 때 동아시아 공동체로 가는 길이 매우 험난할 것으로 예상된다고 전망한다. 여기서 매우 독특한 견해는 이러한 갈등이 근대사에서 비롯된 것만이 아니라는 점이다. 다시 말하면 동아시아 문화권은 고대로부터 시작하여 원래 갈등을 안고 있었다는 것이다.

그는 이 가설을 검증하기 위해 한문 훈독을 중심으로 한 동아시아 각국의 언어관 및 그로부터 파생한 국가관, 세계관을 구체적인 사례로 살펴본다. 이를 통해 한중일 삼국이 공히 자국 중심적이고 자국을 천하로 여기는 대국의식을 체화시켜 왔으며 따라서 이러한 자기중심적 세계관의 상호충돌이야말로 동아시아 공동체를 실현하는 데 있어서 가장 큰 장애물이라는 것이다. 물론 자기중심적 세계관이란 시각을 달리하면 주체적 세계관이라고도 할 수 있으며, 이가 반드시 공동체 실현에 장애가 되는지는 좀 더 엄밀한 검증이 필요하다. 그럼에도 불구하고 고대 한중일의 언어관, 국가관, 세계관 등에 관한 비교 연구는 고대뿐만 아니라 21세기 현재까지 아우르는 시기로 확장하여 연구할 만한 충분한 가치가 있을 것으로 사료된다.

(2) 사업단 소속 대학원생 논문 발표

이어서 우리 사업단 소속 대학원생 12인이 발표한 연구논문 10편의 내용을 살펴보기로 한다. 특히 첫머리에 소개하는 두 편은 중국문학과 일본문학을 전공하는 대학원생 2인이 한 팀을 이루어 공동 연구를 진행한 결과라는 점에서 고무적이라 여겨진다.

이지민과 김지혜가 공동 발표한 「중일 민간설화의 극화 과정 비교」는 중국의 백사(白蛇) 고사가 경극 「뇌봉탑전기(雷峰塔傳記)」로 발전해간 과정과 일본의 안친·기요히메(安珍·清姫) 전설이 가부키 「교가노코무스메도죠지(京鹿子娘道成寺)」로 발전해간 과정을 비교 검토한 것이다. 공동 연구자들은 「뇌봉탑전기」과 「무스메도죠지」가 '사녀(蛇女)'를 모티브로 취하여 민간설화를 희곡 작품으로 발전시켰다는 공통점을 보이는 것에 착안하였다. 그러면서도 이후의 발전 과정에서 두 작품이 각국의 독자적인 문학적 토양, 역사, 사회문화적 차이 등에 의해 서로 다른 내용으로 변모한 것에 주목하고 그 원인을 두 가지로 분석했다. 첫째는 극예술의 발달 방향에 차이가 있다고 했다. 중국의 경우 극예술이 도시의 발달과 시민계층의 저변 확대를 통해 발전하면서 그 내용 역시 다분히 대중의 희망사항을 반영하는 쪽으로 나아간 반면, 가부키는 유곽문화와 결부되어 관객들에게 미적인 감흥을 주는 것에 중점을 두었다. 둘째는 여성에 대한 적대감 해소 방식에 차이가 있다고 했다. 경극에서는 아름답고 헌신적인 여성이 남성 주인공과 행복을 결말에 이르는 방식을 취한 반면, 가부키에서는 남존여비의 봉건적 사고에 큰 변화가 없어 여성에 대한 태도가 시종일관 부정적이라고 했다.

박지현과 고명주가 공동 발표한 「고전을 통해 본 중일 여성의 미적 주체성 비교」는 중국 여성의 전족(纏足)과 일본 여성의 화장(化粧)을 중심으로 고전문학에 반영된 여성의 미의식과 주체성을 비교 분석한 것이다. 여성의 발을 기형적으로 작게 만드는 중국의 전족 문화는 그 가학성으로 인해 대표적인 악습으로 비판받아왔다. 그러나 전통 사회에서는 여인의 작은 발이 찬미의 대상이 되었던 까닭에 중국 고전문학에서도 자주 묘사의 대상으로 삼았다. 예컨대 명대 말기의 소설 『금병매(金甁梅)』에서는 여주인공 반금련(潘金蓮)의 작은 발을 성적 욕망의 상징으로 적극 활용하고 있고, 청대의 소설 『홍루몽(紅樓夢)』에서도 만주족 여인들이 전족을 선호한 대목이 발견된다. 청대 말기로 가서는 전족의 가학성과 야만성이 부각되기 시작해 『경화연(鏡花緣)』과 같은 소설은 전족 문화를 맹렬하게 비난하기도 했다. 중국의 전족처럼 일본 여성의 미의식을 지배한 것은 이른바 '얼굴 감추기'이다. 이는 화장 등으로 얼굴에 안료를 바르고 형태를 변형시키거나 제거하는 행위를 말한다. 이런 화장은 『만요슈(萬葉集)』에 보이는 초승달 모양의 눈썹에 대한 묘사나 노멘(能面)의 형태에서 사례를 엿볼 수 있고, 『겐지모노가타리(源氏物語)』에서도 주인공 히카루 겐지가 정인(情人)인 무라사키노우에의 이를 검게 만드는데 이 또한 여성을 소유물로 여기는 남성의 욕망이 투영된 결과로 풀이된다.

최혜선의 「양계초 저작에 출현한 일본어 차용어 연구 : '청의보'『淸議報』를 중심으로」는 사회주의, 형법, 화학 등 근대 이후 중국 측이 일본어 어휘로부터 수용한 한자에 주목한다. 그 가운데에서도 양계초가 중심이 된

청의보의 역할이 중국 측은 물론 한국에까지 지대한 영향을 미쳤다고 주장한다. 여기서 일본어 어휘의 전파 및 수용의 중요한 메커니즘이 바로 '차용'이다. 즉 일본인이 만들었거나 중국고전에서 차용한 한자를 다시 중국인이 차용하는 방식을 말한다. 같은 한문을 사용함으로 일본어 습득이 비교적 쉬운 점, 차용의 경우 단어를 선별적으로 사용하거나 적지 않게 의미를 변화시키는 점, 또한 같은 단어라 하더라도 역사의 흐름에 따라 의미의 확대·축소가 동반되는 점 등에 대한 분석이 매우 시사적이다.

김은주가 발표한 「韓·中·日 사동의 유형론적 대조」는 언어 유형론적인 관점에서 한국어, 중국어, 일본어의 사동(使動) 형식을 비교 분석한 것이다. 언어 유형론에서는 사동의 유형을 형태적 사동, 어휘적 사동, 통사적 사동 등으로 분류한다. 형태적 사동은 접사의 첨가나 굴절을 통해 사동을 표현하는 것인데 한국어와 일본어에는 존재하나 고립어인 중국어에는 존재하지 않는다. 한국어의 형태적 사동은 주로 용언의 어간에 '-이-, -히-, -리-, -기-, -우-, -구-, -추-'가 결합하는 형태로 이루어지고, 일본어의 형태적 사동은 접사 '-(s)ase-'가 첨가되어 규칙적으로 실현된다. 어휘적 사동은 하나의 동사로 사동 사건과 피사동 사건을 동시에 표현하는 것으로 한·중·일 각 언어에 모두 존재한다. 한국어는 '보내다'와 같은 사동사를 활용하거나 '(-)하다'를 '(-)시키다'로 치환하여 어휘적 사동을 구현한다. 중국어는 주로 결과보어의 구조를 바탕으로 실질 의미를 가지고 있는 어휘 형태소가 결합하여 사동의 의미를 나타낸다. 일본어는 비사동형으로부터 불규칙적인 방법으로 사동을 형성하여 어휘부에 등재할 필요가 있으므로 다소 비생산적이다. 통사적 사동은 사동 사건과 피사동 사건이 통사적으로 구분되어 표현되는 것으로 한국어와 중국어에는 존재하나 일본어에는 존재하지 않는다.

허설영이 발표한 「현대중국어 시간부사 '就/才'와 '了2'의 공기 현상 고찰-한국어와의 비교를 중심으로-」는 현대중국어에서 시간부사 '就'는 '了2'와 공기할 수 있지만 '才'는 그렇지 않은 점에 주목하여 이런 현상을 한국어와 비교 분석한 것이다. 시간부사가 지니고 있는 두 가지 중요한 자질은 시간의미와 주관성이다. 이런 관점에 의하면 '就'는 '짧은 시간 내에 곧 발생할 것'이라는 시간의미와 더불어 '화자의 심리적 기준치 초과'라는 주관성을 가지고 있다. 이에 비해 '才'는 '사건 상황이 방금 전에 발생하였음'이라는 시간의미와 더불어 '화자의 심리적 기준치 미달'이라는 주관성을 가지고 있다. 이를 한국어와 비교하면 '就'는 '곧', '바로'(시간의미), 그리고 '벌써'(주관성)와 대칭을 이루고, '才'는 '겨우', '이제야'(주관성)와 대칭을 이룬다. '了2'는 '화자의 기준에 부합하거나 초과'라는 주관성을 지니고 있는데, 이는 주로 '就'의 주관성과 일치한다. 그래서 '就'와 '了2'의 공기는 일반적인 반면 '才'와 '了2'의 공기는 여러 제약이 따른다. 중국어의 '了'에 해당하는 한국어는 선어말어미 '-었-'이다. 그런데 중국어의 '才'가 대부분의 경우 '了2'와 공기할 수 없는 것과 달리 한국어의 '겨우'와 '이제야'는 이미 발생한 사건을 나타내는 문장에서 '-었-'과 공기할 수 있다.

박창욱이 발표한 「츠쯔젠(遲子建) 소설 『위만주국(僞滿洲國)』 속 '만주서사'의 의의」는 중국 헤이룽장(黑龍江) 성 출신의 여류 소설가인 츠쯔젠의 소설 『위만주국』에 대한 분석을 통해 '만주서사'에 담긴 의의를 논한 것이다. 박창욱은 먼저 『위만주국』이 갖는 '기록 소설'로서의 특징에 주목했다. 둥베이(東北)는 작가 자신의 '향토'이자 '국토'이기도 한데, 1930년대의 만주는 일본군 점령 지역이었다. 츠쯔젠은 권력 주체에 의한 점령지의 변동상을 당시 만주국에서 살았던 복합민족의 입장에서 고찰했다. 츠쯔젠의 『위만주국』이 평론가들로부터 호평을 받을 수 있었던 이유는 자칫 조작된 역사 기술로 전락하기 쉬운 '만주서사'에서 이념적 균형감각을 유지했기 때문이다. 이어서 살핀 것은 작중 인물에 체현된 각기 다른 민족성과 정체성 문제이다. 만주국은 14년 동안 식민지가 아니라 일본의 부속국가로 존재한 특이한 지역이었다. 그래서 『위만주국』은 '만주국민'으로서 '혼종의 공동체적 삶'을 살아야 했던 사람들의 정체성에 대한 처절한 고민을 담고 있다. 한편 소설 『위만주국』은 '역사 소설'로 해석될 수 있는 여지도 충분히 가지고 있다. 만주국을 응시한 작가의 역사적 재구축 과정과 문학적 상상력이 함께 담긴 결과물이라고 판단되기 때문이다. 이런 여러 가지 면에서 『위만주국』은 '봉합되지 않은 동아시아의 슬픈 기억'을 다시 끄집어낸 작품이라고 할 것이다.

장만니의 「국제교류기관의 중일비교－재외공관문화처와 해외문화센터를 중심으로－」는 최근 각국 정부가 강조하는 '공공외교'의 시점에서 중일 양국의 재외공관 활동을 사례로 비교·분석한다. 필자가 특히 주목하는 것이 일본 재외공관 홍보문화센터, 일본문화센터, 중국 재외공관 문화처, 중국문화센터이다. 이를 통해 다음 세 가지가 주된 차이점으로 제시된다. 첫째, 일본 측의 관련 예산이 정부 예산 중 0.005%를 유지하고 있는 데 반해서 중국 측의 예산은 급속히 확대되고 있으며 어림잡아도 일본 측 예산의 4배에 달한다. 둘째, 재외대사관문화처의 경우 일본은 외무성 산하에서 외무성 예산으로 운영되는 데 반해, 중국은 외교부 산하이지만 문화부 예산으로 운영된다. 셋째, 일본의 공공외교가 예산상의 제약으로 인해 갈수록 축소되고 있는 데 비해 중국의 공공외교는 국력의 상승과 더불어 폭발적으로 확대되고 있다.

김욱의 「일제 '외지' 고등교육기관의 문예활동에 대하여－조선과 대만의 일본어 문예잡지를 중심으로－」는 식민지 시기 조선과 대만의 고등 교육기관에서 일본어로 이루어진 문예활동과 그에 따르는 제반 현상을 규명하는 것을 목적으로 한다. 검토대상으로 하는 것은 경성제국대학, 대북제국대학, 그리고 대북고등학교의 문예잡지들이다. 당시 동 교육기관이 식민지인과 내지인이 병존하는 혼종의 아카데미즘을 형성하고 있었다는 점, 식민자와 피식민자 사이에는 엘리트 의식과 교양주의가 공유되어 있었다는 점, 오늘날 한국과 대만의 식민지 시기 일본어문학에 대한 인식은 1920-30년대부터 이미 나타나고 있었다는 지적 등이 흥미롭다. 필자가 결론 부분에서 언급하고 있는 것처럼 식민지 시기 엘리트들의 대일의식이나 식민지 지배에 대한 인식이 문예잡지들뿐만 아니라 그 외의 저술이나 매체에 어떻게 나타나고 있는지 보다 종합적인 연구로의 발전이 기대된다.

한원미의 발표문 「근대 서간문의 양상－국정교과서 '국어독본'의 편지글과 민간 학습서 척독문을 중심으로－」는 근대 일본어 학습서 연구의 일환으로 한국에서 발행된 일본어 서간문 중 총독부에서 발행한 국정 교과서에 실린 편지문과 민간 척독문(편지를 쓰기 위해 편지 문구를 모아놓은 예문집을 말함)의 비교를 통해 서간문의 특징을 밝힌 것이다. 이 비교를 통해 두 차이점을 지적하고 있다. 하나는 언어적 측면에서 척독문이 100% 문어체로 구성된 데 비해 편지문은 구어체와 문어체의 혼용으로 구성된 점, 다른 하나는 내용적으로 전자는 일상생활에 주된 내용인 데 비해 후자는 공식적인 예의 표현이 많았던 점이다.

김남은의 「요시다 시게루(吉田茂)의 아시아 인식」는 전후 일본에 근간이 되는 대외전략의 레일을 깔아놓은 요시다 수상의 아시아 인식에 초점을 맞춘다. 사실 필자가 언급한 바와 같이 요시다에 관한 수많은 연구가 있지만 요시다의 아시아 인식 및 정책에 관한 연구는 비교적 등한시되어 왔다. 요시다의 전략적 인식이 전시 중의 군국주의자들과 많은 부분에서 의견을 달리하면서도 오이 겐타로의 조선제방론이나 야마가타 아리토모의 조선이익선론과 같은 논리를 공유한다는 필자의 지적은 요시다가 제창한 국제협조주의가 어디까지나 수단적인 것이었음을 알 수 있게 한다. 덧붙여 요시다의 중국인식 또한 문명세계에 속하는 일본과 그렇지 않은 아시아라는 틀, 즉 전전의 아시아 인식에 기인한다는 언급도 흥미롭다. 근대화의 선후(先後) 경험을 통해 자국과 타국의 서열을 구분하는 다분히 위계적인 국제질서관을 반영하는 것으로 적어도 메이지 시기 이후 현재에 이르는 기간을 대상으로 한 국가엘리트 연구의 필요성을 느끼게 하는 유의미한 논문이다.

3. 글로벌 동아시아학을 위한 포석

앞으로 글로벌 동아시아학이 어떠한 지향점을 가져야 하는가라는 문제에 답하기 위해서는 먼저 현재까지 우리가 기울여 온 노력을 냉정하고 엄격하게 평가하는 일이 선행되어야 한다. 그간 고려대학교 대학원 중일어문학과는 실질적으로 다섯 개의 전공분야를 중심으로 운영되어 왔다. 중국연구의 계통을 잇는 중국어학과 중국문학, 일본연구의 계통을 잇는 일본어학과 일본문학, 그리고 중국연구과 일본연구를 횡단하는 중일비교문화 전공이다. 2절을 차분히 들여다본 독자라면 익히 짐작할 수 있을 것인데, 앞서 언급한 아젠다 국제 워크숍의 구성과 내용은 기존의 다섯 가지 전공분야를 유기적으로 재구성하기 위한 적극적인 시도의 결과였다. 중국어학과 일본어학이 서로 공유할 수 있는 공통분모를 도출해내는 일, 중국문학과 일본문학의 접점(接點)이 어디에 있는지 확인하는 일, 그리고 중일비교를 통해 새로운 연구 아젠다의 가능성을 엿보는 일 등이 그것이다.

국내외 저명학자들의 강연 내용은 워크숍 기획자의 입장에서 보면 비교적 만족할 만한 수준이었다. 첫째, 중일 어학 및 문학을 '비교' 연구할 경우 그 재료가 지천에 널려있음을 확인했다. 예를 들어 우위핑 교수는 일본 한시와 중국 고전시가를 비교했고, 오가와 도시야스 교수와 왕즈쑹 교수는 저우쭤런을 중심으로 한 중국근대문학자와 당시 일본문학의 상호교류를 추적했다. 고대 이래 한자음이 중국, 한국, 일본에서 각각 어떻게 이동하고 재구성되었는지를 밝히는 이경철 교수의 발표는 타 전공자가 듣기에도 매우 흥미진진한 내용이었다.

둘째, 어학과 문학 분야에서의 중일 비교 — 물론 중국과 일본 어느 한쪽에 좀 더 무게중심을 두어도 무방하리라 생각되지만 — 는 공동연구 형태로 추진할 경우 상당한 연구 성과를 낼 수 있을 것이란 기대감을 갖게 했다. 중일 민간설화 비교라든가 중일 여성의 미적 주체성 비교, 한중일 사동의 유형론적 비교, 그리고 국제교류기관의 중일비교 등 대학원생들의 발표는 1-2개월에 걸친 짧은 준비 기간임에도 불구하고 성공적인 공동연구, 학문적으로도 유의미한 비교연구가 가능함을 보여주었다.

셋째, 물론 앞으로 해결해 나가야 할 과제도 적지 않게 눈에 띄었다. 예를 들어 김문경 교수가 발표한 동아시아 언어관, 국가관, 세계관 비교는 우리가 지향해야 할 동아시아학의 횃대와 같은 존재가 아닐까 한다. 이는 김문경 교수가 고대사 연구에서 저명한 국제적 석학이기에 가능한 것일지도 모른다. 그에 비해 현재 우리의 연구 경향은 중국이나 일본이란 어느 한 나라를 연구해온 관성을 강하게 지니고 있다. 중국어와 일본어에 공히 능통한 연구자도 많지 않다. 일거에 김문경 교수와 동일한 방식으로 연구할 수는 없는 노릇이다.

그렇다면 과연 어디에서 그 돌파구를 찾아야 하는가. 현실적인 방안으로 생각할 수 있는 것이 중국연구와 일본연구를 횡단하는 중일비교문화 전공이 기동전을 펼치면서 앞장을 서고 어학과 문학이 진지전을 전개하면서 기반을 다져나가는 방식이다. 전자가 모색, 실험하는 역할이라면 후자는 전자의 성과를 토대로 하여 학문적 외연을 넓혀나가는 역할을 말한다. 이를 위해서는 동 전공에 대한 전임교수들의 관여가 대폭 증대되어야 하며, 지속적인 논의나 검토를 거쳐 계발적이고 선도적인 교육 및 연구 방침이 마련되어야 한다. 이 과정에 대학원생들이 중국, 일본에 대한 기초적 지식을 충분히 소화·응용할 수 있는 능력을 배양함과 동시에 양국어 구사 능력도 더불어 구비하게끔 지도해야 할 것이다.

학위논문에 있어서 필자의 경우 대학원생들이 가능하면 중일관계나 중일비교 연구에 관련된 것을 작성하도록 유도하고 있다. 이는 대학원생의 입장에서 보면 상당히 벅찬 일이다. 중국어는 물론 일본어로 된 문헌을 참고해야 하고, 본격적인 연구에 앞서 양국의 관련 지식을 흡수하는 데도 적지 않은 시간을 투자해야 한다. 이를 극복한다 하더라도 그 다음에는 좀 더 큰 장애물이 버티고 있다. 중국연구, 일본연구 공히 상이한 연구풍토와 지향성, 그리고 방법론을 갖고 있다. 이는 결국 연구의 주체성 문제로 해소해 나갈 수밖에 없을 것이다. 이른바 '동아시아론'이 제기된 지도 20여 년의 세월이 흘렀다. 일본 측에서 먼저 제기되고 한국, 그리고 최근엔 중국 측에서도 이에 호응하는 형태이다. 하지만 필자의 과문인지 모르나 여전히 본격적인 궤도에는 오르지 못하고 있는 것 같다.

동아시아 공동체를 지향하든 자율이나 독립과 같은 가치를 지향하든 기존의 동아시아론의 외연을 실질적으로 확대시켜 나가면서 주체성의 문제에 대해서도 지속적으로 고민해나가야 하지 않을까 생각된다.

아젠다 국제 워크숍 강연

동질화와 이질화 : 日本 漢詩와 中國古典詩歌의 傳統

우위핑(吳雨平)

한 국가의 역사는 줄곧 詩歌라는 化石에 응축된 채 누군가가 발굴해 그 안에 담겨 있는 모든 문화적 기억들을 해독해줄 것을 기다리고 있다. 서기 8세기 초 일본인들이 한자를 빌려 완성시킨 『古事記』와 『日本書記』는 구비문학이라는 전승방식의 한계에 갇혀 있던 일본문학을 문자를 기반으로 하는 기록문학의 길로 들어서게 했다. 8세기 중엽에 한시집인 『懷風藻』의 편찬과 발간은 일본문학을 중국문학과 한층 더 결속시켰으며, 이로부터 고대 일본문학의 모든 역사는 새로 쓰였다. 중국과 일본의 문학적 전통의 상호융합 없이는 일본 한시도 존재할 수 없었던 것이다. 중국문학전통에 대한 일본 한시의 직접적인 계승은 漢詩라는 문체에 대한 일본 한시 작가들의 기본적인 인식으로부터 출발했다. 또 한시 창작에 끼친 일본문학 전통의 영향 역시 외래문화에 대한 일본민족의 수용태도와 방식을 구체적으로 보여준다.

1. 外來文化에 대한 일본민족의 수용과 선택원리

두 개의 기본적인 연구방법으로서 비교문학의 '영향연구'와 '평행연구'가 일찍이 학술계에서 수용될 무렵 王向遠 선생은 '傳播硏究'로 '影響硏究'를 대체해 프랑스 학파의 연구경향과 특징을 개괄할 수 있다는 주장을 제기한 바 있다. 그에 따르면 반 디건(Paul V-an Tieghem) 등이 소개한 국제문학 사이의 '경유루트'에 대한 연구는 '국제문학관계사'에 대한 연구 및 방법론으로, 엄밀히 말하면 모두 '傳播硏究'의 방법론이라고 할 수 있다. 소위 '影響'이란 관계를 전제로 한 개념이므로 정신적이고도 심리적인 현상으로 존재한다면 '傳播'는 정보가 유동하는 과정이라고 할 수 있는 것이다. 한마디로 '影響'이 형태가 없는 것인데 반해 '傳播'는 흔적을 갖는 것으로 전자가 흔적이 없는 것에 반해 후자는 일정부분 흔적을 지닌다. 이런 맥락에서 그는 특히 傳播硏究에 따른 客觀性과 外在性을 강조한다.

그것은 외재적 사실과 역사적 사실에 기초한 문학의 관계에 대한 연구로 프랑스 학파가 진행했던 것처럼 본질적으로는 문학교류사에 대한 연구이다. 그 연구관심은 국제문학관계사와 관련해서 특히 한 나라의 문학이 다른 한 나라로 전파된 경로, 방식, 매개체, 효과 및 반응 등 기본적인 사실들이다. 그리고 연구방법은 역사학적이고 사회학적이며 통계학적이고 실증적인 방법들이다. 이는 문학사회학에 대한 연구로 문학의 외재적 관계연구에 대한 범위에 속한다.[1)]

이러한 관점에 대한 학계의 수용현황이 본 논의의 중심은 아니다. 그

---

1) 王向遠, 「論比較文學的"傳播硏究"」, 『南京師範大學文學院學報』 2002年 第2期.

러나 만일 傳播硏究라는 개념을 가지고 일본한시와 중국고전시가의 관계를 설명한다면 그것은 의외로 아주 적절하다. 발생학의 관점에서 보자면 중국문화에 대한 일본의 태도는 처음에는 일종의 자각적이고 의식적인 수입행위로 일본에 대한 중국문학의 전파에는 명백한 전파과정이 존재하고 있다. 백제를 매개로 한 전적의 수입이나 隋·唐으로의 사절파견, 그리고 元·明으로 들어간 승려들 등과 같은 유형의 매개수단을 빌린 인적교류나 서적교역 등 일본 한시의 기원 및 발전과 중국고전시가의 사이에는 매우 명료한 과정과 핵심적인 사건 그리고 경로가 존재하고 있다. 문학수용의 효과라는 관점에서 보자면 중국의 고전시가가 일본에 전해진 후 한자라는 공통분모로 인해 일본인들은 번역을 거치지 않고도 중국고전시가의 본질을 직관적으로 느낄 수 있었다. 일본인이 창작한 한시는 비록 중국고전시가를 모방한 것이 아니며 훗날 부분적인 개조를 거쳐 일본화 함으로써 일본시가의 체계를 구성하는 중요한 한 부분을 이루게 되지만 이들은 여전히 기본적으로 格律·意象·情趣라는 중국고전시가의 규범들을 답습했으므로 중국인들 역시 번역의 과정을 거치지 않고도 이들을 바로 읽고 느낄 수 있다.

최근 일본 학자들은 일본한시의 다양한 출처에 대한 세밀한 연구를 통해 그것들이 중국의 어떤 시에서 유래했는지 그 기원을 밝혀냈다. 엄밀히 말하자면 이와 같은 출처연구는 실제로는 문학의 영향에 관한 연구가 아니라 문학의 전파에 대한 연구로 전파된 작품의 상태와 결과에 대한 연구로서 影響硏究를 위한 일종의 선행연구라고 할 수 있다. 따라서 중국고전시가는 어떻게 일본에 전파되었는가? 일본에 전파된 이후 왜 일본인들에게 수용되었는가? 그리고 어떻게 일본의 한시 작가들에게 이용되고 개조되었는가? 등이 본문의 주요내용을 이룰 것이다.

이것은 일본이 외래문화를 도입했던 당시의 독특함과 관련되어 있다. 중국·인도·유럽 등과 같은 경우에는 이미 자신들의 독특한 문화체계를 형성하고 있었기 때문에 외래문화와 접촉하게 되면 대체로 가장 먼저 외래문화의 핵심적인 사상이 자국 사회에 의해 수용될 수 있을지 여부를 고려하게 된다. 따라서 외래문화에 대한 이들 국가나 지역의 도입은 때때로 몹시 신중하다. 그러나 외래문화에 대한 도입에 있어 일본은 일반적으로 위화감이나 경계심을 보이지 않을 뿐더러 외래문화를 수용할 때에도 심지어 그 외래문화 속에서 자신들에게 유리한 요소를 능동적으로 가지고 오는 경향을 보인다.

그러나 표면적으로 외래문화도입에 맹목적인 것처럼 보이는 일본의 이와 같은 태도 뒤에는 강렬한 민족적 자긍심과 일본 고유의 국가의식, 그리고 가족제도 및 神道전통과 같은 독자적인 종교관 등에서 비롯된 완강한 저항과 선택이 있다. 외래문화를 도입하는 동시에 일본은 도입한 외래문화의 우수한 점을 일본의 전통문화와 하나로 융합시킴으로써 일종의 균형상태를 유지하는데, 바로 이와 같은 평형상태가 일본만의 독특한 문화를 만들어내는 것이다. 수많은 외래문화와 접촉하면서 성장한 일본문화는 외래문화 가운데 우수한 요소를 대량으로 흡수함과 동시에 외래문화와 적절한 거리를 유지함으로써 매우 독특한 문화적 정체성을 형성하게 되는 것이다. 일본학자는 이러한 특징을 외래문화에 대한 일본문화 특유의 흡수와 미화기능이라고 개괄하면서, 외래문화의 모든 우수한 점들이 일본이라는 생명체에 부여되었으며 일본이라는 생명체는 일본국민의 혈액을 자양분으로 삼아 일본의 문화를 생성시키고 발전시켰다고 설명했다.[2)] 일본한시와 중국문화 및 중국문학 사이에 존재하는 '동질성 속의 이질성' 혹은 '이질성 속의 동질성'의 관계는 바로 이 같은 특징의

한 모습이다.

고대중국은 주변 국가들에게 넘볼 수 없는 대상이었다. 고대일본의 입장에서 중국은 고전의 전형이자 유일한 문화 강대국이었다. 중국은 고대 그리스문화나 로마의 위대한 업적을 계승한 유럽의 영국과 달랐으며 비잔틴 문화의 유산을 계승한 러시아와도 달랐다. 중국은 줄곧 자신의 국가문화유산을 오래도록 지속시킨 전승자였고 이런 이유로 고대일본에 대해서도 유일하게 영향력을 지속시켜 왔던 것이다. 이런 맥락에서 보자면 고대일본문화는 많은 부분에서 중국문화의 궤적 속에 존재해 왔다고 말할 수 있다.

중국고전시가는 의심의 여지없이 고대 중국의 다양한 문학양식 가운데 가장 이른 시기에 완성된 모습을 갖추고 발달했을 뿐만 아니라 표현형식에 있어서도 가장 우아한 장르라고 할 수 있다. 따라서 고대 중일문화교류의 직접적인 산물로서 일본한시는 중국의 문자와 문학양식을 이용해 창작된 것으로 일본인들은 한시를 창작함과 동시에 중국고전시가의 모든 관념형태를 받아들인 것이라고 할 수 있다. 그리고 이는 곧 중국 시가가 표현하고 있는 관념과 방법의 전면적인 이식을 시작으로 중국시가의 발전과정을 따르고자 했음을 의미한다. 중국의 정형시는 하나의 문체 혹은 하나의 형식으로서 다른 문체의 문학양식과 다를 뿐만 아니라 그 안에는 思无邪・樂而不淫・哀而不傷 등과 같은 일련의 문화적이고도 도덕적인 '형식'이 내재되어 있다. 따라서 후학으로서 일본한시는 모방의 단계를 비켜갈 수 없었다.

그러나 우리는 일본한시의 작자와 독자가 모두 일본인이며 그것이 직

2) [日]金子彦二郎,『平安時代文學と白氏文集』, 日本東京培風舘, 昭和十八年版, 제1면.

면하고 있는 삶의 모습 역시 일본이라는 사실을, 따라서 중국으로부터 전파된 한시가 일본문화라는 고유한 토양 속에서 변화하고 발전해 일본 민족 고유의 미적 정취에 부합하는 '일본의 한시'로 변화·발전되었음을 간과해서는 안 된다. 일본 한문학의 정신적 발원지, 즉 일본의 문학적 전통은 중국의 詩教전통과 밀접하게 연관되어 있다. 일본문학 가운데에서도 일본 한시가 비록 중국문학의 영향을 가장 깊고도 직접적으로 받은 산물로서 그 역시 중국고전시가의 정형화된 형식을 따랐다고는 하지만 그 안에 역사적으로 축적된 문화적 함의는 중국고전시가와는 상당히 많은 점에서 다르다.

일본인들의 문학에 대한 근원적인 생각은 '마음을 표현하는 것[言心]'이라고 할 수 있다. 이것은 구체적으로 마음을 우선으로 삼는 것으로 진심을 표현하는 것이며 마음속에 품은 생각을 진술하는 것을 의미한다. 이와 같은 문학 관념이 일본문학을 唯美의 情趣에 탐닉하도록 했다. 그들이 추구한 것은 '物哀'·'幽玄'·'寂靜' 등 인간과 세계가 서로 융합하고 소통하는 세계였다. 그리고 그들은 이를 통해 민족의 심리 저변에 깔려 있는 소박함과 전아함 그리고 자연으로 회귀하고자 하는 기질 등을 추구하고 표현함으로써 일본문학의 민족적 정체성을 형성해 나가게 된다. 그리고 이와 같은 일본민족문학의 표현수법은 필연적으로 한시의 창작에도 영향을 미쳤다.

일본 고대문학사를 전체적으로 살펴보면 스가와라 미치자네(菅原道眞)가 편집한 『新纂萬葉集』(893)이 있고, 오에노 치사토(大江千里)가 칙명을 받고 편찬한 『句題 和歌』(894)와 후지와라노 긴토(藤原公任)가 편찬한 『和漢郎咏集』(1012) 등의 문집이 있다. 이들은 唐詩와 일본작가가 지은 한시를 포함한 한시들과 와카(和歌)를 독특한 방식으로 병렬편집하고 있어 비교문화적 특징을 선명하게 보여주는 한편 새로운 '편집방식'을 통해 한시와 와카(和歌)라는 '符号地位'의 변천을 상징적으로 보여준다. '句題和歌'는 '句題漢詩'를 모방해 새롭게 태어난 것으로, 이처럼 앞 시대 시인의 작품 중에서 뛰어난 구절을 따내 詩題로 삼아 시를 짓는 방식은 중국 당나라에서 시작되어 일본으로 전래된 뒤 헤이안(平安) 시대에 궁정에서 성행했다. '句題和歌'는 오로지 唐詩만을 詩題로 삼아 창작된 와카(和歌)라고 할 수 있다. 『新纂萬葉集』은 왕실 관료였던 스가와라 미치자네(菅原道眞)가 편찬한 것으로 매수의 와카(和歌) 뒤에 일본인이 지은 한시 한 수를 덧붙이고 있어 『句題和歌』의 편집방식과는 정반대의 모습을 보여준다. 『和漢郎咏集』은 '春夏秋冬'이라는 標題 아래 중국시와 일본인의 한시 중에서 뛰어난 對聯과 와카(和歌)를 함께 편집한 방식을 취하고 있다. 일본한시의 창작수준이 아직 중국시가의 수준만큼 오르지 못한 상황에서 보여준 대담하고도 참신한 시도로서 이들 한시와 와카를 함께 편집한 문집은 중국문학의 미적취향과 일본문학의 미적취향이 서로 융합되는 특징을 보여준다. 그러나 이들 시문집의 진정한 편찬목적은 아마도 이것이 전부가 아니라 한시와 와카가 서로 관련이 있음을, 또는 와카가 한시와 대등한 위치에 있음을 보여주기 위해서였을 것이다.

그러나 사회언어학의 관점에서 보면 우리는 보다 중요한 의미를 발견할 수 있다. 주지하다시피 일본은 중국어 어휘를 대량 흡수했으며 그들 서면어의 형식 역시 중국어에 근원을 두고 있다. 따라서 『和漢郎咏集』은 역사상 가장 빠른 크리올어라고 할 수 있다. 분명한 것은 중국어는 당시에 가장 영향력이 큰 언어로 비교적 수준 높은 코드[語碼]였다. 따라서 한시와 와카(和歌)를 병렬시킨 『和漢郎咏集』의 편찬방식은 두 코드의 지형학적 변천, 즉 일본어와 중국어는 결국 평등하다는 점을 드러내고 있는 것이다. 그리고 이러한 과정은 문학언어와 그 문학장르가 지닌 지위의 흥망성쇠와 관련되어 있다. 즉 상이한 문학양식에 속하는 한시와 와카는 상호 대립적이고 경쟁적이면서도 상호 보완적이어서 결과적으로는 한시를 변화·발전시킴으로써 중국시가의 기존규범에 부합되면서도 일본인의 미적 취향과 점진적으로 가까워진 일종의 특수한 문체로 만들었다. 이는 곧 同化가 곧 異化이며 異化가 곧 同化임을 보여준다.

일본의 민족문학양식인 와카는 일종의 대립적인 힘으로 줄곧 일본한시에 대해 도전적이고 위협적인 존재로 작동하면서 외래문학양식인 한시의 발전과정에 자극을 주게 된다. 그리고 이런 이유로 일본 내에서 한시의 역사적 지위는 발전과 쇠퇴라는 몇 차례의 부침을 겪게 된다. 그럼에도 불구하고 한시는 일본역사에서 사라지기 전까지 항상 일본 雅文化의 상징으로 자리를 지켰다. 일본의 고전시가는 와카와 한시라는 두 체계, 즉 와카와 한시로 구성된 것이라고 할 수 있다. 그러므로 둘 중 어느 하나를 빼놓고는 일본고전시가의 전체적인 모습을 논할 수는 없다. 그 가운데 중국고전시가는 그 고유의 탁월하고 비범한 표현력으로 일본한시의 영원한 모방대상이자 유일한 평가기준이 되었다. 그리고 이것이 바로 일본의 한시 작가가 벗어날 수 없었던 한시에 대한 문체의식이라고 할 수 있다. 왜냐하면 한시는 결국 중국의 소리로 그것은 중국민족의 깊은 문화적 유산을 그 기호가 담고 있는 가치의 담보로 삼고 있기 때문이다.

2. 일본 漢詩 작가의 文體意識

일본 고대문학을 구성하는 주요한 한 부분으로서 일본한시가 다른 문학양식과 구별되는 가장 뚜렷한 특징은 그것이 전적으로 외래문학, 즉 중국고전시가의 형식을 취하고 있다는 점이다. 일본에서 아직 민족적인 기록문학이 발흥하기 전에 고대일본의 귀족문인들은 문자부터 格律과 韻律에 이르기까지 중국고전시가의 형식을 받아들였다. 그리고 오랜 발전기간을 거치면서 일본한시는 고체시와 근체시의 四言・五言・七言 및 絶句와 律詩, 長詩[排律] 등의 형식을 모두 흡수함은 물론 심지어 중국고전시가에서도 잘 사용되지 않는 六言・八言・九言詩 등의 형식을 지니게 된다. 다음은 에도(江戶)시기 후기의 저명한 유학자이자 시인이었던 라이쿄우헤이(賴杏坪 : 1756-1834)의 六言 絶句인 「晩歲」이다.

> 산꼭대기 구름은 새들과 함께 돌아가는데
> 들판의 송아지는 저 혼자 돌아오네.
> 세상근심을 먼저하고 안락함은 뒤로하지만
> 서로 수많은 青山을 안다네.
> [岫雲與鳥同返, 野犢無人自還.
> 天下先憂後樂, 相知多少青山.]

아래는 에도(江戶)시대 후기의 유학자이자 한시 작가였던 이치카와 칸사이(市河寬齋 : 1478-1820)의 六言律詩 「田家卽事」이다.

> 명아주 지팡이 짚고 돌아오는 길에 해는 저물어
> 서산으로 노을 물드네.
> 흐린 날과 맑은 날 잘 지나갔으니

내년에는 벼와 기장을 거두리.
숲길엔 목동들 피리소리
강가 나무에는 군데군데 고기잡이 등불.
이야기와 차는 누구와 나눌까
은둔자든 야승이든 상관없다네.
[藜杖歸嫁薄暮, 西山一抹霞蒸.
陰晴多日相好, 禾黍來年可徵.
林徑數聲牧笛, 江樹幾點漁燈.
閑談烹茗誰對, 不擇幽人野僧.]

메이지(明治)시대 초기의 유명한 漢詩 시인 모리슌토(森春濤 : 1813-1889)는 九言絶句「代贈兩首」중 두 번째 수에서 다음과 같이 노래했다.

작년 3월 복숭아꽃 속에서의 한잔 술
오늘 중양절 비바람에 성안은 온통 가을이라네.
汪倫은 이별 뒤 덧없이 세월을 흘려보냈고
도연명은 귀거래할 때 이미 백발이었다네.
[去年三月桃花一杯酒, 今日重陽風雨滿城秋.
犹記汪倫別去空流水, 可怜陶令歸去已白頭.]

이뿐 아니라 文字游戲와 흡사해 중국시인들조차도 난해하다고 여기는 시조차도 일본인들은 비교적 자유롭게 구사했다. 한 예로 다음은 早期 한시집인『文華秀麗集』속에 나오는 오노 미네모리(小野岑守)의「在邊贈友」이다.

班秩로 변방에 오래도록 머무니
밤이면 경성을 꿈에서 보네.
옷깃을 적시는 타향살이의 눈물

자리에 누우면 떠오르는 고향 거리의 성곽 문.
활시위로 한 해 한 해 저무는 것을 바라보노라면
활과 안장에 가해지는 힘은 조금씩 예전과 같지 않네.
아득히 천리나 먼 길
흰 비단에 그리움 싸 부쳐보네.
[班秩邊城久, 夕來夢帝畿.
衿沾異縣泪, 衣緩故鄉闈.
弦望年頻改, 弓鞍力稍非.
綿綿千累路, 帛素寄双飛.]

이 시는 이별과 만남의 노래이다. 언뜻 보면 고향을 그리워하거나 고향의 친구를 그리워하는 다른 시들과 결코 다른 점이 없어 보인다. 그러나 자세히 보면 색다른 맛을 느낄 수 있다. 제1연의 첫 글자인 '班'字를 분석해 가운데 '夕'(제2구의 첫 글자)자를 제거하면 '玨'자가 된다. 다시 제2연의 첫 글자인 '衿'를 분석하면 '衣'자와 '今'자가 된다. 여기에서 제2구의 첫 자인 '衣'자를 빼버리면 '今'자가 남고, 다시 '玨'자와 '今'자를 합하면 '琴'자가 된다. 같은 방법으로 제3연과 제4연의 첫 글자인 '弦'자와 '綿'자를 해체해 각각 '弓'자와 '帛'자를 빼면 '絃'자가 된다. '琴絃'은 친구나 知己를 상징하는 것이니 글자를 운용한 것이 상당히 절묘하다. 이를 통해 일본의 漢詩 시인들이 유난히 시의 형식미를 추구했음을 알 수 있다.

다른 민족 시가에 내재된 형식적 규칙을 이처럼 자유자재로 운용할 수 있다니 한시학습을 위한 일본 漢詩 작가들의 각고의 노력에 탄복하지 않을 수 없다. 그렇다면 중국고전시가의 형식은 왜 일본에 전파되자마자 바로 당시 일본귀족시인들에게 전면적으로 수용된 것이며, 사회와 역사적인 상황은 물론 한시의 창작주체가 큰 변화를 겪은 이후에도 왜 천 년간이나 여전히 지식과 교양의 상징으로 오래도록 운용된 것일까? 그 안에 축적된 사회적이고 역사적인 복잡한 원인들에 대해 일본에는 당시 아직 기록문학이 탄생하지 않았다거나 일본인은 자고이래로 중국문화를 숭배해왔다는 식의 표면적이고 간단한 결론이 대답이 될 수 없다. 여기에는 한시라는 문체에 대한 일본 시인의 근원적인 인식이 자리 잡고 있기 때문이다. 그리고 문학의 각도에서 보면 그것은 일본 한시의 내용과 형식의 관계라는 문제와 관련되어 있다.

문예작품의 형식과 내용의 관계에 대한 인식에 있어 가장 오래되고 보편적인 이론은 '내용은 형식을 결정하고 형식은 상대적인 독립성을 지닌다. 다만 형식도 어떤 경우에는 내용에 반작용한다'는 것이다. 이와 같은 이론 모델에 따르면 형식과 내용은 분리될 수 있는 두 개의 다른 것이라고 할 수 있다. 예컨대 중국고전시가의 형식은 중국사회생활의 내용을 반영하고 중국인의 사상과 감정을 표현할 수 있을 뿐만 아니라 일본생활의 내용을 반영하고 일본인의 사상과 감정을 표현할 수도 있다. 이렇게 音韻과 格律을 포함한 중국시가의 형식은 어떠한 내용도 담을 수 있는 용기가 되었다. 그러나 실제로 언어라는 것은 결코 단순한 도구가 아니며, 하이데거의 말처럼 '언어는 존재의 집'이라고 할 수 있다.[3)]

가다머는 이와 같은 언어본체론을 좀 더 발전시켜 '언어는 본질적으로 어떠한 기계나 도구가 아니다. ……모든 자기 자신과 관련된 지식 그리고 세계와 관련된 모든 지식 속에서 우리는 언제나 우리 자신의 언어에 포위되어 있다. ……언어가 말하는 것들은 우리가 그 안의 일상세계에서 살도록 틀을 만든다. ……언어의 진정한 존재는 바로 우리가 그것을 들

---

3) [德]海德格爾, 『言語的本質』, 孫周興選編, 『海德格爾選集』(下冊), 上海三聯書店, 1996年版, 1,068면.

었을 때 받아들일 수 있는 사물－말해지는 사물이다.'라고 했다.[4] 구체적으로 중국어와 관련해 辜鴻銘은 중국어는 일종의 영혼의 언어이자 시적 언어로 그것은 시적인 의미와 함축의 의미를 지닌다고 했다. 그리고 이것이 바로 고대 중국인이 쓴 산문체의 짤막한 편지를 읽노라면 마치 한편의 시처럼 느껴지는 이유라고 했다.[5] 이는 바로 중국의 여류작가 李淸照가 詩와 詞의 영역을 엄격히 구별해 詞가 詩와는 다른 독립적인 문학 장르였음을 강조했던 것과 마찬가지이다. 문화적 수준이 비교적 높았던 일본인들에게 있어 한시는 아버지였으며 와카는 어머니였다. 그들은 왕왕 한시를 통해서는 마음속에 품은 뜻을 표현했으며, 이를 좌우명과 인생의 격언으로 삼아 부국강병이나 신분상승의 의지를 북돋았다. 반면에 와카(和歌)의 형식으로는 인간에 대한 섬세한 감정 및 자연에 대한 순간적인 깨달음을 노래함으로써 '幽玄'과 '物哀'로 대표되는 일본민족의 미적 취향을 표현했다. 다시 말해, 일본한시창작주체로서 일본의 시인들은 일본사회생활의 모든 내용이 한시라는 형식을 통해 표현하는 데 한계가 있다고 생각했다. 따라서 각 문체에는 그것이 가장 적절하게 표현할 수 있는 정신적인 내용이 있으며 문체는 다시 많은 부분에서 작가가 표현하려고 하는 내용을 제한하게 된다.

중국고전시가의 형식이 일본인에 의해 운용되기 시작할 때 그것은 이미 그것이 표현할 수 있는 특정한 내용을 제한하고 있었다. 이는 일본한시에 있어 형식과 내용 양자가 상호 연관적이고 통일적임을 의미한다. 이른바 '일본한시'라는 것은 글자 그대로 일본인이 한자를 이용해 지은 시로 그것은 중국고전시가가 지닌 형식적인 정형성을 준수할 뿐 아니라

---

4) [德]加達默爾, 『哲學解釋學』, 夏鎭平・宋建平譯, 上海譯文出版社, 1994年版, 22면.
5) 辜鴻銘, 『中國人的精神』, 海南出版社, 1996年版, 106면.

중국고전시가와 서로 비슷한 역사적이고 문화적인 함의를 갖게 된다.6)

바로 이러한 이유에서 중국고전시가의 각기 다른 시대별 시풍 역시도 일본한시의 모방과 학습의 대상이 될 수 있는 것이다.

봉건국가 건립초기의 일본은 建功立業과 政治敎化 등과 같은 특정한 내용을 표현할 수 있는 문학양식이 필요했다. 봉건문인들 역시도 중국고전시가의 형식을 빌려 자신의 정치적 포부나 封建帝王에 대한 歌功頌德을 표현할 필요성이 있었다. 중국의 선진적인 정치제도와 발달된 사상체계는 일본의 사회변혁을 위한 모범적 사례와 이론적 근거가 되었다. 동시에 經國之道로서 정치적 교화기능을 강조한 중국문학은 일본의 정치변혁을 위한 문화적 준비를 도왔다. 설령 당시 일본의 기록문학양식인 와카(和歌)가 이미 탄생해 그 형태를 완성시켰다하더라도 侍駕·游覽·宴集·餞別·贈答·咏史·述懷·言志 등과 같이 귀족들의 궁정과 정치생활에 관련된 특정한 내용들은 어쩔 수 없이 한시라는 형식을 선택할 수밖에 없었음을 우리는 추론할 수 있다. 예컨대 아래 『懷風藻』에 수록된 한시 두 수가 표현하고 있는 내용은 와카의 형식으로는 상상할 수 없다.

> 나이는 면류관을 쓰기에 충분하지만
> 지혜는 턱없이 부족하다네.
> 밤낮없이 애쓰지만
> 어찌해 마음의 헤아림은 졸렬하기만 한가.
> 지난 시간을 스승으로 삼지 않고
> 어찌 군주의 뜻을 이룰 수 있단 말인가.
> 三絶을 구하는 데 힘쓰지 말고
> 短章에 힘쓰리네.

---

6) 肖瑞峰, 「略論劉禹錫對中日詩壇的影響」, 『浙江社會科學』, 1995年 第5期.

[年雖足戴冕, 智不敢垂裳.
朕常夙夜年, 何以拙心匡.
猶不師往古, 何救元首望.
然毋三絶務, 且欲臨短章.]

(文武天皇, 「述懷」)

은혜로운 기운은 사방에 가득하고
성덕은 봄정원에 가득하네.
연회는 仁智를 따르니
수레가 시인을 재촉하네.
昆山에 珠玉은 가득하고
瑤池에는 花藻가 넘치네.
섬돌 매화에는 흰 나비 앉아 있고
못가 버드나무는 온통 낙화천지.
하늘의 덕은 堯舜에서 가득하니
황제의 음덕이 만민을 적시네.
[惠气四望浮, 重光一園春.
式宴依仁智, 优游催詩人.
昆山珠玉盛, 瑤水花藻陳.
階梅斗素蝶, 塘柳掃芳塵.
天德十堯舜, 皇恩霑万民.]

(紀麻呂, 「春日應詔」)

몬무 천황(文武天皇 : 683－707)의 이 시는 『周易』, 『尙書』, 『史記』 속의 일부 내용을 빌려 자신이 지닌 지혜의 부족함과 국사에 대한 우려, 그리고 孔子처럼 저서로 입론하지 못하고 한갖 짧은 글을 짓는데 그칠 수밖에 없음에 대한 안타까운 심정을 표현하고 있다. 젊은 천황의 겸손하면서도 적극적인 진취심과 유치함이 묻어있는 품성이 한시를 통해 잘 드러나고 있다. 두 번째 시의 작가는 키노마로(紀麻呂)로 조정대신이었던 그의 應詔詩에는 궁정의 짙은 색채가 가득 차 있으며 봄날 풍경에 대한 묘사를 통해 아주 자연스럽게 歌功頌德의 주제를 표현하고 있다.

하나의 문체는 일단 형성되면 상대적인 안정성을 구비하게 된다. 일본 고대사회에서 한시는 이미 일종의 '마음속에 있으면 뜻이 되고, 말로 표현되면 시가 되니 감정은 마음속에서 움직여 말에서 모습을 갖춘다([在心爲志, 發言爲詩, 情動于中, 而形于言.] 구우카이(空海), 『文鏡秘府論』)'라는 전통을 형성하게 되었다. 따라서 사회적 대변혁과 문화적 대변화가 아직 완성되지 않은 시점에서 일본 내 다른 양식의 문학작품으로는 한시가 표현할 수 있는 사회적이고 도덕적인 심미적 가치를 여전히 대신할 수는 없었다. 메이지유신(明治維新)이후 脫亞入歐가 사회의 중심적인 의식구조와 사조를 이루게 되면서 일본은 서구의 抒情文學이라는 형식을 수용하게 된다. 이로써 일본한시는 비로소 진정한 의미에서 '高雅文學'의 성전 속에 안치되어 조금씩 역사의 무대 뒤로 사라져 갔다.

그러나 이것은 한시라는 문체가 일본사회에서 민족문학의 전통적 표현방법이라는 도전을 단 한 번도 겪지 않았음을 의미하는 것은 결코 아니다. 일본한시는 발흥과 발전이라는 첫 번째 절정기를 거친 뒤 일본봉건정치제도의 점진적인 완성과 상층부를 이루는 지식귀족의 진일보한 문화수준의 발전, 그리고 문학주체의식의 점차적인 강화를 거치게 된다. 그리하여 헤이안(平安) 시기 말기에 이르면 일본의 중국교류의 주요목적은 정치적 필요성에서 벗어나 문화교류와 무역왕래라는 새로운 주제로 이미 전환하기 시작한다. 일찍이 국가의 정치적 목적을 위해 진행되었던 문학적 교류는 조금씩 통치 집단의 의식형태에서 분화되고 독립되어 일본 근대지식인의 공통된 염원이 되기에 이른다. 이제 그들은 漢詩文이 더 이상 일본민족의 자존심을 만족시켜주지 못할 뿐만 아니라 동시에 자신들의 섬세하고 민감하며 근심과 걱정이 많은 특수한 감정을 표현하는 데도 적절치 못하다는 사실을 깨닫게 된다.[7] 이에 나라(奈良)시대와 헤이안(平安)시대 초기의 國風暗黑이나 漢詩[文]의 쇠퇴에 대한 일종의 반발로서 일본은 和習 등과 같이 漢詩[文]을 일본화한 다양한 시도들을 의식적으로 실험하게 된다.

3. 일본한시 속의 '和習'

'和習'은 '和臭'라고도 한다. 일본인이 한시를 창작할 때 겪게 되는 어순전도, 음운착란, 중국어에 없는 어휘사용 등의 병폐를 가리킨다. 즉 漢詩文 속에 남은 일본어의 흔적이라고 할 수 있다. 만일 단순하게 '請看'을 '請見'이라고 한다든지 '請聽'을 '請聞'이라고 하는 것들은 일본인들에게는 그다지 두렵지 않은 것으로 결코 의미상의 오해를 불러일으키지는 않는 작은 문제들이다. 가장 큰 문제는 오히려 일본어의 '訓讀'이다. 즉 본래 자기민족의 언어를 가지고 있던 일본은 한자의 뜻에 따라 일본식 독음을 갖는 한자를 만들어내게 된다. 따라서 비록 일본한자의 의미가 기본적으로는 중국어와 같다고 하지만 독음이 완전히 달라지게 된 것이다. 대부분의 일본인은 한자의 의미를 알고 있을 뿐 한자의 독음을 명확하게 장악할 방법은 없다. 그러나 시가라는 것은 소리를 떠날 수 없으므로 聲韻이라는 것은 한시창작에 있어 반드시 필요한 핵심요소라고 할 수

---

7) 臧運發, 「日本平安時代對中國文學的移植與創新」, 『解放軍外國語學院學報』, 2002年 第1期.

있다. 이런 이유로 일반적인 한시 작가는 억지로 외워둔 한자를 의지해 중국어의 語音을 잘 분류해 놓은 韻書에 따라 한자의 平·上·去·入 및 聲韻을 장악한 뒤에 한시를 창작하게 된다. 四聲 및 聲韻을 기억하고 구분한다는 것은 중국인에게도 매우 힘든 일로 일본인이 느끼는 어려움은 훨씬 더 크다는 것을 충분히 상상할 수 있다. 예를 들면 일본인에게 있어 평성과 입성의 구분은 가능하지만 상성과 거성의 구분은 그렇게 간단한 문제가 아니다. '우리나라에서 평성과 입성은 모두 기억할 수 있다. 그러나 상성과 거성은 왕왕 혼란스러워서 시인들이 주의하지 않으면 모두 측성을 압운하는 곳이 되어 버리니 그것이 다 상성이거나 거성이 되지 않도록 해야 한다([抑在我邦, 平入二聲, 皆能記認焉, 但上去二聲, 往往易混, 故詩家少留意, 凡下仄處, 欲其不爲皆上皆去, 是可耳.]).'8)

상성과 거성은 모두 측성으로, 구분되지 않더라도 한시의 창작에는 영향을 주지 않는다. 그러나 만일 沈括이 엄격히 준수했던 사성을 기준으로 시가의 韻律을 평가한다면 일부의 일본 한시는 의심할 나위 없이 '和臭'를 지니게 되며 이와 같은 착오의 발생은 피할 수 없는 현상이라고 할 수 있다.

'和習'은 일본인이 처음 한시를 창작할 때 만나게 되는 불가피한 현상으로 일본의 한시발전초기에 나타난 유치한 현상이다. 중국문학에 대한 장기적인 흡수와 소화를 거친 뒤 일본인의 한시창작은 단순한 모방을 벗어나 상당히 성숙한 경지에 오르게 된다. 그러나 그들이 한시의 형식을 직접 사용해 섬나라 특유의 풍물과 일본민족 고유의 미적 정취를 묘사하려 할 때 일본인 특유의 개성과 습관을 표현하는 것은 피할 수 없는 일

---

8) [日]中井竹山, 『詩律兆』, [日]池田四郎次郎編, 『日本詩話叢書』(第十卷), 日本東京文會堂書店, 1922年版, 7면.

이었다. 그들은 심지어 일부러 시 속에 '和臭'를 표현하기도 했다. 어떤 시인이 가타카나(片假名)를 한시에 써넣은 것은 가장 극단적인 예이다. 예를 들면 『五山堂詩話』에서는 宇龐卿의 詩를 평해 '月新題ノ字, 五字亦佳.'라고 했다. 'ノ'자는 일본어 가타카나(片假名)지만 馬歌東 先生은 'ノ'자가 마치 초승달의 모습과 비슷하므로 시 속에 사용하면 제법 신선하다고 평했다. 비록 제창한 것은 아니지만 이따금 사용해도 무방하다는 것이다.[9] 스가와라 미치자네(菅原道眞)의 시 역시 이러한 부류에 속한다. 그의 시는 모방에서 독립으로 나아간 것으로 그것에 담긴 일본의 맛[和習]이 주목된다.

'和習'의 형성은 일본어 자체의 특징과 밀접한 관계가 있다. 일본어의 불확정성, 명사를 제외한 다른 품사들의 다양한 활용형태 및 구문 속에서의 품사위치의 자유로움 등과 같은 특징들은 일본인이 그들의 민족적 특징에 부합하는 시가형식을 창작하는 데 있어 한결 더 편리하고 자연스러웠다. 그리하여 일본인이 한시를 창작할 때 의식적으로 혹은 무의식적으로 일본어의 일부 특징들을 드러내는 것은 한시의 일본화(토착화) 과정에서 나타난 양상의 하나로 보는 것이 타당하다.

헤이안(平安) 시기의 유명한 한시 작가이자 학자였던 스가와라 미치자네(菅原道眞)는 당시 귀족 중에서 이러한 주장을 보급한 가장 실천적인 인물이라 할 수 있다. 그는 이미 중국으로부터 도입된 한문화와 한문학을 본토화해 그것을 일본민족 고유의 문화정신 및 문학전통과 융합시킴으로써 일본의 민족문화와 문학발전을 촉진시켜야 한다고 주장했다. 이것이 바로 유명한 和魂漢才說이다. 그의 한시문집인 『菅家文草』은 漢詩文 안에 일본 고유의 미적요소를 삽입해 의식적으로 和習을 표현하려고 시도

9) 馬歌東, 『日本漢詩的運命』, 馬歌東, 『日本漢詩溯源比較研究』, 中國社會科學出版社, 2004年版, 16면.

하고 있다. 이제 한시창작은 唐詩의 과도하게 엄격한 격률과 정형화된 형식으로부터 벗어나 장단구가 혼용된 보다 자유로운 雜言體 형식을 채용했으며 고전적인 어휘에도 구속되지 않은 채 소박한 일상의 언어들을 지향하게 되었다. 따라서 그의 시는 중국시가를 따르고 있으면서도 동시에 일본인 특유의 짙은 일상적 정취를 띠게 된다. 「山寺」이 그 예이다.

오래된 절에 인적은 끊어지고
승방에는 흰 구름만 걸려있네.
문 앞으로는 가을물 흐르고
종소리는 새벽바람 따라 들려오네.
늙은 승려들은 모여 있고
깊은 산속의 이끼는 작은 길을 갈라놓고 있네.
문수보살은 어디에 계신지
돌아오는 길에 향기로운 내음 따라가네.
[古寺人踪絶, 僧房挿白云.
門当秋水見, 鐘逐曉風聞.
老腊高僧積, 深苔小道分.
文殊何處在, 歸途趁香熏.]

이것은 스가와라 미치자네(菅原道眞)의 『晩秋』 二十首 중 한 편이다. 이에 대해 程千帆 先生은 '蕭散似張文昌, 張今體詩亦白派也.'라고 평했고 孫望先生은 '意在白云秋水之際, 菅右相情趣于此可知.'라고 평했다.[10] 상술한 두 내용은 이 시의 연원이 비록 중국이지만 동시에 중국시에 구속되지 않은 채 일본인 고유의 독특한 정취를 표현해냈다고 평가하고 있다.

스가와라 미치자네(菅原道眞)는 이 시의 自序에서 "9월 26일, ……술 몇

10) 程千帆 等, 『日本漢詩選評』, 江蘇古籍出版社, 1988年版, 19면.

잔을 마시고 한담을 나누다 20가지의 내용을 주제로 시를 지었다. ……聲律의 실수도 개의치 않고 格律도 지키지 않았다. 세인들이 이 글을 비웃을까 두려워 아무리 생각해 보았지만 재주가 이뿐이다."라고 기술하고 있다. 그러나 시창작과 관련된 그의 주장을 떠올려보면 이러한 술회는 겸손함의 표현이라기보다는 의도적으로 그러해야 함을, 혹은 일부러 그래야함을 강조한 것이라고 볼 수 있다. 아래 「不出門」은 그가 모함으로 폄적된 뒤에 쓴 시이다.

> 한번 폄적 당하자 바로 시골 오두막이네
> 수없는 위험에 전전긍긍해 마음 졸이네.
> 都府樓에서 비로소 瓦色을 보았을 뿐
> 觀音寺에는 종소리뿐.
> 마음 가라앉으니 차츰 쓸쓸함도 사라지고
> 만물은 서로 만나고 둥근 달이 맞아주네.
> 이곳에서는 비록 걸릴 것 없건만
> 어찌 조심스런 걸음으로 문을 나서는지.
> [一從謫落就柴荊, 万死兢兢跼蹐情.
> 都府樓才看瓦色, 觀音寺只听鐘聲.
> 中怀好逐孤云去, 外物相逢滿月迎.
> 此地雖身无檢系, 何爲寸步出門行.]

首聯의 두 句는 白居易 「秋游原上」의 '일어나 몸 추스리고 느린 걸음으로 섶문을 나서네[淸晨起巾櫛, 徐步出柴荊].'와 『詩經·小雅·正月』의 '하늘이 높다고 하나, 감히 몸을 굽히지 않을 수 없으며, 땅이 두텁다고 하나, 발자국을 작게 떼지 않을 수 없노라[謂天盖高, 不敢不跼. 謂地盖厚, 不敢不蹐].'라는 중국시가에서 시어를 차용하고 있다. 頸聯의 外物 역시 杜甫의 시 「寄題江外草堂」 속의 '옛부터 뛰어난 이는 묵묵히 세상의 괴롭힘을 받았다[古來賢

達士, 寧受外物牽].'에서 그 출처를 찾을 수 있다. 그러나 頷聯과 尾聯에서는 典故를 사용하지 않았을 뿐더러 平仄이라는 格律形式까지도 깨고 있다. 특히 마지막 구에서는 口語化된 언어를 통해 자신이 역경에 처했을 때 느꼈던 두려움과 어찌할 수 없었던 심경을 표현하고 있다. 음독해보면 형식이 느슨해짐을 느끼지만 와카의 표현형식과 매우 닮아 있다. 와카의 형식적 특징은 平仄과 押韻에 전적으로 의존하는 중국의 시와는 다르다. 와카는 '詞', 즉 소리의 수량을 통해 표현되며 압운에 대한 요구는 없다. 이와 같은 와카의 형식적 특징은 와카의 창작을 한결 자유롭게 만들어 줌으로써 개인의 내면에 깃들어 있는 독특한 감수성을 훨씬 더 다양한 형태로 토로할 수 있게 해주었다. 그리고 일본인에게 있어 이는 한시에 비해 훨씬 쉽게 장악할 수 있는 詩의 作法이었다. 스가와라 미치자네(菅原道眞)가 이렇게 한 것은 물론 한학에 대한 기초가 부족했기 때문은 아닐 것이다. 漢詩文이 이미 고도로 발달한 헤이안(平安)시대에 文章의 神으로 존경받던 그가 실제로 기도한 것은 일본 고유의 표현방식을 통해 漢詩文이 팽배해 있던 일본의 문단풍토를 쇄신하고 이를 통해 일본인 고유의 미적 세계를 표현해 냄으로써, 외래문학에 대한 일본문학의 학습능력, 적응능력, 그리고 창조능력을 드러내는 것이었다.

和習의 형성은 일본어 자체의 특징과 긴밀한 관계가 있다. 먼저 일본어는 의미표현에 있어 불확정성이 크다. 두 번째, 일본어에서 명사성 어휘를 제외한 동사・형용사・형용동사・조동사 등은 모두 원형・가정형・미연형・명령형・연체형・연용형 등 다양한 활용형태를 지니므로 접속사나 부사 등과 같은 관련어휘 없이 품사의 형태변화만으로도 구문 사이의 의미를 드러낼 수 있다. 세 번째, 일본어는 구문 속에서 품사의 위치가 비교적 자유로워 보통 실사의 위치를 앞뒤로 이동시킬 수 있다. 이와 같은 일본어의 특징들은 일본이 그들 민족의 특징에 어울리는 시가형식을 만들어내는 데 있어 한결 편리하고 자연스럽게 작동했다. 그러므로 일본인이 한시를 창작하는 과정에서 상술한 일본어의 특징들을 드러낸 것은 한시의 일본화(토착화) 과정에서 나타난 자연스러운 현상의 하나로 보아야 할 것이다.

和習을 말할 때 일본학자들이 가장 뛰어난 작품으로 꼽는 것은 에도(江戶)시대 시인 이시카와 조잔(石川丈山 : 1583-1672)의 「후지산」이다.

> 신선이 구름 밖 산꼭대기에 와 노닐자
> 신비로운 용은 골짜기 연못에 살다 늙었다네.
> 눈은 흰 비단 같고 안개는 자루 같으니
> 흰 부채가 동쪽바다 하늘에 걸려 있네.
> [仙客來游雲外巓, 神龍栖老洞中渊.
> 雪如紈素烟如柄, 白扇倒懸東海天.]

위의 시는 후지산을 노래한 일본의 수많은 시들 중 가장 널리 회자되는 작품이다. 수많은 평론가들의 격찬을 받는 것은 마지막 구로, 시인은 마지막 구를 통해 아득히 먼 곳에 있는 후지산을 뒤집힌 흰 부채에 비유하고 있다. 까마득히 높은 산봉우리를 손바닥 안의 물건으로 변화시킴으로써 선명한 이미지와 시적 오묘함 모두를 구현해 낸 것이다. 그러나 필자가 보기에 이 시의 진정한 특징은 제재의 영역에서 일본의 고유성을 확보했다는 점이다. 즉 일본문학사에서 이시카와 조잔(石川丈山)의 공헌은 그가 「富士山」, 「咏地震」, 「題櫻叶再爲花」 등과 같은 작품을 통해 일본한시의 제재를 확대시켰다는 점에서 찾을 수 있다. 후지산은 일본의 상징이고 벚꽃은 일본의 나라꽃이며 지진은 화산국인 일본에서는 잦은 자연현상 가운데 하나이다. 이러한 제재들은 중국의 고대시가에서는 찾아볼 수 없는 것들로 漢詩日本化의 한 예라고 할 수 있다. 제재는 단순히 묘사 대상으로만 그치는 것이 아니기 때문에 그것에는 보다 깊은 의미가 함축되어 있다. 예를 들면 벚꽃의 찬란한 개화와 조용하고 아름다운 낙화의 모습은 자연현상을 통한 일본인들의 생명에 대한 존중과 찬미는 물론 그들의 생명의식, 그리고 식물중심의 상징체계를 갖고 있는 일본인들 고유의 미의식을 보여준다.

실제로 이보다 앞선 五山時期나 王朝時期에도 일본의 독특한 풍경을 노래한 한시가 있었다.『凌云集』에 수록된 헤이제이 천황(平城天皇)의「咏櫻花」, 무로마치(室町) 時代 중기 선승인 기세이 레이겐(希世靈彦 : 1403－1488)의「天橋立」등이 그것이다.

> 푸른 바다 한가운데로 六里나 되는 소나무 숲
> 天橋의 뛰어난 경치는 신선의 흔적.
> 깊은 밤 사람들은 龍燈이 나타나길 기다리는데
> 달은 지고 文殊堂 안에는 종소리뿐.
> [碧海中央六里松, 天橋胜景是仙踪.
> 夜深人待龍燈出, 月落文殊堂里鐘.]

아마노하시다테(天橋立)는 교토부 북쪽 일본해의 宮津湾 안에 있는 가늘고 긴 砂洲이다. 砂洲 양쪽으로는 6리에 달하는 소나무숲이 길게 이어져 있다. 기슭에는 문수보살을 모신 文殊堂이라는 절이 있다. 밤이 되면 어선들의 뱃머리에는 고기잡이를 위한 등불이 춤추는 학처럼 점화된다. 아마노하시다테(天橋立)는 거꾸로 보면 마치 하늘에 걸린 다리와 같다고 해서 지어진 이름이다. 和習의 관점에서 보자면 이 시는 훨씬 더 전형적이라고 할 수 있다. 즉 섬나라 일본의 고유한 풍경을 제재로 삼고 있으며 전고를 사용하고 있지 않은 점을 포함해 결구인 '月落文殊堂里鐘'은 압운을 맞추고는 있지만 '文殊堂里鐘'이라는 시어가 칠언절구의 평측과 격률을 깨고 있어 음독해보면 한시의 운율과 어울리는 리듬감이나 균형감은 찾을 수 없기 때문이다. 중국에서 詩라는 것은 본질적으로 樂에 부속되는 것으로 '노래란 말을 길게 읊조리는 것으로 소리는 가락에 적합하도록 조절하는 것이고 음률은 소리와 조화를 이루어야 八音이 서로 어울릴 수 있는 것이다[歌永言, 聲依永, 律和聲, 八音克諧].'라는 음악적 속성이야말로 중국시가 강조하는 미적 감수성의 바탕이기 때문이다. 이처럼 중국고전시가가 강조하고 있는 미감은 '詩言志'의 '志'라는 내용의 측면과 함의뿐 아니라 聲·樂·八音이라는 형식적인 특징 위에서 구성되기 때문이다. 환언하면 詩란 노래 속의 말이고 말이란 생각의 표현으로 이들은 기껏해야 미감을 만들어내는 재료에 불과할 뿐이다. 즉 가락[樂]과 소리[音]야말로 예술창조의 핵심적 표현으로서 시라는 예술이 윤리적 교화라는 영향력을 발휘할 수 있게 만드는 수단이자 관건인 것이다. 「天橋立」은 풍경을 노래한 시로 '文殊堂'이라는 시어만이 작가의 내면을 표현하고 있다. 그러나 음률의 부조화로 인해 시 전체의 미적효과는 충분히 표현되지 못하고 있다. 그러나 바로 이러한 이유에서 우리는 이 시가 한시처럼 성조와 평측의 압운을 통해 운율을 표현하려 하지 않고 와카(和歌)와 마찬가지로 단지 음절수에만 의지해 운율의 리듬감을 표현하고 있는 특징을 발견할 수 있다. 그리고 바로 이러한 이유에서 우리는 이 시가 중국인이 창작한 시와는 다르다는 것을 발견할 수 있으며 '일본인의 한시'라고 부를 수 있는 것이다.

결과적으로 한문학에 대한 기본기와 소양이 부족해서이든 아니면 민족

문학을 진흥시키고자하는 고민으로부터 발생했든 和臭에 대한 모든 논의는 중국시가의 표현형식 및 그 역사와 문화적 함의가 일본한시를 평가하는 주요기준임을 말해주고 있다. 에무라 홋카이(江村北海)는 『日本詩史』에서 다음과 같이 말하고 있다.

> 무릇 詩란 중국의 소리이다. 우리나라 사람들이 詩를 배우지 않고 버렸으니 만일 그것을 배우고자 한다면 중국을 본받지 않을 수 없다. 그리고 시의 문체는 각 시대의 기운에 따라 변하니 詩經을 비롯해 漢·魏·六朝·唐·宋·元·明의 시가 그것이다. 오늘날 그것을 보면 규칙이 있으면서도 서로 다르다. 그러나 당시의 작자들은 그것들이 규칙이 있으면서도 서로 다르다는 것을 몰랐다. 각 시대가 지닌 다른 기운이 그들을 그렇게 만든 것이 아니겠는가!
>
> [夫詩, 漢土聲音也. 我邦人不學詩則已, 苟學之也, 不能不承順漢土也, 而詩体每隨氣運遞遷, 所謂三百篇·漢魏六朝·唐宋元明, 自今觀之, 秩然相別. 而当時作者, 則不知其然而然也, 気運使之者, 非耶?][11]

에무라 홋카이(江村北海)는 일본인들이 한시창작을 위해 반드시 지켜야할 첫 번째 규칙을 '承順漢土'라고 주장하고 있는 것이다. 에도(江戶) 중기의 한학자겸 시인이었던 다자이 슌다이(太宰春台 : 1680-1747)는 자신이 집필한 『斥非』에서 중국시인의 작법에 위배되는 모든 것은 다 배척해야 한다며 한층 더 극단적인 주장을 펼치고 있다. 즉 그는 漢詩文 창작에 있어 형식뿐 아니라 禮와 法을 포함한 내용도 반드시 중국작가의 것을 기준으로 삼아야 하며 그렇지 않으면 '和臭'라고 강조한다. 그는 다음과 같이 말하고 있다.

---

11) [日]江村北海, 『日本詩史』(卷四), 『新日本古典文學大系』(65), 日本岩波書店, 1991年版, 508면.

오늘날 학자들이 만일 孔子의 道를 배우려 한다면 마땅히 孔子의 말을 준거로 삼아야 할 것이다. 문인으로서 만일 중국인을 표본으로 삼는다면 응당 중국인의 것을 원칙으로 삼아야 할 것이다.

[今之學者, 苟學孔子之道, 則當以孔子之言爲斷. 爲文辭者, 苟效華人, 則當以華人爲法.][12]

오늘날 일본의 민족문학은 이미 괄목할만한 성과를 이루어냈다. 한시 창작이 광범위하게 보급되었던 에도(江戶)시기에도 많은 학자들이 이러한 문제를 제기하고 강조한 바 있다. 이는 곧 한시의 형식과 내용, 더 나아가 한시라는 문체에 대한 일본인들의 관심과 중시를 말해준다. 외래문화에 대한 일본의 태도에 비추어 보면 일본한시는 한시에 대한 전적인 모방단계를 거쳐 和臭라는 독창적인 단계, 그리고 다시 한시와의 융합이라는 과정을 거치며 형식과 내용의 점진적인 조화를 추구하고 있다. 이것이 바로 일본한시가 걸어온 길이라고 할 수 있다.

(홍서연 역)

12) 馬歌東, 『日本漢詩的運命』에서 재인용. 馬歌東, 「日本漢詩溯源比較研究」, 中國社會科學出版社, 2004年版, 16-17면.

천 년간 일본 고대 문예이론의 흐름과 다섯 가지 논제

왕샹위안(王向遠)

일본 문화사에는 일본의 전통 문학에 관해 해석하고 평론, 연구한 많은 문헌들이 있다. 이들 和歌論, 連歌論, 俳諧論과 能樂, 狂言, 淨琉璃 등의 戱劇論, 物語論, 漢詩論 등을 총괄하여 '일본고대문론' 혹은 '일본고대시학'이라 통칭할 수 있다. 중국의 문예이론 연구는 오랫동안 '서양중심론'과 '中西中心論' 위주로 이루어져 왔다. 따라서 그동안 일본의 고대 문론에 관한 문헌은 중시를 받지 못했고 체계적인 번역도 이루어지지 못하여 출간된 번역문도 10여 만 자에 불과했다. 그러나 최근 몇 년 『日本古典文論選譯』(古代卷, 近代卷)[1]과 『審美日本系列(시리즈)』(『日本物哀』, 『日本幽玄』, 『日本風雅』, 『日本意氣』 4종)[2]이 연속 번역 출판되었고, 『日本古代詩學匯譯』(상하권)[3]도 잇달아 출판되었다. 이들의 출판으로 그간 공백이었던 중국의 외국 문론 번역 영역이 보완되었고 이후 연구를 위한 기본적인 자료가 제공될 수 있

---

1) 『日本古典文論選譯』(고대권 상하, 근대권 상하), 王向遠 역, 中央編譯出版社, 2012년.
2) 『審美日本系列』 2종 『日本物哀』, 『日本幽玄』, 『日本風雅』, 『日本意氣』, 王向遠 역, 吉林出版集團, 2010년부터 2012년까지 연속 출판.
3) 『日本古代詩學匯譯』(상하권), 王向遠 역, 昆侖出版社 『東方文學集成』총서, 2014년판.

게 되었다.

일본의 고대 문론 연구는 관련 연구 성과가 적지 않다. 그러나 현대 대부분 일본 학자들이 경험성의 사유 습관을 고수하면서 문헌의 실증, 교감과 주석 위주의 연구 방법을 견지해왔기 때문에 전체적인 시각에서의 조망과 사변, 개괄이 부족하다. 일본 고대 문론의 발전 규율이나 민족적 특색이 무엇인지에 대한 거시적 측면에서의 명확한 개괄이나 정리, 총괄이 없는 것이다. 일본 학자들은 대부분 和歌論, 連歌論, 俳諧論, 能樂論 등 다른 문체의 문론을 각각 나누어 연구하는 데 익숙하다. '文論'이라는 총괄적 개념도 없으며 문체의 구분을 넘어선 이론적 연결도 매우 드물다. 일본 학자들의 연구는 이론적인 총괄, 사변성의 구성, 그리고 거시적인 비교 시학 연구에 있어 많은 여지와 공백을 남기게 되었다.

따라서 우리는 중국 문화의 입장에서 비교 시학의 방법으로 현대 일본 학자들이 파고들지 않은 영역에 대해 탐색하고 연구해야 한다. 이 글은 중국을 중심으로 한 동아시아 전통시학과 세계 시학을 배경으로 하여 일본의 고대 시학을 종횡으로 고찰, 해부하고자 한다. 그리하여 종적으로는 일본 고대 문론의 발전을 거시적으로 조망하고, 횡적으로는 일본 고대 문론의 일반성과 특수성을 분석, 개괄하고자 한다. 특히 '慰'의 문학 효용론, '幽玄'의 심미 형태론, '物哀'와 '知物哀'의 심미 감흥론, '寂'의 심미 태도론, '物紛'의 문학 창작론은 일본 고대 문론의 독창적인 이론이다. 이들은 일본 문론이 중국 문론을 흡수하여 그것을 넘어서면서 형성된 것으로, 일본적 특성을 보여준다. 따라서 일본 고대 문론은 중국 문론의 분파일 뿐이며 독창성이 결여되어 있다고 여기는 일부 학자들의 편견을 바로잡고 일본 문학을 읽고 감상, 이해, 연구하는 데 필요한 이론적인 참고를 제공하고자 한다.

일본 고대 문론에 대한 연구는 중국 고대 문론의 심도 있는 연구를 위해서도 필요하다. 중국 고대 문론의 연구는 중국 문론 자체에만 국한되어서는 안 된다. 중국 고대 문론의 파급, 즉 주변나라에 대한 전파와 영향을 함께 연구해야 한다. 중국 고대 문론의 일본에 대한 영향은 가장 심원하면서도 전형적이다. 그러므로 일본 고대 문론 문헌의 체계적인 번역과 이를 기초로 한 中日 비교 연구는 일본 고대 문론 연구의 심화에 도움이 될 뿐만 아니라 중국 고대 문론 연구의 확장이기도 하다. 동양의 문론과 시학에 대한 총체적 연구는 학술적 가치와 역사적, 문화적으로 많은 의미가 있다. 동시에 일본 문론을 포함한 동양의 고대 문론을 우리 연구의 시야로 끌어들이는 것은 문론, 시학의 연구에서 오랫동안 답습되었던 '中西비교'의 유형을 타파하고, 진정한 글로벌 문화 시야를 갖춘 세계 문론, 비교 문론, 비교 시학의 체계를 구축하는 데 도움이 될 것이다.

1. 중국 고전 문론의 도입, 원용과 초보적 소화

종적으로 볼 때 일본 고대 문론은 일본 고대 문화의 발전과 기본적으로 보조를 같이 하여 연속성이 있으면서 단계적인 특성을 보인다. 일본 고대 문론의 발전은 중국 문론과의 관련을 근거로 대략 전기, 중기, 후기의 세 시기로 구분할 수 있다.

전기는 나라시대(710-784)에서 헤이안시대(794-1192)로, 일본 역사학자들이 통상 말하는 '고대' 시기이다. 8세기 초에서 12세기 말까지 500년 동안으로, 이 시기 일본 문론은 중국 고전 문론을 도입하고 학습, 원용, 소화하였고 초보적으로 중국 문론을 넘어서기 시작했다.

일본 고대 최초의 문헌은 712년 편찬된 천황과 그 가족을 신성화한 『古事記』로 일본 신화 전설 모음집이다. 지은이인 安萬侶가 한문으로 쓴 『古事記·序』는 일본 최초의 문론(문장론)이라 할 수 있다. 이 글에서 이 책의 편찬 목적이 "나라의 경위이자 왕화의 기반[邦家之經緯, 王化之鴻基]"이라고 했다. 천황과 나라에 대한 복종을 공고히 하기 위함임을 의미한 것이다. 이런 문학의 효용론은 분명 중국에서 배운 것이다. 책을 서술하면서 작자는 '言'과 '意', '詞'와 '心', '辭'와 '理', 이 세 가지를 기본 개념으로 사용하였는데 이는 이후 일본 문론에서 자주 사용하는 개념 범주가 되었다. 752년 일본 최초의 한시집인 『懷風藻』의 서문은 일본 한시론의 원류인데 "풍속을 교화하는 것은 문(文)보다 우선하는 것이 없다. 덕과 몸을 빛나게 하는데 배움[學]보다 우선하는 것이 무엇이겠는가[調風化俗, 莫尙於文、潤德光身、孰先於學]."라고 하였다. 이는 저자가 '文'과 '學'의 교화적 역할, 몸과 성정을 수양하는 효용을 인식했음을 보여준다. 위에서 언급한 『古事記·序』와 『懷風藻·序』의 유가적 교화 문학관은 이후 시학에서도 반복적으로 강조된다.

나라시대에서 헤이안시대로 진입한 후, 불교가 전파되면서 中日 문화 교류도 한층 심화되어 중국의 漢魏 시대와 唐代의 시론, 시학과 문론이 체계적으로 일본에 도입되었다. 이에 막대한 공헌을 한 자는 유학승 空海이다. 空海의 저작으로 『文鏡秘府論』과 간략본인 『文筆心眼抄』이 있다. 『文鏡秘府論』은 '天, 地, 東, 西, 南, 北'의 6권으로 나누어 중국 六朝와 隋唐 문론을 유형별로 기술하였다. 중국 문론의 관련 저술을 거의 그대로 인용하기도 하고, 조술한 부분도 있지만 '天之卷'의 '序' 등에서는 자신의 문론관을 전개하기도 했다. 『문경비부론』은 중국 문론 중 중요 문헌, 특히 중국에서 이미 산실되거나 훼손된 문헌을 보존하였을 뿐만 아니라 체계적이고 대규모로 중국 시론과 시학을 도입하였다. 그중 일부 중요한 개념 범주로는 道, 心, 氣, 文, 文質, 文體, 文氣, 風, 風骨, 風格, 自然, 境界, 趣味, 雅俗, 格調, 風雅頌, 賦比興, 情, 意, 意象, 味, 藝 등이 있다. 일본 고전 시학은 이들을 흡수하고 참조하여 고전 시학의 발전의 초석을 다졌다. 이외에 헤이안 왕조 초기 천황의 명을 받아 편찬된 일반적으로 '敕撰'이라 하는 한시문집인 『凌雲集』(814), 『文華秀麗集』(818), 『經國集』(827)이 있다. 이들의 편자들은 서문에서 모두 "문장은 나라를 다스리는 위대한 일이며 썩지 않을 성대한 일[文章經國之大業, 不朽之盛事]"[4)]이라는 문학 효용론을 인용하였고 빈번하게 '文', '文章', '風骨', '氣骨', '文質' 등의 개념을 사용하였다.

漢詩文을 중국 문론과 함께 수용한 것은 일본 고대 시학사의 최초 단계에서 보이는 현상이다. 다음으로 중국의 시론과 문론을 일본의 독특한 시가 양식인 와카(和歌)에 직접 원용하였다. 와카 창작이 번영하면서 와카의 작법에 관한 '歌學書'가 잇달아 출현하였다. 藤原濱成는 772년 최초의 歌學書인 『歌經標式』을 편찬하였다. 그는 중국 '詩經'의 단어를 사용하여 '歌經이라는 말을 만들고 중국의 '詩式'과 '式'의 개념을 사용하여 '標式'을 만든 것이다. '歌病'과 '歌體'는 중국의 '詩病'과 '詩體'를 원용한 것이다. 와카의 기원에 대해 "마음에서는 뜻이 되고 발언하면 노래가 된다[在心爲志, 發言爲歌]."라고 한 것은 중국의 시론을 직접 원용한 것이다. 문학의 효용에 대해 "노래는 귀신의 그윽한 정을 감동시키고 하늘과 사람의 연심을 위로한다[原夫歌者, 所以感鬼神之幽情, 慰天人之戀心也]."고 하였다. '感鬼神'은 중국의 「詩大序」에서 온 것이지만 '慰天人之戀心'에는 일본적 색채가

4) 중국 魏나라 文帝인 조비가 지은 「典論」에 나오는 말로 문장의 효용론을 강조하는 가장 대표적인 문구이다.

있다. '慰'자는 이후 일본 고대 문론에서 문학 효용론의 중요 개념이 되었다. '위로[慰]'하는 것은 바로 '天人之戀心'이다. '戀心'은 '애련의 마음[哀戀之心]', '사랑의 마음[愛情之心]'으로 마음의 가장 깊은 곳에 직접 닿는다. 『歌經標式』 이후 수십 년, 2, 3백 년 동안 계속해서 『喜撰作式』, 『孫姬式』, 『石見女式』이 출현하였다. 이들을 '和歌四式'이라고 통칭하는데 모두 『歌經標式』을 중복하고 보완한 것이다. 헤이안 왕조 시대 정치가, 학자, 한시문가인 菅原道眞(845-903)는 한문으로 『新撰萬葉集序』(894)를 지었다. 그는 와카의 창작을 "隨見而興旣作, 觸聆而感自生"이라고 했는데 이는 중국 시학의 '감흥'론과 일맥상통한다. 그는 또 '華'와 '實'의 표현으로 新舊 시대 서로 다른 풍격의 와카를 비유하였다.

각종 와카집이 편찬되고 출판되면서 많은 가인들은 와카집의 서문에서 자신의 歌學 관점을 모두 밝혔다. 이 서문들은 대부분 한자로 지어졌다. 11세기 중엽 藤原明衡이 편찬한 한시문집 『本朝文粹』의 11권에 와카의 한문 서문이 수록되어 있는데 『古今和歌集・眞名序』 등 11편이 수록되어 있다. 일본어 와카집에 한문 서문은 어울리지 않는 것 같지만 기본적으로 모두 중국 「詩大序」의 시가 효용론의 반복이다. 이는 당시 일본어 중 이론 언어가 아직 부족했음을 보여준다. 일본어의 관련 어휘가 아직 개념화 되지 않았기 때문에 한문을 사용해서 서문을 쓴 것은 피할 수 없는 추세였으며, 동시에 한시론의 와카론에 대한 침투와 전환을 보여준다. 이 중 가장 대표적인 것이 10세기 초의 저명한 歌人 紀貫之(약 870-945) 등이 편찬한 『古今和歌集・眞名序』로 이렇게 시작된다. "와카라 하는 것은 사람의 마음을 밭으로 하여 말이라고 하는 숲에서 꽃을 피우는 것이다. 사람이 이 세상에 살 때, 아무것도 하지 않을 수는 없다. 생각하는 것은 바뀌기 쉽고 애락도 서로 바뀐다. 감정은 마음에서 생겨나고 와카는 말에 의하여 표현된다. 이것으로 마음을 편안하게 살아가는 사람은 그 목소리가 즐겁고 원망을 갖는 자는 그 목소리가 슬프고 이것으로 자신의 생각을 펴기도 하고 자신의 불만을 표현할 수도 있다. 천지를 움직이고 귀신을 감동시키고 사람들을 교화시키고 부부의 사이를 화합하는 데에 와카보다 좋은 것은 없다." "와카에는 六義가 있다. 하나는 風이라 하고, 둘은 賦라 하며, 셋은 比라 하고 넷은 興이라 하며 다섯은 雅라 하고 여섯은 頌이라 한다." 이는 중국 문론을 원용한 것이다.

『고금화가집・진명서』와 달리 『고금화가집・가명서』는 중국 문론에 대한 해석성 번역과 발휘로 이는 일본 문학과 시학 의식의 자각을 의미한다. 저자인 紀貫之는 와카의 六義를 풍유가(そへ歌), 경물가(かぞへ歌), 사물에 빗대어 읊은 노래(なずらへ歌), 비유가(たとへ歌), 꾸밈이 없는 노래(ただごと歌), 축하의 노래(いはひ歌)로 해석하였다. 더 중요한 것은 명확한 '倭歌' 혹은 '和歌'의 독립 의식을 나타냈다는 것이다. 그는 와카를 "하늘과 땅이 처음으로 열렸던 때부터 이 세상에 나왔다[始於天地開闢之時].", "천상에서는 시타테루히메로부터 시작되고 지상에서는 스사노오노미코토로부터 일어났다."라고 하였다. 이는 기원적으로 와카의 형성에서 한시의 연원 관계를 부정한 것이다. 저자는 또 이렇게 말했다. "와카의 모습은 여섯 가지이다. 한시에도 이와 같은 것이 있다." 본래 '六義'는 중국에서 온 것이지만 '한시에도 이와 같은 것이 있다'고 함으로써 마치 와카의 六義가 한시의 六義가 평행적으로 발생했다는 것처럼 들리며 와카의 육의가 더 일찍 출현했다고 느끼게 하기까지 한다. 이뿐만 아니라 「假名序」은 와카와 한시를 비교하며 자신의 가치판단을 드러냈다. 한시를 "꾸밈의 노래, 몽환적인 말[虛飾之歌, 幻夢之語]."라고 하면서 한시의 성행이 와카를 '타락(墮落)'하게 만들었다고 본 것이다. 이는 일본 와카가 의식적으로 한시의 영

향을 벗어나 자각적으로 와카만의 심미 규범을 확립했음을 보여준다. 예를 들어 「假名序」은 「眞名序」의 문학 효용론 이외에 “남녀 간의 사이를 화평하게 하고 거친 무사의 마음마저도 위로하는 것”이라고 하여 ‘慰’의 효용을 강조하였다. 6인의 저명 歌人에 대한 간단한 비평에서 ‘心’, ‘歌心’, ‘情’, ‘詞’, ‘誠’, ‘花’와 ‘實’ 등의 용어를 사용하였다. 이는 중국 시학 용어와 중복되면서도 차별화되어 이후 일본 시학의 기본 개념이 되었다.

紀貫之와 함께 『古今和歌集』을 편찬한 4인 중 한 명인 壬生忠岑의 『和歌體十種』(945)은 『시경』의 ‘六義’가 아닌 중국 당나라 崔融의 『新定格詩』 중 詩歌十體와 司空圖의 24詩品을 참조하여 와카를 古歌體, 神妙體, 直體, 餘情體, 寫思體, 高情體, 器量體, 比興體, 華艶體, 兩方體 10체로 구분하였다. 그리고 이 10체에 대해 간단한 구분과 설명을 하고 와카 몇 수를 예로 들었다. 『和歌體十種』의 이 분류는 초보적이며 각 體의 정의도 모호하고 구체적이지 못하다. 그러나 이전의 『古今和體集 · 假名序』 중 6종 분류를 기초로 한층 더 심미 풍격의 각도에서 와카의 종류에 대한 구분과 범주 설정을 시도하였다. 특히 ‘詞’와 ‘義’(즉 ‘心’) 두 가지를 분류의 주요 근거로 삼았고 ‘幽玄’, ‘餘情’ 등 일본의 독특한 개념을 사용하였다.

이후 藤原公任(966-1041)의 『新撰髓腦』(약 1041)와 『和歌九品』(대략 1009년 이후) 두 저서는 내용과 형식의 각도에서 ‘心’과 ‘詞’ 두 개의 대립적이면서 통일된 범주를 제시하였고, 壬生忠岑의 ‘體’를 ‘姿’로 바꾸어 ‘心’, ‘詞’, ‘姿’ 세 개념의 관계를 설명하였다. ‘心’은 작자 안에 있는 사상 감정이고, ‘詞’는 구체적으로 어휘를 고르고 문장을 만드는 언어적 표현이며 ‘姿’는 마음[心]과 언어[詞]가 결합된 후의 전체적인 미감 특징[風姿, 風格]이다. 그는 와카는 ‘心’이 깊어야 하며 ‘姿’는 맑아야 하고, ‘心’과 ‘姿’ 두 가지를 다 고려하기는 쉽지 않으므로 두 가지를 다 고려할 수 없을 때는

'心'을 우선해야 한다고 보았다. "만약 '心'이 깊지 못하더라도 또한 '姿'의 아름다움이 있어야 한다"고도 하였다. 藤原公任 이후 '心, 詞' 혹은 '心, 詞, 姿'의 관계는 줄곧 일본 와카론과 문론의 기본 문제였다. 藤原公任 후, 源俊賴(약 1055-1129)가 장편의 '歌學'書인 『俊賴髓腦』에서 와카의 실례 감상을 위주로 하여 '歌心'의 개념을 강조하였고 이 개념을 사용하여 다른 유형의 와카를 감상하고 비평하였다. 藤原俊成(1114-1204)의 『古來風體抄』는 일본 최초의 和歌史論으로, '姿'와 '詞'의 각도에서 와카의 역사적 흐름을 정리하고 구체적인 작품에 대해 평점을 하였으며 '心姿'라는 개념을 특히 강조하였다. 그의 歌學 사상은 '歌合'[와카 대회]의 '判詞'[평어]에 잘 드러나 있다. 권위 있는 비평가였던 藤原俊成은 궁정의 문벌 귀족이 거행하는 20여 차례의 歌合에서 심사를 담당하였다. 그는 '判詞'에서 '姿', '風體', '體', '樣', '心', '詞', '華實' 등의 각도에서 일련의 심미 판단을 표현하는 어휘, 예를 들어 '餘情', '風情', '優', '優美', '艷', '哀', '寂', '幽玄', '長高', '可笑'(おかし), '巧', '愚' 등을 사용하였으며 이들은 와카 비평과 감상의 초보적인 개념군이 되었다. 이들 개념은 중국 문론과 겹치는 부분이 있지만 분명한 차별성을 갖는다. 이러한 상황에서 가인들의 와카 독립 의식은 한층 강화되었고 와카가 한시와는 다른 것임을 강조하였다. 예를 들어 저명한 歌人인 藤原基俊(약 1054-1142)은 『中宮亮顯輔就歌合』(1134)의 '判詞'에서 일부 한시와 비슷하게 창작된 와카를 신랄하게 비판하며 '漢家'의 속박을 벗어난 와카의 가치를 말하였다.

헤이안시대의 일본 고대 문론 사상은 주로 한시론, 와카론에서 보이지만, 이 외에 日記, 物語 등 일본어 산문 창작 및 관련 논의에서도 보인다. 이들은 지금이야 정통 일본문학으로 여겨지지만 당시는 부녀와 어린 아이들의 소일거리 독서물로 여겨져 한시나 와카 같은 정통 문학의 반열에

들지 못했고, 작자도 대부분 여성들이었다. 바로 이러한 이유 때문에 日記論과 物語論은 한시론이나 와카론처럼 중국 시학 관념의 영향을 받지 않으면서 주로 저자의 창작체험을 표현하였다. 작자들이 가장 관심을 가진 것은 독자들이 읽은 후 '재미있다(おもしろし)', '신기(めずらし)'하다고 여기는가의 여부나 '슬픔(あはれ)'의 감정을 불러일으킬 수 있는가의 여부였다. 이 때문에 어떻게 허구와 진실[誠]의 관계를 처리할 것인가가 가장 중요한 문제였다. 예를 들어 藤原道綱의 모친이 쓴 일기 『蜻蛉日記』(954-974)는 시작 부분에서부터 그녀가 쓰려는 '일기'가 세상에 유행하는 순수 허구인 '物語'와는 다른 것으로, 날짜에 따라 자신의 각별한 경험을 기록하는 것이라고 했다. 그녀는 독자들이 이것을 신기하게 느낄 것이라 여겼으며 허구인 物語와는 다른 일기의 진실 관념을 표현하였다. 이는 사생활을 드러내는 것을 즐거움으로 여긴 '私小說'의 원류라 할 수 있다. 物語論 중에서 가장 시학적 가치가 있는 것은 紫式部(약 978-1016)의 『源氏物語』이다. 특히 「螢」과 「蓬生」권에서 작자는 책 속 인물들의 입을 빌려 物語의 문학관을 체계적으로 표현하였다. 저자는 우선 物語 문학의 수용 심리가 '분명 거짓임을 알지만', '기꺼이 속임을 당하길 원하는' 것이며 독자들이 物語에서 추구하는 것은 '마음을 여유롭게 하고 심심함을 쫓으려는' 것으로 '위로[慰]'나 '소일거리[消遣]'(すさびごと)에 지나지 않는다고 했다. '慰'와 '消遣'의 문학 효용론은 유가적 載道, 교화의 문학관과는 아주 다른 것이다. 다른 한편으로 物語의 이야기는 허구인 것처럼 보이지만 모두 "세상의 실제 사람과 실제 일"로 인물의 행위와 성격의 좋고 나쁨에 대해 과장이 되기는 했지만 "세상에 없는 것은 아니므로", "만약 物語를 모조리 빈 말이라고 한다면 실제 상황에 부합하지 않는다"고 하였다. 紫式部는 또 物語에서 묘사한 진실은 역사학의 진실과 다르지만 허구인

物語가 역사책에 비해 "더 조리 있고 상세하게" 현실을 반영한다고 지적하였다. 이렇게 紫式部는 物語의 허구와 진실의 관계에 대해 매우 변증법적인 해석을 하였다. 더욱 중요한 것은 『源氏物語』에 나타나는 '哀'(あはれ)와 '物哀'(もののあはれ)의 심미관, 말하기 힘든 복잡한 남녀 간의 사정, 즉 '物紛'(もののまぎれ)에 대한 묘사가 모두 풍부한 시학 사상을 내포하고 있다는 점이다. 이는 이후 문론가들의 지속적인 연구 주제가 되었다.

나라에서 헤이안시대 초기까지, 즉 8세기 초에서 9세기 말에 이르는 200년 동안 유학승, 천황 및 궁정의 신하와 귀족들은 중국의 문론을 열심히 도입하고 학습, 소화하였다. 10세기 初『古今和歌集・假名序』이후, 초보적으로 자신들의 문론 사상 및 이와 관련된 개념 범주들을 만들기 시작했다. 이는 일본 고대 문론에서 창조적인 개념, 범주와 이론 명제가 초보적으로 제시된 시기였다.

2. 중국 문론에 대한 수용과 일본 고대 문론의 확립

일본 고대 문론 발전의 중기는 13-16세기, 즉 가마쿠라시대부터 무로마치시대까지 4백 년간이다. 일본 고대 문론이 확립된 시기로 창조적인 이론 개념과 명제가 한층 확립되고 공고해진 시기이다.

이 4백 년은 역사학에서 일반적으로 '중세'라고 불리는 시기이다. 정치적으로 무사들이 패권을 다투면서 황실은 유명무실하였지만 문화 방면으로는 公家文化, 武家文化, 僧侶文化 세 문화가 정립 형세를 이루었다. 이 시기의 일본 시학은 여전히 와카 혹은 歌論을 정통과 중심으로 하면서도 그 연장선상에서 '連歌'論이라는 분파가 출현했다. 이와 동시에 歌

學의 영향으로 '能樂'이론이 새로 등장하여 이 시기 일본 문론 발전 중 중요한 부분이 되었다.

藤原定家(1162-1241)는 이 시기 歌學, 歌論에서 이전 성과를 계승, 발전시킨 중요 인물이다. 그는 부친인 藤原俊成의 歌學 사상에 대한 계승과 발전에 자신의 다재다능함과 박학다식, 확실하고 참신하며 체계적이면서도 깊이를 갖춘 이론으로 궁정 歌壇의 맹주이자 권위자가 되었다. 藤原定家는 평생 3천 6백 여 수의 와카를 지었으며 『新古今和歌集』을 주편하였다. 歌論書로는 『近代秀歌』, 『詠歌大觀』, 『毎月抄』가 있는데 모두 개인의 사신 왕래 형식으로 쓴 것이다. 그는 '有心', '幽玄' 등 와카 미학의 기본 개념으로 "詞는 옛 사람을 배우고 心은 새로운 것을 추구하며 姿는 고원함을 추구해야 한다[詞學古人, 心須求新, 姿求高遠]."를 주장하였다. 또한 형식과 풍격에서 '有心'과 '有心體'를 제창하여 '心', '詞', '姿'의 이론을 한층 심화하였으며 후세에 중대한 영향을 주었다.

藤原定家의 영향은 일본 중세 歌學, 歌論의 '家學'화와 전승화가 그로부터 시작되어 형성되었다는 점에서 직접적으로 드러난다. 이전, 그의 부친인 藤原俊成은 자신의 歌學, 歌論을 중심으로 '御子左家'를 형성하였고 이때부터 歌學, 歌論의 가족화가 시작되었다. 藤原俊成에서 그의 아들 藤原定家, 藤原定家의 아들 藤原爲家로 전해졌으며, 藤原爲家의 손자 세대에서 藤原爲世를 대표로 하는 '二條家'와 藤原爲謙을 대표로하는 '京極家', 그리고 冷泉爲相, 冷泉爲秀를 대표로 하고 今川了俊이 그 뒤를 잇고 正徹이 다시 그 뒤를 계승한 '冷泉家'가 있다. 이들 세 가문은 이 시기 전체 일본 가학, 가론의 세 중심이자 주류로써 백여 년 동안 지속되었다. 세 가문 모두 조부인 藤原定家의 정통파임을 자처하면서 藤原定家를 추종하고 본받았지만 중점과 해석에 있어 각각 다른 부분이 있었으므로 서로 경쟁하고 논쟁하면서 가학의 번영과 발전을 촉진하였다. 이렇게 藤原定家는 전체 가마쿠라시대와 무로마치시대 일본 가학, 가론의 우상이 되었다. 正徹은 『正徹物語』에서 이렇게 말하기도 했다. "와카의 영역에서 藤原定家를 부정하면 부처의 보호를 얻지 못하고 벌을 받게 될 것이다." 藤原定家의 관점과 견해는 사람들에게 절대 반박할 수 없는 것이었으며 심지어 이후 출현한 가학 저서인 『三五記』, 『愚秘抄』, 『愚見抄』, 『桐火桶』 등까지도 모두 藤原定家의 이름을 가탁하여 세상에 전해졌다. 이들 저작은 '위서'로 판명되었지만 중세 가학, 가론의 중요 부분이며 藤原定家 사상의 확장이자 연장으로써 가치가 있다.

가학, 가론의 가족화, 전승화로 道統이 형성된 동시에 사고가 깊어지면서 가학, 가론에서도 불도사상을 빌려오게 되었다. 이로 인해 歌學은 더욱 발전되어 기예를 넘어 道의 단계로 접어든 '歌道'가 되었다. 歌學의 '道學'화로 '歌道'가 된 것이다.

가마쿠라, 무로마치시대 일본 문론 사상 발전의 또 다른 측면은 바로 와카론에서 連歌論이 나왔다는 점이다. '連歌'는 와카의 변체로 원래는 여러 사람이 연합하여 와카를 음영하는 일종의 사교적인 언어 유희였으나 무로마치시대에 이르러 와카와 상대되는 독립적인 언어 예술이 되었다. 이리하여 '歌人' 외에 連歌 창작에 종사하는 '連歌師'가 등장하게 되었고 다수의 連歌에 관한 논의가 이루어졌으며 '歌道'에서 '連歌道'까지 생겨나게 되었다. 連歌道의 기반을 다진 二條良基(1320-1388)는 『僻連抄』, 『連理秘抄』, 『擊蒙抄』, 『愚問賢注』, 『築波問答』, 『九州問答』, 『連歌十様』, 『知連抄』, 『十問最秘抄』 등 일련의 연가론 문장과 서적을 집필하여 連歌를 정리, 총괄하고 체계적으로 자신의 주장과 견해를 제시하였다. 그는 連歌會를 주최하고 연가를 창화하면서 주고받을 수 있게 하기 위해 규칙인 '式

目'을 제정하였다. 원래 오락 위주의 언어 유희였던 連歌 창화는 지식과 교양을 표현하고, 갖가지 규칙의 제한 속에서 임기응변적으로 민첩성, 창의성을 드러낼 수 있는 장이 되었다. 렌카는 와카처럼 심미성을 갖추고 있으면서도 동시에 사교성, 사회성을 가지고 있었다. 개인의 심미성과 집단의 사교성이 함께 결합되어 서로의 협조와 묵약, 以心傳心, 餘情과 여운의 감지 등에서 렌카 특유의 매력을 보여주었다. 이는 또한 連歌論과 連歌道의 기본적인 요건과 특징이다. 따라서 렌카는 심성의 수련이 우선되었고 그 다음이 기예의 수련이었다. 연가론은 승려들인 連歌師에 의해 한층 발전되었다. 승려 心敬(1406-1475)은 『私語』에서 렌카를 배워 갈고 닦는 것을 불교의 수련과 결합시켜 연가가 심령을 수련하고 마음을 고요하게 하고 도를 깨우치는 것과 관련이 있다고 설명하였다. 저명 승려이자 連歌師인 宗祇(1421-1502)의 『長六文』, 宗長의 『連歌比況集』 등 저작들은 불교 선종의 각도에서 일상생활의 수양, 수련과 렌카의 관계를 설명한 것이다. 렌카의 심미이념은 기본적으로 歌學, 歌論을 답습하였다. 예를 들어 '幽玄'을 최고의 심미적 이상으로 모두 간주한다는 것과 心과 詞, 心과 姿의 관계에서 착수하여 心을 가장 우선하였다는 점이 그러하다.

이 시기 새로운 문예 양식인 能樂이 출현하였다. 能樂은 '猿樂之能'의 줄임말로 본래 중국 고대 樂舞의 영향을 받은 일본 민간 희곡이다. 무로마치시대에 무사 귀족을 심미적 기준으로 삼게 되면서 신속하게 雅化되어 일본 민족 최초의 성숙한 고전 희극이 되었다. 能樂이 성숙했음을 보여주는 지표 중 하나는 바로 能樂 이론의 등장으로, 그 집대성자는 世阿彌이다. 世阿彌는 『風姿花傳』, 『至花道』, 『三道』, 『花鏡』, 『遊樂習道風見』, 『九位』, 『六義』 등 20여 종의 저작에서 歌學과 歌論의 기존 성과를 차용하고 동시에 자신과 선배들의 예술 경험과 체험을 총괄하여 비교적 완정한 能樂

이론 체계를 수립하였다. 그는 노가쿠의 기원, 심미 이상, 풍격의 유형, 관중의 희극 감상론, 연기자의 기예 수련론, 연기 예술론, 각본 집필 예술론 등 각 방면을 모두 섭렵하였다. 그는 인도와 중국에서 노가쿠의 기원을 찾으며 이른 시기에 아시아 지역 문학의 안목을 갖추었다. 그는 歌論의 '幽玄'론을 노가쿠의 최고 심미 이상으로 보았고 '花'를 노가쿠 예술 풍격의 최고 표현으로, '物眞似[모방]'을 연기 예술의 핵심으로 보았으며, 어떻게 '마음'과 '몸'의 관계를 처리할 것인가가 연기자의 표현 예술의 관건이라고 보았다. 이 외에 그는 또 '藝位', '二曲三體', '三道', '六義', '九位', '序, 破, 急' 등 각본 집필과 연기학의 개념을 제시하고 논증하였다. 또한 희극의 심미 풍격인 '蔫之美'(しおたれる)라는 개념을 제시하였다. 世阿彌의 노가쿠론은 일본의 시학, 문론사에서 고조기였을 뿐만 아니라, 같은 시기 세계 고대 희곡 이론에서도 전면성과 체계성, 심도의 측면에서 대적할만한 사람이 드물다. 世阿彌의 사위이자 계승자인 金春禪竹(1405-약 1470)은 世阿彌의 이론을 계승하고 발전시켰다. 그는 중국 불교의 선종 철학을 차용하고 世阿彌의 경험을 총괄한 이론을 추상화하여 '幽玄' 등 핵심 개념에 대해 독자적인 이해와 설명을 하였다.

漢詩를 평설 대상으로 하였던 '詩話'도 일본 고대 시학의 중요한 구성 부분이다. 이 시기, 나라, 헤이안 시대 귀족인 菅原道眞, 승려 空海 등이 개척한 한시문 창작과 한시론의 전통은 가마쿠라 말기, 무로마치 초기의 '五山文學'(막부 관할 하의 五山, 十刹을 중심으로 하는 승려들이 창작하던 한문학)으로 계승되었다. 오산 선승의 한시문 창작이 성행한 동시에 오산문학의 비조인 虎關師煉은 한문으로 『濟北詩話』를 집필하였다. 이는 '詩話'라고 명명한 일본 최초의 시론 저작이자 이 시기 유일한 시화로, 에도시대 일본 시화의 다작을 알리는 예고이자 밑거름이 되었다.

3. 일본 고대 문론의 성숙과 중국 문론에 대한 초월

에도시대(1600-1868) 260여 년은 일본 문론 발전의 후기에 해당한다. 이 시기는 이전의 문론 성과를 씹고 소화하고 연구하고 총결한 시기로 일본 고대 시학의 성숙기이자 총결기라 할 수 있다. 다수의 시화와 시론 저술이 출현하였고, 가론과 가학이 유례없을 정도로 심화되었으며, 物語 문학이 연구의 단계로 진입하였고 俳諧論이 새롭게 출현하였으며, 각종 희극론도 전면적으로 발전하였다. 의론과 평론 등을 포괄하는 각종 문학의 '論'은 이 시기에 이르러 체계성을 갖춘 '學'과 '詩學'의 형태가 되었다. 일본 고대 문론은 완성에 이르게 된 것이다.

에도시대 일본 문론의 성숙은 우선 한학의 보급과 성숙에 달려있다. 이 시기 관방의 의식 형태는 유학이었기 때문에 한학, 특히 유학 연구는 가장 중시되는 학문이었고 이는 한학열을 부추겼다. 한학(한시문 포함)은 일반 지식 계층이 반드시 수양해야 하는 것으로 거의 모든 사람이 글을 짓고 쓸 수 있었으며 '和漢訓讀法' 덕분에 일반 사람들도 모두 비교적 쉽게 한문과 한문 서적을 읽을 수 있었다. 이전 7, 8백 년간 한학은 단지 소수 귀족 학자들의 전유물이었으나 이 시기 일본은 진정한 한학의 보급화를 실현하게 되었고 전면적이고 심도 있게 한학을 장악하게 되었다. 이런 상황에서 일부 작가들은 중국 고전 소설인 『水滸傳』을 '飜案[번역 개작]'하였고 이를 바탕으로 '讀本小說' 등 통속 소설 유형이 창작되었다. 또 瀧澤馬琴 같은 자들은 중국 명청 소설의 이론과 비평의 범주와 방법을 원용하여 일본 소설 비평을 전개하기도 했다. 일부 한학자, 한시인들은 중국과 일본의 詩作을 비평, 연구하였고 중국의 '詩話' 형식을 모방하여 한문 혹은 일본어로 지은 다수의 '시화'가 출현하였다. 그 가운데 祇

園南海(1676-1751)의 『詩學逢原』, 廣瀨淡窗의 『淡窗詩話』가 가장 대표적이며 특히 중일 시가 비교 부분이 이론적 가치가 있다. 한학자들은 문학 비평과 연구에서 일본 시학에 신선한 사상적 기여를 하였다. 한학자이자 사상가인 荻生徂徠는 『徂徠先生問答書』에서 이렇게 말했다. "성인의 가르침은 오로지 禮樂과 風雅한 문채에 있는 것이지, 무슨 '心法'이라든가 '性理'라든가가 아니다." 그는 "후세의 유학자들이 망령되게 해석을 하여 도덕을 중시하고 문장을 경시하게 되었다"고 비판하면서 성인의 도를 이해하려면 '人情'을 이해해야 하고 이를 위해서는 실제 시문을 창작해야 하며 창작은 문사와 문채를 중시해야 한다고 강조하였다. 人情과 문학, 글자 고증을 중시하는 경향과, 언어로부터 문학을 연구하는 학술 방법은 이후 賀茂眞淵, 本居宣長 등 '국학가'의 이론과 방법에 영향을 주었다.

한학과 한시문 연구의 심화는 와카 연구와 歌學의 심화와 성숙에 도움이 되었다. 유구한 역사 전통과 성과가 축적된 와카론은 에도시기가 되면서 총괄성, 체계적 구성을 갖춘 진정한 '歌學'의 단계로 발전하였다. 이전 시기에도 歌學이라는 단어가 사용되었으나 당시의 '歌學'은 와카를 학문 수양의 일종으로 간주했던 반면, 에도시대의 '가학'은 와카를 학술적으로 '연구'한 형태였다. '가학'의 형성은 에도시대 중기 이후 '국학'의 출현과 밀접한 관련이 있다. '국학'은 한학과 상대적인 표현으로, 에도시대 후기의 '蘭學(洋學)'과 함께 정립의 형세를 이루었다. 서로 다른 학문 영역과 그 내부의 학파, 종파 사이에 격렬한 학술적 논쟁이 전개되면서 학술 사상이 활기를 띄었으며 이는 '歌學'의 심화와 성숙을 촉진하였다. 국학파는 일본 고전 문학 문헌을 연구, 설명하면서 일본 '국학'의 특수한 품격을 부각시켰다. 국학의 선구자이자 '國學四大人' 중 첫째는 契沖이다. 그는 『萬葉代匠記』에서 한 편으로는 『萬葉集』이 중국 문학과는 다른 독창성과 우월성이 있으므로 중국 문헌을 사용하여 곧바로 일본의 '神道'와 『萬葉集』을 해석하는 가능성을 부정하면서도, 다른 한 편으로는 매번 한적을 인용하여 『萬葉集』의 근거로 삼았다. 두 번째 '국학사대인'인 荷田春滿은 『國歌八論』에서 일본의 '國家'인 와카의 성질과 특징에 대해 논술하였다. 그는 유가의 공리주의 문학관을 반대하고 와카가 정치, 도덕과 무관함을 강조하면서 와카의 수사적 아름다움을 추종하였다. 세 번째 '국학사대가'인 賀茂眞淵은 시리즈 저작인 '五意考', 즉 『歌意考』, 『書意考』, 『國意考』, 『語意考』, 『文意考』를 집필하였다. 그는 일본 본토 문화를 '國意'라 하고 유, 불 등 외래문화를 '漢意'라 부르면서 '한의'가 일본의 정치와 현실에 부합하지 않는다고 보았다. 그리고 일본 고유의 '歌道[와카의 도]'는 쓸모없어 보이지만 나라를 다스리는 방법이 될 수 있다고 보았다. 유교의 의리에 국한되는 것을 반대하고 천지자연에 바탕을 두고 있는 일본 고유의 '古道' 즉 '神皇의 道'를 강조하였다. 오랜 시간 외부에서 들어온 유교와 불교가 古道를 가리고 왜곡하였으므로 반드시 이들을 배척하고 순수한 일본의 고도로 회귀해야 한다는 것이다. 그는 『萬葉集』 중 상고 시기의 와카를 추종하여 萬葉古歌를 배우면 歌道를 장악할 수 있을 뿐만 아니라 '眞心'을 배울 수 있다고 했다. 萬葉歌의 '眞心'은 바로 천지자연의 진심, 즉 '大和魂'이므로 일본의 歌學을 '漢意'에서부터, 유학과 주자학의 권선징악적 관념으로부터 해방시켜야 한다. 이러한 관점은 그의 학생인 本居宣長에게 계승되었다.

네 번째 '국학사대인'은 本居宣長이다. 그는 契沖의 고대문헌학과 賀茂眞淵의 古道學을 계승 발전시켜 '국학'파의 복고주의와 일본 문화우월론 사상을 집대성하였다. 풍부하고 다채로운 학술 연구를 통해 일본 문화 전통을 해석하고 일본 문학의 독창성을 강조하기 위해 노력하였으며, 이를 위해 외래의 한문화, 불교문화를 폄하하고 부정하였다. 또한 "漢意를 배척하고 大和魂을 수립할" 것을 주장하여 일본 문화의 자강자립을 추구하였다. 本居宣長의 일본 문론에 대한 최대 공헌은 바로 '物哀論'이다. 그는『源氏物語』를 연구한『紫文要領』(1763)과『源氏物語』의 주석서인『源氏物語玉の小櫛』(1796), 와카 연구 전저인『石上私淑言』(1763) 등의 저작에서 거듭 이렇게 강조하였다.『源氏物語』등 物語 문학이든 와카든 그 주제는 바로 '物哀'와 '知物哀'이다. 이것은 자연적인 인성으로부터 나온, 도덕관념의 속박을 받지 않으며 만사 만물 특히 남녀 간의 감정에 대한 포용, 이해, 동정으로 유학자들이 말하는 권선징악 같은 것이 아니다. '物哀'와 '知物哀'는 일본 시학 관념이 중국식 사유를 벗어나기 위한 시도로 상징적 의미가 있으며 일본 문학의 민족적 특색에 대한 발견이자 총괄이다.

本居宣長 이후 국학가이자『源氏物語』연구자인 荻原廣道는『源氏物語評釋』를 집필하였다. 그는 安藤爲章이『紫家七論』에서 말한 '풍자론'과 本居宣長의 '物哀論'을 비판적으로 수용하고『源氏物語』에 대한 상세한 주석과 분석을 통해 '物紛'론을 제시하였다. 그는『源氏物語』의 주지를 '物之紛'(物の紛れ)의 묘사라고 보았다. 도덕과 인간의 감정이 한데 얽힌, 복잡한 남녀의 사랑에 대해 원래 모습대로 충실하게 묘사하면서 가치판단을 하지 않은 것이다. '物紛'론은『源氏物語』와 일본 전통 문학의 한층 더 고차원적 특징을 보여주었다.

에도시대 일본 시학 사상의 심화는 歌學이 파생되고 증식되는 모습으로 표현되었다. 이전의 歌學, 連歌學의 기초 위에서 俳諧(俳句)라는 새로운 문학 형식의 창작이 크게 유행하였고 이에 따라 俳諧論(俳論)도 성행하면서 일본 고대 시학 특히 에도시대 시학의 구도에서 특히 사람들의 관심을 끌었다. 俳諧論의 가장 큰 공헌은 심미적 취미가 시대에 따라 바뀌게 되었다는 것이다. 즉 귀족의 심미적 취미에서 서민의 심미적 취미로 전환되었다. 우선 '俳諧'의 심미 가치에 대한 확인이다. 와카론에서 헤이안 시대의 歌人인 藤原清輔의 『奧義抄』는 '俳諧歌'를 언급하면서 중국 고적의 골계 고사를 예로 들어 '골계'의 심미성을 논하였다. 그러나 그가 말한 '골계'는 '機智', '辨言', '巧言'였다. 에도시대에 이르러 俳諧論은 '雅'와 상대적인 '俗'을 '배해'의 특징으로 보았다. 와카, 렌카는 귀족적 취미의 문예 형식으로 '雅言'의 사용을 견지하면서 속어와 속언을 배척하였다. 그러나 俳諧論은 이론에서부터 속언, 속어의 심미 가치를 긍정하면서 雅言과 俗言의 변증관계를 논하였다. 그동안 비속하고 아름답지 못한 것으로 인식되던 속언과 속어에서 그것의 독특한 심미 가치를 발견해내고 배해 창작으로 그것을 실천하였다. 松尾芭蕉와 그 제자 向井去來, 森川許六, 服部土芳, 各務支考 등을 중심으로 하는 '蕉門[芭蕉의 문하생]'은 불교 선종의 인생태도를 배해 창작에 적용하였고, 또 다수의 俳論 저작을 집필하였다. '蕉門俳諧'와 그 俳論은 '寂'論을 중심으로 아속의 대립을 초월한 俳諧의 창작을 '風雅之道'로 여겨 마음과 성정을 수양하는 인생 수련으로 격상시켰다. 또한 '寂之聲', '寂之色', '寂之心'의 개념, '風雅之誠', '風雅之寂', '夏爐冬扇', '高悟歸俗' 등의 미학 명제를 제시하여 독창적인 배론 체계를 이루었으며 독특한 각도에서 일본 고대 시학의 심화를 위해 공헌하였다.

이 시기 희극론은 제2기 能樂論의 연장이다. 전체적으로 世阿彌와 같은 체계적인 희극문학이론 형태는 출현하지 못했으며 관련 문헌도 많지 않다. 그러나 노가쿠의 기초에서 나온 시정 희극 양식－科白劇인 '狂言', 나무 인형극인 '人形淨瑠璃', 가무극인 '歌舞伎'가 유행하면서 작가들도 이론적 가치가 있는 견해를 발표하였다. 예를 들면 大藏虎明의 『童子草』(일명 『狂言昔語』, 1660)는 狂言의 예술 특징에 대하여 "狂言은 노가쿠의 간략화"이며 狂言은 "노가쿠의 狂言"이라고 했다. 가부키 작가인 入我亭我入(생졸년 미상)의 『戱財錄』은 에도시대 유일한 가부키 극본 창작에 관한 글이다. 그는 극본 창작이 서로 다른 지역의 특색과 풍습, 사계절 등의 요소와 관련이 있는 것으로 보았고 작자의 상상력을 강조하였다. "虛와 實 사이에서만이 비로소 '慰'를 얻을 수 있다"는 것에서 "모든 예술의 진실은 허와 실의 막 사이에 존재한다"는 명제를 제시하였다.

종합적으로 에도시기는 일본 고대 문론의 총결기, 연구기로서 학자, 이론가들이 이전의 성과를 체계화, 계통화, 세분화, 심화하였으며 전인들이 제시한 개념, 범주, 작품에 표현된 심미 사상을 연구, 발전시켰다. 일본 고대 문론의 성숙기로서 민족성의 자각과 이론의 자주성이 강조된 시기였다. 이 과정에서 중국 문론은 자극, 격발, 계시, 촉진의 작용을 하였다. 일본의 한시론에서 중국 시론과 시화는 일본 문론가들이 자유롭게 이용하고 선택하고 사용할 수 있는 자원이자 보고였다. 와카와 모노가타리의 연구에서 중국 문론은 없어서는 안 되는 대비, 대조의 대상이 되었다. 일본 시학이 성숙해지면서 전체 일본 문론 천년의 발전사는 점차 중국 문론에 대한 도입, 모방, 원용, 수정을 거쳐 초월하는 과정으로 완성되었다. 에도시대 말기 香山景樹의 歌學은 '국학가'의 복고주의에 반박하는 것으로 근대 문론의 입구에 다다르게 된다. 이 외에 에도시기의 '色道' 미학과 신흥 시정 문학, 특히 통속소설인 '浮世草子'와 '人情小說'에서 '意氣'(いき)라는 개념을 중심으로 일본적 특색을 갖춘 身體 미학 사조가 생겨났다는 점은 주목할 만하다. 그러나 이는 이론화가 되지 못했고 현대 미학가 九鬼周造의 『意氣의 構造』에 이르러서야 체계적으로 설명될 수 있었다.

4. 일본 고대 문론의 다섯 가지 주제와 이론적 특색

세계문학과 세계 시학의 시야에서 볼 때 문학과 문론은 '原生態'와 '次生態' 두 가지가 있다. 原生態 문론은 아무런 외래의 영향을 받지 않은 상황에서 자생적으로 생겨난 것으로 고대 희랍, 인도, 중국의 문론과 시학이 이에 해당된다. 次生態 문론은 외래의 영향을 받은 것으로 일본 고전 문론은 전형적인 차생태 시학에 속한다. 왜냐하면 일본 문론은 주로 중국 문론에서 영향과 영감을 받아 형성되었으며 중국 문론을 중심으로 하는 동아시아 문론 체계의 한 분파에 속하기 때문이다. 그러므로 일본의 고전 문론 연구는 중국 고대 문론을 중심으로 하는 동아시아 시학의 시야를 벗어날 수 없다. 이러한 次生態적 속성은 일본 고전 문론이 먼저 '보편성'을 갖추고 그 이후 차츰 '보편성'을 벗어나 자신만의 '특수성'을 형성하게 하였다. 다시 말해 당시의 일본은 자신의 문론을 수립하려면 중국의 문론에 근거하여 중국 문론과의 공통성과 일반성을 찾아야 했다. 이는 原生態의 문론이 특수성을 형성한 후 점차 전파되고 확장되면서 보편성을 갖추는 것과 상반된 경로이다. '보편성'과 '특수성'은 일본 고대 문론의 양면이다. '특수성'이 없다는 것은 일본 고대 문론이 모방과 답습을 할 수밖에 없다는 것을 의미하며, '보편성'이 없다는 것은 일본 고대 문론이 그들만의 혼잣말이며 세계 문론과 연결되기 힘들다는 것을 의미한다.

일본 고대 문론의 기본 문제는 주로 문학본질론, 문학효용론, 심미형태론, 심미감흥론, 심미정신론, 문학창작론, 작품풍격론, 작품문체론 등 다섯 가지 방면을 포함한다. 첫째는 '慰'의 문학효용론, 둘째는 '幽玄'의 심미형태론, 셋째는 '物哀', '知物哀'의 심미감흥론, 넷째는 '寂'의 심미태도론, 다섯째는 '物紛'의 문학창작론이다.

첫째는 '위'의 문학효용론이다.

문학 효용론의 문제에 관해 일본 고대 문론은 두 가지 관점이 있다. 첫째는 문학이 유용하다고 보는 것으로 安萬侶가 『古事記・序』에서 "邦家之經緯, 王化之鴻基"라고 말한 것과 『古今和歌集・眞名序』 중 "생각을 이야기할 수 있고 분노를 표현할 수 있다. 천지와 귀신을 감동시키고 인륜을 교화시키며 부부를 화목하게 하는 것은 와카보다 적합한 것이 없다", 紀貫之가 『新撰和歌集・序』에서 "천지와 귀신을 감동시키고, 인륜을 두터이 하며 효와 공경을 이루어 위에서 아래를 교화시키고 아래가 위를 풍자한다"는 것은 분명 중국 시학 문헌, 특히 「毛詩序」을 직접적으로 인용하여 말한 것이다. 이후 일본 한학가와 유학가들은 줄곧 이러한 효용론을 견지하였다. 이는 일본 고대 문론이 효용론의 문제에서 중국과 일치하는 부분이며 보편성이라 할 수 있다.

그러나 이러한 효용론은 일본 문학의 실제 상황에 부합하지도 않을뿐더러 일본 문론 발전의 전기에만 해당된다. 즉 나라, 헤이안시대, 한시가 주도적 지위를 점하고 있는 상황에서 와카가 한시에 못지않음을 강조하기 위해 효용론에서 중국의 문론을 모방한, 과장이 없지 않은 언술이다. 일본 문학사에서 와카와 기타 형식의 일본 문학은 기본적으로 탈정치, 탈도덕적이며 정치적 기능이 없다. 한시문처럼 그렇게 관방이 인재를 선발하기 위한 시험으로 사용하지도 않았고 단지 오락과 소견거리였기 때문이다. 같은 시기인 紀貫之의 『古今和歌集・假名序』는 직접 일본어로 지었기 때문에 한문에 대한 모방을 어느 정도 벗어날 수 있었다. 그는 시작 부분에서 바로 문학 효용론에 대해 이렇게 말한다. "倭歌는 사람의 심정을 바탕으로 하여 그것을 각양각색의 말로 표현한 것이다. 이 세상에 살아가는 사람들은 여러 가지 일과 빈번히 접하고 살아가기에 그때그때의 심정을 보는 것, 듣는 것에 의탁하여 표현해낸다. 꽃에서 우는 꾀꼬리, 물에 사는 개구리의 소리를 듣노라면 이 세상에서 살아가는 생물 중, 어느 것 하나 노래하지 않는 것이 있을까. 힘들이지 않고도 천지를 움직이고 눈에 보이지 않는 귀신조차도 감격하게 하며 남녀 간의 사이를 화평하게 하고 거친 무사의 마음마저도 위로하는 것이 바로 와카다.” 이러한 논술은 분명 중국 시학의 효용론과는 거리가 있다. 여기에 언급된 ‘可慰赳赳武夫’의 ‘慰’는 안위, 위로, 위무의 의미로 이후 일본 고전 문론과 시학에서 문학 효용론의 핵심개념이 되었다. 거의 동시기 藤原濱成은『歌經標式』의 서두에서 이렇게 말했다. “와카는 귀신의 幽情을 감동시키고 하늘과 사람의 戀心을 위로한다.” 이는 한걸음 나아가 ‘慰’의 대상과 지향을 ‘天人之戀心’으로 규정한 것으로 이후『石見女式』등의 가학 저서에서도 계속 ‘慰天人之戀心’이라는 이 구절이 반복되었다. ‘戀心’이라는 것은 연애의 마음으로 일본 와카 효용론의 핵심이자 특징이다. 紫式部의『源氏物語』중에도 ‘慰’의 효용관이 있는데 예를 들면「蓬生」에서 “無常을 표현한 古歌와 物語 같은 소견거리들은 사람의 근심과 답답함을 해소하고 외로운 자들을 위로한다.” 物語를 ‘소견거리’로 보고 그 작용을 “근심과 답답함을 해소하고 외로운 자들을 위로”하는 것으로 본 것이다. 에도시대의 ‘국학가’들은 ‘慰藉’론과 ‘消遣’론으로 일부 유학가들의 ‘권선징악’적 효용론을 반박하였다. 예를 들어 賀茂眞淵은『國歌八論』에서 이렇게 언급했다. “와카는 六藝에 속하지 않는다. 천하의 정치를 돕지도 못하고 의식주행에 도움이 되지도 않는다.『古今和歌集 · 序』에서 ‘천지와 귀신을 감동시킨다’는 것은 실제로는 믿어서는 안 되는 망언이다. ……와카는 단지 개인의 소견거리이자 오락거리일 뿐이다.”『源氏物語新釋 · 總考』에서 그는 紫式部가 『源氏物語』를 창작한 목적은 '마음을 위로[慰心]'하기 위한 것이었다고 하였다. 本居宣長은 『石上私淑言』 제79절에서 이렇게 말했다. "와카의 '쓸모[用]'을 말하자면 우선 지적해야 하는 것은 바로 마음의 우울한 일을 자연적으로 발설해서 이로부터 위안을 얻을 수 있다는 것이다. 이것이 와카의 첫째가는 쓸모이다." 희극론에서 近松은 『難波土産·發端』 중 이렇게 언급했다. "허와 실의 사이에서만이 희극은 비로소 '위안'을 줄 수 있다." 世阿彌도 이와 비슷한 견해를 제시하였는데 희극의 효용은 관중 혹은 독자를 '위로'해 줄 수 있는 것이라고 했다. 에도시대 시정소설의 대가인 井原西鶴은 『好色二代男』의 발문과 『新可笑記』의 자서에서 소설의 작용이 "세상 사람들을 위로하는 것"임을 강조하였다. 에도시대의 한시론 중에도 '慰'로 시를 논한 것이 있다. 예를 들어 祇園南海는 『詩學逢原』에서 중국 宋代의 시가는 '理窟'을 숭상하고 의론으로 시를 지었으나 "원명시대부터 지금까지 시가는 단지 '慰'를 일삼았다"고 했다. 세계 각국의 시학에서 모두 이와 비슷한 논의들이 있지만 이들은 慰를 문학의 효용 중 하나로 보는 반면, 일본 문론은 문학의 효용을 소견거리와 위로로서의 '慰'로만 한정시킴으로써 문학의 載道와 교화 등 정치 윤리적 효용을 부인하였다. 이는 일본 문학 효용에 대한 정확한 개괄이면서 일본 고대 문론 효용론의 특수성을 보여준다.

둘째는 '幽玄'의 심미형태론이다.

심미 형태는 일본 고대 문론이 다룬 기본 문제 중 하나이다. 세계 문론과 시학에서 고대 희랍의 심미 형태 범주는 '美'였고, 히브리 문화의 심미 형태 범주는 '숭고'였으며 중국의 심미 형태 범주는 '中和', '妙', '滑稽', 유럽 근현대의 심미 형태 범주는 '美', '숭고'(비극), '골계'(희극), 일본의 심미 형태 범주는 일어 고유의 어휘 개념인 '美'(うつくし), '艶'(えん),

'有趣'(面白い), '諧趣'(をかし), '長高'(たけたかし) 등, 한자 어휘 개념으로는 '滑稽'(こっけい), '幽玄'(ゆうげん) 등이다. 이 중 가장 함축적이면서 일본적인 것이 '幽玄'이다. '幽玄'은 한자 어휘인데 이 한자의 기본적 의미를 수용하였다. 이는 보편성이다. 그러나 중국어에서 자주 사용하지 않는, 종교 철학적 어휘로서의 '幽玄'을 문론 개념으로 개조했다는 점은 특수성에 해당한다.

'幽玄'은 일본 헤이안 시대에는 많이 사용되지 않았지만 가마쿠라, 무로마치시대가 되면서 상층 귀족 문인들이 보편적으로 사용하게 되었을 뿐만 아니라 심지어 일상생활 중에서 사람들이 모두 알고 있는 일상적인 어휘로 광범위하게 유통되었다. 이 시기 일본의 歌學, 連歌學, 詩學, 能樂論과 각종 문예에 관한 문헌에서는 도처에 '幽玄'이라는 두 글자가 보인다. 최소한 12세기에서 16세기에 이르는 약 5백 년의 기간 동안 '幽玄'은 일본 전통 문학에서 최고의 심미적 범주였다. '幽玄'은 일본 귀족 문인 계층이 숭상하는 우아함, 아름다움, 함축, 완곡함, 간접적이면서도 몽롱함, 그윽함, 심원함, 깊숙함, 신비함, 적막함, 심원함, 초현실적인, 여운의 영상 등 심미적 흥취를 총괄한 것이다. 이 개념은 劉勰의 『文心雕龍』의 '隱', '隱秀'의 개념과 비교적 유사하지만 함의는 더욱 넓다.[5] 일본 현대 학자 大西克禮는 일본의 '幽玄' 등을 유럽의 심미 형태론의 개념과 대립시켜 '幽玄'을 숭고의 파생 범주로 보았다. 실제로 몽롱하고 말로 표현하고 파악할 수 없다는 면에서 '幽玄'은 유럽의 '숭고'와 상통하는 면이 있다. 그러나 유럽의 '숭고'는 감성 형식이 없는 무한한 존재이므로 감성

5) 『문심조룡』은 육조시대 유협이 편찬한 문학이론서로 총 50권 중 전반 25편에서는 문학의 근본원리와 각 문체의 문체론을, 후반 25편에서는 문장 작법과 창작론에 관해 논술하였다. '隱秀'는 『문심조룡』의 편명으로, 隱은 함축, 표면적인 의미 이상의 것을 말하고, 秀는 한 편의 작품 중에서 뛰어난 구절을 말한다.

에 의지해서 느낄 수 없고 이성에 의지해서만 파악될 수 있다. 그러나 일본의 '幽玄'은 감각적이고 정서적이다. '숭고'는 고도의 양식으로 우뚝 솟아 사람들에게 압박감과 위협감을 주지만 '유현'은 심도의 양식이며 침잠된, 감춰진 것으로 사람들을 끌어당긴다. 이 또한 幽玄의 특수성이다.

'幽玄'이라는 개념의 성립은 본래 평이한 민족 문학 양식이었던 와카, 연가가 깊이를 구하는 과정에서 비롯되었다. 당시 일본은 한시를 접한 후 어려운 음운과 복잡한 의미에 깊은 인상을 받았다. 사람들은 한시에 비해 와카는 쉽고 누구든 지을 수 있기 때문에 난도와 심도를 모색해야 한다고 여겼던 것 같다. 난도와 심도가 없는 예술이기 때문에 '幽玄'하지 않고 '幽玄'하지 않기 때문에 진정한 예술이 되기 어렵다고 여긴 것이다. 그러므로 반드시 각종 예술 규범(일본인들이 말하는 '式')을 확립해야 한다고 보았다. '幽玄'한 와카, 연가만이 비로소 천박하지 않으며 아름다운 것이라 여겨졌다. 이론가들은 더 구체적으로 '心幽玄', '詞幽玄', '姿幽玄'을 제시하였고 이 외에도 '의식의 幽玄', '음조의 幽玄', '창화(唱和)의 幽玄', '듣기의 幽玄' 등 각 방면에서 '幽玄'에 대한 요구가 생겨났다. 마찬가지로 世阿彌, 金春禪竹의 能樂論에서도 '幽玄'한 노가쿠 극본과 '幽玄'한 희극 언어, '幽玄'한 연기만이 '花'의 심미 효과에 이를 수 있다고 보았다. 世阿彌는 『花鏡』에서 이렇게 강조했다. "그저 아름답고 柔和한 데가 있는 것이 幽玄의 본성이다" 여기서 幽玄은 고아한 아름다움의 대명사가 되었다. '幽玄'이 등장하면서 와카, 연가, 노가쿠와 같은 일본 본토의 알기 쉬운 언어유희와 잡기 공연은 한층 雅化, 예술화, 그리고 신성화 되어 '藝道'가 되었다. 이후 귀족 문화와 문학이 쇠락하면서 '幽玄'의 개념은 에도시기 이후 드물게 사용되었다. 그러나 '幽玄'의 심미적 관심은 여전히 계승되었는데 鈴木修次의 『일본문학과 중국문학』에서 말한 일본인들의 "幻暈嗜好", 谷崎潤一郎이 『陰翳禮贊』에서 말한 '陰翳'의 아름다움이 그것이다. 오늘날 중국 독자들은 川端康成 등 일본 전통 심미 의식이 농후한 작품을 읽고 나면 종종 파악되지 않는, 뜬구름 같은 느낌을 받는다. 작자가 대체 무엇을 쓴 것인지 명확히 이해되지 않고 주제나 중심 사상을 개괄하기 어려운데 이것이 일본식의 '幽玄'이다.6)

일본 고대 문론에서 심미 형태 개념으로서의 '幽玄'은 부차적 개념들이 더 있는데 가장 중요한 개념은 '餘情'이다. 이 개념은 중국에서 비롯된 것으로 함의 역시 중국 시학에서 말하는 '餘情'과 비슷하다. 즉 언어적 표현을 초월한 느낌, 함축적이고 여운이 있다는 의미이다. 그러나 일본 고대 시학에서 '餘情'은 주로 '幽玄'의 특징에 대한 묘사의 일종으로 '餘心' 혹은 '心有餘'로 불리기도 한다.

셋째는 '物哀', '知物哀'의 심미 감흥론이다.

'感興'은 중국 고대 문론에서 상용하는 중요한 개념이다. 일본의 고승 空海가 『文鏡秘府論』에서 최초로 '감흥'을 개념으로 사용하였는데 심미 감흥, 즉 심미적 감정과 그것의 유발, 형성을 가리키는 용어로 사용하였다. 일본 시학에서 심미 감흥과 관련된 중요 범주는 중국어에서 기원한 것과 일본어 고유의 것, 두 가지 범주가 있다. 世阿彌는 『花鏡』에서 중국어에서 온 '感'의 범주를 강조하였다. 感은 '無心之感'이며 '마음을 초월한 찰나의 느낌'이다. 일어 고유의 개념으로는 '哀(あはれ)', '物哀(物の哀)'와 '知物哀(物の哀を知る)'이 있다. 이는 서방 문론 중 심미 감흥을 표현한 개념인 '공감', '감정이입', 중국 문론 중 '感物', '物感', '應感', '感興', '感悟', '興感', '哀感', '感物而哀' 등과 표면 의미상 매우 비슷하다. 또한 인도 범

---

6) 王向遠, 「'幽玄'의 경지에 들기－일본문화, 문학의 심원한 경지로 통하기 위해 반드시 지나야 하는 門」, 『廣東社會科學』, 2011년 제5기.

어 시학의 '情味', 인도 불교 시학의 '現量', '觀照' 등 심미 감흥을 표현한 중요 개념과도 상통한다. 이는 그 일반성이다. 그러나 내포된 의미는 매우 큰 차이가 있다. 이는 그 특수성이다.

'哀'라는 어휘는 헤이안시대 문학 특히 『源氏物語』에서 감탄사, 명사, 형용사로 다량 사용되었다. 『源氏物語』보다 약 100년 뒤에 출현한 『無名草子』(약 1200-1201년 완성)는 『源氏物語』의 고사 내용과 인물 성격, 인물 심리를 분석하면서 빈번하게 '哀'라는 어휘를 사용하여 哀의 관점에서 『源氏物語』를 평론하는 선례를 열었다. 가마쿠라, 무로마치시대의 와카론에서 '哀'는 '物哀'의 형태로 더 많이 사용되었으며, 점차 개념화되어 '物哀體'가 와카의 한 형식을 이루게 되었다. 에도시대의 本居宣長은 선인의 기초 위에서 '哀', '物哀', '知物哀'가 『源氏物語』 저자의 본의라고 하였으며 '物哀'의 개념으로 중국문학의 '文以載道'적 효용론, '권선징악'의 도덕론을 일본문학과 엄격하게 구별하였다. 일본 작가가 '物哀'를 표현하는 목적은 독자들로 하여금 '物哀를 알게하는 것[知物哀]', 즉 초공리, 심미적 태도로 인간의 감정을 느끼고 살피고 이해하고 통달하게 하는 것이다. 따라서 '物哀'의 '物'은 심미를 방해하는 세 가지를 배척한다. 첫째는 공리성의 정치, 둘째는 경직된 세속적 도덕, 셋째는 원칙적, 이론적, 추상적인 '도리[理窟]'이다. 결론적으로 '物哀'론은 사회 정치, 윤리도덕, 추상적 도리 이 세 가지를 배척하고 오로지 단순한 인성과 인정, 자연경물을 마주하는 것이다. 작자는 단지 이러한 '物'을 마주하고서 '슬픔을 느끼고[哀]' 독자도 독서의 과정에서 이러한 '物哀'를 감지하게 되는 것이 바로 '知物哀'이다. '知物哀'의 '知'는 일반적인 의미에서의 '知'가 아니라 심미적 감지이다. 심미 감지로서의 '知'는 人性과 人情을 특별한 대상으로 한 상당히 복잡한 심미 활동으로 자유롭고 자주적인 정신 활동이며 순수한 '靜

觀' 혹은 '觀照'이다. 이것은 현대 미학의 '초공리적 심미'설, '심미적 거리'설, '심미적 감정이입'설 등과 상통하는 부분이 있다. "만약 인성, 인정으로부터 출발한다면 인성과 인정 특히 남녀 간의 감정을 이해하고 관용적으로 대응하는 것이 바로 '知物哀'이다. 공리적 요소의 간섭과 경직된 도덕관념의 속박을 벗어날 수 없어 인성과 인정에 대해 도덕적 선악의 가치 판단을 내린다면 그것은 '物哀를 알지 못하는 것'이다. 이에 대해 무관심하거나 전혀 깨닫지 못하는 것 또한 '物哀를 알지 못하는 것'이다. 인성과 인정이 도덕, 관습, 이익과 모순, 충돌이 발생할 때 인성과 인정의 각도에서 이해하는 것이 '物哀를 아는 것[知物哀]'이다. 도덕, 관습, 공리의 각도에서 부정한다면 이는 '물애를 알지 못하는 것'이다. 말하자면 '知物哀'는 감정의 감지력, 이해력, 동정심이며, '不知物哀'는 감정의 감지력, 이해력, 동정심이 없는 혹은 결핍된 것이다."[7] '物哀論'은 유가사상을 기초로 하는 언어와 가치의 체계를 해체하였으며 일본식의 唯情主義로 중국식의 도덕주의를 대체하였다. 이는 에도시대 일본 문학 관념의 중대한 변화를 상징하며 문론 사상에 있어 민족화의 자각을 나타낸다.

넷째는 '寂'의 심미적 정신이다.

심미정신론은 심미태도론이라고도 할 수 있는데 심미 주체의 마음 상태를 말한다. 중국 고대 문론에서 심미적 정신을 표현하는 개념으로는 '心齋', '坐忘', '虛靜', '玄覽', '神思', '靜觀', '遊', '神與物遊'와 같은 것들이 있다. 인도 불교의 미학에서는 '諦觀'(諦視), '諦聽' 등이 있고 유럽 고전 시학에는 '유희'설, '이해관계를 벗어난 심미'론 등이 있다. 일본의 '寂'은 이들과 모두 같은 점이 있다. 그러나 일본어 고유의 어휘 '寂'(さび)

7) 王向遠, 「일본의 哀, 物哀, 知物哀-심미관념의 형성, 발전과 語義 분석」, 『江淮論壇』, 2012년 제5기.

하나를 골라내서 심미적 정신과 심미 태도를 서술하였으니 개념 사용상 한 글자로 멋을 다 표현했다고 할 수 있다.[8] 이것이 일본 '寂'론의 특색이다.

'寂'자는 헤이안시대의 藤原俊成, 가마쿠라, 무로마치시대의 吉田兼好 등의 저작에서 모두 운용하였지만 확실히 그것을 개념화 시킨 것은 '俳聖'인 松尾芭蕉와 그 '蕉門제자'들이다. 그의 俳論은 '寂'(일반적으로 '風雅之寂'이라 한다)을 중심으로 俳人의 심미 수양, 俳諧의 창작과 감상에 필요한 마음가짐과 태도를 서술하였다. '寂'의 개념은 세 가지 층차로 분석할 수 있다. 첫째는 '적의 소리'(寂聲)로 '有聲이 無聲보다 더 고요한' 소리이다. 둘째는 '적의 색'(寂色)으로 심미적 가치를 가진 단조로우면서도 오래된 색채, 즉 수묵색, 연기의 색, 복고적인 색, 닳은 색이다. 셋째는 '적의 마음'(寂心)으로 寂의 핵심이자 관건이다. 寂心은 심미 주체의 고요하고 담박하며 구속에서 벗어난 인생 상태이며 평담한 심경과 흥취이며 초연적 심미 경계이다. '寂'의 심경과 흥취는 혼란한 세사, 물질, 人情, 명리 등 사회적인 속박, 불쾌함과 고통을 벗어나 비심미적인 일체의 사물에 대해 '둔감', '불감'하게 하여 불쾌함 속에서 즐거움을 느끼고 무미 중에서 재미를 느끼며 심지어는 고통을 즐거움으로 바꾸기도 한다. 스스로 기쁨을 느끼고 고독을 즐기면서 마음의 자유와 해탈을 얻게 된다. 蕉門의 俳論에서는 어떤 사물에 대한 편집, 홀림, 집착, 교착은 모두 단지 종교적인 경건함의 상태이지 심미 상태가 아니라고 본다. 진정한 심미는 반드시 美와 거리를 유지해야 하며 그 안으로 들어간 후에는 그 밖으로 벗어나야

8) 중국 司空圖의 『이십사시품・함축』편에는 '한 글자도 쓰지 않고 멋을 다 표현했다[不著一字, 盡得風流]'라고 한 구문이 있다. 저자는 이를 응용하여 일본의 문론이 '寂' 한 글자만으로 복잡한 함축적 의미를 다 표현했다고 쓴 것이다.

한다. '적'은 유유자적하며 힘들이지 않고 여유롭게 처리하면서 고집하지 않고 미혹되지 않으며 집착하지 않는 태도이다. 이에 도달하기 위해 蕉門의 俳論은 네 가지 기본 논제와 명제를 제시하였다. 첫째는 '虛實'론으로 '허와 실의 사이에서 노니는 것'이다. 둘째는 '雅俗'론으로 '風'(세속)을 '雅'(고아)와 통일하여 '以雅化俗', '高悟歸俗', '入俗離俗'해야 '風雅之寂'이 있을 수 있다. 셋째는 '老少'론으로 '늙음과 젊음을 잊는[忘老少]' 것인데 이렇게 해야 俳人은 생명과 창작의 아름다움이 있을 수 있다. 넷째는 '변하지 않으면서도 때에 따라 변한다[不易流行]'론으로 "천년동안 변하지 않으면서 일시에 변한다[千年不易, 一時流行]."는 것이다. 俳人은 우주 천지의 영원성과 변화를 보고 파악할 수 있어야 움직임과 고요함, 영원과 순간의 대립을 통일할 수 있다. 이상의 네 가지가 寂心의 기본적 함의를 구성한다.[9]

'寂' 외에 또 '侘'(わび)이 있다. '寂'의 함의와는 거의 동일하지만 茶道 예술 영역에서 주로 사용된다. 이 외에 '誠', '狂' 등이 있는데 심미 정신 혹은 태도에 관한 개념은 모두 중국 시학의 영향을 받았다. 그러나 일본인은 '誠'(まこと)을 '진실'의 의미 외에 객관 진실이 아닌 마음의 진심[誠]에 더 치우쳐 있다. 이 때문에 문학 진실론의 개념이라기보다는 심미적 정신의 범주에 더 가깝다. '狂'은 시원스럽고 대범하며 자유롭고 예법에 구속되지 않는 정신 상태로 이런 정신 상태에서 창작된 '狂詩', '狂歌', '狂句' 등이 사람들의 추종을 받았고 여기서 '狂態' 심미가 형성되었다.

다섯째는 '物紛'의 창작방법론이다.

일본문학에서 '幽玄'의 미학 형태가 형성되거나 '物哀'의 심미적 감흥

---

9) 王向遠, 「'寂'의 아름다움에 대하여-일본 고전 문예 미학의 키워드 '寂'의 함의와 구조」, 『청화대학학보』, 2012년 제2기.

이 일어나는 것은 모두 작자의 특수한 창작 방법으로 결정되는 것이다. 오랫동안 일본 고전 문론은 자신들의 창작 방법에 대한 총결, 격상, 설명이 부족했다. 歌論과 한시론은 대부분 중국의 '문장을 쓰는 것은 진실함을 표현해야 한다[修辭立誠]'[10]는 것에서 영향을 받아 작자는 진심[誠], 즉 현실 생활을 진실되게 묘사해야 함을 강조하였다. 物語論 중 紫式部의 "호인에 대해서는 오직 그에 대한 좋은 일만 쓴다"는 것은 '유형화'의 창작 방법론에 가깝다. 희극론 중 世阿彌는 '物眞似'의 모방론을 말했고 近松門左衛門는 "허와 실은 피막 사이에 있다"고 했다. 이런 설명과 주장은 모두 작가들의 창작 경험에서 우러나온 것으로 상당한 이론적 가치가 있다. 그러나 개념의 사용과 표현에서 총체적으로 중국 시학의 진실론, 虛實論 범주를 벗어나지 못했고 중국 시학 이론과 상통하는 일반성을 더 많이 가지고 있었다.

일본 특색을 갖춘 창작론은 에도시대 후기가 되어서야 출현했는데 바로 荻原廣道의 '物紛'론이다. '物紛'론은 '源學'(『源氏物語』 연구)에서 형성된 것이다. 荻原廣道는 『源氏物語評釋』에서 선배학자인 安藤爲章의 '풍유'론과 本居宣長의 '物哀'론을 비판적으로 계승하여 '物紛'론을 제시하였다. '物紛'(物の紛れ)의 표면적 의미는 '사물의 분란'으로 복잡하고 정리되지 않고 분명히 말할 수 없다는 의미로 紫式部가 『源氏物語』에서 주인공의 사통과 난륜 행위에 대한 완곡한 용어로 사용하였다. 저자가 사통, 난륜, 불륜과 같은 의미가 더 명확한 어휘를 사용하지 않고 物紛이라는 어휘를 사용한 것은 인물의 관련 행위에 대해 명확한 가치 판단을 피하려는 것이다. 安藤爲章의 『紫家七論』, 本居宣長의 『紫文要領』에서도 '物紛'이라는

10) 『周易・乾』: 修辭立其誠, 所以居業也.

표현을 다수 사용하였지만 源氏와 藤壺妃子가 난륜하여 아이를 낳은 일을 가리키는 것이었지 개념화된 어휘로써 사용하지 않았다. 荻原廣道는 여기에 초보적인 개념화를 시도하였다. 그는 『源氏物語評釋』에서 이렇게 말했다.

> "저자(『源氏物語』의 저자인 紫式部－저자 주)"는 노골적으로 인과응보를 표현한 것이 아니라 사람의 마음에 대한 깊은 통찰이 있다. 풍자를 표현하기 위해 붓을 휘루르지 않고 인성과 인정의 논리에 따라 상황의 복잡함을 묘사하였고 동시에 여성의 각도에서 표현된 의론이 섞여있다. 이것이 작자의 의도이다. …… '物紛'은 『源氏物語』의 중심 사상이다. 다른 묘사는 모두 이 '物紛'의 묘사를 더 복잡하게 만들기 위한 것으로 物紛의 점철이라고 할 수 있다. 物紛이야말로 작자의 의도가 담겨 있는 곳이다. 작자의 의도가 무엇이었는지 지금의 우리는 알기 어렵다. 만약 억지로 규정한다면 혼자만 똑똑하다고 생각하는 격이다. 그러므로 이에 대해서는 그냥 덮어두는 것이 낫다. 독자가 잘 음미한다면 깨달을 수 있을 것이다."[11]

여기에는 우리가 '物紛'론이라고 하는 매우 중요한 시학사상이 표현되어 있다. 荻原廣道는 "物紛이 『源氏物語』의 중심 사상"라고 하여 '物紛'을 구체적인 난륜 사건에 대한 대체적 표현으로 사용하지 않고 작자의 창작중심으로 격상시켜 "오직 物紛에 작자의 의도가 담겨 있다"며 이 어휘를 개념화하였다. 이는 『源氏物語』 중 源氏와 藤壺妃子, 柏木과 온나산노미야의 난륜사건에 관한 묘사를 자세히 음미하고서 얻어낸 결론이다. '物紛'은 문자적 의미는 '사물이 분란하다'는 것으로 주인공의 난륜 행위를 가리킨다. 그러나 저자의 붓에서 난륜사건의 발생은 불교의 운명, 숙명론

11) 荻原廣道, 『源氏物語評釋』, 島內景二等編, 『批評集成 源氏物語(近世後期篇)』, 東京ゆまに書房, 1999年, 312-313면.

으로 그려진다. 마치 고대 희랍 비극에서 오이디푸스 왕이 아버지를 죽이고 모친을 취했던 것이 오이디푸스 왕 개인의 잘못이 아니라 운명으로 정해진 일이었던 것처럼. 마찬가지로 『源氏物語』에서 源氏와 계모인 藤壺의 난륜은 숙명적인 것이며 源氏의 아내 온나산노미야가 다른 남자와 사통하는 것도 윤회와 응보의 결과인 것이다. 이렇게 함으로써 주인공의 난륜 행위는 객관성을 얻게 된다. 그러므로 '인간의 분란[人之紛]'이 아닌 '物의 분란[物之紛]'이라고 한 것이다. '物紛'의 '物'이 강조하는 것은 '紛'의 객관성으로, 작자는 난륜을 숙명과 윤회의 굴레 속에서 자신도 어찌할 수 없는 행위로 그려냄으로써 인물의 주관적 죄를 크게 해소하였다. 작자는 모든 인물의 혼란한 성행위를 모두 사실적으로 묘사하였지만 物紛으로써 묘사하고 표현하였다. 상황을 그대로 묘사했을 뿐 명확한 분석과 가치 판단을 하지 않았다. 『源氏物語』에서 남녀의 부정행위는 감정적으로는 이해할 수 있지만 도덕적으로는 잘못이다. 윤리 도덕에서는 받아들일 수 없는 것이지만 미학적으로는 심미 가치가 있다. 신체는 타락적이지만 마음은 '物哀'적이며 초월적이다. 등장인물은 한편으로는 나쁜 일을 하면서도 한편으로는 끊임없이 자책한다. 그들은 모두 끊임없이 나쁜 일을 하는 착한 사람인 것이다. '物紛'은 엉망으로 뒤엉켜 복잡하고 설명도, 정리도 되지 않는 것이다. '物紛'論은 이러한 복잡성을 짚어낸 것으로, 본래 복잡하고 어지럽고 설명도 판단도 어려운 상황은 사실 그대로 그려냄으로써 '物紛'의 원래 모습을 유지하게 해야지 '解紛'(解紛이라는 표현은 고대 한어 어휘로 『史記・滑稽列傳』에서 사용되었다)해서는 안 된다는 것이 작자의 의도이다. 따라서 묘사가 복잡할수록 더 좋은 셈이며 이렇게 해서 인간과 인간 감정의 모든 복잡성을 보여줄 수 있게 되었다. 그러므로 '物紛'의 창작 방법이 추구하는 것은 서양문학과 같은 사상적 '깊이[深度]'

가 아니라 생활 자체의 '복잡성'이라고 할 수 있다. 한편, 物紛은 작자의 경향성을 은폐할 수 있다. 일반적으로 작자는 종종 자신의 好惡에 따라 묘사 대상인 인물과 사건에 대해 판단하곤 하지만 시간이 흐르고 상황이 바뀌면서 이는 자신의 경박함을 드러내는 것이 되고 만다. 그러나 '物紛'의 창작 방법으로 이러한 상황을 피할 수 있었다. '物紛'의 방법으로 작품을 창작하면 독자는 작자의 창작 의도가 무엇인지 파악하기가 어렵다. 그러나 독자가 "잘 음미하기만 한다면 깨달을 수 있게 된다." '物紛'論은 문학 작품에서 의미의 "시에는 확실한 해석이 없다[詩無達詁]"[12]는 것과 같은 불확정성, 모호성, 복잡성을 말한 것이며 또 『源氏物語』의 창작 방법과 예술 매력을 해설한 것이다. 또한 서양과 중국 문론사의 관련 논의와도 일치하는 부분이다. 그러나 中西 문론에서는 '物紛'과 같은 세련된 개념이 부족했기 때문에 이 개념의 이론적, 보편적 가치는 더욱 크다고 할 수 있다.

창작 방법의 범주로서 '物紛'이 강조하는 것은 인간 생활의 모든 복잡성을 사실적으로 나타내는 창작 방법과 문학 관념으로 지금의 중국 문단에서 말하는 '原生態'적 글쓰기와 유사하다. 사실 일본 작가들은 고대부터 지금까지 대부분 '物紛'의 창작 방법을 실행해왔다. 고대 부녀들의 일기 문학을 시작으로 작자는 '原生態'로 적나라하게 사실대로 쓰면서 시비 판단을 하지 않았고 관념상의 경향성을 조심스럽게 드러냈다. 이는 중국 시학에서 상상력인 '神思'를 강조하는 것과 크게 다르다. 다시 말해 일본 문학 작품들은 단지 사물과 정황 자체만을 보여주기 때문에 독자들은 경향성과 가치판단에 있어 맞는 듯 하지만 틀린, 틀린 듯 하지만 맞는, 시

---

12) 漢代 董仲舒, 『春秋繁露 · 精華』 : 『詩』無達詁, 『易』無達占, 『春秋』無達辭.

비를 명백히 판단할 수 없다고 느끼게 된다. 독자도 모든 것들을 "억지로 명백히 말하려" 하지 않는다. 만약 분명히 말할 수 있다면 그것이 바로 일본 고대 문론에서 가장 기피하는 '理窟', 즉 원칙의 함정에 빠지는 것이다. '物紛'의 글쓰기와 대척점에 있는 것이 바로 '理窟'이다. '物紛'하게 쓸 수 있어야 '理窟'하지 않을 수 있는 것이다. 이는 '物紛' 관념이 그렇게 만든 것이며 이것이 일본 문학의 기본적 특징이다.

이상에서 논술한 기본 논제와 상관 범주 이외에 일본 고대 문론에는 문학 풍격론과 문체론 등의 방면을 다루기도 했다. 문학 본질론의 개념으로는 중국에서부터 차용한 '道'와 '氣'로 이에 대해 구체적인 이해와 활용을 하였다.[13] 또한 일본 문론가들은 중국 철학 중 '心'의 개념을 문론 개념으로 개조하였는데 이리하여 문학 본질론은 더 '唯心'적 속성을 갖게 되었다.[14] 창작 풍격론의 기본 개념, 예를 들어 '風', '秀', '秀逸', '秀句', '妖艶', '華', '實', '華實' 등은 모두 중국 시학을 참고한 것이며 能樂論에는 '花', '柔枝'(しおり), '蔫美'(しおたれる)이 있는데, 이렇게 사물을 보고 비유를 드는 것은 일본의 독특한 개념에 속한다. 문체론에서 '姿', '體', 그리고 '皮, 骨, 肉' 등은 중국 문론에서 빌려온 개념이지만 다수 사용되는 '風姿'와 '風體'의 개념은 중국 문론에서는 보기 드문 것이다.

(안예선 역)

---

13) 王向遠, 「道通爲一 : 일본 고전 문론과 미학의 '道', '藝道'와 중국의 道」, 『吉林大學社會科學學報』, 2009년 제6기. 王向遠, 「氣의 맑고 흐림에는 각 體가 있다[氣之清濁各有體]*-중일 고대 문론과 미학에서의 '氣'」, 『東疆學刊』, 2010년 제1기. *조비의 『典論 · 論文』에 나오는 표현으로 '文以氣爲主, 氣之清濁有體, 不可力强而致.'

14) 王向遠, 「마음으로 이해하고 정신으로 교유한다[心照神交]-일본 고전 문론과 미학에서의 '심' 범주와 중국의 관련」, 『東疆學刊』, 2011년 제3기.

저우씨(周氏) 형제와 일본문학*

-형제 간 사상적 시간차-

오가와 도시야스(小川利康)

1. 루쉰(魯迅)과 저우쭤런(周作人)의 '시간차'

루쉰(1881.9.25~1936.10.19)과 저우쭤런(1885.1.16~1967.5.6)은 친형제 간으로, 태어나서부터 1923년 형제 불화 사건을 겪기까지, 둘 사이의 관계는 일반적이라 할 수 없을 정도로 상당히 깊었다. 어릴 때부터 똑같이 삼미서옥(三味書屋)에서 전통식 교육을 받았고, 청년 시절에 두 형제는 차례로 난징(南京)의 근대식 학교[學堂]에서 공부했으며, 똑같이 관비(官費) 유학생 시험에 합격하여 일본으로 건너가 유학을 했다. 일본에서의 유학 기간 역시 루쉰은 7년(1902~1909), 저우쭤런은 5년(1906~1911)으로 비교적 길었는데, 두 사람 모두 장타이옌(章太炎)의 사숙(私塾)에서 문자학을 공부하며, 한학(漢學)에 관한 심도 깊은 수양을 쌓았다. 그들이 중국 샤오싱(紹興)으로 귀국할

---

* 이 글은 졸고 「저우씨 형제의 시간차(周氏兄弟的'時差')」(『文學評論叢刊』 14卷 2期, 南京大學出版社, 45-57면)를 바탕으로 증보한 것이다.

때는 각각 29세, 27세였다. 그러므로 그들의 성장환경과 학문은 근본적으로 거의 동일하다고 할 수 있다. 이는 일본 유학 시기에 그치지 않고, 신해혁명(辛亥革命)을 거쳐 5·4신문화운동 시기까지도 사상적으로 상당한 공통점이 있었음을 보여준다. 형제 불화 사건이 생기기 전까지 말이다.

형제 불화 사건이라는 풀리지 않는 미스터리는 오늘날까지도 철저하게 해명되지 않았지만, 사실 이때부터 그들의 사상 역시 점점 서로 멀어져갔다. 두 형제가 각자 제 갈 길을 간 것이 사상적 공통점에 직접적인 영향은 끼치지 않았을 것이다. 이후에도 여전히 『어사(語絲)』를 함께 주관했었고, 북경여자사범대학[女師大]사건에도 합심하여 참여했으니까 말이다. 하지만, 1927년 무렵 루쉰은 혁명문학논쟁을 거쳐 점차 마르크스주의에 관심을 가졌다. 반면 저우쭤런은 전통문화의 정수를 모색하기 시작했다. 1930년대에 이르러서 두 사람의 사상적인 면모는 확연히 상이해졌다. 그렇다면 형제 사이의 분기점은 어느 지점에서 발생했을까?

필자는 줄곧 저우쭤런을 연구해왔다. 저우쭤런을 연구해온 입장에서 볼 때, 천성적으로 타고난 기질적인 측면을 제외하고 나면, 형제가 귀국한 뒤 서로 다른 행보를 걸으면서 생긴 결과에 핵심 원인이 있다고 생각한다. 첫 번째 행보는 바로 신해혁명에 대한 태도상의 차이에 있다. 1909년 귀국한 루쉰은 신해혁명에 적극적으로 참여했다가 환멸을 느꼈다. 반면 1911년 막 일본에서 귀국한 저우쭤런은 오히려 신해혁명에 냉담했다.[1] 두 번째 행보는, 상반된 태도로 5·4신문화운동에 참여했다는 점이다. 루쉰은 처음부터 5·4운동에 대해 주저하며 유보적인 태도를 보였지만,

---

1) "신해년 가을에 나는 샤오싱으로 돌아와서 줄곧 집에만 틀어박혀 있었다. 혁명이라는 대사건을 우연찮게 겪게 되었음에도 불구하고 여전히 밖으로 나가 보지 않았다."(「九三. 辛亥革命(二)－孫德卿」, 『知堂回憶錄』 上卷, 安徽教育出版社, 2008)

저우쭤런은 열정적으로 참여하며, 시라카바파(白樺派)의 아타라시키 무라(新村)운동을 선전했다. 이후 루쉰 역시 아우의 영향을 받아, 무샤노코지 사네아쓰(武者小路實篤)와 아리시마 다케오(有島武郎)의 작품을 번역했다. 세 번째 행보는, 형제 불화 사건이 있기 직전에, 형제가 차례로 구리야가와 하쿠손(廚川白村)의 영향을 받았다는 점이다. 일찍이 1921년 저우쭤런은 자신의 문학평론에서, 퇴폐파의 개념을 차용하여 위다푸(郁達夫)의 『타락[沈淪]』을 옹호한 것이 바로 한 예가 되겠다. 루쉰은 한 걸음 늦게 1924년에서야 구리야가와 하쿠손의 『고민의 상징(苦悶の象徵)』을 번역하기 시작했다.

이와 같이 볼 때, 형제 사이의 '시간차'가 상이한 사상적 풍모를 낳았다고 말할 수 있지 않을까? 본론에서 이 형제가 각각 받은 시라카바파의 영향과 구리야가와 하쿠손의 영향을 살펴봄으로써, '시간차'가 사상적 분기의 가능성을 야기했다고 설명하고자 한다.

2. 학문을 연마하던 시기의 '시간차'

본론으로 들어가기 전에, 먼저 저우씨 형제가 학문을 연마하던 시기의 정황에 대해 개괄적으로 살펴보도록 하자.

[표 1] 저우씨 형제의 학문 연마 시기 비교

<table>
<tr><th>1898</th><th>1899</th><th>1900</th><th>1901</th><th>1902</th><th>1903</th><th>1904</th><th>1905</th><th>1906</th><th>1907</th><th>1908</th><th>1909</th><th>1910</th><th>1911</th></tr>
<tr><td colspan="4">江南礦路學堂</td><td colspan="7">弘文學院 仙臺醫專 (창작활동)</td><td colspan="3">귀국</td></tr>
<tr><td colspan="3">(고향 紹興 기거)</td><td colspan="6">江南水師學堂</td><td colspan="3">(창작활동)</td><td>결혼</td><td>귀국</td></tr>
</table>

[표 2] 저우씨 형제의 학문 연마 정황 비교

	[루쉰(周樹人)](1881년 출생) 18~29세	[저우쭤런](1885년 출생) 17~27세
난징(南京)	1898년 5월~1902년 1월 : 3년 반 江南水師學堂, 江南陸士附屬礦路學堂	1901년 9월~1906년 7월 : 5년 江南水師學堂
일본	1902년 4월~1909년 8월 : 7년 (메이지35년~메이지42년) 弘文學院, 仙臺醫專, 독일어 전문학교	1906년 8월~1911년 가을 : 5년 (메이지39년~메이지44년) 法政大學예과, 立教大學 청강생
언어	독일어 · 일본어에 뛰어남, 러시아어 · 영어 · 에스페란토어 배운 적 있음.	영어 · 일본어 · 고대 그리스어 · 에스페란토어에 뛰어남, 독일어 · 러시아어 배운 적 있음.

상기한 두 표에서 알 수 있듯이, 저우씨 형제가 난징을 거쳐 일본으로 유학을 간 노정이 거의 비슷하다. 하지만 각 지역에서 학문을 연마하던 시기에는 모두 '시간차'가 있다. 루쉰은 1902년 초에 난징을 떠났고, 저우쭤런은 1901년 가을에서야 난징으로 왔는데, 두 사람이 난징에서 함께했던 시간은 반년이 되지 않는다. 더욱이 이 부분에서 강조하고자 하는 점은, 설사 루쉰이 먼저 강남수사학당에 진학했다 하더라도, 반년도 되지 않아 바로 학교를 그만두고 강남 육사부속 광로학당으로 옮겼다는 사실이다. 반면 저우쭤런은 줄곧 강남수사학당에서 공부했다. 사실 두 학교의 학습 커리큘럼은 크게 다르지 않다. 이 점에 대해서, 저우쭤런이 다음과 같이 말한 바 있다.

> 광서 무술(光緒 戊戌, 1897)년에 그는 처음으로 수사학당에 진학하여 일찍이 영어를 배운 적 있다. '콰이스숑(塊司凶 : question-저자 주)'이라는 이 글자를 그는 당연히 알고 있었다. 하지만 얼마 지나지 않아 육사부속 광로학당으로 옮기고부터는 더 이상 배우지 않았다. 일본으로 가서 센다이(仙臺) 의학교에 진학한 뒤에는 바꿔서 독일어를 배우기 시작해서, 지속적으로 공부했다(周作人, 「魯迅與英文」, 『亦報』(1951年 1月 30日)).[2]

2) 『周作人散文全集』 第11卷, 廣西師範大學出版社, 2009年 4月.

루쉰이 독일어를 배울 기반을 다진 것은, 즉 난징에서였던 것이다. 루쉰이 독일어에 뛰어났으면서도 영어를 잘 이해하지 못했던 것은 바로 난징에서의 학습 환경이 그러했기 때문이었다. 이와 대조적으로, 저우쭤런은 난징에서 영어를 마스터했으며 그 수준 역시 상당히 높았다. 왜냐하면,

> 그곳(강남수사학당-저자 주)의 학과는 크게 서양어 수업과 중국어 수업 두 부류로 나뉘었는데, 1주일에 5일은 서양어 수업을, 하루는 중국어 수업을 했다. 서양어 수업에는 영어·수학·물리·화학 등의 중학 과정에서부터, 군함 운항과 관리에 이르는 각각의 전문지식까지 포함되어 있었다(「35. 學堂大概情形」, 『知堂回想錄』).[3]

상술한 바와 같이, 강남수사학당은 대체로 영어를 위주로 수업을 했고, 외국 국적의 교사가 강의를 했다. 비록 1주일에 하루 전통식의 한학 수업이 있었다고 하지만, 전반적인 환경은 거의 외국 학당에 가까웠다. 이 학당에서 우수한 성적으로 졸업을 했던 저우쭤런의 영어 수준은 상당이 높았다. 일본으로 건너간 뒤에는, 다시 형 루쉰이 갖가지 잡다한 생활방면을 보살펴주자, 그는 일본어를 배워야겠다는 필요성조차 전혀 느끼지 못했다.

> 내가 일본어를 공부한 지 벌써 몇 년이 지났지만 쭉 열심히 공부하지는 않았다. 그 이유로는 당연히 나의 게으름이 절반을 차지했고, 나머지 절반 역시 다른 원인이 있었는데, 나는 시종 루쉰과 함께 살았기 때문에 무슨 대외적인 문제가 있을 때면 전부 루쉰이 나서서 처리를 했으므로, 정말이지 내가 나서서 일본어를 말할 필요가 없었다(「87.學日本語(續)」, 『知堂回想錄』).

루쉰이 저우쭤런과 일본에서 함께 산 세월이 짧은 편이라 할 수는 없

---
3) 『周作人散文全集』 第13卷.

지만, 루쉰이 일본에서 체류했던 7년이라는 기간 동안 저우쭤런과 함께 산 기간은 고작 3년이었다.

이 3년 동안 저우쭤런은 상술한 바와 같이 일본어를 꾸준하게 열심히 공부하지 않았고, 루쉰과 전력을 기울여 번역작업에 매달려 1909년에 『역외소설집(域外小說集)』(저우씨 형제의 최초의 외국문학 번역집－역자 주)을 출판했다. 주지하다시피, 이 번역집에 수록된 대부분의 작품들은 동유럽·러시아 등 '피압박 민족'의 문학이었다. 당시 루쉰의 일본어 수준은 이미 상당히 높았지만, 상술한 점들을 감안해 볼 때, 일본어로 번역된 외국 문학 작품과 이론서를 애독하기는 했었다 하더라도, 일본의 문학작품 자체는 두 사람이 특별히 주목했던 대상이 아니었다고 할 수 있다. 다시 말해 저우쭤런의 일본어 수준은 그렇게 좋지 않았다. 이 시기에 그들은 일본문학을 접할 기회가 결코 많지 않았는데, 있다고 해봐야 나쓰메 소세키(夏目漱石)의 소설 정도 읽었다고 할 수 있다. 루쉰이 귀국한 뒤에, 저우쭤런은 그때서야 일본의 문학작품을 대량으로 읽기 시작했다. 저우쭤런 본인의 말에 따르면, 이것은 부득이한 상황에 몰렸기 때문이었다. 즉 하부토 나부코(羽太信子)와의 결혼이 전환점이 되었다. 형은 일본을 떠났고, 자신은 일본 여성과 결혼을 해서 "이후 가정의 일이든 사회와 관련된 일이든 모두 자신이 가서 처리하지 않으면 안 되었기 때문에, 그때서야 비로소 일본어를 공부하도록 스스로를 재촉했던"[4] 것으로, 그는 구어적인 일본어를 익히기 위해 골계적이고 해학적인 문학을 읽기 시작했다. 이는 원래의 독서 방향과 확연하게 다른 것이었다.

4) 「87. 學日本語(續)」, 『知堂回想錄』, 『周作人散文全集』 第13卷.

> 하지만 공부했던 것은 더 이상 교재 상의 일본어가 아니라 현실 사회에서 변화무쌍함을 보여주는 말들이었을 뿐이었다. 원칙대로 하자면, 가장 좋기로는 현대소설과 희곡을 읽는 것이었지만, 이 범위가 대단히 넓었기 때문에 어디에서부터 시작해야 좋을지 알 수가 없어서, 그래서 해학적인 것을 골라서 읽기로 결심했을 뿐이었다. 이것이 바로 문학에서 말하는 '교겐(狂言)'과 '고케이본(滑稽本)'이었고, 운문 방면에서는 센류(川柳)와 같은 짧은 시였다. ……그밖에 또 소화(笑話)의 일종이 있었는데, 라쿠고(落語)라 불리는 것으로, 이야기 끝에 나오는 어떤 결말이 바로 웃음이 터지는 지점이다.[5]

부득이한 상황에 몰렸기 때문에 저우쭤런은 독서의 방향을 바꾸게 되었고, 또한 결혼한 뒤에는 생활비를 절약하기 위해 제국대학(지금의 도쿄대학－역자 주) 부근의 문화 지역에서 일반 평민들이 생활하는 지역으로 이사를 했다. [표 3]에서 알 수 있듯이, 거의 3년 가까이 그들은 다섯 차례나 이사를 했고, [그림 1]은 루쉰과 저우쭤런이 함께 세를 얻었던 숙소의 위치이다. 하지만 지도를 통해 알 수 있듯이, 그들은 혼고구라는 이러한 문화 지역을 떠나기 아쉬워했다.

[표 3] 거주지를 옮긴 역사

연월일	주소
1906년 8월	혼고구(本鄕區) 유시마(湯島)2쵸메(丁目) 후시미칸(伏見館) (루쉰이 센다이 의학교를 퇴학한 뒤 입주)
1907년 3월	혼고구 도다케쵸(東竹町) 츄에츠칸(中越館) (이웃이 너무 소란스러운 것이 싫어서 이사)
1908년 4월	혼고구 니시카타마치(西片町) '伍舍' (하부토 노부코를 알게 됨)
1909년 2월	혼고구 니시카타마치 (같이 살던 동학이 이사를 나가고, 방세의 부담을 덜기 위해 이사를 감. 3월에 결혼, 8월에 루쉰이 귀국함)
1910년 12월	아자부구(麻布區) 모리모토마치(森元町) (결혼 뒤 이사)

5) 「87. 學日本語(續)」, 『知堂回想錄』, 『周作人散文全集』 第13.

저우쭤런의 회상처럼, 당시 이 일대에는 꽤 많은 헌책방이 즐비해 있었다. 이 형제 둘은 당시 거의 매일 저녁 한 번씩 서점을 방문한 뒤에야 숙소로 돌아와 쉬었다. 이러한 습관은 아자부구 모리모토마치로 이사한 뒤에도 없어지지 않았다.

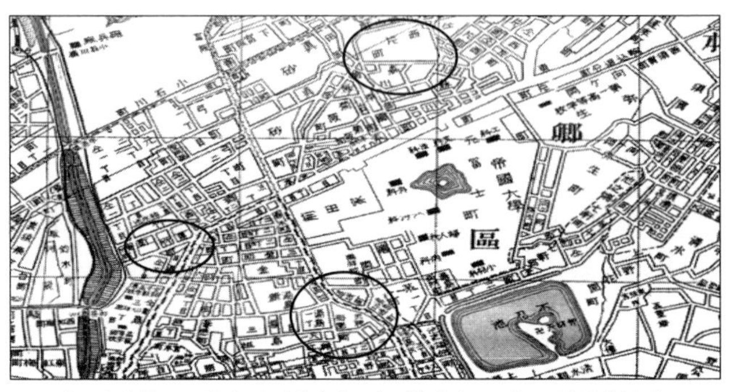

[그림 1]『도쿄 최신 전도(메이지38년 3월판)』(국토지도주식회사 복제)

> 우리는 예전에 혼고구 안쪽에서 살았는데, 이곳은 도쿄에서 '야마테(山手)'라고 불렸다. (…중략…) 니시카타마치 일대는 더욱 유명하여 지식계층이 모여 살던 곳이었다. 지금은 한 차례 아자부로 이사 와서, '높은 나무에서 내려와 깊은 골짜기로 들어갔다(出於喬木, 遷於幽谷 :『孟子』「滕文公章句 上」 중에서－역자 주)'고까지는 할 수 없었지만, 어쨌거나 환경이 바뀌게 되었다. 이곳의 가옥들은 비교적 초라하고 누추했다. …… 하지만 방세가 매우 싸서 일본 돈으로 겨우 10元 정도로, 혼고 지역에 비해 거의 절반 가까이 싸게 빌릴 수 있었다. ……이곳의 분위기는 마치 열차의 3등칸 승객들처럼, 모두들 어떤 거리감 같은 것을 두지 않았기 때문에, 서로 마주치게 되면 인사를 나누었고, 편하게 대화도 할 수 있었다(「91. 赤羽橋邊」).[6]

---

6)『知堂回想錄』,『周作人散文全集』第13卷.

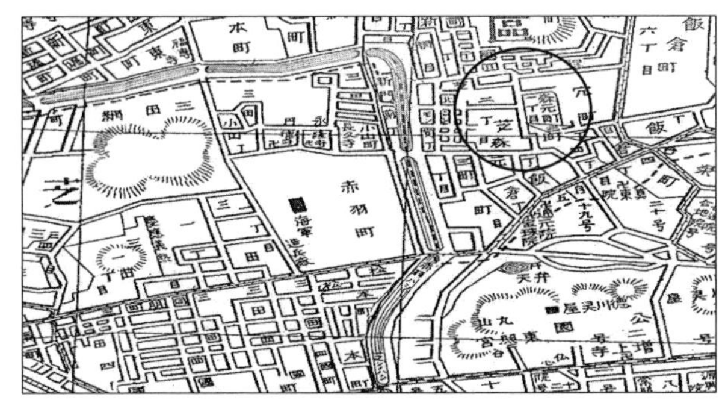

[그림 2] 『도쿄 최신 전도(메이지38년 3월판)』(국토지도주식회사 복제)

[그림 2]에서 알 수 있듯이, 저우쭤런은 매일 책을 사러 갈 때마다 전차를 타야했는데, 가장 가까운 정류소는 '아카바네바시(赤羽橋)'역으로, 이 역은 1909년에야 개통된 것이었다. 지금은 저우쭤런이 거주했던 주택지 역시 일찌감치 철거되었고, 근처에는 도쿄타워가 세워져 있으며, 롯폰기(六本木)에서 매우 가까우므로 도쿄의 최신 번화가였다고 할 수도 있겠지만, 메이지 말기에는 여전히 살쾡이가 출몰하는 비교적 편벽하고 썰렁한 곳이었다. 그는 바로 이러한 공간에서 일본의 문학작품을 계속 읽었으며, 손에서 놓지 않고 애독했다.

> 나쓰메의 소설은 『나는 고양이로소이다(吾輩は猫である)』, 『양허집(漾虛集)』, 『새장[鶉籠]』부터 『산시로(三四郎)』와 『문(門)』에 이르기까지, 지금껏 줄곧 아카바네바시 근처의 작은 집에서 게으름피우며 수업에 가기 싫었을 때 거의 모두 읽었으며, 애독했다. 내가 가장 좋아했던 작품은 역시 『나는 고양이로소이다』였지만, 다른 작품들도 매우 좋아했다. 좋아했던 작품들은 결코 어떤 의미가 있어서가 아니라 때때로 단지 글귀가 사람을 잡아두고 떠나지 못하게 하는 것처럼 느껴져서 손에서 놓을 수 없었다.[7]

7) 「『文學論』譯本序」(1931년 6월), 『看雲集』 수록, 이 글은 『周作人散文全集』 第5卷 참고.

그리고 『꿈과 같이(夢の如し)』(사카모토 시호우다(坂本四方太) 저)를 구입했던 정황을 언급하는 단락에 이르러서는, 상당히 깊은 인상을 남기고 있다. 나중에 아주 오랜 시간이 흐른 뒤 1940년에 저우쭤런은 이 책을 번역·출판했다.

> 무술(戊戌)(1910)년 가을 혼고에서 아자부 아카바네바시 왼편으로 이사한 뒤, 시바구(芝區)와 인접해 있고 시바코엔(芝公園)이 자리 잡고 있는 사찰 조조지(曾上寺)는 왕래할 때의 경유지였고, 잡화를 사려면 미타(三田), 즉 게이오기주쿠(慶應義塾)가 있는 곳으로 가야 했는데, 『꿈과 같이(夢の如し)』는 바로 미타에서 구매했다. 이 서점은 유달리 초라했으며, 소학교에 다니는 아동들이 주요 고객인 듯했다. 그곳의 작은 서가에서 뜻밖에도 이 책을 보게 되었는데, 너무나 의외의 일이라서 이것을 지금까지도 잊지 않았다. 당시 가게의 상황이 어렴풋하게 보이는 듯하다. 미타는 큰 거리이기는 했지만, 밤에만 주로 산책했었는데, 그 거리에 대한 인상은 언제나 어둡고 쓸쓸하여 혼고와는 달랐다.[8]

저우쭤런은 루쉰의 귀국 독촉으로, 1911년 가을에 일본인 아내를 데리고 귀국했다. 때마침 신해혁명이 발발했지만, 그는 혁명에 대해 대단히 냉담한 태도로 옛 시 한 수를 남겼다. "먼 곳에서 유학하면서 돌아갈 생각을 하지 않고, 오랜 방랑객의 신분임에도 이향을 떠나기 아쉽도다. 고요한 미타 거리의 분위기 때문에, 시든 버들도 공연히 당황스럽구나. 오랜 꿈을 좇을 수 없게 되었으니, 남몰래 애만 태우네[遠游不思歸, 久客戀異鄉. 寂寂三田道, 衰柳徒蒼黃. 舊夢不可追, 但令心暗傷]."[9] 저우쭤런이 결혼한 후, 일본에 대한 인상이 크게 변하여 일본문학에 대한 두터운 애정까지 생기게

---

8) 「如夢記」(1940년 11월), 『看雲集』 수록, 이 글은 『周作人散文全集』 第8卷 참고.
9) 친필 원고. 1911년 10월 22일. 『周作人年譜』(天津人民出版社, 2000)에 근거함.

되었음을 알 수 있다. 주지하다시피, 루쉰은 혁명에 매우 적극적으로 참여했으며, 민국정부가 수립된 뒤에는 관료가 되었다. 이 두 형제의 태도는 이와 같이 극과 극으로 상반된다. 나는 저우씨 형제의 '시간차'가 바로 여기에서부터 시작되었다고 생각한다.

3. 첫 번째 시간차 : 무샤노코지 사네아쓰

저우쭤런은 일찍이 자신이 좋아하는 일본문학잡지에 대해 언급한 바 있다.

> 메이지・다이쇼 시대의 일본문학으로는 일찍이 소설과 수필들을 읽었는데, 지금까지도 좋은 작품들은 여전히 좋아하여 이따금 끄집어내어 읽기도 한다. 잡지 이름이 어떤 문학유파를 대표하는데, 대체로 『保登登岐須』, 『昴』, 『三田文學』, 『新思潮』, 『白樺』 이러한 것들이 있다. 그중에서 감탄할 만한 작가를 지금 다시 거론하기에는, 생존해 있는 작가가 상당히 많아서 조심스럽다(「我的雜學18. 外國語」(1944年9月), 『苦口甘口』).

우리의 주의를 끄는 것은 『保登登岐須』를 제외하고, 여기에서 언급한 잡지들이 모두 1909년~1910년에 집중적으로 창간되었다는 사실이다. 아래 표에서 알 수 있듯이, 잡지 이름에서부터 저우쭤런의 눈길을 끌었던 작가들에 대해 대체로 이해할 수 있다. 사카모토 시호우다(坂本四方太), 이시카와 다쿠보쿠(石川啄木), 모리 오가이(森鷗外), 나가이 가후(永井荷風), 무샤노코지 사네아쓰, 아리시마 다케오 등 대부분 저우쭤런이 번역했던 작품들의 작가들이다.

[표 4] 1910년 전후에 발생한 새로운 사조
(잡지의 발간연도는 『新潮日本文學辭典』(증보 개정판 1988년)에 근거함.)

『保登登岐須』 (『호토토기스(ホトトギス)』)	메이지39년 (1906)	하이쿠(俳句)잡지에서 문학잡지로 발전. 나쓰메 소세키의 『고양이(猫)』(메이지38년), 사카모토 시호우다의 『(꿈과 같이)』(메이지40년) 등의 작품이 게재됨.
『昴』 (『스바루(スバル)』)	메이지42년 (1909)	이시카와 다쿠보쿠가 주편, 모리 오가이를 고문으로 초빙.
『미타문학(三田文學)』	메이지43년 (1910)	게이오기주쿠(慶應義塾)대학이 발행한 잡지. 당시 나가이 가후를 교수로 초빙하여 자연주의 위주의 『와세다문학(早稻田文學)』과 비교됨.
『新思潮』 제2기	메이지43년 (1910)	시마자키 도손(島崎藤村)이 고문으로, 다니자키 준이치로와 기무라 소오다(木村莊太) 등이 참여. 탐미주의적 경향. 제1기(M40)는 오사나이 가오루(小山內薰)가 주관한 개인잡지로, 저우쭤런에게 영향을 끼치지 않았음.
『시라카바(白樺)』	메이지43년 (1910)	무샤노코지 사네아쓰, 아리시마 다케오, 시가 나오야(志賀直哉) 등이 참여. 무샤노코지는 창간호에서 나쓰메 소세키에 대한 경의를 표한 적 있으며, 이상주의적 경향을 띰.

저우쭤런이 좋아하는 작가들이 왜 이 두 연도에 집중되어 있는 것일까? 첫 번째 이유는, 당연히 일본문학의 새로운 사조가 공교롭게도 이 두 연도에 일어났기 때문이고, 또 다른 이유로는 저우쭤런이 바로 이때에 일본문학을 열심히 탐독하기 시작했기 때문이다. 앞 장에서 살펴본 바와 같이, 결혼 전에 저우쭤런의 주요 관심은 유럽의 문학사조, 특히 러시아와 동유럽문학에 있었다. 이 방면에서의 그의 노력은 『역외소설집』에서 집중적으로 드러난다. 1909년 8월 루쉰은 저우쭤런 부부를 돕기 위해 먼저 중국으로 귀국하는 바람에, 이 두 해 사이에 발생한 새로운 사조를 목격하지 못했지만, 저우쭤런은 일본에서 『시라카바』를 정기 구독하기 시작하여, 귀국 후에도 계속해서 구독했다.[10] 이 두 해 사이의 시간차가 아마도 저

우씨 형제의 시라카바파에 대한 평가의 차이를 야기했을 것이다.

5·4운동이 고조되던 시기에 직면해서, 루쉰은 이미 신해혁명을 통해 환멸을 느꼈기 때문에 5·4운동에는 희망을 기탁하지 않았다. 이와 반대로, 베이징 대학(北京大學) 교수로 부임하게 된 저우쭤런은 『신청년(新青年)』잡지에 「무샤노코지 사네아쓰의 이상주의적 작품을 읽고 : 『어느 청년의 꿈』(讀武者小路實篤的理想主義之作 : 一個青年的夢)」(1918년 5월, 제4권 5기)을 발표했다. 이것은 저우쭤런이 『신청년』에 처음으로 발표한 글이다. 바로 이 첫 번째 글에서 무샤노코지를 언급한 것은 우연이 아닐 것이다. 저우쭤런은 이 글에서, 이 희곡을 읽은 뒤 "이룰 수 없음을 알면서도 해야 할" 필요를 느꼈다고 강조했다. 그는 톨스토이를 중심으로 하는 반전론(反戰論)을 소개하는 것으로 시작하여, 나아가 무샤노코지가 "새로운 일본의 반전론을 대표"한다고 언급했다. 하지만 이와 동시에 저우쭤런은, 무샤노코지의 주장이 매우 현실성이 없음을 인정하면서, "말한다고 하더라도 소용이 없음을 분명히 알지만, 그럼에도 불구하고 말하지 않을 수 없다"고 했다. 이러한 모순적인 마음의 저변에는 강렬한 공명이 있었다. 1919년 8월, 루쉰은 이 희곡을 번역하기 시작하면서, 다음과 같이 말했다.

> 『신청년』 4권 5호에서, 저우치밍(周起明 : 저우쭤런의 필명 – 역자 주)이 일찍이 『어느 청년의 꿈(一個青年的夢)』에 대해 언급한 바 있어, 나 역시 바로 한 권을 구하여 다 읽어보고는 깊은 감동을 받았다. 사상이 매우 투철하고, 신념이 굳건하며, 작가의 목소리 역시 진실하다고 느꼈기 때문이다. 나는 "각각의 인간은 모두 인류로서 대접해야지 국가로 대접해서는 안 된다. 이렇게 해야만 영원히 평화로울 수 있다. 하지만 민중의 각성으

---

10) 及川智子, 「『白樺』ロダン號賣却記事について : 周作人と武者小路實篤の出會い」, 『實踐國文學』 58호, 2000년 10월.

로부터 하지 않으면 안 된다."라는 이 생각에 대해, 대단히 그러하다고 생각하며, 앞으로도 항상 그러해야 한다고 믿는다.

윗글에서 특별히 언급한 '민중의 각성'이라는 화법은 저우씨 형제의 사고와 완전히 일치한다. 그래서 루쉰은 『신청년』을 읽은 뒤, 즉시 아우에게서 이 작품을 빌려 읽었던 것이다. 위 인용문에서 처음으로 무샤노코지의 작품을 읽었다고 하는 루쉰의 말도 결코 거짓이 아니다. 루쉰은 이때 혁명에 대해 여전히 환멸감을 가지고 있었음에도 불구하고, 무샤노코지의 '외침'에 다시 공명하지 않을 수 없음을 느꼈던 것이다. 하지만 한 마디 더 보태어, "책에서 드러나는 생각에 관해서, 당연히 나 역시 다른 의견도 있지만, 지금으로서는 상세히 말하지 않겠다."고 했다. 물론 무샤노코지에 대한 평가 역시 결코 완전히 긍정적인 것은 아니었다. 이와 반대로, 저우쭤런은 무샤노코지에 대해 전면적인 긍정을 표했다. '민중의 각성' 외에, 당시 무샤노코지의 사상에는 특별한 점이 하나 더 있었는데, 그것은 바로 '인류주의'이다. 희곡 작품에서 다음과 같이 언급한 부분이 있다.

반드시 민중의 역량으로, 국가라는 개념을 개선해야 좋을 것이다. 세계의 민중이 한 마음이 되어 모두가 악수를 나눌 때, 전쟁은 사라질 것이다. ……만약 현재의 국가 상태는 인정하면서 그 국가들이 일으킨 현재의 전쟁을 반대한다면, 세상에는 이처럼 제멋대로인 일도 없을 것이다.[11]

무샤노코지는 민중들에게 국가적 차원의 단결을 넘어서야지만 비로소

11) 저우쭤런의 「讀武者小路實篤的理想主義之作 : 一個青年的夢」에 근거함. 루쉰의 번역과 약간 다르다.

세계평화를 실현할 수 있다고 호소했다. 이러한 사상은 무정부주의와 거리가 그리 멀지 않다. 무샤노코지가 1918년 5월 『시라카바』 잡지에 「아타라시키 무라에 관한 대화(新しき村に就ての對話)」를 발표하고, 아타라시키 무라 운동을 개시한 것도 당연한 수순이었다. 저우쭤런은 1918년 10월에 『아타라시키 무라(新しき村)』 잡지를 정기 구독하기 시작했으며, 아타라시키 무라 운동을 지지했다. 그리고 그 다음해에 「일본의 아타라시키 무라(日本新村)」(『新青年』 1919년 3월)를 발표한 뒤, 1919년 7월에는 규슈(九州) 미와자키(宮崎)현의 아타라시키 무라 등을 방문했으니, 전심전력으로 참여했다고 말할 수 있겠다. 이와 대조적으로, 루쉰은 여태껏 그러했듯이 저우쭤런을 돕는 일을 소홀히 하지 않고 아타라시키 무라 운동에 반대하지는 않았지만, 시종일관 침묵을 유지했으니, 그가 소극적인 방식으로 반대했음을 알 수 있다.

4. 두 번째 시간차 : 구리야가와 하쿠손

1920년대 말 아타라시키 무라 운동을 선전하는 데 여념이 없었던 저우쭤런은 병으로 쓰러졌다. 검사를 통해 늑막염으로 판정받고, 3월에 먼저 병원에 입원했다가 5월부터 베이징 교외에서 요양을 하고, 9월이 되어서야 집으로 돌아왔다. 집을 떠나 입원해 있는 동안, 루쉰은 아우를 매우 세심하게 돌봤다. 이 시기에 저우쭤런의 사상에는 매우 큰 변화가 생겼다. 그는 병이 호전된 후, 「시의 효용(詩的效用)」(1922)에서 톨스토이의 인도주의에 대해 회의를 표했다. 이는 바로 무샤노코지의 문예사상을 부정하는 것을 의미하기도 한다. 「귀족적인 것과 평민적인 것(貴族的與平民的)」(1922)에서는, "진정으로 문학이 발전하는 시대에는 반드시 귀족적인 정신을 많이 내포하고 있어야 한다."라고 하면서 '평민문학'의 기치를 내려놓았다. 이와 동시에 저우쭤런은 퇴폐파에 관심을 가지기 시작했고, 「문학가 세 명을 기념하며(三個文學家的紀念)」(1921)를 써서, 플로베르·도스토예프스키와 보들레르를 "현대인의 비애이자 진지한 사상의 원천"이라고 소개했다. 특히 보들레르의 현대성을 강조하며 다음과 같이 말했다.

> 그는 겉으로 보기에 퇴폐적이지만, 실제로는 맹렬한 삶에의 의지(求生意志)를 표현한 것에 불과하다. 동양식의 술에 취해 소일하며 지내는 생활과는 전혀 다르다. 이른바 현대인의 비애란, 이러한 맹렬한 삶에의 의지이자 현재의 여의치 못한 생활에 대해 발버둥치는 저항(掙扎)을 가리킨다(「문학가 세 명을 기념하며(三個文學家的紀念)」(1921)).

여기에서는 이미 아타라시키 무라 운동에 적극적이었던, 이상에 가득 찬 모습을 찾아볼 수 없다. 저우쭤런은 신문화운동이 여러 차례 좌절되는 상황에 직면하면서, 마음속에 비애와 환멸감이 가득해졌다. 저우쭤런은 같은 논리를 가지고 위다푸의 『타락』(1922)을 옹호했다.

> 그래도 나는 총괄해서 말하는 편이 낫겠다고 생각한다. 이 소설집에 묘사된 것은 청년의 현대적 고민이다. (…중략…) 생애의 의지와 현실 간의 충돌은 이러한 모든 고민의 기초이다. 인간은 현실에 만족하지 못하면서, 또한 공허함에 숨어들고자 하지도 않으니, 여전히 이러한 차가운 현실 속에서 버티며 얻을 수 없는 즐거움과 행복을 찾고자 한다(『타락』(1922)).

여기에서 반복적으로 언급한 '현대인'의 '고민'이란, 구리야가와 하쿠손이 쓴 『근대문학 10강』(1912) 중의 「근대의 비애」와 1921년에 발표한 『고민의 상징』(초고, 일본잡지 『改造』 1921년 1월호 게재)에 근거한 것이다.

구리야가와 하쿠손은 일본 다이쇼(大正) 시기에 명성을 떨친 문예 이론가이다. 도쿄 제국대학에서 우에다 빈(上田敏)·나쓰메 소세키·고이즈미 야쿠모(小泉八雲 : 라프카디오 헌(Lafcadio Hearn)－역자 주)로부터 배웠고, 1913년부터 교토(京都)제국대학에서 강사직을 역임하면서 서양문학을 강의했다. 저우쭤런은 구리야가와 하쿠손의 저작을 탐독했는데, 아마도 『근대문학10강』을 시작으로 1917년 『문예사조론』까지 읽었을 것이다. 1918년에 베이징 대학에서의 강의내용을 엮어서 『유럽문학사(歐洲文學史)』를 낼 무렵, 이 책을 참고한 적 있다. 하지만 구리야가와 하쿠손의 영향은 1921년이 되어서야 드러났다. 주요한 원인은 인도주의에 대해 환멸을 느끼고서야 그의 영향을 받아들였다는 데 있다. 그리고 또 다른 원인은 인간관계에 있다. 1921년 가을, 구리야가와 하쿠손의 학생인 장딩황(張定璜)(1895～1986 : 1922년 베이징대학 교수로 부임한 문학 평론가이자 일본·영미·프랑스 문학 번역가로, 1965년 미국으로 이주하여 아틀란타에서 사망. 중국에서는 '張鳳擧'라는 이름이 더 유명함.－역자 주)·쉬주정(徐祖正)(1894～1978 : 일본 유학시절 위다푸·궈뭐뤄(郭沫若)와 함께 '創造社'를 조직한 5·4세대 작가이자 번역가－역자 주)이 잇달아 귀국했는데, 저우쭤런과 아는 사이였다. 이들의 소개를 통해 저우쭤런은 새롭게 흥미를 싹 틔울 수 있게 되었고, 그의 영향을 받았던 것이다.

구리야가와 하쿠손이 해석한 개인주의는 적극적인 것과 소극적인 것으로 나뉘는데, 적극적 개인주의는 퇴폐적인 색채를 피할 수 없다고 했다. "자유로운 개인적 생활과 구속력이 있는 사회적 생활은 조화되기가 매우 어렵기 때문에, 정신적으로 끊임없이 저항을 양산하여 고민이 생기게 된다."는 것이다. 또한 고민이 내포하고 있는 것에 관해, 구리야가와 하쿠손은 다음과 같이 풀이했다.

> 퇴폐파의 예민하면서도 싫증을 모르는 감각과 강렬한 현실감은 현대인으로 하여금 현재 상황에 만족하는 생활을 할 수 없게 하며, 이 두 측면의 생활이 충돌을 일으켜 모순이 생기게 되는데, 이것이 바로 고민이 생기는 원인이다. (…중략…) 영혼과 육체 두 영역의 요구를 조화시킬 수 없는 것이 바로 근대 퇴폐파(decadantism)의 비참함의 한 측면이다.

이러한 초기 문학사 서적에서의 이론적인 틀은 매우 명확한데, 구리야가와는 개인과 근대 사회 간의 모순에서 출발하여 자신의 문학이론을 발전시켰다. 즉 개인이 사회를 직면함에 있어 이상과 현실 간의 충돌이 있고 이로 인해 고독과 비애를 느끼게 되며, 정신의 내면을 직면하게 되면 영육이 불일치하는 점을 발견하게 되어 고통을 느끼고 고민을 하게 된다는 것인데, 이러한 관점에 저우쭤런은 대단히 공감을 하여, 1922년 전후의 문예평론에서 반복적으로 『현대인의 비애』론을 언급하였으니, 그의 문학론 상의 변화를 보여준다 하겠다.

그렇다면 루쉰은 언제부터 구리야가와 하쿠손의 영향을 받기 시작했던 것일까? 루쉰에게 끼친 영향은, 1925년에 루쉰이 『고민의 상징』을 번역하게 되어서야 비로소 나타나게 된다. 그전에는, 루쉰이 스스로 말한 적 있듯이 "이전에는 다만 주의를 기울이지 못했던" 구리야가와 하쿠손이었다.[12] 하지만 루쉰의 이 말을 진실로 받아들일 수는 없다. 왜냐하면 저우쭤런이 1913년 처음으로 읽은 『근대문학10강』은, 사실 루쉰이 일본서점에서 우편으로 구매한 것이었기 때문이다. 아마도 루쉰이 다소 '주의'를 기울이지는 못했겠지만, 최소한 구리야가와라는 이 이름은 본 적

12) "내가 구리야가와 씨의 문학에 관한 저작을 읽었을 때는 이미 (문단에) 지진이 일어난 이후의 일로, 『고민의 상징』이 첫 번째 책인데, 이전에는 그에게 주의를 기울이지 못했다."(魯迅, 「關於『苦悶的象徵』」, 1925年1月)

이 있어야 한다. 루쉰이 회피하며 언급하지 않은 까닭은 아마도 퇴폐파에 대한 반감 때문일 것이다. 저우쭤런이 열성적으로 퇴폐파에 대해 언급하며 동감을 표할 때, 루쉰이 베이징 교외에서 요양을 하고 있던 저우쭤런에게 쓴 편지가 있다.

> 궈뭐뤄(郭沫若)가 상하이(上海)에서 『창조』 잡지를 편집한다고 하는군. 나는 근래에 들어 뭐뤄나 톈한(田漢) 같은 부류를 참 경멸하게 되었어. 또한 도쿄 유학생 중에 (압생트(알코올 도수가 높은 초록색 양주—역자 주) 같은 종류는 너무 비싸기 때문에) 커피를 마시면서 자칭 데카당스(퇴폐파)라고 칭하는 자가 있다고도 하는데, 가소롭더라.(1921년 8월 29일)[13]

개인적인 서신이기 때문에 조금의 에누리도 없이 창조사 구성원에 대한 반감을 표출하고 있다. 하지만 저우쭤런은 퇴폐파에 대해 결코 루쉰과 같은 그러한 반감을 가지지 않았다. 이 편지를 받은 뒤 쓴 「문학가 세 명을 기념하며」에서, 저우쭤런도 다음과 같이 언급한 바 있다.

> 새로운 이름을 한 옛 傳奇[낭만]주의와 천박한 자선주의가 신문지상에 난무하고 있는 이때에, 일본의 사이쿄(西京)에 있는 한 친구가 말하길, 유학생들 사이에서 압생트(Absinthe) 대신 커피를 마시는 자칭 퇴폐파라 칭하는 자들이 있다고 했다.

'사이쿄의 친구'는 교토(京都)에서 귀국한 구리야가와 하쿠손의 제자 장딩황이다. 저우쭤런은 이 사람을 통해 최근 일본에서 유행하는 문예사조를 이해했으며, 하나의 에피소드로서 이러한 황당한 이야기를 들었을 것이다. 가짜 퇴폐파에 그치지 않고, 루쉰 역시 구리야가와의 명성을 들었

---

13) 「210829 致周作人」, 『魯迅全集・書信』 11卷.

을 것이다. 원래 루쉰은 그를 몰랐던 것이 아니라 '주의를 기울이지' 않았을 뿐이다. 내가 생각하기에, 루쉰은 이전의 『근대문학10강』과 마찬가지로 전혀 흥미를 느끼지 못하고, 오히려 '퇴폐파'에 대해 반감을 느꼈기 때문에, 둘째 동생에게 편지를 써서 '퇴폐파'에 관심을 가지지 말라는 뜻을 표현했던 것이다. 하지만 저우쭤런은 이어서 다음과 같이 해석했다.

> 각자가 자신의 일파에 대해 제창하고자 하는 것은 원래 자유로운 일이지만, 오늘날에는 절실한 정신이 항상 부족하기 때문에 '옛 술병에 붙인 새로운 광고지'임을 피할 수 없다고 생각한다. 나는 모두들 각자 타고난 본성이 좋기 때문에, 우선, 시대를 써내는 자연주의적 인도주의나 퇴폐파의 대표인물과 저작을 연구한 뒤에 다시 자신이 나아갈 방침을 정하기를 바란다. ……이러한 점에 대해서도 주의해야지, 그렇지 않으면 쉽게 기이함만 써대는 옛 傳奇주의로 변질될 것이다.

저우쭤런 역시 천박한 '퇴폐파'의 존재를 인정하고 이에 반대했지만, 이것은 낭만주의·사실주의의 세례를 거친 뒤에야 탄생하는 新낭만주의(즉 퇴폐파)라고 생각했다. 이러한 역사적 서술방식은 완전히 구리야가와 하쿠손의 『근대문학10강』과 『문예사조론』에 근거한 것이다. 루쉰은 퇴폐파를 전면적으로 부정했고 저우쭤런은 그렇지 않았으며, 나아가 이후에는 위다푸를 옹호했다. 이를 통해 루쉰이 실은 구리야가와 하쿠손의 존재를 전혀 몰랐던 것이 아니라 오히려 알면서도 그의 생각에 찬성할 수 없다고 느꼈을 뿐이었다고 볼 수 있다.

5. 세 번째 시간차 : 아리시마 다케오

저우쭤런의 문학관의 변화는 그가 구리야가와 하쿠손의 영향을 받아들이도록 한 것과 동시에, 아리시마 다케오에 관한 평가에도 변화가 생기게 했다. 5・4시기, 아리시마 다케오는 시라카바파 구성원 중의 하나에 불과했으며, 결코 특별히 중시되지 않았다. 하지만 1921년 말 저우쭤런이 아리시마 다케오의 단편소설 「潮霧」을 번역하고, 번역문 후기에서 「네 가지 일(四つの事)」(원저 1919년 12월)을 번역・소개하면서, 아리시마 다케오에 동감을 표했다. 이 글에서 아리시마는 자신이 창작에 종사하는 네 가지 이유를 열거했다.

> 첫째, 나는 적막하기 때문에 창작한다. 둘째, 나는 사랑하고 있기 때문에 창작한다. 셋째, 나는 사랑하고 싶기 때문에 창작한다. 넷째, 나는 또한 자신의 생활을 채찍질하고자 하기 때문에 창작한다(「『潮霧』 후기」, 1921년 12월).

상기한 주장은 1919년 6월에 발표한 「아낌없이 사랑은 빼앗는다(惜しみ無く愛は奪う)」 이후, 동일한 사상에 근거하여 내세운 것이라 할 수 있다. 네 가지 이유에 관해 아리시마는 자구를 따라서 설명을 덧붙였다. 특히 중시했던 것은 둘째, 셋째 이유이다. 둘째, '사랑하고 있다'는 것은, '사랑을 하면서 (자기 자신 속으로 세계를) 받아들이지 않는, 조금이라도 이러한 생활을 하지 않는 사람은 한 명도 없기 때문에', 기왕에 사랑하고 있다면, '최선을 다해 다수의 가슴 속으로 확장해' 가야지만 창작에 임할 수 있다는 것이다. 셋째, '사랑하고 싶다'는 것은, 자신의 사랑이 공감될 수 있을 것이라 기대하기 때문이다. 이처럼 "나는 나의 기치를 최대한 높이

들어 올리겠지만", 공감의 횟수는 물론 많지 않을 것이다. "하지만 만약 나의 신조가 다른 사람에게 오류 없이 공감될 수 있음을 발견할 수 있다면, 나의 삶은 행복의 절정에 이를 것이다."

저우쭤런이 아리시마의 자살 소식을 접한 뒤에 쓴 추도문에서도 인용한 것을 보면, 분명 이 문장에 깊은 인상을 받았음에 틀림없다. 여기에서 그치지 않고, 저우쭤런은 자신의 첫 번째 산문집 『자신의 정원(自己的園地)』을 엮어 낼 때, 자서(自序)에서 다음과 같이 말했다.

> 나는 문예를 통해 다른 사람의 심정을 이해하고 싶고, 문예를 통해 나 자신의 심정을 찾고 싶고, 이해되는 즐거움을 얻고 싶다. 이러한 점에서 만약 만족을 얻을 수 있다면, 나는 언제나 감사할 것이다.

상기한 단락의 말은 아리시마의 말과 완전히 일치한다. 문예를 통해 "다른 사람의 심정을 이해"하는 것과 "이해되는 즐거움을 얻고자" 하는 마음은 각각 둘째, "사랑하고 싶은" 것과 셋째, "사랑을 통해 공감되고자" 하는 것과 서로 대응된다. 하지만 저우쭤런은 자신의 꿈을 분명하게 해몽할 방법이 없었던 듯하다.

> 나는 평소에 친구를 찾아 담소 나누기를 좋아하는데, 지금도 상상 속 친구를 찾아 그들에게 나의 따분한 한담을 들려주고자 한다. 나는 이미 과거의 내 장밋빛 꿈이 모두 헛것이었다는 것을 분명하게 알고 있지만, 그럼에도 여전히—살아 있는 사람의 약점—상상 속 친구, 즉 평범한 사람의 마음을 이해할 수 있는 독자를 찾고 있다.

문학과 예술이 상상 속 친구를 찾을 수는 있지만, 저우쭤런은 이것이 허황된 몽상에 불과함을 이미 명백히 알고 있었다. 마침 이 두 편의 글을 작성할 즈음, 결국 형제 불화 사건이 터졌고, 저우쭤런은 맏형에게 쓴 편지에서 다음과 같이 말했다.

> 나의 예전의 장밋빛 꿈은 원래가 헛것이고, 지금 목격한 것이야말로 진짜 인생임을 알겠소. 나는 내 사상을 수정하고, 다시 새로운 생활을 시작하고 싶소(「與魯迅書」 1923년 7월 18일).

이것은 '장밋빛 꿈'이 문학적인 측면에서 그치지 않고, 현실 생활 속에서도 저우쭤런을 괴롭혔음을 의미하고 있다. 저우쭤런이 「일본의 짧은 시(日本的小詩)」(1923)에서, "현재 인습을 제외하고 다른 사회를 상상하는 것이 이해되지 않는 상황에서, 사람들이 모두 협력하는 예술을 건설하고자 하는 것은 결국 실현 불가능한 환상"이라고 말했듯이, 그는 이미 중국사회에 대한 희망이 막막하다고 생각했다.

루쉰이 받아들인 아리시마 다케오의 영향을 보려면, 『壁下譯叢』(루쉰이 1924~1928년 사이에 번역한 일본작가 문예논문 모음집으로, 1929년 4월 上海 北新書局에서 출판되었다. 총25편이 수록되어 있음—역자 주)에 수록된 번역 작품을 봐야 한다. 루쉰이 번역한 아리시마의 작품은 6편이다. 이 작품들을 번역한 시기를 특정하기는 어려운데, 부분 번역을 제외하고 1924년에서 1928년 사이라고 말할 수 있을 뿐이다. 하지만 이 번역 작업의 내용은 대체로 두 가지로 나눌 수 있다.

첫째, 5·4운동 시기와 관계가 있는 내용의 글이다. 「예술을 낳는 씨앗(生藝術的胎；藝術を生む胎)」(원글 1917년 작)에서는, "예술을 낳는 씨앗은 사랑"이라고 주장했다. 내용상으로는 평론이라기보다 잠언집이라고 하는 편이 맞을 것이다. 그리고 전문적으로 입센(Ibsen)에 대해 다룬 것으로는 「루벡과 이레나, 그 후(盧勃克和伊里納的後來 : 입센의 유작 「우리 죽은 자들이 깨어날 때(When we dead awaken)」의 남녀 주인공 이름－역자 주)」(1919년 작, 1928년 번역), 「입센의 작업 태도(伊孛生[14]的工作態度)」(1920년 작)가 있다. 이러한 입센론은 아리시마 다케오의 영향과 구분하여 보아야 할 것이다. 여기에서는 「예술을 낳는 씨앗(生藝術的胎)」만 보도록 하겠다.

> 예술가는 사랑에 근거하여 자신의 전부가 된 환경을 대상으로 삼는다. 다시 말해서, 자기 속으로 받아들여 자신의 일부분이 되고 만 환경 이외의 환경을 대상으로 삼아 활동한다는 것은, 겸손치 못할 뿐만 아니라 무엇보다도 절대적으로 불가능한 일이기 때문이다.

상기한 주장은 「아낌없이 사랑은 빼앗는다」에서 촉발되었고 「네 가지 일」의 사상에 가까운 것으로, 아리시마의 중심 사상이라고 할 수 있다. 하지만 이 글을 번역한 날짜를 현재로서는 특정할 방법이 없으므로, 오직 루쉰이 「잡다한 감상(小雜感)」(1927년 9월)에서 말한 "인간은 적막을 느낄 때 (비로소) 창작을 할 수 있다. 상쾌하게 느낄 때면 창작할 수 없다. 그는 이미 사랑하고 있는 것이 하나도 없기 때문이다."라는 이 구절만 가지고, 아리시마에게 주의를 기울인 영향의 흔적을 발견할 수 있을 뿐이다.

둘째, 혁명문학 논쟁과 직접적으로 관계가 있는 글이다. 「선언 하나(宣言一つ)」(1921년 작)는 앞으로의 세계가 제4계급(무산계급)에 속해야 함을 인정하는 동시에, 자신은 제4계급이라 사칭할 수 없음을 선포한 글로, 아리시마는 그들을 돕지 않을 수도 없다고 생각했다. 「예술에 대한 생각(關於藝術的感想)」(1921년 작) 역시 제4계급과 그 예술문제에 관한 글이다. 저우쭤런과 비교해 볼 때, 첫 번째 내용은 저우쭤런과 받은 영향이 비슷하다

---

14) 통상 '易卜生'으로 번역한다.

고 할 수 있다. 하지만 두 번째 내용은 저우쭤런과 완전히 다른 것으로서, 상술한 것처럼, 저우쭤런은 구리야가와 하쿠손의 영향을 받은 뒤 '퇴폐파'의 이론을 발전시켜 혁명문학을 부정했다.

6. 결론

앞에서 살펴봤듯이, 저우씨 형제의 생활환경은 거의 같았고, 접촉했던 문화사조 역시 큰 차이가 없었다. 하지만 신해혁명 이래 몇 차례 서로 어긋남을 겪은 뒤, 그들의 사상적 면모에서 적지 않은 차이가 발생했다. 아마 저우쭤런 자신조차도 의식하지 못했겠지만, 그가 「일본의 최근 30년 동안 소설의 발달(日本近三十年小說之發達)」에서 시라카바파를 언급할 때, 나가이 가후 등과 같은 '퇴폐파'를 '소극적 향락주의'로 생각하여 특별히 지적했던 것이, 1922년이 되자 '겉보기에 퇴폐적이지만, 실제로는 맹렬하게 삶의 의지를 추구하는 것을 표현한 것에 불과하다'고 하기에 이르게 되었던 것이다. 루쉰은 똑같이 구리야가와 하쿠손의 영향을 받았음에도 불구하고, 영향을 받을 때 그가 처했던 환경이 달랐기 때문에 이러한 '시간차'는 완전히 다른 결과를 낳았다.

저우쭤런이 「아리시마 다케오」(1923년 7월)의 마지막 부분에서 다음과 같이 말했다.

> 아리시마 군이 죽었다고 하니, 이것은 정말이지 안타깝고 가여운 일이다. (…중략…) 사실 인간 세상이라는 큰 사막에서, 그 어떤 것과도 우연히 마주치지 못할 때, 우리는 멀리 또는 가까이에 있는 몇몇 동행자를 목격하게 되어야 비로소 적막과 공허함을 떨쳐버릴 수 있을 뿐이다.

이때 저우쭤런은 아마도 맏형과 절교하게 되는 날이 곧 도래할 것임을 몰랐을 것이다. 루쉰뿐만 아니라 멀리 일본에 있는 아리시마 역시 그에게 있어서는 적막한 세상에서 몇 안 되는 동행자 중 하나였을 것이다. 그랬기 때문에 저우쭤런은 가슴 속 깊이 아리시마를 애도했다고 할 수 있다. 아리시마의 말을 빌려 자신이 '상상 속 친구'를 찾고 있다고 고백했을 때, 루쉰 역시 「오리의 희극(鴨的喜劇)」(1922년 11월)에서 에로센코(V.Eroshenko)의 말을 빌려 적막감을 표현했다.

> 러시아의 맹인 시인 에로센코가 자신의 기타를 가지고 베이징으로 온 뒤 얼마 되지 않아, 나에게 다음과 같이 고통을 호소했다. "쓸쓸해요, 쓸쓸해. 마치 사막처럼 쓸쓸해요!"

여기에서 공교로운 점은 두 사람 모두 '사막'에 있는 '적막감'을 표현했다는 것이다. 하지만 이 또한 공교로운 것이 아닐 것이다. 왜냐하면 저우쭤런과 쉬주정・장딩황은, 페이밍(廢名)・장샤오위안(江紹原)까지 가세하여 『낙타(駱駝)』(1926)와 『낙타초(駱駝草』(1930)라는 두 종의 문예잡지를 창간했기 때문이다. 『낙타』에 붙인 후기는 제목이 「사막에서의 꿈(沙漠之夢)」인데, 이것은 바로 낙타가 사막을 상징하는 동물이고, 그들 스스로를 낙타에 비유했던 것임을 설명해준다.[15] 그 당시 저우쭤런의 집 팔도만(八道灣) 살롱에서 자주 주고받던 말임을 알 수 있다.

적막감은 본래 루쉰이 신해혁명 이래 줄곧 앓아왔던 우울 증세이다. 마음의 적막감은 "또 다시 나날이 자라기 시작해서 커다란 독사처럼 나의 영혼을 칭칭 감고 있다."(『외침(吶喊)』 자서) 저우쭤런은 5・4운동의 열

15) 江紹原, 「譯自駱駝文」, 『語絲』 제1기, 1924년 11월.

기를 겪은 뒤에야 아타라시키 무라의 이상주의가 한바탕 꿈임을 깨닫고 환멸을 느끼게 되었다. 1922~23년 이 시기에, 비록 사상적으로 몇 차례의 '시간차'가 있었음에도 불구하고, 두 형제는 심적으로 그래도 여전히 매우 가까웠다. 오히려 '장밋빛 꿈'이 물거품이 되었기 때문에, 그들이 각자 제 갈 길을 갔다고 할 수 있다.

(고운선 역)

'소설의 발달'에서 '신문학의 원류'까지

-저우쭤런(周作人) 문학사관과 나쓰메 소세키(夏目漱石) 문예이론-

왕즈쑹(王志松)

저우쭤런(周作人)이 1917과 1918년에 저술한 『유럽문학사(歐洲文學史)』, 『근대유럽문학사(近代歐洲文學史)』, 『일본 근 30년 소설의 발달(日本近三十年小說之發達)』은 중국의 외국문학사 쓰기의 비조였다. 이 문학사들은 기본적으로 외국문학 사료를 편역한 것에 지나지 않지만,[1] 바로 이와 같은 이유 때문에, 외국문학사의 지식 계보와 문학사 서사의 구조가 비교적 완정하게 수입될 수 있었다. 게다가 이를 관통하고 있던 문학사관은 당시 전개되고 있던 '신문화운동(新文化運動)'의 가장 믿을 만한 지원군이었다. 그러나 14년 후인 1932년 저우쭤런은 『중국 신문학의 원류(中國新文學的源流)』를

---

1) 『歐洲文學史』의 편역 상황에 관해서 周作人은 『知堂回想錄』(『周作人散文全集』 13, 廣西師範大學出版社, 2009, p.552)에서 "이것은 이것저것 섞어서 지은 책이다. 자료는 모두 영문판 각국 문학사, 문인 전기, 작품 비평 따위에서 긁어모았기 때문에 제대로 된 것은 아니지만, 당시로서는 아쉬운 대로 쓸 수 있었다"라고 말했다. 『日本近三十年小說之發達』과 相馬御風의 「明治文學講話」의 관계에 대해서는 일본 학자 小林二男의 「中國における日本文學受容の一形態-周作人の『日本近三十年小說之發達』と相馬御風の『明治文學講話』『現代日本文學講話』をめぐって」((渡辺新一 외, 『中國に入った日本文學の翻譯のあり方-夏目漱石から村上春樹まで-』, 2002-2004年度科學研究費補助金研究成果報告書, 2005)에서 상세하게 논증되어 있다.

출간해, 중국문학의 진화관을 체계적으로 보여주었는데, 그것에는 '5·4 시기' 수입된 문학관과 문학사 구조에 대한 되새김이 담겨 있었다.[2) 『중국 신문학의 원류』는 중국 문학 진화의 기제에 대한 체계적인 사고를 보여주는 저작으로, 중국 현대문학사 서사구조의 형성에 중요한 영향을 끼쳤다. 여기서 문제가 되는 것은 "저우쭤런이 5·4시기의 문학사관은 도대체 무엇인가?", "그 후 어떠한 변화가 일어났는가?", "『중국 신문학의 원류』의 독특한 문학사관은 또한 어디에서 왔는가?" 등이다. '문학' 개념에 변화가 일어나고 있는 오늘날, 이러한 문제를 사고하는 것은 우리가 문학사 서사의 역사성과 '문학' 개념의 근대성을 다시 사고하는 데 있어 중요한 의미가 있다고 할 수 있다. 이러한 문제들은 여러 각도에서 고찰할 수 있겠으나, 이 글에서는 저우쭤런의 『중국 신문학의 원류』에서 특별히 나쓰메 소세키(夏目漱石)의 『문학론(文學論)』의 과학성을 언급한 부분을 참고하고자 한다. 게다가 그 자신이 본래 소세키 문학의 애호자였기 때문에, 소세키 문학이론과의 관계에서 출발해 이를 고찰해 볼 것이다.

1. 문학사 서술과 현대의 문화제도

일종의 지식 제도로서 문학사 서술은 18세기 말 유럽에서 비롯되었다. 그것은 각종 현대의 문화제도와 함께 탄생되어 '문학' 개념이 현대적으로 변화하는 데 있어 중요한 작용을 했다. 20세기 초에 이르러 유럽의

---

2) 이점에 대해서는 林精華가 [中國的外國文學史建構之困境：對1917－1950年代文學史觀再考察](『首都師範大學學報』 2012年 第1期, 98-99면)에서 언급하고 있다. 하지만 그는 周作人 문학사관의 전변의 원인에 대해서는 검토하지 않았다.

주류 문학사는 문학 장르의 진화, 중요 작가와 작품 비평, 역사적 배경을 하나로 묶는 역사주의 방법론을 채택하고 있었는데, 그 안에는 진화론적 사관이 관통하고 있었다.

저우쭤런의 초기 문학사 편찬도 예외 없이 중국의 각종 현대적 문화제도의 탄생과 밀접하게 연결되었다. 『유럽문학사』는 저우쭤런이 1917년 9월 베이징대학(北京大學) 문과 교수로 초빙된 후 세 과정으로 나뉜 '유럽문학사' 과정을 위해 쓴 강의원고로, 1918년 10월 상하이 상무인서관(上海商務印書館)에서 출판되었다. 이 과정은 1917년 베이징대학 문과 커리큘럼 개혁이 이뤄지던 와중에 개설되었다. 이 커리큘럼 개혁은 당시 베이징대학 문과장을 역임하고 있던 천두슈(陳獨秀)의 진두지휘 아래 진행되었다. 개혁은 문과의 본과 과정을 철학과, 중국문학과, 영국문학과, 중국사학과의 네 개 과로 나누는 것이었는데, 그 가운데 중국문학과의 과목은 중국문학, 중국고대문학사, 문자학, 유럽문학사, 19세기 유럽문학사, 중국 근대문학사 등이 있었다.[3] 여기서 우리는 이들 과목의 내용을 통해 구성해 보았을 때 그 '문학' 개념은 '언어예술과 문자학'이며, 1903년 경사대학당(京師大學堂) 문학과에 포함되어 있던 경학(經學), 사학(史學), 이학(理學), 제자학(諸子學), 사장학(詞章學) 등의 과목과 비교해 '문학' 개념에 근본적인 변화가 일어났다는 것을 쉽게 알 수 있다. 원래 '문학'에 포함되어 있던 사학은 '중국사학과', 경학, 이학, 제자학의 일부 내용은 '철학과'로 통합되었다. 중국 '문학'의 현대적 개념이 형성되는 과정에서 이 커리큘럼 개혁이 갖는 중요성은 당시 『신청년(新青年)』에서 뜨겁게 전개되고 있던 '문학혁명'운동에 결코 뒤처지지 않는다고 할 수 있다. 저우쭤런이 맡았던

3) 王學珍 편, 『北京大學史料』 第2卷, 北京大學出版社, 2000, 1052-1053면.

'유럽문학사'과정은 그 중요한 일환이었다.

저우쭤런의 『유럽문학사』는 고대 그리스문학, 고대 로마문학, 중세와 문예부흥기 문학, 17, 8세기 문학의 네 부문을 포함하고 있었다. 시가, 희곡, 산문[文], 소설 등을 중시했던 점을 볼 때, 이 책은 분명 현대의 '문학' 개념에 기초하여 쓰였다. 이 책은 광범위한 영역을 다루었기 때문에 작가나 작품의 비평에 대해서는 제한적인 비평에 그치고 있다. 이 책은 중국 최초의 외국문학사로서 이를 개창(開創)했다는 역사적 가치가 있다.[4] 그러나 그 내용을 보면 확실히 저자 자신이 반성하고 있는 것처럼 "이것저것 섞어서 지은" 문제가 있기 때문에 지식의 나열에 치우쳐 있었다.

저우쭤런의 『근대유럽문학사』는 다른 과목인 '19세기 유럽문학사'의 강의원고를 기초로 쓰였다. 주요 내용은 근대문학이지만 "문학의 장르에는 모두 본원이 있다. (…중략…) 또한 먼저 그 본원을 탐색해 보아야 한다[唯文學流別, 皆有本源. (略)亦先當略溯其源]."[5]라는 말에서 보이듯, 간략하게나마 거슬러 올라가 고대문학을 탐색하기도 했다. 이 책은 서론, 고대, 고전주의시대, 전기주의시대(傳奇主義時代), 사실주의시대(寫實主義時代) 등 모두 5장으로 구성되어 있다. 저우쭤런은 '서론'에서 다음과 같이 말했다.

> 문학의 발달은 또한 생물의 진화의 예와 같다. 단계를 밟아 저절로 이루어졌다. 그 사이에 사람과 땅과 시간의 삼자가 있는데, 이것들이 그 주요인이 된다[文學發達, 亦如生物進化之例. 歷級而進, 自然而成. 其間以人地時三者, 爲之主因].

4) 林精華는 이 저작이 "중국 최초의 외국문학사로서 외국문학사 지식을 재빨리 파악할 수 있는 문학사 서술의 체례를 만들어 냈다"라고 평했다. 「中國的外國文學史建構之困境：對1917－1950年代文學史觀再考察」, 『首都師範大學學報』 2012年 第1期, 96-97면.

5) 周作人, 『近代歐洲文學史』, 北京出版集團公司, 2013, 3면.

본래 민족의 특성은 환경에 감응하고 시대정신의 호소를 받아 안아 드러나는 바, 이로써 문학이 되었다[本民族之特性, 因境遇之感應, 受時代精神之号召, 有所表現, 以成文學].[6]

여기서는 저우쭤런이 진화론적 역사관을 가지고 문학 변천을 서술했다는 것이 분명히 드러난다. 『근대 유럽문학사』에서 고대부터 사실주의 시대까지 유럽 문학의 진화는 신권(神權)에서 벗어나 이성을 획득하는 부단한 진화의 과정으로 서술되었다. 이 책은 여러 이유로 인해 출판되지 못했기 때문에 사회적 영향력은 제한적이었다. 그러나 이러한 진화론적 문학사관을 계승한 『일본 근 30년 소설의 발달』은 당시 문단에 중요한 영향을 끼쳤다.

『일본 근 30년 소설의 발달』은 1918년 『베이징대학 일간(北京大學日刊)』 141~152호에 발표되어 같은 해 『신청년』 第5卷 第1號에 게재되었다. 이 때는 마침 5·4 신문화운동이 고조되던 시기였다. 이 논문은 상당히 분명한 문제의식을 보여 주고 있다. 즉 일본의 근 30년간의 문학사를 소개함으로써 중국 문학의 현 상태를 파악하고, 신문학 개혁이 나아가야 할 방향을 제시하고자 했던 것이다. 저우쭤런은 글에서 일본문화의 특색을 '모방'에 있다고 보았다. "일본 문학계는 자각적으로, 좋은 것은 받아들인다는 태도를 가지고 진심으로 '모방'하기 때문에 수많은 독창적인 저작을 탄생시킬 수 있었고 20세기 신문학을 열 수 있었던 것이다."[7] 그는 여기서 중국을 되돌아보면서 "모방을 받아들이지 않기 때문에 모방할 수 없는 것이고", 그렇기 때문에 중국이 십수 년을 신문학을 제창했음에

---

6) 周作人, 『近代歐洲文學史』, 北京出版集團公司, 2013, 3면.
7) 周作人, 『日本近三十年小說之發達』(『北京大學日刊』 第141~第152號, 1918.5.20 게재 시작, 『新青年』 第5卷第1號, 1918.7.15 게재), 鍾叔河 편, 『周作人散文全集』 2, 廣西師範大學出版社, 2009, 42면.

도 제자리걸음을 하고 있는 것이라고 주장했다. 때문에 그는 "외국 저작의 번역과 연구를 제창"함으로써 중국 문단의 현 상황을 바꾸고자 했다. 저우쭤런의 이러한 주장은 외국의 신사상을 들여와 중국 문화의 상황을 개조하려고 한 5·4 신문화운동의 방법과 기본적으로 상통한다고 할 수 있다. 저우쭤런이 보기에 "일본의 근 30년 간 소설이 발달"한 근본적인 원인은 "인간의 문학[人的文學]"과 "평민 문학[平民的文學]"의 이념을 제창하고 실천한 것에 있었다.[8)]

여기서 지적해야만 할 것은 저우쭤런은 이 글에서 일본 메이지(明治) 이후의 문학에 관해 소설의 발전 과정을 소개했을 뿐, 현대시와 희곡 등 기타 장르에 대해서는 언급하지 않았다는 것이다. 그 원인은 대략 아래와 같이 두 가지로 설명할 수 있겠다. 첫째, 이 글은 소마 교후(相馬御風)의 『메이지 문학 강의(明治文學講話)』를 참조해 쓰였다. 소마의 이 글은 '메이지 문학 강의'라고 제했지만 내용은 기본적으로는 소설사였다. 소마의 이러한 문학사 서술은 절대로 우연한 일이 아니었다. 여기에는 일정 정도 당시 일본의 문학관이 반영되어 있었다. 그들은 소설이 문학 개념의 핵심이라고 생각했던 것이다. 알려져 있듯이 일본에서 '소설'이라는 장르가 문학 개념의 핵심적 위치를 차지했던 것은 츠보우치 소요(坪內逍遙)가 『소설신수(小說神髓)』에서 이를 극력 제창했던 영향이 컸다. 츠보우치는 소설이 인정과 사회를 묘사하는 데 있어 다른 예술 형식들을 넘어섰고, "궁극적으로 전기, 희곡 등을 능가해서 문단의 최대 예술 장르가 되었다"[9)]고 생각했다. 이러한 문학 개념으로 인해 일본 현대문학사는 소설을

---

8) 周作人은 『日本近三十年小說之發達』에서 二葉亭四迷의 문학을 비평하면서 "문학과 인생, 이 두 사건이 더욱 밀접해 진다면, 이 또한 신문학 발달의 일보라고 할 수 있다"라고 말했다. 또한 자연주의 문학은 "실재하는 인생을 모사했다"라고 평했다. 鍾叔河 편, 『周作人散文全集』 2, 廣西師範大學出版社, 2009, 42면.

중심으로 서술되게 되었다.[10]

둘째, 이 글은 저우쭤런이 『일본 근 30년 소설의 발달』을 쓴 직접적인 계기와 관련이 있었다. 『일본 근 30년 소설의 발달』은 처음에는 1918년 4월 19일에 있던 베이징대학 문과연구소 소설연구회(文科硏究所小說硏究會)에서 발표한 강연원고로 쓰였다. 1917년 12월 14일부터 1918년 5월까지 '문과 국문과 연구소(文科國文門硏究所)'가 모두 5회에 걸쳐 개최한 소설연구회에 교원은 류반눙(劉半農), 저우쭤런, 후스(胡適) 등이, 연구원으로는 위안전잉(袁振英), 추이룽원(崔龍文), 부쓰녠(傅斯年) 등이 참가했다. 소설은 그들의 주요 연구 대상이 아니었음에도, 모두 소설을 어떻게 다루어야 하는가가 구 문학 개념을 돌파하는 관건이라고 인식하고 있었다. 때문에 그들은 소설연구회에 적극 참여했던 것이다. 연구회마다 교원 일 인이 발표하고 이어 이를 가지고 토론을 진행했다. 연구회의 각 발표는 현대소설을 연구영역으로 개척하는 작업에 그치지 않고, 그중 다수가 논문으로 정식 발표되었다. 류반눙의 『통속소설의 적극적 교훈과 소극적 교훈(通俗小說之積極敎訓與消極敎訓)』, 후스의 『단편소설을 논하다(論短篇小說)』, 저우쭤런의 『일본 근 30년 소설의 발달』은 당시 '문학혁명'운동의 기폭제로서 적극적인 영향을 미쳤다.

---

9) 坪內逍遙, 『小說神髓』, 『日本近代文學大系3 坪內逍遙集』, 角川書店, 1974, 46-48면.

10) 岩城准太郎의 『明治文學史』(育英會, 1906) 등 일반적인 문학사는 소설을 위주로 서술되었고 신시, 단가, 하이쿠(俳句), 희곡 등도 언급됐다.

2. 저우쭤런과 나쓰메 소세키의 '여유론(餘裕論)'

상술한 대로 『일본 근 30년 소설의 발달』은 당시 중국 학계와 문단에 새로운 문학관을 유입시켰으며, 이는 저우쭤런이 이 시기 발표한 「인간의 문학(人的文學)」과 「평민문학(平民的文學)」 등의 문장과 호응하는 것이었다. 저우쭤런은 「인간의 문학」에서 신문학은 '인간의 문학'이어야만 한다고 말했다. "인도주의를 바탕으로 인생의 제 문제를 기록하고 연구하여 문자로 드러내는 것을 인간의 문학이라 한다."[11] 그리고 「평민문학」에서는 꾸밈없는[朴實] 백화문을 제창했다. "평민문학은 보통의 문체로 보통의 사상과 사실을 써야 한다." 역사상 "고문은 대개 귀족의 문학이었고 백화는 대개 평민의 문학이었다. (…중략…) 고문 저작들은 대저 부분적, 수식적, 향락적 유희적인 바, 확실히 귀족적 성질을 띠고 있다."[12] 저우쭤런이 보기에 꾸밈없는 백화문으로 인생을 쓰는 여부는 신문학을 판가름하는 핵심적 지표였다. 그는 인생의 문제를 회피하는 유희적 태도를 비판했던 것이다.

이러한 맥락에서 본다면 『일본 근 30년 소설의 발달』에서 나쓰메 소세키에 대한 소개를 발견하는 것은 다소 생뚱맞은 감이 있다. 이 글에서 나쓰메 소세키의 소개는 세 가지 주요한 특징을 보이고 있다. 첫째, 「『계관화』서(『鷄冠花』序)」를 논거로 삼아, 그의 문학적 주장이 "취미론에 머물고" 있으며 '여유론(餘裕論)'으로 볼 수 있다는 점을 지적했다. 둘째, 그의 후기 작품에서 풍격 상의 변화가 일어나 심리 묘사에 깊이가 있다고 지적

---

11) 周作人, 「人的文學」(『新青年』 第5卷 第6號, 1918.12.15), 鍾叔河 편, 『周作人散文全集』 2, 廣西師範大學出版社, 2009, 88면.

12) 周作人, 「平民的文學」(『每周評論』 第5期, 1919.1.19), 鍾叔河 편, 『周作人散文全集』 2, 廣西師範大學出版社, 2009, 102-103면.

했다. 셋째, 그의 "구조와 문사 모두가 극히 완미하다[構造文辭, 均極完美]"는 점을 드러냈다. 첫 번째와 세 번째의 특징은 저우쭤런의 이 시기 문학적 주장과 상이하다. 그러나 그는 이 글에서 이 두 가지 특징을 높이 평가하고 있다. 당연히 이 글은 소마 교후의 『메이지 문학 강의』를 참조한 것이고, 일부 어구는 원문에서 따왔다. 그러나 저우쭤런은 글자 하나하나를 번역하지 않고 붙이고 떼고 하는 와중에 그 자신의 나쓰메 소세키 문학에 대한 독특한 이해를 견지했다.

소마 교후의 『메이지 문학 강의』에서 관련 문장은 네 가지 내용을 포함하고 있다. 1. 나쓰메 소세키의 문예관을 '여유론'으로 인식하고 있으며 「『계관화』서」를 인용해 논거로 삼고 있다. 2. 완전히 '여유론'과 동일시 하는 것은 아니며, 자연주의 작가인 타야마 카타이(田山花袋)의 그에 대한 비평을 인용했다. 3. 나쓰메 소세키가 『행인(行人)』 이후 풍격이 변화하여 심리 서술이 심화되고 독특한 경지에 이르렀다고 지적했으며, 『명암(明暗)』의 예술적 성취를 높이 평가했다. 4. 나쓰메 소세키 문학이 글의 수사가 풍부하고 구상이 정교하다는 것을 지적하고, 초기 작품은 에도(江戶) 문예의 특색을 계승하고 있다고 인식했다. 소마 교후의 『메이지 문학 강의』와 비교했을 때, 가장 큰 차이가 있는 것은 저우쭤런이 타야마 카타이의 비평을 생략한 것이었다. 타야마 카타이는 나쓰메 소세키의 작품이 그 자신의 취미와 상상에 치우쳐 있으며 현실생활에 대한 여실한 묘사가 부족하다고 생각했다.[13] 이러한 나쓰메 소세키 문학에 대한 평가는

13) 田山花袋의 원문은 다음과 같다. "내용적으로 보았을 때, 그의 취미, 기호, 인생과 예술에 대한 태도가 아마 그러한 것으로 보인다. 그렇다면 방법이 없다. 상상과 기호가 내용의 전체를 차지하고 있다. 인물과 사건에서는 현상으로부터 잡아낸 살아 생생한 기운을 찾아볼 수 없다. 작품 마다 인위적이라는 느낌을 지울 수 없다." 相馬御風, 「明治文學講話」, 佐藤義亮 편, 『新文學百科精講』, 新潮社, 1917, 734면.

자연주의 문학의 입장에서 출발한 것이다. 소마가 이러한 관점으로 평가한 것이 지나치게 엄격하다고 할 수도 있지만 그 가운데 합리적인 면이 있다는 것도 사실이다. 그러나 저우쭤런은 이것을 완전히 무시하고 있다.

또 하나 주의할 것은 저우쭤런의 「『계관화』서」의 번역과 이해이다. 소마 교후의 인용 전문은 아래와 같다.

> 소위 여유로운 소설이라는 것은 그 이름이 말해주듯이 긴박하지 않은 소설을 말한다. '비상(非常)'이라는 말은 없는 소설이고 평범한 모습의 소설이다. 요즘 유행하고 있는 말을 빌자면, 어떤 이들이 말한 신경을 건드리느냐 건드리지 않느냐 중에서 신경을 건드리지 않는 소설을 말한다. 물론 신경을 건드리느냐 건드리지 않느냐라는 말은 애매한 말이다. 게다가 내가 사회에서 사람들이 사용하는 것과 같이 모호하게 사용하는 한 나는 이러한 말에 대한 책임도 없다. 그저 어떤 이들이 제창하는 뜻으로 건드리지 않는 것이라고 말하면 모두가 쉽게 이해할 수 있을 것이다. 때문에 애매모호하게, 의식적으로 이 말을 빌려 쓰는 것이다. 글자의 정의에 있어서 쌍방의 묵계가 있기 때문에, 어떤 이들은 신경을 건드리지 않는 것은 소설이 아니라고 생각한다. 때문에 나는 의식적으로 신경을 건드리지 않는다의 범위를 정하고 신경을 건드리지 않는 소설도 신경을 건드리는 소설과 같이 존재할 권리가 있다고, 똑같은 효과를 가질 수 있다고 주장하는 것이다. 만약 조금이라도 신경을 건드리지 않는 소설의 뜻을 알리지 않는다면 나의 뜻을 관철하기 어려울 것이다. 내가 내 자신의 의견을 천명하면 독자들도 이렇게 해석할 수 있는 소설이 가장 좋다는 데 동의할 것이다. 나는 사람들과 말싸움을 원하지 않으며 다른 이들의 도전을 받아들이고 싶지도 않다(때문에 내 자신이 생각한 바를 가능한 다 말해 오해를 피하고 싶다). 개인적으로나 국가 역사적으로나 (利害의 문제든, 인의 도덕의 문제든, 아니면 다른 문제든) 생사가 걸린 중대한 사건이 발생한다면 온몸으로, 혹은 전국적으로 이 문제에 집중하려 할 것이다. 보통 사람이라면 똥 싸고 오줌 누는 것은 정상적인 일이다. 그러나 큰 사건에 처한다면 사람들은 이러한 문제에 주의를 기울이기 쉽지 않다. (…중략…)

이렇게 똥오줌 싸는 일조차 잊고 만다. 이것은 여유가 없는 극단이다. 크게 신경을 건드리는 것이 있다면, 그와 동시에 발등에 떨어진 불 말고 다른 무엇이 보이겠는가. 세상에서 융통성이 사라지고 평면적이 되면 몸을 뒤집는 것조차도 감히 할 수 없는 긴박할 일이 되고 만다. 몸을 뒤집을 수 없다하더라도 문제는 되지 않는다. 그러나 이러한 내용만이 있어야 소설이라고는 생각해서는 안 된다. 세상은 넓다. 넓은 세상에 가지각색의 생활 방식이 있다. 그때그때에 맞춰 여러 가지 생활을 향수하는 것이 여유이다. 관찰하는 것도 여유이다. 직접 맛보는 것도 여유이다. 이러한 여유로 일어나는 사건, 이러한 사건의 정서에 의연한 것이 인생이다. 살아 생동하는 인생이다.[14]

저우쭤런의 번역은 아래와 같다.

여유로운 소설은 그 이름이 말하듯 긴박하지 않는 소설이다. 비상(非常)이라는 말이 없는 소설이다. 일상의 옷을 입고 있는 소설이다. 근래 유행하는 문구를 빈다면, 누군가 얘기했듯이 신경을 건드리느냐 건드리지 않느냐 중에서 건드리지 않는 소설이다. ……혹자는 신경을 건드리지 않는 것은 소설이 아니라고 여길 것이다. 나는 분명히 신경을 건드리지 않는 소설의 범위를 규정할 것이다. 신경을 건드리지 않는 소설도 건드리는 소설과 특별히 다를 바 없이 존재할 권리가 있고 동등한 성공을 거둘 수 있다. ……세상은 넓다. 이 광활한 세상에서 살아가는 방식은 저마다 다르다. 그때그때 이렇게 다른 방식을 누리는 것이 여유이다. 혹은 이를 관찰하는 것 또한 여유이다. 혹은 직접 느껴보는 것도 여유이다.[15]

저우쭤런의 번역은 모두 세 곳이 생략되어 있다. 첫 번째와 두 번째

14) 相馬御風, 「明治文學講話」, 佐藤義亮 편, 『新文學百科精講』, 新潮社, 1917, 732-733면. 王志松 中國語譯.

15) 周作人, 『日本近三十年小說之發達』, 鍾叔河 편, 『周作人散文全集』 2, 廣西師範大學出版社, 2009, 51면.

생략은 “신경을 건드리다[觸着]”라는 말의 뜻을 분석하는 것이다. 이 말은 일본의 자연파 작가들이 사용하기 시작한 말로서, 그들은 인생을 묘사하는 소설이 “신경을 건드리는 소설”이고 그렇지 않으면 “신경을 건드리지 않는 소설”이며 가치가 없다고 주장했다. 나쓰메 소세키는 이 말이 정의가 명확하지 않은 말이라고 생각했다. “인생을 묘사한다”라는 말 자체에 어떻게 ‘인생’의 범위를 획정할 수 있는가라는 문제가 담겨 있기 때문이다. 나쓰메 소세키의 입장에서 본다면 그의 인생에 대한 이해는 네 가지로 나눌 수 있다. 자연주의가 추숭한 ‘진(眞)’ 이외에 ‘선(善), 미(美), 장(壯)’이 있다. 때문에 소세키는 논의에 들어가기에 앞서 이해(理解)가 갈리지 않도록 “신경을 건드리다”와 “건드리지 않다”를 정의하고 구분했던 것이다. 그가 말한 “신경을 건드리다”는 인간이 어떤 “생사가 걸린 대사건”을 접하고 전심전력으로 그 사건에 집중함으로써 먹고 마시고 싸는 일상적인 행위를 잊는 지경에 이르는 것을 가리킨다. 여기서 주의할 것은 나쓰메 소세키의 비유, 즉 “신경을 건드리다”는 “생사가 걸린 대사건”이며 사람으로 하여금 먹고 마시고 싸는 일상적인 행위를 잊게 하는 것이다라는 점이다. 이와 상반된 것은 “신경을 건드리지 않는다”이고 곧 일상적인 “먹고 마시고 싸는” 행위를 말한다. 이렇게 개념을 정의 내린 후 소세키는 결코 “생사가 걸린 대사건”을 쓰는 의의를 부정하지 않는다. 그러나 그는 이것이 결국은 비상 시기의 사건이며 인생에서 극히 만나기 어려운 때의 일일뿐이라고 말했던 것이고, 인생의 더 많은 시간은 먹고 마시고 싸는 일상적인 사건이라는 것을 지적했던 것이다. 이 두 단락을 언급한 후에야 소세키는 이렇게 먹고 마시고 싸는 일상의 사건을 묘사하는 것이 “신경을 건드리지 않는다”라 하더라도 그것 또한 소설의 내용이 될 수 있다고 단언했던 것이다. 때문에 여기서 말한 ‘여유’는 완전히 세속을 초탈한 것이 아니라, 먹고 마시고 싸는 '일상생활'이 포함돼야 하는 것이다. 그러나 이 두 단락이 생략됨으로써 '여유'에 대한 이해는 한쪽으로 치우쳐 버리게 되었다. 저우쭤런 자신과 이후의 연구자들은 모두 '세속의 초탈'이라는 의미로 '여유'를 이해했다.[16] 이렇게 이해한다면 마지막으로 생략된 부분은 조리가 맞게 된다.

나쓰메 소세키는 「『계관화』서」에서 "여유가 있는" 소설도 소설이 될 수 있다고 말했다. 이것은 자연주의 문학 자체의 가치를 부정한 것이 아니라 자연주의문학 지상론을 부정한 것이다. 그러나 소마 교후는 문학사 서술의 편리를 위해 '비자연주의의 여러 작가들'이라는 제목으로 나쓰메 소세키의 주장을 자연주의 문학과 완전히 대립하는 위치에서 이해하고, 소세키의 자연주의 문학에 대한 이해가 심지어 상통하는 면이 있다는 점을 덮어버렸던 것이다. 그리고 저우쭤런은 이를 기초로 나쓰메 소세키와 자연주의 문학 사이의 대립을 더 심화시켰던 것이다. 때문에 상술한 인용 이후에 그는 특별히 자신의 비평을 그 이후에 덧붙였다. 자연파는 무릇 소설은 인생을 건드려야 한다고 말했다. 소세키는 건드리지 않는 것도 소설이며, 똑같은 문학이라고 말했다. 게다가 그렇게 긴박할 필요가 있느냐, 우리는 천천히, 넉넉하게 인생을 즐길 수 있다라고 말했다. 자연파는 급히 이리저리 뛰어다닌다. 그러나 우리는 느릿느릿 소요한다. 공원에서 산보하는 것 마냥 그렇다. 안 될 것도 없지 않느냐. 이것이 바로 여유파의 생각에서 유래한 것이다.[17] 저우쭤런은 여유파와 자연파를 완전히 대립시켜서 "공원을 산보하다"라는 말을 통해 '여유'의 구체적 함

16) 王向遠, 「從"餘裕論"看魯迅與夏目漱石的文藝觀」, 『魯迅硏究月刊』 1995年 第4期, 40면 ; 李光貞, 『夏目漱石硏究』, 外語教學與硏究出版社, 2007, 31면.

17) 周作人, 『日本近三十年小說之發達』, 鍾叔河 편, 『周作人散文全集』 2, 廣西師範大學出版社, 2009, 51-52면.

의를 해석했다. 이러한 해석은 사실 '여유'의 함의를 축소시키고 말았다. 왜냐하면 "공원을 산보하다"는 결국은 일상생활의 일부에 지나지 않기 때문이다. 여기서 더 주의를 기울여야 할 것은 나쓰메 소세키 문학을 이렇게 해석하는 것은 기실 저우쭤런이 당시에 제창한 '인간의 문학'과 '평민문학'에 부합하지 않는다는 것이다. 그는 외려 이러한 소세키를 "메이지 시대에 손색없는 산문 대가"로 인식했다.[18] 그렇다면 원인은 도대체 어디에 있는가?

이것은 아마도 그가 나쓰메 소세키의 작품을 읽은 경험과 관련이 있을 것이다. 저우쭤런은 나쓰메 소세키가 그가 가장 좋아하는 일본 작가라는 것을 숨기려 하지 않았다. 그는 일본 유학 시절, 일문서(日文書) 열독을 나쓰메 소세키의 작품에서부터 시작한 것으로 기억했다. "소세키의 소설은 『나는 고양이로소이다(吾輩は猫である)』, 『양허집(漾虛集)』, 『메추라기 둥지(鶉籠)』에서 『산시로(三四郎)』, 『문(門)』까지, 이전에 아카바네바시(赤羽橋) 변 작은 집에서 게으르게 있으며 수업도 들어가지 않던 시절에 거의 다 읽었다. 게다가 탐독했다. 제일 좋아했던 것은 아무래도 고양이었지만 다른 것도 꽤나 만족스러웠다. 만족스럽다는 말은 정해진 뜻이 있는 것은 아니다. 때로는 문장에 빠져들어서는 손을 놓지 못하기도 했다."[19] 여기서 그가 나쓰메 소세키를 좋아한 까닭이 그 문장을 좋아했기 때문이라는 것을 알 수 있다. 이것은 저우쭤런 개인의 문학적 취향을 드러내는 것이기도 하다.

저우쭤런은 「평민문학」에서 "문학에는 원래 두 가지로 나눌 수 있다.

---

18) 周作人, 『日本近三十年小說之發達』, 鍾叔河 편, 『周作人散文全集』 2, 廣西師範大學出版社, 2009, 52면.

19) 周作人, 「『文學論』譯本序」(夏目漱石 저, 張我軍 역, 『文學論』, 神州國光出版社, 1931), 鍾叔河 편, 『周作人散文全集』 5, 廣西師範大學出版社, 2009, 761-762면.

백화는 물론 '인생예술파'의 문학에 어울린다고는 할 수 있으나 '순수예술파'의 문학에 맞지 않다고도 말할 수 없다. 순수예술파는 순수예술품을 지어내는 것을 유일한 목적으로 하는데 고문의 조탁된 문장이 당연히 가장 이와 가깝다고 할 수 있다. 그러나 백화는 조탁하여 부분적으로 수식적인 향락, 유희의 문학을 만들어 내지 못한다고 할 수도 없다. 그럴 경우 비록 백화를 사용했지만, 여전히 귀족문학에 속한다고 할 수 있다. (…중략…) 그것은 예술품이지만 순수예술품이기 때문에 우리가 요구하는 인생의 예술품은 아니다."[20] 저우쭤런은 비록 '평민문학'의 입장에서 '순수예술품'의 백화문학을 귀족문학으로 간주해 부정했지만 이 글을 통해서 그가 백화문학의 귀족화[雅化]의 가능성을 인식하고 있다는 것을 알 수 있다. '5·4'신문화운동 속에서 저우쭤런은 수입된 문학사관에 구속되어 사회 개조의 공리성을 근거로 '순수예술'을 부정했다. 그러나 나쓰메 소세키 문학의 개성화에 대한 이해에서 무의식적으로 그 자신의 문학적 취향, 즉 '순수예술'의 입장을 드러냈던 것이다.

3. '여유론'의 재인식과 '미문(美文)'의 제창

저우쭤런의 문학사관은 1923년 출판된 『현대 일본소설집(現代日本小說集)』에서 미묘한 변화가 일어났다. 이 소설집은 저우쭤런과 루쉰(魯迅)이 공동 번역한 것으로 작가 15인의 30편의 작품을 수록했다. 저우쭤런은 그 「서(序)」에서 선별의 기준을 언급했다.

20) 周作人, 「平民的文學」, 鍾叔河 편, 『周作人散文全集』 2, 廣西師範大學出版社, 2009, 103면.

> 문단 전체에서 15인을 선별하고 그들의 저작 가운데 30편을 선별했을 때, 어떠한 기준을 고려했는가에 대해 나는 부득불 그 태반이 개인적 취향을 위주로 한 것이라고 밝힐 수밖에 없다. 그러나 우리는 순수객관적 비평이 불가능하다고 생각했지만 개인적 주관[小主觀]에 사로잡혀 분별없이 취사를 결정하지도 않았다. 우리의 방법은 이미 정평이 나있는 작가와 저작 가운데서 우리 스스로 느낌을 이해할 수 있는 것을 취해 수록하는 것이었다. 그래서 우리의 선택의 폭은 어쩌면 불가피하게 협소할 수밖에 없었을 것이다. 그러나 이러한 협소한 범위에 포함된 작가와 작품은 오히려 영구한 가치가 있다하겠다.[21)]

소위 "정평이 나있다"라는 말은 문학사상 혹은 문단상에서 공인되었다는 뜻이다. 즉 저우쭤런은 여전히 문학사를 존중한다는 마음으로 문학사 상에서 공인된 중요 작가를 선별했던 것이다. 그러나 이들 작가들의 구체적 작품을 선별할 때는 대부분 개인의 취향에 따랐었다. 이러한 개인의 취향은 작품의 내용과 풍격에서 장르에 이르기까지 그 선택에 주로 반영되었다.

전체적으로 보았을 때 『현대일본소설집』은 구성을 중시하기보다는 세부에 집중했으며 산문화되는 경향이 있었다. 일부 작품은 산문이기도 했다. 이것은 그들 '개인의 취향'이 체현된 것이라고 말할 수 있다. 『일본 근 30년 소설의 발달』에서 나쓰메 소세키는 작가 개인의 문학적 취향을 드러냈다고 평가를 받았지만 전체적으로는 문학사관이 개인의 문학적 취향을 압도했다. 즉 생사존망의 문제를 묘사하는 소설에 집중했던 것이다. 그러나 『현대일본소설집』에서 그들의 개인적 취향은 상당히 넓게 드러날 수 있었다. 비록 여전히 인생이라는 주제에 몰두했지만 일상생활의

---

21) 周作人, 「『現代日本小說集』序」(1922.5, 『現代日本小說集』, 商務印書館, 1923), 鍾叔河 편, 『周作人散文全集』 2, 廣西師範大學出版社, 2009, 662-663면.

세세한 일에도 주목함으로써 선정된 작품들은 '소설'이라는 장르를 초월할 수 있었다. 이러한 특징은 나쓰메 소세키에 대한 작가 소개에서도 드러났다.

소설집에 부록으로 담긴 나쓰메 소세키 소개를 루쉰이 작성했다는 것이 학계의 주된 견해이다. 나쓰메 소세키의 작품 두 편 모두를 루쉰이 번역했으니, 이러한 관점도 틀린 것은 아니다. 그러나 이 소개문 중 일부는 『일본 근 30년 소설의 발달』에서의 관련 문장과 거의 동일한 것으로 보이기 때문에 저우쭤런이 쓴 것으로 보는 것이 보다 더 합리적이라고 할 수 있다.[22] 적어도 여전히 그 저본(底本)은 소마 교후의 『메이지 문학강의』라고 단정할 수 있다.

『현대일본소설집』에서 나쓰메 소세키의 소개문과 『일본 근 30년 소설의 발달』의 소개문은 기본적으로 동일하다. 그러나 두 가지 지점에서 미세한 차이가 있다. 첫째, 소마의 인용문의 마지막 문장을 다시 되살렸다. "이러한 여유가 있음으로 해서 비로소 일어나는 사건과 이러한 사건에 대한 정서는 그 또한 여전히 인생이라고 할 수 있다. 살아 생생한 인생이라고 할 수 있다." 상술한 대로 나쓰메 소세키가 여기서 말한 '여유'는 완전히 "세속에 대한 초탈하는 것"을 가리키지 않았다. 그것은 "생사가 걸린 대사건"에 대해 언어의 일상성을 말한 것이다. 이로 인해 "살아가는 방법" 또한 '인생'이 될 수 있으며, 더 나아가 "살아 생생한 인생"이 될 수 있는 것이었다. 이 문장을 되살렸기 때문에 저우쭤런이 '여유'에 대한 인식을 확장하고 일상생활을 포함시킬 수 있었다고 말할 수 있는 것이다.

---

22) 崔琦는 王中忱 교수에게 영감을 받아 「譯者與作者的雙重任務：晚淸到五四漢譯日本文學硏究」(淸華大學博士學位論文, 2014, 69면)에서 이러한 관점을 제시했다.

둘째, 소개문의 문맥에 변화가 있었다. '여유론'과 자연파 사이의 대립 관계를 강조하는 것도 생략했고 중후기 작품의 풍격이 변화한 것에 대한 평가도 지워버렸다. "상상이 풍부하고 문사가 정교하고 아름답다"라는 평가는 유보했다. 평가의 초점을 나쓰메 소세키의 초기 작품에 맞추어 마지막으로 이러한 결론을 내렸다. "메이지 문단에서 신 에도예술(新江戸藝術)의 주류로서 당시 견줄 만한 것이 없었다."[23] 이 말은 본래 소마의 『메이지 문학 강의』에서 따온 것이었다.[24] 그러나 『일본 근 30년 소설의 발달』에서는 삭제되었다. 『일본 근 30년 소설의 발달』의 문학관에 근거했기 때문에 문학의 변화는 부단한 진화의 과정이며 근세문학은 당연히 부정해야할 대상이 될 수밖에 없었던 것이다. 때문에 『현대일본소설집』에서 이 문구를 되살린 것은 저우쭤런이 새로이 현대문학과 고대문학의 관계를 이해하고 평가하려 시도한 것으로 간주할 수 있다.

저우쭤런이 개인의 취향을 중시한 것, 생활에 대한 이해를 확대한 것, 산문 작품에 호감을 가진 것은 이 시기의 그의 사상과 문학의 변화와 관계가 있다. '5・4' 신문화운동 시기 저우쭤런은 사회개조라는 의식에서 출발해 진화론을 제창하고 적극적으로 문학개혁을 추진해 '인간의 문학'을 주장했다. 그러나 '5・4' 신문화운동의 전개와 점진적 쇠락으로 말미암아 운동 추진 세력들 내부에서는 다양한 분화가 나타났다. 혹자는 학

23) 周作人, 「『現代日本小說集』作家介紹」, 鍾叔河 편, 『周作人散文全集』 2, 廣西師範大學出版社, 2009, 666면.

24) 원문은 이렇다. "특별히 그 초기작인 『나는 고양이로소이다』, 『도련님』 등에 있는 경쾌하고, 세련되고, 기재가 풍부한 문장의 품격은 에도 예술에서 현저했던 그 일면을 메이지 문단에 계승한 것으로서 달리 견줄만한 것이 없는 독특한 것이었다(殊に、その初期の作『我輩は猫である』『坊ちやん』などに於ける、輕快で、洒落で、機才に富んだ文品は、江戸芸術に著しいあの一面を明治文壇に継いだものとして、他に類無き異色でなければならない。)."(相馬御風, 「明治文學講話」」, 佐藤義亮 편, 『新文學百科精講』, 新潮社, 1917, 736면)

문에 전념했으며, 혹자는 혁명에 뛰어들었다. 루쉰은 '방황'에 빠져들었고 저우쭤런은 방향을 바꿔 '예술독립론'을 펼쳤다. '예술독립론'은 '예술을 위한 예술'로 오해받기 십상이었다. 그러나 저우쭤런의 의도는 인생을 배척하는 것이 아니었다. 그는 "결국 예술은 독립적이지만, 원래는 인성에서 비롯된 것이다. 그래서 굳이 그것을 인생에서 유리시킬 필요도 없으며 인생에 복속시킬 필요도 없다. 그저 인생과 하나가 되도록 하면 된다. (…중략…) 지금은 개인을 주체[主人]로 하여 그 감정을 표현하는 것이 예술이 되었다. 즉 생활의 일부분이 되는 것이다. 애초에 그것은 타자의 이익을 위해 지은 것이 아니다. 그러나 타자는 그러한 예술에 접하게 되면서 일종의 공명과 감흥을 얻게 되며 그의 정신생활은 충실해지고 풍부해지게 된다. 이 또한 곧 실생활의 기본이 되는 것이다. 이것이 인생의 예술의 요점이다. 여기에 독립된 예술미와 무형의 공리가 있다."[25] 저우쭤런은 진정한 예술은 인생을 담고 있어야 하지만 인생을 위해 예술의 독립성을 희생할 필요는 없다고 생각했던 것이다. 개성의 표현을 통해서만 작품은 독자의 공명을 불러일으킬 수 있고 또 작품의 예술적 가치를 실현할 수 있다. 이와 동시에 독자 또한 이러한 표현을 통해서 감동을 얻어야만 인생의 의미가 풍부해질 수 있다. 이처럼 이 관점과 1918년의 문학적 주장 사이에 비교적 확연한 차이가 나타난 것이다. 개성의 표현은 그의 '예술독립론'의 핵심적인 사상이었다.

저우쭤런은 산문집 『자기의 정원(自己的園地)』 서문에서 "나는 문예를 사랑한다. 나는 문예 안에서 타인의 감정을 이해하기를 원한다. 문예 안에서 자신의 감정을 찾기를 원한다. 그래서 이해되는 즐거움을 누리고

25) 周作人, 『自己的園地』(『晨報副刊』, 1922.1.22), 鍾叔河 편, 『周作人散文全集』 2, 廣西師範大學出版社, 2009, 510-511면.

싶다. 이것이 만족된다면, 어쨌든 나는 감사할 것이다. 그래서 나는 천재의 창조를 즐기고 — 싶다 —, 범인(凡人)의 담화도 즐긴다."[26] 여기서 소위 "천재의 창조"는 소설과 시가의 창작을 말하고 "범인의 담화"는 『자기의 정원』에 수록된 단문들을 가리킨다. 그것은 그가 이 시기 강력하게 제창했던 '미문(美文)'을 말하는 것이다. 그는 '미문'이 표현하는 것은 "소설이 되지도 못하고 시에 적합하지도 않은" 여러 사상과 감정이라고 주장했다.[27] 이러한 '미문'은 이 이전의 현대문학사 서술에서는 완전히 그의 시야 바깥에 있었다. 그러나 이 시기 그는 이러한 '미문'이 현대작가가 시도해 볼만한 가치가 있으며 모든 문학작품과 동일한 가치를 갖는다고 생각했다.

「미문(美文)」과 『자기의 정원』의 발표와 『현대일본소설집』의 번역은 대략 1921년에서 1922년에 이루어졌고 또한 이 문장의 창작과 『현대일본소설집』의 번역이 시기상 겹친다. 이로 보았을 때, 어떻든 간에 이 둘은 상호관계가 있다고 생각할 수 있다. 어쩌면 나쓰메 소세키 문예이론의 영향을 받아 저우쭤런은 인생의 내함에 대한 이해를 더욱 심화시키고 문학작품의 제재와 체재의 범위를 확장하고 더 나아가 미문의 제창으로 나아갔을지도 모른다. 아니면 '미문'이라는 개념을 제시한 후 나쓰메 소세키 문예이론과 문학에 대한 이해를 더 심도 있게 가져갔는지도 모른다.

---

26) 周作人, 「『自己的園地』序」, 中國現代文學館 편, 『雨天的書』, 華夏出版社, 2009, 44-45면.
27) 周作人, 「美文」(『晨報』, 1921.6.8), 鍾叔河 편, 『周作人散文全集』 2, 廣西師範大學出版社, 2009, 356면.

4. 나쓰메 소세키의 『문학론』

저우쭤런이 1931년 장워쥔(張我軍)이 번역한 『문학론』에 서문을 쓴 일은 나쓰메 소세키의 문예이론에 대한 이해를 심화시킨 계기가 되었다. 이 서문은 길지는 않으나 중요한 정보를 많이 담고 있다. 우선, 저우쭤런은 흠뻑 감상에 젖어서 나쓰메 소세키 문학과의 만남과 그 작품의 탐독이 가져다 준 희열을 회상했다. 다음으로 그는 나쓰메 소세키 문예이론은 주요하게는 『문학평론(文學評論)』과 『문학론』이며 '여유론'은 그 일부분에 지나지 않는다는 점을 지적했다. 저우쭤런은 이 두 편의 저작을 매우 높게 평가했다. 전자에 대해 그는 "『문학평론』은 이전에 내가 유독 좋아했던 책이다. 이… 평이하고 진실한 화법은 진정 우리나라의 학생들에게 외국문학을 소개하는 가장 좋은 방법이다"[28)]라고 말했다. 후자에 대해서는 아래와 같이 평가하고 있다.

> 나는 『문학론』이 출판되었을 때 바로 한 권을 샀다. 하지만 말하자니 너무나 부끄럽다. 지금까지도 제대로 꼼꼼히 통독한 적이 없기 때문이다. 그의 자서를 아직도 꽤나 또렷하게 기억하고 있는데도 말이다. 나쓰메 소세키는 이 책을 쓴 목적을 문학이란 도대체 무엇인가라는 답을 얻고자 하는 것이라고 말했었다. 그는 현대에서 말하는 문학과 동양, 즉 중국 고대 사상에 뿌리를 둔 문학이 완전히 다른 것이라고 느꼈기 때문이다. 그는 "나는 하숙집에 칩거하는 중에 모든 문학서를 상자 깊숙이 처박아 두었다. 문학서를 읽어서 문학이 어떤 것인가를 알고자 하는 것은 피로 피를 씻어내는 것과 같은 방법이라고 믿었었다. 나는 문학이 어떤 필요에서 세상에 나와, 발달하고 퇴락하는지를 심리적으로 고찰하고자 했다. 나는 문학이 어떠한 필요에서 존재하고 흥성하고 쇠멸하는지를 사회적으로 구

28) 周作人, 「『文學論』譯本序」, 鍾叔河 편, 『周作人散文全集』 5, 廣西師範大學出版社, 2009, 762면.

> 명하고자 했다"라고 말했다. 그는 이러한 원대한 바람을 품고 연구에 착수했고 그 부분적 결과가 『문학론』이었다. 나는 평소에 문학서를 읽는 것은 차를 마시는 것과 같고, 문학의 원리를 읽는 것은 차를 연구하는 것과 같다고 생각했다. 차의 맛은 결국 어떻게 하든 찻잔 속에서 구해야 하는 것이다. 그러나 차에 관한 갖가지 연구, 예를 들어 식물학적으로 차나무를 연구하는 것, 화학적으로 차의 성분(중국어 원문 茶精은 현대의 사전적 정의에서는 카페인을 가리키나 여기서는 차의 특정한 성분이 아닌 여러 성분을 대상으로 연구하는 의미로 보는 것이 맞을 듯하여 차의 성분으로 번역한다-역자 주)과 그 작용을 연구하는 것은 모두 가벼이 여길 수 없다. 그것은 차를 이해하는 데 큰 도움이 된다. 나쓰메 소세키의 『문학론』은 아마도 차의 화학과 같은 부류로 볼 수 있을 것이다.[29]

저우쭤런이 때맞춰 『문학론』을 구입한 일에서 그가 평소에도 나쓰메 소세키의 문학 활동에 상당한 관심을 기울이고 있었다는 것을 알 수 있다. 비록 겸손하게 "제대로 꼼꼼히 통독한 적이 없다"라고 했지만 자서(自序)에 대한 기억이 깊게 각인되어 있는 것도 언급했었다. 『문학론』 연구에 있어 그 서문을 어떻게 이해하는가는 줄곧 이 책을 평가하는 관건이었다. 유감스럽게도 장워쥔은 『문학론』을 번역할 때 뜻밖에도 서문을 전부 누락해버렸다. 서문에서 나쓰메 소세키는 영국문학을 연구한 경험과 그때 느낀 곤혹감을 서술했다. 그는 어렸을 적부터 한문학(漢文學)의 영향 아래 있어서 영국문학과 한문학을 동일하게 생각해왔었다. 그러나 학습을 통해 둘 사이에 상당한 차이가 있다는 것을 알게 되었다. 한문학은 전통적인 경세(經世)의 학문이고 영국문학은 현대적 개념의 언어예술이었다. 동서의 문학 개념의 충돌을 해결하기 위해 나쓰메 소세키는 당시 일반적인 '문학'의 정의에서 벗어나 심리학과 사회학의 각도에서 '문

29) 周作人, 「『文學論』譯本序」, 鍾叔河 편, 『周作人散文全集』 5, 廣西師範大學出版社, 2009, 762-763면.

학'의 본질을 다시 탐구하고자 했다. 『문학론』은 그의 이러한 시험의 하나였다. 그러나 여러 원인으로 인해 결국은 예기(豫期)한 목표를 달성하지는 못했다. 그리고 그 자신의 마음은 소설의 창작으로 돌아섰다. 일본학계가 오랫동안 나쓰메 소세키의 『문학론』을 가치가 없다고 판단했던 까닭은 서문에서 이야기한 것이 그의 연구자로서의 실패와 소설가로서의 탄생이라고 생각했기 때문이다. 어울러 그 가운데서 그 자신의 존재에 대한 탐색과 이후 소설의 주제가 상통한다는 것을 발견할 수 있다. 이것은 분명 서구의 현대문학개념을 기초로 해서 나쓰메 소세키 문학 활동의 가치를 소설 창작에 두고 평가한 것으로, 소설중심주의의 문학사관을 반영한 것이다. 이러한 상황은 일본학계에서 1970년대 말에 와서야 변화가 일어났다.

그러나 저우쭤런은 1930년대에 『문학론』에 대해 다른 평가를 내렸다. 그는 나쓰메 소세키가 곤혹감과 노력을 통해 문학연구의 과학적 방법을 찾아냈다고 생각했다. 저우쭤런은 "문학서를 읽는 것은 차를 마시는 것과 같고 문학의 원리를 읽는 것은 차를 연구하는 것과 같다"고 생각했다. 『문학론』을 "차의 화학"으로 비유했던 것이다. 그는 『중국 신문학의 원류』에서 『문학론』에 대한 진일보한 의견을 표명한 바, 『문학론』은 과학적 연구방법에 기초했으며 심리학을 활용하여 문학의 구조를 연구한 것이라고 주장했다. 즉 "어떻게 배치해야 인간을 더 감동시킬 수 있는가를 연구했다"[30]는 것이다. 이는 『문학론』에 관한 초기 평가 가운데서 얼마 되지 않는 긍정론 중 하나였다.

나쓰메 소세키는 19세기 말에서 20세기 초까지 문학을 연구할 때 심

30) 周作人, 『中國新文學的源流』, 鍾叔河 편, 『周作人散文全集』 6, 廣西師範大學出版社, 2009, 54면.

리학적 연구방법을 취했는데, 그 근본적인 까닭은 진화론적 관점에서의 서구중심주의를 탈피하고자 했기 때문이었다. 이러한 진화론적 사관을 통해 바라보게 되면 일본문학은 서구문학의 진화의 길을 따라 발전할 수밖에 없는 것으로 인식될 수밖에 없었다. 이에 대해 나쓰메 소세키는 일본문학은 서구문학의 영향을 받았지만 전진의 방향은 서구문학과 동일할 필요는 없다고 생각했다. 서구의 심미적 기준은 일본문학의 가치를 판단하는 기준이 될 수는 없었던 것이다. 이 때문에 그는 진화론적 사관에서 벗어날 필요가 있었고, 따라서 심리학에 의지해 동서문학을 아우를 수 있는 연구의 틀을 찾으려 노력했던 것이다. 『문학론』에서 거론된 작품과 예들은 소설 이외에도 한문(漢文), 시가, 산문, 희곡이 있었고 심지어는 역사 저작도 있었다. 이러한 연구의 틀은 의심의 여지없이, 진화론을 이론적 배경으로 하는 소설중심주의적 문학사관을 무너뜨렸다.

저우쭤런은 서문에서 직접적으로 『문학론』 서문의 문장을 인용했다. "나는 하숙집에 칩거하는 중에 모든 문학서를 상자 깊숙이 처박아 두었다. 문학서를 읽어서 문학이 어떤 것인가를 알고자 하는 것은 피로 피를 씻어내는 것과 같은 방법이라고 믿었었다. 나는 문학이 어떤 필요에서 세상에 나와, 발달하고 퇴락하는지를 심리적으로 고찰하고자 했다. 나는 문학이 어떠한 필요에서 존재하고 흥성하고 쇠멸하는지를 사회적으로 구명하고자 했다[余乃蟄居寓中, 將一切文學書收諸箱底, 余相信讀文學書求知文學爲何物, 是犹以血洗血的手段而已。余誓欲心理地考察文學以有何必要生于此世, 而發達, 而頹廢, 余誓欲社會地究明文學以何必要而存在, 而興隆, 而衰滅也。]."[31] 일본어 원문과 대조해 보면 저우쭤런의 번역문이 원문에 상당히 충실했음을 알 수 있다. 그가 나쓰메 소세키의 서문에 대한 "기억이 또렷하다"라고 말했지만 구두점 하나

---

31) 周作人, 「『文學論』譯本序」, 鍾叔河 편, 『周作人散文全集』 5, 廣西師範大學出版社, 2009, 763면.

까지 이처럼 정확히 기억할 수 있기는 불가능하다. 이에 대한 유일한 논리적 설명은 그가 장워췬의 부탁을 받아 서문을 쓸 때 다시 한 번 『문학론』 일본판을 펼쳐 보았을 것이라는 것이다. 저우쭤런이 인용한 이 두 문장은 나쓰메 소세키가 『문학론』을 쓴 동기와 연구방법을 매우 잘 개괄한 것이라고 말할 수 있다. 이와 동시에 이 두 인용문은 저우쭤런 자신이 당시 마주했던 문제를 드러내 주었다. '5·4'신문화운동 후 중국신문학의 문학관은 부단히 변화해 왔고 1930년대 초에 이르러서는 좌익문학운동이 왕성한 발전을 보였다. 일부 급진적 좌익인사들의 눈에는 '좌익문학' 이외의 문학은 문학이 아니었다. 이렇게 문학관은 변화한 것으로 보이지만, 공통점이 있으니 바로 외래의 새로운 문화조류를 쫓았다는 것이다. "문학이 어떠한 필요에서 존재하게 되고 흥성하고 쇠망하는지"는 사실 저우쭤런의 당시 내면을 흔들고 있던 문제였다.

저우쭤런이 이듬해 『중국 신문학의 원류』에서 과학적 연구법으로 특별히 나쓰메 소세키의 『문학론』을 언급한 것은 절대로 우연이 아니었다. 그는 과학적 연구법은 "심리학이나 역사 등을 응용하여 문학을 분석하는 것"이라고 생각했다. 심리학을 운용하여 문학을 연구한 대표저작은 바로 나쓰메 소세키의 『문학론』이었다. 그런데 저우쭤런이 『중국 신문학의 원류』에서 했던 것이 곧 "역사를 다루는 방법"으로 중국문학의 변천을 연구하는 것이었다. 게다가 그는 심리학적 방법을 통해 역사를 연구하는 것은 그렇게 적합하지 않다고 생각했다. 정확하게는, 저우쭤런이 『중국 신문학의 원류』에서 처리한 것은 문학사 문제였다. 그러나 이 책의 실제적인 면을 통해 보았을 때, 그는 결코 자신이 표명한 "역사를 다루는 방법"으로 연구를 진행하지 않았던 것으로 보인다.

그렇다면 『중국 신문학의 원류』와 나쓰메 소세키 문예이론은 도대체 어떤 관계가 있는 것인가? 여기서는 먼저 나쓰메 소세키 『문학론』에서 관련 내용을 구체적으로 살필 필요가 있겠다.

5. 문예사조 추이론과 새로운 문학사 구조

저우쭤런의 『중국 신문학의 원류』의 내용은 간단하게 말해, 주로 중국 이천 년래 문학 사조의 추이의 규율과 동력을 고찰하는 것이었다. 나쓰메 소세키도 『문학론』에서 문예사조의 추이에 대해 논했었다. 나쓰메 소세키는 문예사조를 사회집단의 의식의 체현으로 간주했고 이러한 현상을 '집단의식(集合意識)'이라고 칭했다. 한 시기에는 한 시기의 '집단의식'이 모아지는 초점이 있다. 예로 메이지 유신 후 문예사조는 사실주의(寫實主義), 의고전주의(擬古典主義), 낭만주의, 자연주의 등이 출현했다. 그러나 어느 시기든 이러한 '집단의식'은 균질적이지 않으며 이를 세 가지 의식, 즉 천재의식, 수재의식, 모방의식으로 나눌 수 있다. 인구수로 따진다면 모방의식이 제일 다수를 점하는데 이는 심미적 취미상 다른 이를 쉽게 모방하는 것이다. 모방자와 대응하는 이는 피모방자인데 그 하나가 천재의식이다. 그들은 사조의 최초 제창자[首倡者] 혹은 원개창자[原創者]로서 극히 소수이다. 다른 하나는 수재의식이다. 수재는 원개창자는 아니지만 일반 대중에 비해 훨씬 빨리 천재의 의도를 이해할 수 있다. 그들을 통해 천재의 의도가 모방자에게 전달되고 그럼으로써 사회사조가 형성된다. 때문에 문예사조의 진화 과정에서 천재가 암시하는 것은 진화를 추동하는 매우 중요한 요소이다. 그러나 나쓰메 소세키는 동시에 천재가 암시하는 것이 완전히 무에서 나온 것은 아니라고 말했다. 즉 기본적으로는 현재의 심미적 취향에 대한 초월이라는 것이다. 초월의 방식은 아래와 같은 몇 가지 유형이 있다. (1) 현재의 심미적 취향 + 옛 심리적 취향 (2) 현재의 심미적 취향 + (옛+옛) 심미적 취향 (3) 현재의 심미적 취향 + 새로운 심미적 취향 (4) 현재의 심미적 취향 + (새로운+옛) 심미적 취향. 여기서 알 수 있는 것은 어떤 초월의 방식이든 현재의 심미적 취향에서 출발한다는 것이다. 그것은 현재의 심미적 취향에 다른 심미적 취향을 더해 형성되는 새로운 심미적 취향이다.[32]

나쓰메 소세키는 문예사조 추이의 다른 인소는 대중의 싫증이라고 생각했다. 심리학적으로 보면 싫증이 남으로써 새로움을 추구하는 충동이 일게 된다. 때문에 그는 추이가 꼭 저급에서 고급으로 옮겨가는 것을 의미하는 것은 아니라고 말했다. 그는 "내가 특히 이점을 강조하려는 것은 일종의 오해가 있기 때문이다. 세상 사람들은 유행의 변화를 볼 때 이것이 좋고 싫음과 같은 감정의 지배를 받는 것이라고 생각하지 않고 모든 취향의 변화를 진보로 인식하려 한다는 것이다. 바꿔 말해, 자신의 현재의 취향을 최고의, 가장 완전한, 유일의 기준으로 오해한다는 것이다. 현재의 기준을 가지고 모든 것을 재는 것은 당연한 것이기는 하지만 합리적인 것은 아니다."[33] 왜냐하면 나쓰메 소세키는 문예에 네 가지 이상, 즉 선(善)・미(美)・장(壯)・진(眞)이 있다고 생각했기 때문이다. 앞의 셋은 대체적으로 낭만주의문학으로 볼 수 있으며 뒤의 하나는 사실주의문학으로 분류할 수 있다. 문학사 전체로 보았을 때 기본적으로 낭만파와 사실파는 교차 발전해 왔다. 하나의 문예 이상이 다른 문예 이상으로 옮겨가는 것을 단순하게 진화로 말할 수는 없다.

32) 『漱石全集』, 岩波書店, 1966, 407-504면.
33) 『漱石全集』, 岩波書店, 1966, 441면.

저우쭤런의 『중국 신문학의 원류』를 『문학론』과 비교하면 아래와 같은 닮은 점을 볼 수 있다. 우선, 그는 심리학적 관점에서 관련 문예사조의 변화의 동력을 살피고 있다. 상술한 바대로 『문학론』에서는 문예사조 변화의 동력은 천재의 암시와 독자의 싫증이라고 말했다. 『중국 신문학의 원류』는 '반동'을 가지고 이러한 동력을 설명했다. 저우쭤런은 "내가 보기에 중국문학에서는 시종 상반된 두 힘이 부침을 거듭하고 있는데, 이는 과거에도 그랬고, 장래에도 그러할 것이다"[34]라고 말했다. 그는 중국의 문예사조가 '언지파(言志派)'와 '재도파(載道派)'의 상호 교차 속에서 부침을 거듭하며 발전해왔다고 말했다. 비록 그 자신은 '언지파'를 추숭했지만 '언지파'가 극단으로 나아가면 폐단이 나타나게 되고 그러면 이어 '재도파'의 반동을 초래하게 된다고 인식하고 있었다.

당연히 저우쭤런도 이러한 반동과 정치 사이의 관계에 관심을 기울였었다. "문학 방면의 흥성과 성쇠는 늘 정치상의 좋고 나쁨과 배리된다."[35] 여기서 흥성하고 쇠락하는 것은 '언지파'의 문학을 가리킨다. 그는 정치상황이 호전됐을 때는 '언지파'가 쇠락하고, 반대로 악화되었을 때는 '언지파'가 흥성한다고 생각했다.

다음은 고전문학을 대하는 태도이다. 『문학론』은 대다수의 예술사조가 전통문예사조의 기초 위에서 새로이 탈바꿈한 것이라고 말하며 현재를 기준으로 모든 것을 평하는 것을 부정했다. 그 원인은 메이지 시기 문학사에 담겨 있는 현재주의(現在主義)는 사실 서구중심주의로서, 구체적으로는 메이지 말기의 자연주의문학 지상론이었기 때문이었다. 나쓰메 소세키는 이러한 논조에 대해 부정적인 태도를 견지했다. 저우쭤런 초기

34) 周作人, 『中國新文學的源流』, 鍾叔河 편, 『周作人散文全集』 6, 廣西師範大學出版社, 2009, 63면.
35) 周作人, 위의 책, 64면.

의 『유럽문학사』, 『근대유럽문학사』, 『일본 근 30년 소설의 발달』을 관통하고 있는 것은 진화론적 문학사관이었다. 그는 전통문학에 대해서는 철저한 부정의 태도를 취했다. 그러나 『중국 신문학의 원류』에서 그의 문학사관은 큰 변화를 보이게 된다. 전통 문학과의 관계를 매우 중시하게 된 것이다. 제목인 '중국 신문학의 원류(中國新文學的源流)'는 바로 역사 전통의 시각에서 신문학의 이력을 살피는 것을 뜻했다. 저우쭤런은 이 글에서 명대 공안파(明代公安派)의 주장은 매우 단순하며, "후스 선생의 주장과 거의 차이가 없다고 할 수 있다"라고 하였다. 또한 "명말(明末)의 문학은 현재 문학운동의 연원이며 청대(清代) 문학은 이 문학운동의 원인이다. 청대의 문학 상황을 분명히 살피지 않는다면 신문학운동이 일어난 원인도 확실히 알 수 없게 되고 설명도 근거를 잃게 된다"[36]라고도 주장했다. 사실 저우쭤런은 신문학의 근원을 명대만이 아니라 원대(元代), 오대(五代), 위진육조(魏晉六朝), 주대 말엽[晩周]까지 거슬러 탐색했다.

수많은 논자들도 이 때문에 저우쭤런의 문학사관을 간단히 "순환사관[循環歷史觀]"이라 칭했다. 정확하게는 저우쭤런은 문학의 진화의 과정을 설명하면서 그것이 양극을 오가며 동요하는 것이라고 생각했다.[37] 그러나 그는 이와 동시에 이것은 결코 완전한 '순환'은 아니며 오고 감에 따라 변화가 일어난다는 점도 지적했다. 예를 들어 그는 후스 선생의 주장과 공안파의 주장이 차이가 별로 없다하더라도, 오늘날 백화는 공안파의 단순한 중복이 아니며 신언어와 신사상을 담고 있다고 주장했다.[38] 그는 『중국 신문학대계 산문 제1집(中國新文學大系散文一集)』 서언에서 "나는 새로

---

36) 周作人, 『中國新文學的源流』, 鍾叔河 편, 『周作人散文全集』 6, 廣西師範大學出版社, 2009, 67, 74면.
37) 周作人, 위의 책, 63면.
38) 周作人, 위의 책, 89-101면.

운 산문이 발전하기 위해서는 두 가지 유인이 있어야 한다고 생각한다. 하나는 외조(外助)이고 다른 하나는 내응(內應)이다. 외조는 곧 서양의 과학 철학과 문학의 신사상의 영향을 말하는 것이고 내응은 역사상의 언지파 문예운동의 부흥이다. 만약 역사적 기초가 없다면 성공은 그리 쉽지 않을 것이며, 외래 사상의 수입이 없다면 성공하더라도 생명이 없어 지속될 수 없을 것이다."[39] 이로부터 저우쭤런은 문학사관에서 진화론적 역사관을 거부했지만, 그것은 단순반복식의 '순환사관'이 아니며 '순환' 가운데서 변화와 발전을 발견했다는 것을 알 수 있다. 이로부터 그는 이전의 전통문학을 철저히 부정하는 태도에서 탈피했다.

저우쭤런이 『중국 신문학의 원류』에서 언지파를 긍정한 것에는 당시 좌익문학운동에서의 일련의 급진적 논조에 대한 그의 저항의 의미도 담겨 있었다.[40] 그러나 그는 이러한 면에만 문제를 국한시키지도 않았다. 그의 문학관에서 볼 때 이것은 일시적으로 일어난 것이 아니라 그의 문학관의 자연적인 연장선에 놓여 있는 것이었다. 특히 『중국 신문학의 원류』에 포함되어 있는 다른 위도(緯度), 즉 문학사 서사의 구조 문제에 집중해 살펴볼 필요가 있다. 널리 알려져 있듯이, 지식제도로서 문학사는 유럽에 기원을 두고 있으며, 그 안에는 유럽중심주의가 각인되어 있다. 저우쭤런 자신은 이 제도의 적극적 수입자였다. 그러나 저우쭤런은 '미문' 쓰기와 문학평론활동 속에서 점차 그 안에 담겨 있는 문제를 발견했고 이를 수정하기 시작했다. 구체적으로 그는 두 방면에서 수정을 진행

---

39) 周作人, 「『中國新文學大系散文一集』導言」(良友出版公司, 1935), 鍾叔河 편, 『周作人散文全集』 6, 廣西師範大學出版社, 2009, 729면.

40) 이 방면에 관한 논문에는 羅崗, 「歷史偏多言外意－從周作人『中國新文學的源流』看中國現代"文學"的建構」, 『中國現代文學研究叢刊』 1996年第3期, 70-93면 ; 郝慶軍, 「兩個"晚明"在現代中國的復活－魯迅與周作人在文學史觀上的分野和衝突」, 『中國現代文學研究叢刊』 2007年 第6期, 1-26면 등이 있다.

했다. 첫째, '미문'을 제창함으로써 현대문학사에 숨어 있던 소설중심주의를 돌파하고자 했다. 둘째, 진화론적 역사관을 탈피해 심리학의 각도에서 문학의 진화를 연구하고 적극적으로 전통문학과 현대문학의 관계를 이해하고자 했다. 저우쭤런은 『일본 근 30년 소설의 발달』에서 소설만을 말했다. 그러나 『중국 신문학의 원류』에서는 특별히 속문학 연구의 중요성을 언급하기는 했지만, 전편에 걸쳐서 논한 것은 현대문학의 총아인 소설도, 희곡도, 시가도 아닌 '소품문(小品文)'이었다. 내용을 이렇게 안배한 것은 당연히 그의 소품문에 대한 독특한 인식과 불가분의 관계가 있다. 소설이 제패한 현대문학에서 그는 "소품문은 문학 발달의 극치"[41]라고 선언했다. 그의 이러한 관점은 중국현대문학사 서술의 틀을 형성하는 데 직접적인 영향을 미쳤다고 할 수 있다.

가장 이른 중국현대문학사는 1933년 출판된 왕저푸(王哲甫)의 『중국신문학운동사(中國新文學運動史)』였다. 이 저작은 산문을 소설, 희곡, 시가와 나란히 독립된 장르로 배치했다. 이에 대해 저자는 특별히 다음과 같이 언급하고 있다. "소품도 산문의 하나이다. 그러나 이에는 정련된 어구, 작은 구조, 심오한 정취 등이 있어 대충 묘사한 듯하면서도 심오한 의미를 담고 있다. 그래서 이것은 특수한 풍격을 갖고 있다. 이러한 글을 쓸 때는 노련한 실력이 없다면 뛰어나기가 쉽지 않다. 이것은 보통의 산문과 소설 사이에 처해 있기 때문에, 소품에 담긴 감정은 보통의 산문 보다는 여유가 있지만 시가와 소설에 비해서는 부족하다. 이러한 산문은 정취에 있어서 담담한 듯 보이지만 깊이가 있고, 기교에 있어서 서툰 듯 보이지만 날카로운 면이 있다. 그래서 문예에 있어서 나름의 일가를 이

---

41) 周作人, 「『中國新文學大系散文一集』導言」(良友出版公司, 1935), 鍾叔河 편, 『周作人散文全集』 6, 廣西師範大學出版社, 2009, 723면.

루고 있기 때문에 특별히 주의할 필요가 있다"[42]라고 말했다. 이상은 기본적으로 저우쭤런의 소품문에 대한 주장을 전한 것으로 볼 수 있다. 소설, 희곡, 시가, 산문 네 부분으로 구성된 문학사의 구조는 『중국신문학대계(中國新文學大系)』를 경유하여 이후의 현대중국문학사 서술에서 관례가 되어 오늘까지 이어지고 있다.

여기서 지적할 것은 그가 이렇게 산문을 독립적인 장르로서 현대문학사 서술에 포함시킨 것은 사실 최초의 시도였다는 것이다. 동시대 일본 현대문학사에서 산문은 일반적으로 독립된 문학 장르로 놓일 수 없었다.[43] 영국문학사에는 산문이라는 장르가 있었지만 저작에 따라 의미가 달라졌다. 어떤 것은 '운문'을 겨냥한 산문으로서, 산문체의 의미가 있었고, 소설 등의 장르가 포함되었다. 또 다른 것은 평론문과 역사저작 등을 포함했다. 이러한 산문과 중국현대문학사에서 말한 '산문'은 같을 수가 없었다. 일부 학자는 중국현대문학사 서술이 완전히 영국문학사의 틀을 답습한 것으로 간주하여 "문학 장르의 형식을 소설, 시가, 희곡, 산문으로 분류하고 이러한 분류 원칙에 근거해 모든 문학 작품을 구성했다. 이들 장르의 범주는 완전히 영어의 fiction, poetry, drama, familia prose에 대응되는 것으로 이해되었다."[44] 그러나 이러한 관점은 확고한 것이 아니었다. 정확하게는 문학사 서술의 큰 틀은 서구에서 온 것이 맞다. 그러나 familia prose를 산문과 구별하지 않고 같은 것으로 본다면 문제를 지나치게 단순화한 것이다. familia prose는 소설을 포함한 광의의 산문체를

42) 王哲甫, 『中國新文學運動史』, 北平杰成書局, 1933, 인용은 上海書店 영인본, 1986, 174-175면.
43) 岩城准太郎, 『明治文學史』(育英會, 1906), 本間久雄, 『明治文學史上』(東京堂, 1935), 吉田精一, 『明治大正文學史』(東京修文館, 1941) 등.
44) 劉禾 저, 宋偉杰 외 역, 『跨語際實踐－文學, 民族文化與被譯介的現代性(中國：1900-1937)』, 三聯書店, 2002, 332면.

뜻하지만 문학 장르는 아니다. 중국에서 독립된 문학 장르로서 산문이 문학사에 진입한 일은 1920년대와 30년대 문단에 대량으로 쏟아져 나온 질 높은 산문들뿐 아니라, 쉼 없이 이를 제창했던 저우쭤런이 없었다면 불가능한 것이었다.

'5·4' 신문화운동 시기 저우쭤런은 『일본 근 30년 소설의 발달』에서 겸허하게, 중국 신문학 개혁의 출로는 외국 문학을 모방하는 것이고 아울러 완전하게 서구문학의 기준을 가지고 중국문학을 평가하는 것이라고 말했다. 심지어는 『홍루몽(紅樓夢)』을 부정하는 것이라고까지 했다. 그러나 14년이 지난 후, 그는 『중국 신문학의 원류』에서 중국 전통문학과 신문학 사이의 관계를 다시 꼼꼼히 살펴보고 조정하면서 독특한 문학사관을 제시했다. 이 변화의 원인은 다양하지만, 상술한 바대로 보았을 때, 그중 하나는 나쓰메 소세키 문학 및 그 문예이론이 갈마들었기 때문이었다. '여유'에 대한 이해는 초월에서 "범용한 인생"으로 변했으며 더 나아가 '미문'을 제창함으로써 소설 지상론을 탈피했다. 『문학론』의 문예사조추이론에 공명함으로써 그는 대담하게 '소품문'을 긍정하는 이론적 근거를 찾을 수 있었다. 그의 적극적 제창을 통해 산문은 독립적인 장르로서 현대문학사 서술의 틀 내로 진입했으며 중국의 '문학' 개념이 현대화되는 과정에 독특한 흔적을 남겼다. 이점을 특별히 강조한 까닭은 문학사 서술을 소설 중심주의의 틀에서 탈각시켜야 했기 때문이다. 현재 '문학의 쇠락'과 관련된 다양한 목소리들이 분출되고 있다. 그러나 소위 쇠락이라고 하는 것은 특정한 유형의 소설의 쇠락일 뿐이거나 소설의 쇠락일 뿐이다. 상호네트워크가 발달한 현재는 오히려 다양한 '문'이 발달할 수 있는 절호의 시기라고 할 수 있다. 이러한 의미에서 저우쭤런의 산문관은 지금 현재 어지러이 난무하고 있는 인터넷 문학에 어쩌면 새로운 관찰의 시각을 제공할 수 있을지도 모른다.

(이현복 역)

韓日漢字音 對照硏究의 比較音韻史的 照明

이경철

1. 들어가며

－한일한자음은 100% 대응관계를 이루고 있다!－

한국인 일본어 학습자라면 누구나가 일본어를 학습하면서 "한국 한자의 어떤 발음은 일본어로 어떻게 발음된다."라는 대응관계를 어느 정도 스스로 깨우쳐가게 된다.

[표 1] 韓日漢字音의 대응 예

漢字	東音	吳音	漢音	北京音	中古音聲韻
日本	일본 'ilpon	ニホン ニッポン	ジッポン	riben	日質開3 幫魂合1
韓國	한국 hankuk	*ガンコク	カンコク	hanguo	匣寒開1 見德合1

[日本]이라는 漢語는 韓國語로 일본[ilpon]이라고 한다. 일[日(il)]이라는 漢字는 日本語로는 [日曜日]과 같이 [ニチ]라고도 [先日]와 같이 [ジツ]라고

도 읽힌다. 여기에서 먼저 한국어의 語頭子音 ∅, 즉 母音이 日本語의 吳音에서는 ナ行의 n으로, 漢音에서는 ザ行의 z로 발음된다는 것을 알 수 있다.

語頭子音을 중국 聲韻學에서는 聲母라고 하는데, [日]이라는 漢字의 聲母는 中古音 초기에는 ȵ(口蓋化한 n)이었다. 이 ȵ을 反映하여 吳音에서는 n으로 출현한다. 吳音은 5세기 중국의 吳지방, 즉 南部方言이 한국의 백제를 경유하여 일본에 전래된 字音이기 때문에 이 ȵ이 吳音에서는 ナ行의 n으로 출현하는 것이다.

漢音에서는 이 日母ȵ이 [ジツ]와 같이 z로 출현한다. 漢音은 8세기의 중국 唐나라 長安音인 北方音이 遣唐使에 의해 일본에 전래된 字音인데, 이 시대에는 日母ȵ의 鼻音性이 약화되어 ȵz(鼻音의 ȵ이 약화되어 z에 가깝게 된 음)으로 변한다. 漢音에서는 이 ȵz을 반영하여 z가 되는 것이다. 즉 일본 국명의 [ニホン・ニッポン]은 吳音에서, [japan]은 漢音에서 유래한 것이라고 할 수 있다.

한국한자음에서는 이 日母ȵ이 ['il(일)]과 같이 ∅, 즉 母音으로 출현한다. 한국어에서는 n・l과 같은 鼻音性자질이 語頭에 오기 어렵다고 하는 頭音法則이 존재하여, [李li>'i, 女njə>'jə]처럼 변하는 것과 마찬가지로 수용 당시부터 ∅, 즉 母音으로 수용했을 가능성이 높다고 판단된다.

여기에서 [한국한자음∅=吳音n=漢音z]라고 하는 語頭子音의 대응관계가 성립한다.

계속해서 語頭子音 이외의 부분, 이를 중국 聲韻學에서는 韻母라고 하는데, [日]이라고 하는 漢字의 韻母에 대해 생각해 보자.

[日]이라는 漢字의 韻母는 吳音의 모태인 5세기 南北朝音에서는 質母-it이었다. 이 -it을 반영하여 吳音에서는 -iチ로 출현한다. 폐음절구조인 中

古音의 t는 개음절구조인 일본어에서는 開口度가 낮은 母音 i나 u를 붙여 [チ] 또는 [ツ]가 된다. 즉 [チ]도 [ツ]도 중국어의 t를 나타내기 위한 표기로, 수용 당시에는 단지 t로 발음하려 했던 것이므로 [チ]와 [ツ]가 吳音과 漢音을 구별하는 기준이 될 수 없는 것이다. [チ]와 [ツ]표기는 시대가 내려옴에 따라 中舌母音 u가 붙는 [ツ]로 통합되어 갔으며, 결국 현대에 漢音에서는 [ツ]로 통합된다.

한국어에서는 이 質母-it이 -il로 출현한다. t가 l로 反映된 것에 대해서는 여러 이견이 있는데, 한국어에서 t로 끝나는 명사가 거의 보이지 않는다는 점에서 한국어의 t로 끝나기 어려운 발음구조로 인해 수용 당시부터 l로 수용한 것으로 판단된다.

여기에서 [한국한자음의 종성l=吳音ツ・チ=漢音ツ]라는 대응관계가 성립한다.

[표 2] 日母의 대응관계

漢字	東音 ∅	吳音 n	漢音 z	北京音 r	中古音聲母
人	’in	ニン	ジン	ren	日ȵ,ȵʑ
熱	’jəl	ネツ	*ゼツ	re	
弱	’jak	*ニャク	ジャク	ruo	

[표 3] 質韻의 대응관계

漢字	東音 il	吳音 iti/itu	漢音 itu	北京音 i	中古音韻母
吉	kil	キチ	キツ	ji	質開3 -ieĭn/t -iin/t
一	’il	イチ	イツ	yi	
蜜	mil	ミツ	*ビツ	mi	

이와 같이 한국한자음과 일본한자음의 주층인 吳音과 漢音은 대응관계

를 이루고 있는데, 그 이유는 다음과 같이 그 모태가 된 유입시기가 5세시에서 8세기 사이에 해당하는 中古音을 모태로 하고 있기 때문이다.

1) 南北朝音(約420-589年) : 『玉篇』, 『經典釋文』의 字音體系
2) 切韻音(約589-750年) : 『切韻』, 玄應 『一切經音義』의 字音體系
3) 秦音(約750-830年) : 慧琳 『一切經音義』의 字音體系
4) 韓國漢字音 : 5C-8C에 해당하는 中古音
5) 吳音 : 5C 南北朝時代의 南方音
6) 漢音 : 8-9C 唐代 長安音(秦音)
7) 唐(宋)音 : 鎌倉宋音, 江戶唐音

[표 4] [京]의 대응관계

漢字	東音	吳音	漢音	唐宋音	慣用音	中古音聲韻
京	kjəŋ	キョウ	ケイ	キン	X	見庚開3

[京]의 한국한자음 [kjəŋ]은 吳音에서는 [キョウ], 漢音에서는 [ケイ], 唐宋音에서는 [キン]이 된다. [京]에 대해, 吳音에서는 [キャウ]로 받아들여 CV 구조인 일본어에서는 [kjaŋ]으로 발음하려고 한 것이 [キャウ]가 되어, 連母音의 長母音化를 거쳐 [キョウ]로 변한 것이며, 漢音의 [ケイ]는 [keŋ] 또는 [kjeŋ]으로 수용하려 했던 것이다. 즉 [京]은 한국한자음에서는 [kjəŋ]이며, 吳音에서는 [kjaŋ]으로, 漢音에서는 [keŋ]으로 수용하려 했던 것으로, 실제 발음은 字形보다 훨씬 유사한 것이었다고 할 수 있다.

여기에서 한국한자음의 -jəŋ은 대부분 吳音에서는 -jaŋ>-jau>-jou, 漢音에서는 -eŋ>-ei, 唐宋音에서는 -iŋ이라는 대응관계가 성립한다. 이것은 [京]이라고 하는 한자뿐만 아니라 이 韻에 속하는 대부분의 한자에 적용할 수 있다. 예를 들어 [映畵, 英語]의 [エイ]는 漢音이라는 것을 쉽게 알 수 있으며, [映, 英]의 한국한자음은 [’jəŋ]일 것이라는 점과 그 吳音은 [ヨウ]일 것이라는 점, 그 唐宋音은 [イン]일 것이라는 점까지 예측할 수 있다. 또한 [瓶ビール]의 [ビン]과 [明朝体]의 [ミン]은 唐宋音이라는 것을 쉽게 파악할 수 있는 것이다.

이처럼 한국한자음과 일본한자음의 吳音·漢音은 중국 中古音을 모태로 하고 있기 때문에 모든 한자가 대응관계를 이루고 있다고 할 수 있다. 唐宋音 역시 10세기 이후의 중국음을 모태로 하고 있기 때문에 이 역시 대응관계로서 파악할 수 있다.

[표 5] 梗攝韻의 대응관계

漢字	東音	吳音	漢音	唐宋音	北京音
警	kjəŋ	*キョウ	ケイ		jiŋ
英	’jəŋ	*ヨウ	エイ		’iŋ
鈴	ljəŋ	*リョウ	レイ	リン	liŋ
明	mjəŋ	ミョウ	メイ	ミン	miŋ

이처럼 한일한자음이 대응관계를 이루고 있다는 점은 양국어의 한자음 체계, 양국어 音韻史, 중국 中古音 연구, 양국 音聲音韻 교육 등 여러 방면에서 그 효용가치가 무궁무진하다고 할 수 있다. 여기에서는 양국한자음 대조연구를 통해서 확인할 수 있는 양국한자음, 양국어 음운사, 중국어 음운사에 관련된 연구방법을 소개하고자 한다.

2. 한국한자음의 母胎에 대하여

-한국한자음은 唐代 이전에 이미 성립되었다!-

[표 6] 尤韻 을류의 한일한자음 대조표

漢字	東音	吳音	漢音	聲母	母胎
九	ku	ク	キウ	見k	AB
朽	hu	ク	キウ	曉h	AB
休	hju	ク	キウ	曉h	C
友	'u	ウ	イウ	于'Ø>'j	AB
有	'ju	ウ	イウ	于'Ø>'j	C

위의 표는 尤韻 을류에 해당하는 韓國漢字音과 吳音・漢音對照表의 일부이다. 常用漢字에서 尤韻 을류 21字는 한국한자음에서 -u형이 19자, -ju형이 2字로 출현하며, 갑류는 대부분 -ju형으로 출현한다. 吳音도 을류가 -u형으로, 갑류가 -iu형으로 출현하여 3等重紐를 명확하게 구별하고 있다. 그러나 漢音은 을류가 갑류에 합류된 秦音을 반영하기 때문에 갑을류 모두 -iu형으로 출현한다. 이것만 보더라도 한국한자음은 5C 南北朝音을 반영하는 吳音의 體系와 유사하며, 秦音을 반영한 漢音과는 다르다는 점을 알 수 있어, 河野六郎(1968)가 제기한 한국한자음 唐代長安音說에 문제가 있음을 알 수 있다.

[표 7] 侵韻 을류의 한일한자음 對照分韻表

漢字	東音	漢音	吳音	聲母
今	금	キム>キン	コム>コン	見k
金	금・김	キム>キン	コム>コン	見k
急	급	キフ>キウ>キュウ	*コウ	見k
音	음	イム>イン	オム>オン	影ʔ
吸	흡	キフ>キウ>キュウ	*コウ	曉h
品	*픔>품	ヒム>ヒン	*ホン	滂p^h
森	ᄉᆞᆷ>삼	シム>シン	*ソン	山ʃ

위의 표는 侵韻 을류에 해당하는 韓國漢字音과 吳音·漢音對照表의 일부이다. 표와 같이 侵韻 을류가 한국한자음에서는 대부분 -ïm/p형으로, 吳音에서는 -om/ɸ형으로, 漢音에서는 -im/ɸ으로 출현함을 알 수 있다. 여기에서 [金]의 한국한자음 [금]과 [김]을 일본 吳音 및 漢音과 비교해 보면 한국한자음 [금]이 일본 吳音의 [コム]과 유사하다는 점은 차치하더라도 한국한자음 [김]이 일본 漢音의 [キム]과 유사하다는 점은 聲韻學的 상식이 없더라도 누구나 쉽게 확인할 수 있다. 즉 [금]과 [김]이라는 발음 중에서 [김]이라는 발음이 漢音의 [キム]와 동형이기 때문에 [김]이라는 발음이 漢音과 같은 8-9C의 唐代音을 모태로 한 발음이라는 것을 쉽게 예측할 수 있으며, [금]이라는 발음이 그보다 오래된 발음이라는 것을 쉽게 유추해낼 수 있다. 따라서 [금]은 新羅가 唐의 영향으로 관직이나 지명·인명을 한자로 바꿔 쓰기 이전에 사용하던 음이며, 이것을 性氏를 나타내는 字로 쓰면서 당시의 발음인 [김]을 姓氏에만 전용한 것으로 판단된다.

또한 일본 吳音에서 [コム]로 수용했기 때문에 한국어의 /으ï/에 해당하는 발음이 일본어에 존재하지 않았기 때문에 일본 吳音에서 オ단으로 수용했을 가능성이 제기된다. 그러나 위의 [森ᄉᆞᆷ<삼]과 같이 한국한자음에는 -ɐm형[1]으로 수용된 자음형이 존재한다. 이를 통해 侵韻 을류의 한국한자음에서 가장 오래된 자음형은 [森ᄉᆞᆷ<삼]과 같은 -ɐm형이며, 이것이 吳音과 유사한 시대의 중국음을 모태로 할 가능성을 찾을 수 있으며, [金김]을 漢音과 같은 8C 唐代音으로 파악할 수 있으므로, 가장 일반적인 -ïm/p형은 6-7C의 중국음을 모태로 할 가능성이 가장 높다고 할 수 있

---

1) 그 밖에 [簪讖涔ᄌᆞᆷ, 滲ᄉᆞᆷ]과 같은 -ɐm형을 확인할 수 있다.

는 것이다. 또한 [品]은 15세기 자료에 이미 [품][2]으로 출현하고 있지만, 이것은 그 이전에 [픔]에서 변화된 것으로 볼 수 있기 때문에 일반적으로 17C에서 18C에 활발하게 진행되었다고 하는 한국어의 圓脣母音化는 15C 이전에 이미 일어나고 있다는 것을 알 수 있다.

위의 두 韻을 통해 살펴본 바와 같이 일본 吳音과 漢音은 그 모태의 시기가 분명하기 때문에 한국한자음이나 베트남한자음을 각 韻별로 일본 吳音·漢音과 대조·분석하는 것이 한국한자음이나 월남한자음의 모태를 밝혀내는 가장 효율적인 방법의 하나가 될 수 있다.

3. 일본 記紀萬葉 借字表記字의 音韻에 대하여

—記紀萬葉은 吳音으로 읽었는가?—

[표 8] 麻韻 2等字의 對照分韻表

漢字	東音	万葉集	日本書記β	日本書記α	古事記	吳音	漢音	聲母
家	ka	ケ	ケ			ケ	カ	見k
加	ka	カ/ガ	カ	カ	カ/ガ	カ	カ	見k
沙	sa	サ	サ		サ	シヤ	サ	山ʃ
馬	ma	マ/メ		マ		メ	バ	明m

위의 표는 記紀万葉 借字表記字 중에서 假攝 麻韻 2等에 속하는 한자의 借字表記를 한국한자음 및 吳音·漢音과의 대조표로 정리한 것의 일부이다. 中古音의 麻韻은 南北朝音부터 切韻音까지는 전설저위모음 a[front, low]로 변화가 없지만, 秦音 전기에 2等 重韻의 합류로 전설중저위모음 ɐ[front,

2) [稟]도 新增類合에 이미 [품]으로 출현하고 있다.

mid]와 합류하여 저위와 중저위의 구별이 없는 상태로 변화하였으며, 다시 秦音 후기에 후설모음인 1等韻과 전설모음인 2等韻의 합류로 인해 전설과 후설의 구별이 없는 하나의 중설중저위모음 a[mid, cen]으로 변화한다.

吳音에서는 전설저위모음 a[front, low]를 반영했기 때문에 그 주모음의 前舌性으로 인해 주로 –e형으로 출현하며, 齒音字는 –ja형으로 출현하지만, 漢音은 秦音 후기의 중설중저위모음 a[mid, cen]을 반영하여 모두 –a형으로 출현하는 것이다. 한국한자음은 저위모음에 전설과 후설의 구분이 없기 때문에 어느 시대음을 반영하더라도 –a형으로 출현할 수밖에 없다.

그런데 여기에서 記紀万葉의 借字表記 [サ沙][マ馬]는 吳音과 다르며 한국한자음과 일치한다는 것을 알 수 있다. 이것을 보면 記紀万葉의 借字表記字가 吳音으로 읽혀졌다고 하는 종래의 학설에 의문을 제기할 수밖에 없다. 즉 吳音이 한반도를 통해 일본에 전래되었다고 하는 기존의 통설은 記紀萬葉의 借字表記를 吳音의 체계에 넣어 분석해온 결과로 볼 수 있을 것이다. 앞으로 記紀万葉의 借字表記와 吳音을 별도의 체계로 나누어야 할 필요성이 제기되며, 또한 記紀万葉 借字表記에 대한 고대한국한자음의 영향 관계를 연구해야 할 필요성이 제기되는 것이다.

[표 9] 開口3等 魚韻 을류의 對照分韻表

漢字	東音	万葉集	書記β	書記α	古事記	吳音	漢音	聲母
居	거	こ[3]	こ	こ		コ	キヨ	見k
去	거	こ	こ		こ	コ	キヨ	溪k^h
巨	거	こ				ゴ	キヨ	群g
於	어	オ	オ	オ	オ	オ	ヨ	影
飫	어	オ	オ	オ			ヨ	影
許	허	こ	こ	こ	こ	コ	キヨ	曉h
虛	허	こ	こ			コ	キヨ	曉h

3) オ段을류자는 ひらがな로 표기하였다.

위의 표는 記紀万葉 借字表記字 중에서 遇攝 開口3等의 魚韻 을류에 속하는 한자의 借字表記를 한국한자음 및 吳音・漢音과의 대조표로 정리한 것의 일부이다. 吳音에서는 주로 -o형으로, 漢音에서는 -jo형으로, 한국한자음은 -ə형으로 출현하고 있어, 記紀万葉 借字表記字의 オ段 을류의 母音이 한국어의 ə에 해당한다는 것은 위의 표로도 쉽게 추측할 수 있다. 이처럼 記紀万葉 借字表記字는 한국한자음과 많은 관련성을 가지고 있다. 단지 문제가 되는 것은 記紀万葉 借字表記字의 コ・ソ・ト・ノ・ヨ・ロ・モ에 オ段 갑을류의 구별이 존재하는데, 위의 표에서와 같이 "왜 그 모음인 オ의 경우에는 오히려 그 구별이 존재하지 않는가?"라는 것이다. 이는 1)ə와 o가 음소로서 독립되지 않은 단계일 가능성, 2)모음에서도 ə와 o를 음소로서 독립해 있었을 가능성이라는 두 가지 관점에서 앞으로 연구가 진행되어야 할 것이다.

4. ハ行音에 대해

-[日本ニホン]과 [韓國カンコク]-

앞서 서론에서 제시한 "[日本일본]이 왜 [ニホン]이 되는가?"라는 문제에서 ハ行子音의 음운자질에 대해 생각해 보자. 일본어의 清音과 濁音은 カ/k/・ガ/g/行, サ/s/・ザ/z/行, タ/t/・ダ/d/行과 같이 무성음과 유성음의 대립관계를 이루고 있는데, ハ/h/行과 バ/b/行만이 그 대립관계에서 예외를 이루고 있어, 그 대립관계를 고려하면 일본어의 ハ行子音이 원래 p였을 것이라는 것은 누구나 예측할 수 있다. 현재 琉球방언의 ハ行子音이 p라는 점과 [밭ハタケ], [베틀ハタ] 등과 같이 한국어 [ㅂp]와 일본어 ハ行이 계통적으로 대응관계를 이루고 있기 때문에 일본어의 ハ行子音은 원시일본어의 단계에서는 양순파열음 p이었을 것으로 보는 것이 일반적인 견해이다. 이것이 奈良시대에는 양순성이 퇴화하여 聲門破裂音 ɸ로 변한 단계였다. 이 ɸ는 hw와 같은 자질의 자음이라 할 수 있다. [わたしは]를 [wataʃiwa]로 읽는 이유는 [wataʃihwa]가 한국어의 [고향 kohjaŋ>kojaŋ]이나 [이화 'ihwa>'iwa]의 경우에서 h가 모음 사이에서 탈락하는 것처럼 일본어의 ハ行轉呼音은 h가 母音 사이에서 탈락하여 ワ행음으로 변하는 현상으로 볼 수 있다.

[韓國한국]이 일본어에서 [ハンコク]가 아니라 [カンコク]가 되는 이유는 이처럼 일본어의 ハ行子音이 원래 ɸ(hw)이었으며, 일본어에 h라는 음소가 존재하지 않았기 때문이다. 이로 인해 한국어나 중국어의 h에 해당하는 자음은 일본어에서 가장 조음점이 가까운 カ/k/行으로 대체된 것이다.

5. 四つ仮名의 혼동에 대해

–[大豆대두 ; 콩]는 왜 [ダイズ]인가?–

[표 10] 定母字의 한일한자음

漢字	東音	漢音	吳音	韻
豆	두	トウ	ヅ>ズ	侯개1
圖	도	ト	ヅ>ズ	模개1
大	대	タイ	ダイ	泰개1
定	뎡>졍>정	テイ	ヂャウ>ヂョウ>ジョウ	青개4

위의 표는 中古音 舌音系 定母字가 한일 한자음에서 어떻게 반영되었는지 그 일부를 제시한 것이다. 먼저 中古音 舌音系의 清字 端母t와 次清字 透母t^h, 定母d는 한국한자음에서 [ㄷ, ㅌ]으로, 呉音에서는 清字 端母t와 次清字 透母t^h는 タ行으로, 定母d는 그 유성음을 반영하여 ダ行으로 출현하지만, 漢音에서는 唐代에 걸친 濁字의 次清字化를 반영하여 清字 端母t와 次清字 透母t^h는 タ行으로, 定母d 모두 タ행으로 출현한다. 따라서 한국한자음 [ㄷ, ㅌ]은 漢音에서는 100% タ行에 대응하지만, 呉音에서는 タ行・ダ行에 대응한다. 또한 [大ダイ・タイ]와 같이 하나의 한자에 濁音과 清音이라는 두 가지 발음이 존재할 경우 濁音이 呉音, 清音이 漢音이라는 것을 쉽게 알 수 있다.

그런데 四つ仮名의 혼동으로 인해 [ヂ・ヅ]는 現代仮名遣い에서 [ジ・ズ]로 변하게 된다. 일본어의 [チ・ツ]는 원래 ti・tu이었으며, [ヂ・ヅ]는 di・du이었다. 이는 한국어 [두루미]가 일본어 [つる鶴]에 대응하며, 일본어 [つしま對馬]는 한국어 [두 섬]에서 그 기원을 찾을 수 있다는 점에서도 확인된다. 이것이 한국어의 口蓋音化와 유사한 파찰음화를 겪어, ti>ʧi, tu>tsu, di>ʤi, du>dzu로 변하게 되었으며, 파찰음화를 일으킨 ヂʤi, ヅdzu는 ザ行의 ジʒi, ズzu와 혼동을 일으켜 결국 ザ행으로 통합되게 된 것이다.

그런데 이 四つ仮名의 혼동에는 또 하나의 요인을 생각할 수 있다. 그것은 サ行子音의 자질이다. 다음과 같이 한국한자음의 [ㅅ, ㅈ, ㅊ]은 모두 일본어 サ行音(呉音의 경우 ザ행을 포함)에 대응한다.

[표 11] 開口3等 尤韻 갑류 齒音字의 한일한자음

漢字	東音	漢音	吳音	聲母
酒	쥬>주	シュ		精ʦ
舟	쥬>주	シウ>シュウ		照ʨ
秋	츄>추	シウ>シュウ		淸$ʦ^h$
醜	츄>추	シウ>シュウ		穿$ʨ^h$
秀	슈>수	シウ>シュウ		心s
手	슈>수	シュ		審ɕ
囚	슈>수	シウ>シュウ	*ジュ	邪z>s
受	슈>수	*シュウ	ジュ	禪ʑ>ɕ

中古音의 齒音系는 크게 破擦音계열과 摩擦音계열로 크게 나눌 수 있으며, 또한 이것이 齒頭音, 齒上音, 正齒音으로 다시 세분화되어 있다. 한국어에는 齒音系에 이러한 복잡한 구별이 존재하지 않았기 때문에 크게 破擦音계열은 [ㅈ]([ㅊ]을 포함[4])으로, 摩擦音계열은 [ㅅ]으로 반영되었다. 일본 吳音의 경우 濁字에 해당하는 從・牀・神・邪・禪母가 ザ行z으로 나타날 뿐 나머지는 모두 サ行s으로 출현하며, 漢音의 경우에는 淸濁字인 日母 이외에는 모두 サ行으로 출현한다.

즉 위의 표와 같이 한국한자음의 [ㅈ, ㅊ, ㅅ]은 일본한자음에서 기본적으로 サ行에 대응하며, 일부 吳音의 경우에만 ザ행에 대응한다는 것을 알 수 있으며, 어떤 한자음의 발음이 サ와 ザ, 또는 シ와 ジ의 두 가지 있을 경우, 濁音이 吳音, 淸音이 漢音이라는 것도 쉽게 알 수 있다. 나아가 일본어에는 한국어의 [ㅈ]과 [ㅅ]같은 破擦音과 摩擦音의 구별이 존재하

4) 한국한자음에서 次淸字는 有氣音으로 반영된 예가 존재하지만, 그것이 명료한 반영을 이루고 있지 않다. 牙音系의 次淸字인 溪母 k^h가 한국어에서 有氣音으로 반영된 예는 [快쾌] 뿐이다. 즉 한자음이 전래되기 이전에 한국어에는 有氣音과 無氣音의 구별이 존재하지 않았으며, 한자음의 영향으로 인해 한국어에 有氣音이 형성되었을 것으로 판단된다.

지 않으며, 더구나 サ行子音을 가지고 中古音의 破擦音과 摩擦音을 모두 반영하고 있기 때문에 サ行子音이 반드시 s였다고 할 수 없는 면이 있다. 현대일본어에서 [-さん], [-ちゃん], [-つあん]과 같은 異音이 출현하는 것은 그러한 연유일 것이다. 室町시대의 자료에서 [참새]의 울음소리를 [シウシウ]로 표기하고 있는데, 현대어로는 [チュンチュン]에 해당한다. 참새의 울음소리가 시대에 따라 변할 이유도 없고, 이는 당시의 サ行子音이 [ts, ʧ]를 포함하고 있었다는 증거가 되는 것이다. 따라서 그 濁音인 ザ行子音은 [dz, ʤ]를 포함하고 있었다고 보아야 하며 ジ는 [zi, ʤ]를, ズ는 [z, dz]를 포함하고 있었기 때문에, 이것이 四つ仮名의 혼동의 촉진시키는 요인으로서 작용했다고 보아야 할 것이다.

6. 한국어의 口蓋音化와 齒音系에 걸친 單母音化

–[寫眞シャシン]이 왜 [사진]이 되는가?–

[표 12] 한국어의 口蓋音化

漢字	東音	漢音	吳音	聲母
駐	듀>쥬>주	チウ>チュウ		知ʈ
體	톄>쳬>체	テイ	タイ	透t^h
張	댱>쟝>장	チャウ>チョウ		知ʈ
中	듕>즁>중	チウ>チュウ		知ʈ
地	디>지	チ	ヂ>ジ	定d>t^h

口蓋音化는 [ㄷ, ㅌ] 뒤에 i母音이 이어지는 字音이 [ㅈ, ㅊ]으로 변하는 현상으로, 破擦音化의 일종으로 볼 수 있다. 한국어에서 口蓋音化는 17세

기에서 18세기에 걸쳐 일어났는데, 이는 한국어 [ㅈ, ㅊ]이 [ʦ], [ʦ^{h}]에서 [ʧ], [ʧ^{h}]로 口蓋音化를 일으킨 이후에 발생한 현상으로 파악된다. 舌音系의 한자는 본래 한국한자음에서 [ㄷ, ㅌ]으로, 일본한자음에서는 [タ, ダ]行으로 반영되었는데, 이 口蓋音化로 인해서 일본한자음에서 [タ, ダ]行으로 나타나는 字音이 한국한자음에서 [ㅈ, ㅊ]으로 대응하는 경우가 발생하게 된 것이다. 이 口蓋音化로 인해 다음과 같이 齒音系는 單母音化를 유발하게 된다.

[표 13] 한국어 齒音系의 單母音化

漢字	東音	漢音	吳音	韻
寫	샤>사	シャ		麻개3
者	쟈>자	シャ		麻개3
處	쳐>처	ショ		魚개3갑
書	셔>서	ショ		魚개3갑
小	쇼>소	セウ>ショウ		宵개3갑
將	쟝>장	シャウ>ショウ		陽개3갑

ʦ가 ʧ로 口蓋音化함으로써 [ʦia]는 [ʧa]로 변화하여, 이에 따라 [쟈]와 [자]의 音韻上의 구별이 없어져, [쟈]는 [자]로 單母音化하게 된 것이다. 이로 인해 [ㅅ, ㅈ, ㅊ]의 二重母音은 20세기에 들어서 모두 單母音化하였다. 이로 인해 일본한자음에서 拗音形으로 나타나는 字音이 한국한자음에서는 直音으로 대응하는 경우가 발생하게 된 것이다.

7. 일본어의 모라언어적 성격
−連聲과 連母音의 長音化가 의미하는 것−

連聲이란 다음과 같이 漢語에서 m, n, t으로 끝나는 말 뒤에 母音이 연결될 때 뒷소리가 m, n, t로 변하는 현상으로 현재는 일부 單語에만 화석화되어 남아 있다.

ex) 天(テン) ＋ 皇(オウ)→ テンノウ [tenno：]
反(ハン) ＋ 応(オウ)→ ハンノウ [hanno：]
三(サム) ＋ 位(イ)→ サンミ [sammi]

이는 한국어에서 [안양>아냥]으로 발음되는 連音法則과 유사한 현상이라고 할 수 있다. 단지 한국어에서는 위의 子音이 아래 母音에 그대로 연결되지만, 일본어의 경우 위의 子音이 아래 母音에 연결될 때 위의 子音도 그대로 유지시키면서 1拍을 이룬다는 차이가 있다. 이는 일본어의 모라(mara)언어적 특성을 반영하는 현상으로 파악할 수 있는데, 이러한 현상은 鎌倉시대 이후 빈번하게 출현했다. 이는 [일본어가 실라빔 언어에서 모라언어로 변하였다.]라는 일반적인 통설에 의문을 갖게 하는 사항이다. 일본어가 실라빔 언어였다면 예를 들어 [三位]가 한국어에서 [사뮈>사미]로 발음되듯이 일본어에서도 [サミ]로 나타나야 할 것이다. 이것이 [サンミ]로 출현하는 이유는 [ム]를 1拍으로 인식하여, [サムヰ]를 3拍으로 인식하였으며, 이것이 連聲現象을 일으키더라도 3박을 유지시키려는 작용이 존재했다는 것을 의미하는 것이다. 즉 連聲現象이 이러난 시점에서 이미 일본어는 모라언어였다는 증명이 되는 셈이다. 다음과 같은 連母音의 長音化에도 실제 모라언어적 요소를 엿볼 수 있다.

[표 14] 일본어 連母音의 長音化

漢字	東音	漢音	吳音	史的變遷	聲韻
江	강	コウ		カウ>コウ	見江개2
當	당	トウ		タウ>トウ	端唐개1
光	광	コウ		クワウ>カウ>コウ	見唐합1
洋	양	ヨウ		ヤウ>ヨウ	喩陽개3갑
量	량	リョウ		リャウ>リョウ	來陽개3갑
柳	류	リュウ		リウ>リュウ	來尤개3갑
週	주	シュウ		쥬>주 シウ>シュウ	照尤개3갑

일본어는 원래 [子音+母音]이라는 CV구조이므로 母音의 연속을 꺼린다. 그래서 上代語에서는 ア行音이 語頭 이외에는 오지 않았다. 그런데 平安시대 이후 ハ行轉呼音과 한자음의 표기로 인해 母音이 연속되는 경우가 나타나게 되었다. 예를 들면 ハ行轉呼音으로 인해 [사다]라는 의미의 [買ふ ; かふ]가 [かう]로 변하게 되었다. 또한 당시의 중국어를 일본어로 표기하면서 [高, 好] 등을 [カウ]로 표기하여 [kau]와 같이 母音이 연속하는 連母音이 발생하게 되었다. 당초에는 이처럼 母音이 연속할 때 두 母音을 따로따로 발음했었지만, 점차 두 母音을 하나로 발음하여 결국 長母音이 성립하게 된 것이다. 그러데 [kau]가 [ko：]로 변화하더라도 원래 2拍이었던 형태를 長母音化한 이후에도 유지한다는 점에서 이는 모라언어적 특성을 보여주는 예라고 할 수 있는 것이다. 즉 일본어가 실라빔언어라면 [kau]가 [ko]로 변화했을 것이다.

8. 한국어의 i母音첨가현상

-[腦ノウ]는 한국한자음에서 왜 [노]가 아니라 [뇌]인가?-

[표 15] 한국어의 i母音첨가현상

漢字	東音	漢音	吳音	史的變遷	韻
箇	개	カ		*가>개	歌개1
駄	태	*タ	ダ	*다>태	歌개1
鎖	쇄	サ		솨>쇄	戈합1
覇	패	ハ	*ヘ	*파>패	麻2
預	예	ヨ		여>예	魚개3갑
諸	제	ショ		져>졔>제	魚개3갑
趣	취	シュ		*츄>ᄎᆔ>취	虞개3갑
就	취	シュウ	ジュ	츄>ᄎᆔ>취 シウ>シュウ	尤개3갑
腦	뇌	*ドウ	ノウ	*노>뇌 ナウ>ノウ	豪개1
璽	새	*シ		ᄉᆞ>새	支개3갑

위의 표는 한국한자음에서 i모음첨가현상이 나타난 예의 일부를 소개한 것이다. i모음첨가현상은 [소고기]가 [쇠고기]로 변하는 것과 같은 현상으로, 일반적으로 국어학계에서는 Umlaut현상이 單母音化의 결과로 18세기 말엽에 성립된 것으로 보고 있으나, 15세기 이전부터 이미 진행되고 있었고, 현재도 진행 중이라고 할 수 있다. 위의 표를 보면, 15・16세기 자료에는 i모음이 첨가된 자음형과 i母音이 첨가되지 않은 자음형이 섞여 나타난다. 표에서 사적변천의 란에 *표시를 한 字音은 이미 15・16세기 자료에 i母音이 첨가된 자음형을 취하고 있으며, *표시가 없는 字音은 15・16세기 이후에 i母音이 첨가된 것이라고 할 수 있다. 이러한 i모음첨가현상으로 인해 일본한자음에서는 i모음이 후접되지 않는 자음형에

한국한자음에서는 i母音이 후접하는 경우가 발생하게 된 것이다. [소주]를 [쇠주]라고도 하듯 앞으로도 이러한 변화는 지속될 가능성이 있다.

9. 한일 비대응한자음의 단면

—[輸出수출]은 왜 일본어로 [ユシュツ]라고 하는가?—

[표 16] 한일 비대응자의 유형 [類推에 의한 것]

漢字	東音	漢音	吳音	類推漢字	聲母
歐	ku	オウ	*ウ	區(溪kh)	影ʔ
輸	sju˩su	*シュ	ユ	諭・愉(喩j)	審ɕ

[표 17] [淸濁의 혼동에 의한 것]

漢字	東音	漢音	吳音	類推漢字	聲母
耐	nai	*ダイ	*ナイ	タイ	泥n
染	njəm	*ゼン	*ネン	セン	日ȵʑ

[표 18] [多音字로 인한 것]

<table>
<tr><th>漢字</th><th>東音</th><th>漢音</th><th>吳音</th><th>K채택韻</th><th>J채택韻</th><th colspan="2">聲母</th></tr>
<tr><td>乾</td><td>kən</td><td colspan="2">カン</td><td>仙(開3等乙)</td><td>寒(開口1)</td><td>群k</td><td>見j</td></tr>
<tr><td>作</td><td>tsak</td><td colspan="2">サク・サ</td><td>鐸(開1)</td><td>箇(開口1)</td><td colspan="2">情ts</td></tr>
</table>

한국한자음과 일본한자음의 吳音과 漢音은 대부분 대응관계를 이루고 있지만, 위의 예처럼 크게 그 자음형이 다른 예를 볼 수 있다. 이러한 예들 역시 모두 그 연유가 있는 것으로, 크게 類推에 의한 것, 淸濁의 混同에 의한 것, 多音字로 인한 것 등으로 분류할 수 있다.

한국한자음 [輸出수출]을 왜 일본어로 [ユシュツ]라고 하게 된 이유는

[輸]자의 聲符 [兪]를 유추해서 [ユ]로 잘못 읽은 것이 그대로 정착되어 전해진 결과일 것이다. 마찬가지로 [歐米オウベイ]의 [歐]를 한국한자음에서 [구]라고 읽는 것은 [歐]의 聲符 [區]를 유추해서 [구]로 잘못 읽은 것이 정착한 탓일 것이다.

한국한자음 [忍耐인내]를 일본한자음에서 [ニンダイ]가 아닌 [ニンタイ]로 읽는 이유는 江戸시대 이전까지 濁音표기가 엄밀하지 않았던 탓에 연유한다. 濁音符가 일반화된 것은 江戸시대에 들어서의 일이며, 그 이전에서는 소위 濁聲点을 사용하여 聲調와 濁音을 동시에 표시하였으나, 그것도 대부분 字音直讀資料에 한정된 일로, ひらがな로 쓰인 일반적인 문장에서는 淸濁의 구별조차 존재하지 않았다. [忍耐인내]를 [ニンタイ]로 읽게 된 이유는 이처럼 聲調를 표시하지 않은 자료에서 그 표기 [耐タイ]만을 보고 그대로 [タイ]로 읽은 것이 정착・확대된 것에 기인한다고 할 수 있다. 이처럼 淸濁은 혼동은 慣用音에서 가장 많은 부분을 차지하고 있으며, 그중에서도 淸音이 濁音으로 변한 것이 가장 많다.

또한 連濁現象으로 인한 新濁으로 인해 본래 淸音이었던 것이 濁音으로 혼동되는 경우와 聲符字에 의한 類推도 이러한 淸濁의 혼동을 초래하게 된 요인으로 생각할 수 있다.

한국한자음 [乾燥건조]를 일본한자음에서 [ケンソウ]가 아닌 [カンソウ]로 읽는 이유는 원래 [乾]이라는 한자가 2개의 발음을 가진 多音字이기 때문이다. 즉 [乾]자는 中古音에서 開口3等 仙韻 을류 群母와 開口1等 寒韻 見母라는 두 가지 발음을 가진 字였는데, 한국한자음에서는 開口3等 仙韻 을류 群母에 해당하는 [건]만이, 일본한자음에서는 開口1等 寒韻 見母에 해당하는 [カン]만이 정착되어 한일한자음에 차이를 가져오게 된 것이다.

10. 中古音 再構 문제점의 단면

−한일한자음은 中古音 再構의 좋은 재료!−

[표 19] 吳音에서의 開口1等 模韻의 반영

聲母		法華經	般若經	新譯華嚴經	光明眞言	類聚名義抄
見	k	コ賈古故固 ク孤鼓皷估雇	コ股瞽固顧 ク鼓蠱	コ瞽固顧		コ古 ク皷
溪	kh	コ枯庫 ク苦 クウ苦	コ枯	コ枯庫 ク苦	ク苦	ク苦
影	ʔ	ウ烏 オ嗚汙汚惡	ウ烏鄔 オ汙惡			オ惡
曉	h	ク虎琥 コ呼	コ呼虍 ク虎			コ呼
定	d	ツ塗 ツウ塗 ト屠徒土度渡	ツ塗茶 ト屠徒杜度 渡	ツ塗途圖 ト屠杜度	ツ途	
並	b	ホ菩 ホウ菩 フ蒲步捕 フウ蒲捕	ホ菩 フ步	フ捕	ホ菩	ホ菩 フ蒲步捕

[표 20] 中古音 模韻에 대한 再構音

鄭張尙芳	Karlgren	王力	李榮	邵榮芬	董同龢	藤堂明保
uo 後 u	uo	u	o	o	uo	o

위의 표는 開口1等 模韻이 吳音에서의 어떻게 반영되었는지 그 일부와 中古音 模韻에 대한 주요학자의 再構音을 제시한 것이다. 模韻은 吳音자료에서 -o형이 주류를 이루고 있지만, -u형이 다수 혼재하고 있다. 따라서 그 中古音에 대한 해석도 o, u, uo 등 학자마다 다양하다. uo라고 보는

견해는 模韻이 開口韻이라는 점에서 타당하지 않으며, o나 u로 보는 것도 吳音에 걸친 -o형과 -u형의 혼재를 설명할 수 없다. 中古音의 多音字로 판단하면 模韻은 上古音 ɑk에서 入聲韻尾 k가 탈락하여 南北朝期에 陰聲韻 ɑu로 변하고 그것이 다시 高位化하여 ʌu가 된 것으로 판단된다. 模韻을 ʌu로 재구하면, 吳音에 걸친 -o형과 -u형의 혼재, 万葉仮名의 オ段 및 ウ段의 혼용, 唐代 이후 u로의 변화까지 여러 문제를 클리어할 수 있다.

이처럼 吳音은 5C의 南北朝音을, 漢音은 8-9C의 秦音을 모태로 하고 있으며, 한국한자음 역시 5C부터 8C 사이의 中古音을 모태로 하고 있기 때문에 中古音의 재구에 좋은 재료가 된다. 마찬가지로 鎌倉宋音은 近世音의, 江戸唐音은 近代音의 연구에 좋은 재료가 되며, 베트남한자음과 티벳한자음을 비롯한 타국한자음과 중국의 方言도 중국어 음운사연구의 중요한 연구재료가 될 수 있다.

11. 맺음말

—자료별 統合分韻表 및 각국한자음 對照分韻表 작성의 필요성—

지금까지 한국한자음과 일본 吳音・漢音의 대조연구를 통해 드러난 음운사상의 여러 가지 문제점에 대해 고찰해 보았다. 한국한자음과 일본 吳音・漢音은 모두 중국의 5C부터 8C 사이의 中古音을 모태로 하고 있기 때문에 상호간에 한자음의 수용양상, 모태의 판별, 음운변화 양상 등을 비교・고찰하는데 더할 나위없는 중요한 자료가 되며, 또한 중국어 음운사의 연구에도 빼놓을 수 없는 중요한 자료가 된다.

앞으로 이러한 대조연구의 활성화를 위해서는 먼저 자료별 統合分韻表

를 작성할 필요가 있다. 예를 들어 지금까지 개별적으로 완성된 吳音 관련 자료를 모두 모아 하나의 吳音統合分韻表를 작성하면, 순수한 吳音形을 추출해 낼 수 있을 것이다. 이와 같은 방법으로 한국한자음, 吳音, 漢音, 宋音, 티벳한자음, 베트남한자음 등에 대한 각각의 統合分韻表를 먼저 작성한다.

이 각각의 統合分韻表를 다시 하나로 묶어 각국한자음 對照分韻表를 작성하면 중국어, 한국어, 일본어의 한자음 및 음운사에 관련된 연구의 중요한 자료로서 활용할 수 있을 것이다.

참고문헌

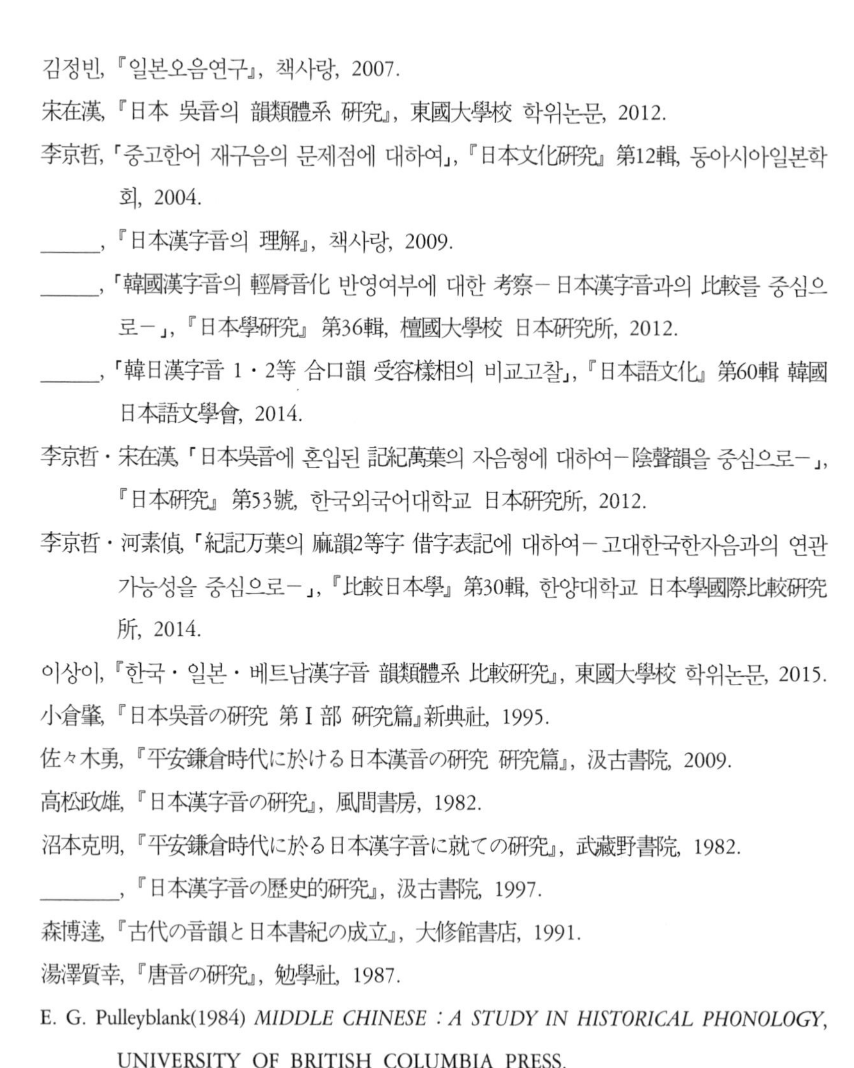

김정빈, 『일본오음연구』, 책사랑, 2007.

宋在漢, 『日本 呉音의 韻類體系 研究』, 東國大學校 학위논문, 2012.

李京哲, 「중고한어 재구음의 문제점에 대하여」, 『日本文化研究』 第12輯, 동아시아일본학회, 2004.

______, 『日本漢字音의 理解』, 책사랑, 2009.

______, 「韓國漢字音의 輕脣音化 반영여부에 대한 考察－日本漢字音과의 比較를 중심으로－」, 『日本學研究』 第36輯, 檀國大學校 日本研究所, 2012.

______, 「韓日漢字音 1・2等 合口韻 受容樣相의 비교고찰」, 『日本語文化』 第60輯 韓國日本語文學會, 2014.

李京哲・宋在漢, 「日本呉音에 혼입된 記紀萬葉의 자음형에 대하여－陰聲韻을 중심으로－」, 『日本研究』 第53號, 한국외국어대학교 日本研究所, 2012.

李京哲・河素偵, 「紀記万葉의 麻韻2等字 借字表記에 대하여－고대한국한자음과의 연관 가능성을 중심으로－」, 『比較日本學』 第30輯, 한양대학교 日本學國際比較研究所, 2014.

이상이, 『한국・일본・베트남漢字音 韻類體系 比較研究』, 東國大學校 학위논문, 2015.

小倉肇, 『日本呉音の研究 第Ⅰ部 研究篇』新典社, 1995.

佐々木勇, 『平安鎌倉時代に於ける日本漢音の研究 研究篇』, 汲古書院, 2009.

高松政雄, 『日本漢字音の研究』, 風間書房, 1982.

沼本克明, 『平安鎌倉時代に於る日本漢字音に就ての研究』, 武藏野書院, 1982.

________, 『日本漢字音の歴史的研究』, 汲古書院, 1997.

森博達, 『古代の音韻と日本書紀の成立』, 大修館書店, 1991.

湯澤質幸, 『唐音の研究』, 勉學社, 1987.

E. G. Pulleyblank(1984) *MIDDLE CHINESE : A STUDY IN HISTORICAL PHONOLOGY*, UNIVERSITY OF BRITISH COLUMBIA PRESS.

근대 이전 한중일 문화교류 및 국가관의 충돌

김문경

1. 들어가는 글—한자문화권의 특징

지금 많은 이들은 21세기를 세계화 시대라 말한다. '세계화(globalization)'라는 말을 듣지 않는 날이 없을 정도이다. 그러나 세계화란 말처럼 그리 쉬운 것이 아니다. 지금 세계는 각 지역 민족 간, 종교 간, 체제 간에 여전히 분쟁이 끊이지 않고 있다. 현재까지 세계화란 요원한 목표일 뿐이며, 그 길은 험난하기만 해 보인다. 상대적으로 볼 때, 현재 비교적 현실성 있는 길은 지역 통합인데, 지역 통합이란 바로 지리적으로 근접하고, 역사적으로 동일한 문화·종교를 공유하며, 이를 바탕으로 공통 인식을 가지는 국가군이 하나의 공동체를 이루는 것이다. 그중 가장 대표적인 것이 바로 EU라 하겠다.

동아시아지역에서 최근 몇 년간 많은 이들이 EU를 본떠 동아시아 공동체를 만들어야 한다고 주장하면서, 관련 논의가 뜨겁게 진행되고 있다. 그러나 최근 한중일 삼국 간의 정치적 갈등 상황을 보건대, 동아시아 공동체로 가는 길은 험로가 예상되며, 짧은 시간에 실현될 수는 없을 것으로 보인다.

동아시아 문화권은 서양 기독교 문화권, 중동 이슬람 문화권과 더불어 세계 3대 문화권을 이루고 있으며, 유서 깊은 역사를 가지고 예로부터 지금까지 역내 각국들 간에 밀접한 교류를 이어오고 있다. 그럼에도 불구하고 왜 현재와 같은 심각한 갈등이 나타나게 되었을까? 어떤 이는 2차 세계대전 종전 후의 냉전 체계로 인한 것이라 하고, 어떤 이는 근대 이후 일본이 한국과 중국을 상대로 제국주의 침략을 자행하고 식민지 정책을 실시한 것이 그 원인이라 한다. 심지어 어떤 이는 근대 이전의 삼국 관계는 우호적이었고, 일본의 견당사, 조선의 통신사가 각각 중일, 한일 우호의 상징이었다고 말하기까지 한다. 그러나 필자의 견해로는 이러한 관점은 단편적 이해이며, 검토의 여지가 있다고 본다. 동아시아 문화권은 고대로부터 원래부터 갈등을 안고 있었다. 따라서 지금 우리는 동아시아 문화권의 특징을 새롭게 검토해 볼 필요가 있어 보인다.

기독교 문화권과 이슬람 문화권은 종파 간 갈등이 심각하기는 하나, 하나의 종교로 그 지역문화와 정신생활을 대표할 수 있다. 동아시아로 다시 돌아가 살펴보면, 이와 같은 대표적 종교는 존재하지 않는다. 과거 '유교문화권', '불교문화권'을 제창한 이들이 있었으나, 이는 모두 부적절하여 널리 인정받지 못하였다. 이 지역에는 유교나 불교 외에도 도교, 그리고 일본의 신토(神道) 등 여러 종교가 공존하고 융합되어 있어서 어떠한 종교도 대표적이라고 하기는 어렵기 때문이다.

따라서 어떤 이는 한자문화권을 주장하기도 하였다. 한자가 비록 중국의 문자이기는 하지만, 중국과 인접한 한반도, 일본, 베트남 등에서도 오랜 시간 한자를 사용해 왔고, 한자로 된 전적 및 그것이 대표하는 문화는 유교나 불교를 막론하고 이미 그 지역에서 공감대를 형성하여 왔으며, 이들 지역에서는 한문이 줄곧 공통 언어로 사용되어왔다. 이 점이 바로 한자문화권을 주장하는 이들의 논거이다. 그러나 한자문화권이라는 명칭에는 몇 가지 문제가 있다.

첫째, 중국 이외의 한반도, 일본, 베트남은 모두 각각 다른 시대부터 한글, 가나, 쯔놈 등 고유 문자를 각자 사용하였으며, 한자만을 사용하지는 않는다.

둘째, 현재 베트남과 북한은 모두 한자 사용을 폐기하였다. 한국은 한글전용파와 국한문혼용파가 계속해서 논쟁을 벌이고 있으나, 일반 사회에서는 이미 한자를 사용하는 일이 매우 드물다. 따라서 현재 한자를 사용하는 국가는 오직 중국(홍콩, 대만 포함)과 일본뿐이다. 한자문화권이 문화권이 될 수 없음은 자명하며, 한자문화권이란 존재하지 않는다.

셋째, 일본이 비록 한자를 사용하고 있기는 하나, 그들은 한자가 중국 문자라는 사실을 인정하는 것은 아니다. 일본이 한자를 사용한 지 이미 천여 년의 역사가 흘렀고, 비록 그 기원은 중국이지만, 오늘날은 중국과 일본의 공용 문자가 되었기 때문이다. 따라서 일본인들이 한자문화권을 말하는 것은 중국의 문화 종주권을 인정해서가 아니다. 그러나 중국인들이 한자문화권을 말할 때에는 자연히 한자란 중국의 문화이며, 인접 국가들이 한자를 차용한다는 것은 중국 문화의 막대한 영향을 받았음을 의미한다고 여긴다. 한자문화권의 해석을 둘러싸고, 중국과 일본 간에 이처럼 큰 차이가 존재한다. 베트남과 남북한의 경우에는 자신이 한자문화권에 속한다는 사실을 부정할 가능성이 매우 크다 하겠다.

넷째, 한자는 표의문자여서 한자문화권 내의 여러 나라들 간에 서사문자는 동일하지만, 독음이나 독법은 완전히 다르다. 예를 들어 『論語』의 첫 구절인 "學而時習之, 不亦說乎."를 보자. 현대 중국인들은 다음과 같이 읽는다.

xue er shi xi zhi, bu yi yue hu

중국어의 발음은 고금에도 차이가 있고, 방언에도 차이가 있는데, 이 점에 대해서는 여기서 논외로 하겠다. 베트남 사람들은 고대 중국어 발음에서 유래한 베트남 한자음으로 읽는다.

hoc nhi thi tap chi, bat diec duyet ho.

한국 사람들의 독법은 한국 한자음에 한국어의 조사를 붙인 소위 '현토법'이다.

학이시습지면 부역열호라. hak i si seup ji meon, bu yeok yeol ho la.

'면'과 '라'는 조사로, 그 의미는 각각 중국어의 '如果……的話'와 어기조사 '了'에 해당한다.

가장 특이한 것은 일본의 독법으로 '훈독'이라 한다. 일본 사람들은 중국어의 어순을 일본어 어순으로 전도시켜, 먼저 원문에 몇 가지 기호를 더하고, 거기에 일본어 접사를 붙여 다음과 같이 쓴다.

學ビテ而時ニ習ウレ之ヲ、不二亦說シカラ一乎。

그 다음 기호의 지정된 순서에 따라 일부 한자를 일본어로 옮겨서 다음과 같이 읽는다.

まなびてときにこれをならう、またよろこばしからずや。(manabite tokini korewo narau, mata yorokobasikarazuya.)

이상의 네 가지 독법은 음성적으로 완전히 다르며, 귀로만 들어서는 자국인 외에는 절대 알아듣지 못한다.

어떤 이들은 유럽의 라틴어가 그러하듯이 한자, 한문이 동아시아의 공통 언어라고 주장한다. 그러나 라틴어의 시기적, 지리적 차이는 한문만큼 크지 않다. 따라서 현재까지 라틴어는 구두 언어로 사용될 수 있는 것이다. 아랍어도 마찬가지이다. 상대적으로 볼 때 한문의 독법은 구두 언어가 될 수 없으며, 과거 한자문화권 각국 사람들이 의사소통하기 위해서는 필담의 방식을 사용할 수밖에 없었는데, 이는 다른 문화권에서는 상상할 수 없는 독특한 현상이다.

『논어』는 한자문화권의 지식인들이 오랜 시간 받들어 온 기본 경전으로, 글자를 아는 이들은 거의 모두 다 내용을 알고 있다. 그러나 그들이 공유한 것은 문자가 나타내는 의미일 뿐이지, 귀로 들리는 음성이 부여한 청각적 인상은 완전히 다르다. 따라서 심지어 공자의 모습도 각 지역마다 차이가 있다. 이러한 점에서 볼 때 우리는 한자문화권을 문화권이라 보는데 대해 물음표를 던질 수밖에 없다.

이러한 여러 가지 한문 독법 가운데 가장 독특한 것은 일본의 훈독이다. 최근 연구에 따르면, 사실 고대 한반도에서도 동일한 방법으로 한적을 읽었다고 한다. 이 글에서는 한문 훈독을 중심으로 하여 동아시아 각국의 언어관 및 그로부터 파생된 국가관, 세계관의 특징을 살펴봄으로써 이 자리에 참석한 여러 학자들과 의견을 나누고자 한다.

2. 한국과 일본의 한문 훈독 및 불경 한역(漢譯)

일본의 소위 한문 훈독은 세 가지 층위로 이루어져 있다.

첫째, 모든 한자를 직접 일본어 어휘로 번역하여 읽는 것으로, 예를 들어 '天'자는 중국어 옛 발음에서 온 음독인 'ten'으로 읽으며, 훈독의 경우에는 'ama, ame'로 읽는다.

둘째, 원래 중국어 문법에 따라 쓰인 문장을 일본어 문법에 맞게 어순을 바꾸어 읽는 것으로, 예를 들어 '讀書'의 경우 '書讀'으로 바꾼 뒤 일본어 조사나 접사를 더하여 '書を讀む(showo yomu)'로 읽는다.

셋째, 'レ', '一', '二', '三', '上', '下' 등과 같이 서로 다른 어순 바꿈 방법을 나타내는 각종 기호를 사용하는 것인데, 고대에도 한자의 사방에 점을 찍는 '오코토텐(ヲコト点)' 등과 같은 여러 가지 방법들을 사용하였다.

이러한 독해 방법은 8세기의 나라(奈良) 사원에서 생겨난 것이라고 하는데, 주로 불경을 읽을 때 사용되었다. 현재 남아 있는 초기 훈독 자료는 모두 다 불경 및 불경에 대한 주소(註疏)이며, 이후에 유가 경전 혹은 문학작품 독해에까지 그 방법이 계속 사용되었고, 오늘날 일본인들이 한문을 읽을 때에도 여전히 이 방법이 사용되고 있다. 일본인들은 대개 이 방법이 일본의 독창적 방법이라고 여겨 자랑스럽게 생각한다. 이 방법이 만들어진 구체적 상황과 배경에 대해서는 여러 가지 설이 분분하고 구체적이지 않다. 그러나 위에서 언급한 세 가지 층위의 독해 방법은 기본적으로 산스크리트어 불경을 한역(漢譯)하는 과정과 밀접한 관련이 있다. 따라서 한문 훈독법의 탄생은 불경을 한역하는 방법에서 착안한 것일 가능성이 비교적 높다.

첫째, 중국인이 한자를 표음자로 삼아(소위 육서(六書) 중의 가차(假借)) 외국어 어휘를 표기하던 방식은 예로부터 있었다. 예를 들어 '匈奴', '獯鬻', '獫狁' 등 그 수가 적지 않다. 그러나 대개는 부정적 의미를 가진 글자를 사용함으로써 자기 민족의 우월성과 다른 민족에 대한 멸시를 드러냈다. 이러한 상황은 불교가 중국에 전파된 이후 큰 변화를 맞게 된다. 포교의 필요성에 따라 대량의 산스크리트어 어휘가 중국어로 음역되었는데, 불경 주소(註疏)에서 그러한 예가 많이 보인다. 예를 들어 『仁王護國 般若經疏』 권2 「序品」에서는 "梵云優婆塞, 此云淸信男(범어에서 '優婆塞(upasaka)'라 하는 것은 여기서는 '淸信男(재가 남자 불자)'을 일컫는다)"이라 하였는데, '此云(여기서 일컫는다)'이란 바로 '中國云(중국에서 일컫는다)'을 말한다. 또한 일본 최초의 역사서인 『日本書紀』에서도 유사한 구법(句法)을 볼 수 있는데, 예를 들어 "彦舅, 此云比古尼('彦舅'는 여기에서 '히코지(比古尼)'라 이른다)", "皇産靈, 此云美武須毗('皇産靈'은 '미무스히(美武須毗)'라 읽는다)"(神代卷)라 하였는데, 여기서 '此云(여기서 이른다)'이란 바로 '日本云(일본에서 이른다)'는 뜻이다. 이를 통해 일본인들이 한자를 사용해 자신들의 언어를 음역하는 것은 분명 중국 불경의 음역법에서 힌트를 얻어 원용한 것임을 알 수 있다. 일본이 중국 문화를 받아들이기 시작하던 시기가 바로 중국에서는 남북조시기로 불교가 흥성하던 때이며, 들여온 문헌의 대부분이 불경 위주였다. 이후 음역에서 사용하던 한자로부터 만들어진 가나가 바로 일본의 글자이다. 가나 중에서 가타카나는 바로 훈독할 때 일본어 조사를 표시하기 위해 만들어진 것이다.

둘째, 산스크리트어는 대개 목적어가 앞에 오고, 동사가 뒤에 온다. 한문은 이와 반대로 동사가 앞에 오고 목적어가 뒤에 온다. 따라서 산스크리트어를 한역하려면 반드시 목적어와 동사의 순서를 바꾸어야 하는데, 당시에는 이를 '迴文'이라고 칭하였다. 唐 宗密 『圓覺經略疏鈔』 권5에서 다음과 같이 적고 있다.

> 西域語倒者，鐘打、飯喫、酒飲、經讀之類也. 皆先擧所依法體，後始明義用. …故譯經者先翻出梵語，後迴文令順此方。如云打鐘、喫飯等.
>
> [서역어에서 거꾸로 된 것에는 '鐘打', '飯喫', '酒音', '經讀' 등과 같은 것들이다. 모두 먼저 의지할 바 법체를 든 후에야 비로소 의미의 쓰임(義用)을 밝히니… 고로 불경을 번역하는 자는 먼저 범어를 번역하고, 그 다음에 글자 순서를 뒤집어 이쪽 순서에 맞게 하니, 예를 들어 '打鐘', '喫飯' 등과 같이 된다]

慧琳『一切經音義』의『大般若波羅蜜多經・卷第二』에서는 다음과 같이 말하고 있다.

> 播囉弭多，唐言彼岸到，今迴文云到彼岸.
>
> [播囉弭多(피안에 도달하다)를 당나라 말로는 '彼岸到'인데, 지금 회문(迴文)하여 '到彼岸'이라고 한다]

'播囉弭多'는 '波羅蜜多'이고, 산스크리트어의 'paramita'이다. 'paramita'의 'param'은 '彼岸'이며, 'ita'는 '到(도달하다)'라는 뜻으로, 직역하면 '彼岸到'가 되고, 그것을 회문(迴文)하면 '到彼岸'이 되는 것이다.

일본어의 어순은 바로 산스크리트어와 같아서 목적어가 앞에 오고, 동사가 뒤에 온다. 고대 일본 승려들은 산스크리트어 경전을 한문 경전으로 번역하는 구체적인 과정을 알게 된 후 그것을 거꾸로 사용하였는데, '동사+목적어' 구조의 중국어를 다시 '목적어+동사' 구조로 하면 바로 자연스레 일본어가 되는 것이다. 그들은 이 과정 중에서 산스크리트어와 일본어의 유사한 성질을 확인하였을 것이다.

셋째, 훈독에서 사용하는 어순 뒤바꿈 기호 가에리텐(返り点)이다. 위아래 글자를 순서를 바꾸어 아래에 나온 글자를 먼저 읽고 위의 글자를 읽는 것을 표시하는 기호 'レ'는 중국에서 두 글자를 잘못 썼을 때 정정하는 기호인 'レ'에서 온 것으로, '乙' 자를 간단히 쓴 것이다. 훈독 초기에 사용하던 '오코토텐(ヲコト点)'(한자 사방에 기호를 더하여 표시하는 독법)은 바로 중국 권발(圈發, 한자 네 모서리에 점을 표시하여 성조를 표시하는 것)을 응용한 것이다. '一', '二', '三' 등의 기호도 역시 아마도 불경 다라니(陀羅尼)에서 사용하던 숫자와 관련이 있을 것이다.

종합적으로 보면, 일본 한문 훈독의 모든 요소들이 산스크리트어 경전을 한역하는 과정 혹은 중국 전통 서사 습관에서부터 그 근원을 찾을 수 있다. 여기에 훈독이 처음 불교 사원 승려들이 불경을 읽을 때 나타났다는 상황까지 더하여 추측해보면, 훈독이 불경의 한역 과정에서 착안하여 형성된 것임은 의문의 여지가 없다.

고대 한반도에서 불교를 받아들인 것은 일본보다 이른데, 일본 불교는 백제로부터 전해진 것이다. 또한 한반도의 불교 승려는 일본인 승려들보다 불경을 한역하는 구체적 과정에 대해 더욱 잘 이해할 만한 조건을 갖추고 있었다. 예를 들어 신라의 몇몇 승려들은 당나라 장안(長安) 현장(玄奘) 역경원(譯經院)에서 번역 작업에 참가하기도 하였으나, 일본의 경우는 없었다. 또 몇몇 신라 승려들은 인도에 가기도 하였지만, 일본은 이러한 예가 없었다. 8세기 일본 나라 시대의 불교, 특히 화엄종은 신라불교의 영향을 크게 받았으며, 현존하는 가장 오래된 훈독자료 중 주된 것은 화엄경이다.

『삼국사기』 권46 「薛聰傳」에서 이르기를 "우리말로써 9경을 읽고, 후생들을 가르쳤다. 오늘날까지 학자들이 그를 따른다.[以方言讀九經, 訓導後生. 至今學者宗之.]"라고 하였다. 『삼국유사』 권4 「薛聰」에서도 "우리말 발음(역주 : 이두나 향찰)으로 중국과 신라의 풍속과 물건 이름에도 통달하여 육경을 풀이하였다. 오늘날까지 신라에 경전을 알고자 하는 이들이 끊이지 않고 전수받고 있다[以方音通會華夷方俗物名, 訓解六經. 至今海東業明經者傳受不絶].”고 하였다. 과거 설총의 소위 ‘훈해(訓解)’를 했던 구체적 상황은 자료 부족으로 인해 그리 분명하지는 않다. 최근 한국에서 많은 고려시대 이후의 훈독자료를 발견하였는데, 그 방법은 일본의 훈독과 많은 부분에서 일치하고 있다. 일본어와 한국어의 문법은 동일하며 중국어와 다르다. 두 나라의 훈독방법이 일치하는 것은 그리 이상한 게 아니다. 설총은 신라 원효대사의 아들이다. 설총의 아들 설중업(薛仲業)은 780년에 대판관[韓奈麻]의 신분으로 일본에 파견되어 일본의 진인(眞人)(당나라 승려 鑑眞의 전기인 『唐大和上東征傳』을 쓴 오미노 미후네(淡海三船)일 가능성이 크다)과 만났다. 이상과 같은 여러 가지 자취를 통해 볼 때, 비록 확증은 없으나, 일본의 훈독이 신라에서 왔을 가능성은 부인할 수 없는 사실이다.

3. 일본의 범화동일론(梵和同一論)·본지수적설(本地垂迹說)·삼국 세계관

앞에서 이미 말한 것처럼, 고대 일본 승려들은 훈독의 과정을 통해 일본어와 중국어의 구조가 다르며 산스크리트어와 가깝다고 보았다. 이는 현대 언어학적 지식으로 볼 때에는 물론 잘못된 견해이다. 하지만 이러한 잘못된 생각이 바로 고대 일본인의 언어관과 세계관 형성을 촉진하였다.

헤이안 시대 말기의 유명 승려이자 와카 시인인 지엔(慈圓, 1155-1215)은 그의 저작 『拾玉集』에서 다음과 같이 말했다.

> 漢字にも仮名つくるときは、四十七言を出ることなけれど、梵語はかへりて近く、やまとごとには同じといへり。
>
> [한자에도 가나를 대어 만들 때에는 마흔 일곱 글자를 벗어나는 일은 없지만, 범어는 도리어 가까워 일본어말과 같다고 할 수 있다]

이것이 바로 '범화동일론(梵和同一論)'이다. 지엔은 이러한 가설에 근거하여 한걸음 더 나아가 일본의 와카가 인도의 범패(梵唄)와 동일하여 신성한 지위를 가진다고 여겼다. 지엔의 이러한 주장은 이후 일본어가 신의 언어이며 일본은 신국이라는 국수사상으로 변모하게 된다.

이러한 '범화동일론'과 밀접하게 관련된 종교 사상이 바로 '본지수적설(本地垂迹說)'이다. '본지수적설'에서는 일본의 신토(神道)가 실은 인도의 불보살의 화신이라 보는데, 여기서 '본지'란 인도를 가리키며, 일본에 현신하였다는 것이다. 이는 비록 중국 '노자화호설(老子化胡說)'의 일본판이기는 하지만, 이후 일본 신불귀일(神佛歸一)의 핵심사상이 되어 막대한 영향을 끼쳤다. 범화동일론이건 본지수적설이건 간에 그 진정한 함의는 바로 인도를 빌어 중국을 막아내겠다는 데 있다.

일본에 있어서 인도는 너무나 먼 나라이다. 인적 왕래도 없었고, 정치 경제적 교류 혹은 분쟁도 없었으니, 혼자서 마음껏 상상해도 무방하였던 것이다. 그러나 중국은 달랐다. 문화, 경제, 정치 등 각 방면에서 우월한 대국으로, 중국의 선진문화를 흡수하면서 동시에 그 영향을 적절히 막아내지 않으면 일본은 자국의 문화와 독립성을 유지하기 어려웠다. 바로 이것이 일본의 생존 전략 포인트이다. 천축(天竺)·진단(震旦)·일본의 삼국 세계관 역시 이러한 생존 전략의 산물이다. 지엔은 당시 가장 유명한 와카 시인인 후지와라노 사다이에(藤原定家)와 함께 백거이의 시 백 수를 와카로 옮겨 『文集百首』를 펴냈다. 지엔은 그 책의 발문에서 다음과 같이 말했다.

から國やことのは風の吹きくればよせてぞ返す和歌のうら波.

[중국 대륙의 한자 언어의 바람이 불어온다면, 밀려왔다 되돌릴 와카의 포구 파도]

이 말은 그 속의 메시지를 가장 잘 드러내 준다.

4. 한반도의 언어관과 세계관

나말여초 화엄종 수좌이던 균여(均如)의 전기 『大華嚴首座圓通兩重大師均如傳』(1075년 저작)에는 균여(均如)가 한자로 쓴 향가 「普賢十願歌」와 한림학사 최행귀(崔行歸)가 번역한 한시가 실려 있다. 최행귀는 서문에서 다음과 같이 말했다.

唐文如帝網交羅, 我邦易讀。鄕札似梵書連布, 彼土難諳.

[당나라 글은 제석천의 그물이 교차하여 펼쳐진 듯하여 우리나라에서는 읽기 쉽다. 향찰은 梵書처럼 잇달아 펼쳐져 있어서 저 땅(중국)에서는 알기 어렵다.]

이 말은 '우리나라(고려)는 당나라 글(한문)을 읽을 수 있고, 향찰은 범어와 유사하니, 저 땅(중국)에서는 이해하기 어렵다'는 뜻이다. 범어와 한국어가 서로 유사하다는 최행귀의 주장은 일본 지엔의 범화동일론(梵和同一論)과 판에 박은 듯 같은데, 다만 나온 시기가 조금 더 이를 뿐이다. 최행귀는 그 다음 글에서 이렇게 말했다.

> 薛翰林强變斯文, 煩成鼠尾.
> [설한림은 한문의 순서를 억지로 바꾸고 번거롭게 쥐꼬리를 만들어 놓았다]

설한림은 바로 설총을 가리키며, '强變斯文'이란 바로 어순을 바꾼 것을 말한다. 그리고 '쥐꼬리[鼠尾]'란 조사나 접사 등 토를 단 것을 가리킨다. 간단히 말해 훈독을 가리키는 것이다. 균여의 저작 『釋華嚴敎分記圓通鈔』에서도 훈독의 흔적을 어렴풋하게나마 찾아볼 수 있다.

이로써 한국인들이 한문을 읽을 때 일본인들과 동일한 훈독의 방법을 사용하였으며, 일본인들과 같은 세계관을 가지고 있었음을 알 수 있다. 그러나 양국이 서로 유사한 길을 간 것은 여기까지이며, 그 이후로는 각자의 길을 가게 되었다. 일본은 중국의 정치적 억압을 받을 필요가 없었기에 그 경계 밖에서 자유로울 수 있었으며, 천축, 진단과 더불어 어깨를 나란히 할 수 있는 삼국 세계관을 만들어낼 수 있는 조건이 갖추어졌다. 하지만 한국은 중화제국의 '제석천 그물' 가운데 처해 있어 서로 대등한 위치에 있을 수 없었기에 다른 길을 모색해야만 했다.

'震旦'이라는 말은 원래 산스크리트어 'Cina-sthana'의 음역으로, '秦土[진나라 땅, 중국]'라는 의미를 가리킨다. 처음에 왜 이 두 글자를 사용한 것인지는 알 수 없다. 다만 이후 당나라 때의 해석은 다음과 같다.

> 東方屬震, 是日出之方, 故云震旦.
> [동방은 '震'에 속하니, 이는 해가 뜨는 방향이라, 따라서 '震旦'이라 한다.]
> (唐 湛然 『止觀輔行伝弘決』 권4 琳法師(즉 慧琳)의 말 중에서)

'동방의 해가 뜨는 방향'이라 한다면, 인도 동방에 있는 중국을 지칭한다고 하는 것이 당연히 무방하겠지만, 중국 동방에 있는 조선을 가리키는 것이라 한다면 더더욱 그럴 듯하다. 『高麗史』 권123의 「白勝賢」에서 다음과 같이 말했다.

三韓變爲震旦、大國來朝。
[삼한이 변하여 진단이 되니 대국이 조공을 바치러 올 것이다.]

이것은 바로 이러한 환상을 드러낸 것이다. 일본이 경계 밖에서 자유로울 수 있었던 것과 비교해 볼 때, 한국은 중국의 지위를 대신할 수 있다는 강점이 있었다. 이는 물론 단지 생각에만 머물렀을 뿐, 실천에 옮기기에는 불가능한 것이다.

『삼국유사』 등의 책에서는 천제 환인의 서자 환웅천왕이 태백산 꼭대기에 강림하여 웅녀와 결혼하고 단군 왕검을 낳았다고 고조선 건국 신화를 서술하고 있는데, 이 단군 왕검이 바로 조선의 국조이다. 환인은 석제환인(釋提桓因)으로 불리기도 하는데, 바로 불교의 제석천을 가리키는 것이다. 다시 말해 단군은 제석천의 손자이다. 이것은 인도 불교에 빗대는 방법에 있어서 일본의 '본지수적설'보다 더욱 직접적이고도 긴밀하다. 이후 진단이 곧 한국이라는 설은 시조단군설과 결합하여 '진단(震檀)'이라는 말을 낳게 된다('旦'과 '檀'은 한국어에서 음이 동일하다). 조선 초기의 문신 권근(權近)이 쓴 「有明謚康獻, 朝鮮國太祖至仁啓運聖文神武大王健元陵神道碑銘」에서 다음과 같이 말했다.

書雲觀舊藏秘記, 有九變震檀之圖, 建木得子, 朝鮮卽震檀之說, 出自數千載之前。
[서운관(書雲觀)에 오래 전부터 보관되어 온 비기(秘記) 구변진단도(九變震檀圖)에 '建木得子'라는 말이 있었다. 조선이 진단(震檀)이라고 하는 말이 수천 년 전부터 나왔다.]

조선 후기의 학자 이규경(李圭景)은 『五洲衍文長箋散稿』 권35 「東方舊號故事辨證說」에서 다음과 같이 말했다.

> 震檀, 以東方在震, 而檀君始爲東方之君, 故名。
> ['震檀'이라 함은 동방(우리나라)이 '震'에 있고, 단군이 처음으로 동방(우리나라)의 군주가 되었기 때문에 붙여진 이름이다]

이를 통해 명나라에 대해 겉과 달리 속으로는 불복의 마음을 품고 있는 조선의 반역적 책략을 엿볼 수 있다. 지금도 한국에는 '진단학회(震檀學會)'라는 학회가 있는데, 이 학회는 한국의 역사를 연구하고 민족정신을 발양하는 것을 설립 취지로 하고 있다.

5. 중국의 '중변논쟁(中邊論爭)' 및 천하관의 전이(轉移)

중국 인근의 서하(西夏), 요(遼), 금(金), 고려, 일본 등은 모두 불교를 신봉하였으며, 중국 본토 왕조보다 더욱 독실하였다. 여기에는 종교적 요소 외에도 정치적 요소도 원인으로 작용한 것으로 보인다. 중국의 천하관에 기저로 깔려 있는 것은 '화이(華夷)'의 구분이다. 중국과 인근 국가의 평등관계를 인정하지 않는 것이다. 인근 국가들은 항상 중국의 기세에 짓눌려 있었다. 이러한 상황에서 불교 삼천세계 평등사상은 중국의 천하관에 대해 일종의 완화작용을 하였다. 중국의 천하관은 불교의 유행으로 인해 도전에 직면하게 된 것이다.

불교가 전래되고 유행함에 따라 일부 불교 신자들은 중국이 아닌 인도야말로 중토(中土)라고 여기게 되었다. 동진(東晋)의 도안(道安)은 "세상 사람들이 부처님을 만나 뵙지 못하고, 또한 변국에 처해 있다. 말과 풍속이 다르며, 법도도 다르다.[世不值佛, 又處邊國。音殊俗異, 規矩不同]"(『出三藏記集』 卷6 「陰持入經序」)고 하였는데, 여기서 소위 '변국(邊國)'이란 바로 중국을 말하는 것이다. 당나라 도선(道宣)은 "천축은 땅의 중심이며, 하지에 북쪽으로 가면 땅한 가운데에는 그림자가 없으니, 바로 천지의 정국이다. 고로 부처가 그곳에 산다[天竺地之中心, 夏至北行, 方中無影, 則天地之正國也. 故佛生焉]."(『廣弘明集』 권6 「列代王臣滯惑解」)라고 말하였는데, 이 말은 하지의 해 그림자라는 과학적이고도 객관적인 증거를 들어 인도가 중심 정국이라고 주장한 것이다. 이것은 중국이야말로 중심이라고 여기던 유가에 있어서는 매우 받아들이기 힘든 황당한 주장이었다. 따라서 유가에서는 육조에서부터 당나라에 이르기까지 불교도들과 줄곧 논쟁을 이어왔다. 이 문제에서 또 도가의 노자(老子)가 인도로 가서 인도인으로 교화되었다는 기상천외한 주장(『老子化胡經』)이 생겨났고, 불교에서도 이에 질세라 인도의 마하가섭(摩訶迦葉), 광정동자(光淨童子), 월명유동(月明儒童)이 중국에 와서 노자, 공자, 그리고 안연(顔淵)이 되었다는 위경(僞經) 『清靜法行經』설을 만들어 이에 맞섰다.

인도인들은 원래 자아 중심적 사상을 갖고 있지 않으며, 인도의 신이 동방으로 가서 중국 성인이 되었다는 생각도 갖고 있지 않았다. 이러한 것들은 모두 중국 유가의 천하관과 불교의 충돌 이후에서야 생겨난 상상일 뿐이다. 그러나 중국 이웃의 방관자들이 볼 때 이러한 중심-주변 논쟁의 결과로 천축(天竺, 인도)과 진단(震旦, 중국)이 대등한 양대 국가가 되었고, 이것은 바로 불교의 평등사상과도 부합하는 것이었다. 천축과 진단이 양대국을 이룬다는 생각은 이후 이웃 국가들에서, 특히 일본과 한국에서 서로 다른 반응을 이끌어 냈는데, 그것은 바로 일본의 '삼국 세계관'과 한국의 '진단설(震檀說)'이다.

남송 이후 신유가 주자학이 흥성하고, 그것이 인접국가에 영향을 미침으로 인해 불교가 쇠락의 길을 걷기 시작하였고, 불교의 세계관과 유가의 천하관은 어느덧 충돌에서 융합으로 나아갔고, 그 결과 중국의 천하관은 이웃 국가로까지 번져나가 서로 다른 여러 종류의 천하관이 생겨나게 되었다. 중국은 원나라 이후 여러 차례 이민족의 통치를 받았고, 이로 인해 한족의 천하관은 큰 손상을 입었다. 조선은 명나라가 망하고 청나라가 입관한 이후에 이르러 중화문명이 중간에 끊어지고 그것이 조선으로 옮겨 왔다고 여겼는데, 바로 이렇게 해서 '해동천하(海東天下)', '소중화(小中華)'라는 자부심이 생겨나게 되었다. 일본은 바다 멀리서 유유자적하며, 원래의 삼국 세계관을 유지하고 있던 데다가 자생적 천하관까지 생겨났다. 일본 전국시대의 패자인 오다 노부나가(織田信長)의 구호는 '天下布武'인데, 여기서 '천하'란 일본만을 가리킨다. 그러나 이 구호 역시 오다의 후계자 도요토미 히데요시(豐臣秀吉)가 명나라와 조선을 침략하고자 한 터무니없는 야심을 예언하고 있었다.

이상과 같은 한일 간의 서로 다른 세계관과 중국의 중국 천하관에 이르기는 다양한 세계관들이 모여 동아시아의 복잡다단하고 모순으로 가득 찬, 서로 속고 속이는 국제관계를 만들어내었고, 그것이 오늘날까지 이어져오고 있다. 중국인들은 자신들과 다른 한국과 일본의 세계관에 대해 지금까지도 전혀 알지 못하고 있다. 한국인은 중국의 천하관을 잘 알지만, 일본의 세계관에 대해서는 여전히 잘 모른다. 그러나 일본은 객관적 입장에서 한국과 중국의 천하 세계관에 대해 깊이 이해하고 있으면서도 자신들의 세계관은 감추고 있다. 이 점에서 바로 일본이 우세를 차지하고 있다. 요컨대 한자문화권은 바로 동상이몽의 세계이자 예측 불가한 세계인 것이다.

6. 동아시아 '대국'에 얽힌 감정

윗글을 통해 한중일 삼국이 모두 자아 중심적이며, 자신을 천하로 여기는 대국의식 형태를 가지고 있음을 알 수 있었다. 예로부터 스스로 잘난 척하고 약한 이를 업신여기는 것은 동아시아 한자문화권의 일반적 병폐라 할 수 있다. 그 시작은 중국으로, '大漢'에서부터 '大清'에 이르기까지, 심지어 '大中華民國'(민국 시기 발행하던 사증에서 이 명칭을 사용하였다)이라 칭하기까지 한 것은 치료하기 힘든 고질병이라 할 수 있다. 지금 중국이 전철을 밟지 않는 것은 아마도 단지 '大'자를 더하면 너무 길어지기 때문이지, '大中華'라는 단어는 일반인들 사이에서도 여전히 계속 유행 중이다. 일본이 '大和', '大日本帝國'으로 칭하는 것이나 베트남이 '大越'이라 칭하는 것도 바로 중국을 모방한 것이며, 이러한 명칭을 사용함으로써 중국과 대등한 지위에 서고자 함이다.

玄奘의 『大唐西域記』 권5 「羯若鞠闍國」에 '왕이 이르되 "대당국이 어느 쪽에 있소? 어느 곳을 거쳐서 가야 하며, 이곳에서 얼마나 멀리 떨어져 있소?"하니 대답하기를 "여기에서 동북으로 수만 여 리 떨어진 곳에 있으며, 인도에서 마하지나국(摩訶至那國)이라 부르는 곳입니다."'라는 부분이 있는데, '마하지나'는 바로 '대중국'이라는 뜻으로, 인도 사람들도 중국이라는 나라 이름 앞에 '大'자를 붙인다.

한국은 지리적으로 중국 본토와 너무 가깝기 때문에, 중국이 자기 세력권 바로 옆에서 다른 세력이 발호하는 것을 두고 볼 리가 없었고, 이로 인해 한국은 오랜 세월 위세를 펴지 못하였다. 그러나 전세가 뒤바뀌어 현재 세계에서 유일하게 스스로를 '크다'고 칭하는 국가가 되었다. 한국의 '한(韓)'이라는 글자는 전국7웅 중 하나인 '韓'을 가리키는 글자이지만, 그 나라와는 아무런 관련이 없는 가차자(假借字)이다. 옛 한국어의 '한'은 '크다'는 뜻을 가지며, 한국은 바로 '큰 나라'를 뜻한다. 『日本書紀』에서 신라 관직 '韓奈末'을 '大奈末'로도 칭하였다는 사실을 통해서도 증명할 수 있다. 서울의 옛 명칭인 '漢城'의 '漢'도 마찬가지이다. 중국인들은 조선이 그들의 수도를 '漢城'이라 스스로 칭한데 대해 매우 만족해하며 과연 동방예의지국이라고 여겼지만, 사실은 그렇지 않다. 따라서 '大韓'의 '大'는 사실 겹치기 표현으로, 잉여적인 것이다.

일본이 비록 예로부터 스스로를 '대일본(大日本)'이라 칭하여왔으나(『日本書紀』), 중세 무사정권 시기에 이르러 불교의 영향으로 인해 종종 '粟散邊土[세계의 중심인 인도에서 멀리 떨어진 변방의 땅]'라 자칭하기도 하였다. 전국시대의 희곡인 幸若舞의 『大織冠』에서는 "そも本朝と申すは小國なりとは申せども知慧第一の國也."[본 왕조는 비록 작은 나라이나, 지혜는 으뜸인 나라이다]라고 말하였는데, 이것이 바로 일본 무사 계급의 보편적 사상이었다. 혹자는 유럽에도 대영제국이 있다고 말하는데, 사실 이는 오해이다. 'Great Britain'은 프랑스가 'Little Britain'이라 칭한 데 대해 나온 것이지 국호가 아니다. 영어에는 대영제국에 해당하는 단어가 없다.

6. 맺음말

현재 세계화의 물결 속에서 세인들이 보편적으로 관심을 갖는 문제는 전면적 세계화 과정 중 하나로서의 지역통합이며, EU는 그중 대표적인 예라고 할 수 있다. 지난 몇 년간 일본 하토야마(鳩山) 전 총리는 동아시아 공동체를 제창하였는데, 이는 분명 당면 과제에 합당하는 주장이라

할 수 있으나, 일본의 우유부단함으로 인해 각국 반응은 그리 적극적이지 않으며 상황만 살피고 있다. 동아시아 공동체를 실현하는 데 있어 눈앞의 장애물은 실로 너무나 많으며, 한중일의 대국주의, 자기중심적 세계관의 상호 충돌은 그 가운데 가장 큰 잠재적 문제이다. 중국의 비상과 약진, 그리고 일본의 보수화 경향은 이미 여러 인접 국가들이 크게 경계하고 있는 바이다. 2010년, 한국은 G20 의장국을 맡았으며, 당시 이명박 대통령은 'G20 정상회의' 특별 회견에서 "이제 우리의 생각도 변방적 사고에서 중심적 사고로 바뀌어야 합니다."라고 국민들에게 호소하였는데, 이를 통해 한국인들의 간절한(간절하게 해 보고 싶은) 욕망을 엿볼 수 있다. 동아시아 공동체는 분명 동아시아 각국 국민들의 공통 염원이자 반드시 이루어야 할 목표이다. 이 공통 염원, 공통 목표를 향해 나아가는 지금, 우리는 다시 돌이켜 역사를 반성하고 현재를 점검해야 할 것이다.

(정지수 역)

아젠다 국제 워크숍 발표 논문

중일 민간설화의 극화 과정 비교

-경극 『雷峰塔傳記』와 가부키 『京鹿子娘道成寺』를 중심으로-

이지민 · 김지혜

1. 들어가며

설화는 신화, 전설, 민담의 총칭으로 보통 구전되어 전승된 이야기를 말한다. 한 가지 이야기가 오랜 시간 입에서 입으로 전해지면서 내용상의 변화를 겪는 것은 피할 수 없는 일이다. 그럼에도 불구하고 원형이 보존되어 전해지는 것은 그 내용이 세월의 흐름을 뛰어넘어 민중들에게 공감될 만한 것이기 때문이다.[1] 민중들의 공감을 확보했다는 점으로 인해 설화는 극예술 장르의 좋은 소재가 된다. 극예술은 관객 앞에서 공연을 펼치고 즉각적으로 반응을 확인할 수 있는 예술 장르이다. 다른 예술 장르보다 훨씬 민중과 가깝다. 공연이 실패하는 데에는 여러 가지 이유

---

1) 구비문학(설화, 민요, 무가의 통칭)은 허구적인 이야기임은 틀림없으나, 형성되고 변화함에 있어 사회적, 역사적 배경과 밀접한 관계를 가진다. 때문에 현실적 사건이 배제될 수 없고, 이 사건이 당대인의 관심을 끄는 소재로서 기능하여 구비문학이 된다면, 이 작품은 끊임없는 변화를 겪으면서도 생명을 유지하며 후대로 전승되게 된다. 김의숙 · 이창식 공저, 『구비문학이란 무엇인가』, 푸른사상사, 2004, 19면.

가 있을 수 있지만 관객이 그 내용을 받아들이지 못하여 외면한다면 극은 더 이상 설 자리가 없게 된다. 그런 면에서 설화는 오랜 세월 많은 사람들을 통해 그 내용적 보편성을 인정받았기 때문에 적어도 관객의 공감을 얻지 못해 극이 실패할 염려는 없는 안전한 소재이다. 현대에도 옛 설화를 이용한 영화, 연극, 뮤지컬 등의 작품이 끊이지 않고 창작되고 있는 것으로 말미암아 설화 소재의 인기를 가늠할 수 있다.

중국과 일본의 고전극에도 설화를 소재로 한 것들이 많다. 그중 중국의 경극 『뇌봉탑전기(雷峰塔傳記)』와 일본의 가부키 『교가노코무스메도죠지(京鹿子娘道成寺)』(이하 『무스메도죠지』)를 대표로 꼽을 수 있다. 『뇌봉탑전기』와 『무스메도죠지』는 각각 중국과 일본의 특정 지역을 배경으로 구전되던 고전 설화를 소재로 하였다. 그런데 이 두 작품의 소재가 된 설화는 설화 단계에서 바로 경극과 가부키라는 극예술의 소재가 된 것은 아니다. 경극과 가부키라는 근세의 극예술이 되기까지 설화는 여러 과정을 거쳐야 했다. 『뇌봉탑전기』의 원전 설화는 당대 이전부터 존재했던 것으로 보이고 『무스메도죠지』의 경우도 헤이안 시대 이전부터 원전 설화가 존재하였던 것으로 보인다. 근세 극예술의 소재가 되기까지 약 천 년의 시간 동안 이 설화들은 소설이 되기도 하고, 이전 형태의 극예술이 되기도 하는 등 형식상의 다양한 변화를 겪는다. 그리고 형식의 변화와 함께 내용도 변화하였다. 이러한 변화는 보편적인 현상이라고 볼 수도 있으나 단순하게 일반화할 수는 없다. 각국의 역사적, 사회문화적 차이로 인해 발전의 양상이 달라지기 때문이다. 중일 양국 대표 설화가 근세 극예술로 발전하는 과정에서도 서로 상당한 차이가 나타난다.

이 글에서는 비슷한 시기의, 비슷한 구조의 설화가 각각 중국과 일본의 근세 극예술이 되기까지 발전 과정에서 나타나는 차이점에 주목하였다. 더불어 그러한 차이가 나타나게 된 원인을 생각해보고자 한다. 이에 2장과 3장에서는 각각 『뇌봉탑전기』와 『무스메도죠지』의 설화에서 극으로의 변화 과정을 살피고, 4장에서는 중일 양국 설화의 발전 과정에서 서로 차이가 생긴 원인을 추측할 것이다.

2. 白蛇故事에서 『雷峰塔傳記』로

백사고사는 뱀이 등장하는 중국의 민간설화 중 가장 널리 알려진 이야기로서, 설화에 그치지 않고 필기소설, 백화소설, 희곡, 영화 등 시대의 흐름에 따라 다양한 모습으로 변모하여 오늘날에 이르고 있다. 초창기에는 구비문학적 성격을 띠었으리라 생각되지만 당대(唐代)부터 기본적인 틀을 갖추기 시작하였다. 대부분의 학자들은 초기의 백사고사가 당대의 전기소설로부터 시작되었고, 이후 송대(宋代)와 명대(明代)를 지나 점차 성숙한 형태가 되었다고 보고 있다.[2)]

당대와 송대까지는 이야기의 줄거리가 간단하고 인물의 성격도 단조로워서 주요인물과 이야기의 기본구조만 갖춰진 상태였지만 명대에 이르면 비로소 작품이라 칭할 수 있을 정도가 된다. 명대 풍몽룡(馮夢龍)의 화본소설 『백낭자영진뇌봉탑(白娘子永鎭雷峯塔)』은 작품의 줄거리와 인물성격이 후세의 『백사전(白蛇傳)』[3)]과 비교해도 크게 벗어나지 않기 때문에, 비교

2) 손완이, 『중국 민간전설 백사전[白蛇傳]』, 신성, 2005, 30면.
3) 『백사전』은 1950년대 전한이 쓴 극본으로 백사고사의 극화 과정에서 가장 마지막 작품이다. 가장 마지막 작품이기 때문에 그보다 앞선 작품들을 모두 『백사전』의 과도기적 형태로 보는 경향이 있다. 이 글에서는 『백사전』이 너무 후대의 작품이기 때문에 언급하지 않으려 한다. 다만 이 단락에서는 백사고사의 발전 과정에 대한 이해를 돕기 위하

적 완전한 형태의 백사고사라고 할 수 있다. 명대에는 소설이 아닌 백사고사의 희곡화 작업이 처음 이루어지기도 하였다. 극작가 진육룡(陳六龍)이 『뇌봉탑전기』가 그 시초에 해당된다. 청대(淸代)에는 『백사전』이 수차례 상연된다. 이 시기에 들어 『백사전』 이야기는 비로소 완성된다고 볼 수 있다.[4] 주된 판본은 3가지인데, 건륭3년(1738)에 나온 황도필(黃圖珌)의 『간산각악부뇌봉탑(看山閣樂府雷峯塔)』을 필두로 하여 이것을 개정한 梨園鈔本, 方成培本 등이 있다. 건륭36년(1771)에 나온 방성배(方成培)의 『뇌봉탑전기』는 그간 전해진 백사고사를 가장 완벽하게 정리한, 우수한 대본이다. 이후 이 극본은 1950년대 전한(田漢)에 의해 다시 각색되어 최종적으로 『백사전』이 된다.

현재 확인 가능한 백사고사 중 가장 이른 것으로는 당대의 전기소설집 『박이지(博異志)』의 『이황(李黃)』이 있는데 두 가지 이야기가 실려있다.[5] 당 현종 원화2년에 이황이라는 청년이 장안에서 흰 상복을 입은 미인을 보게 된다. 청년은 돈이 없어 상복을 벗지 못 했다는 그녀에게 돈을 빌려 준다. 돈을 받으러 그녀의 집으로 가자 청색 옷을 입은 노파가 자신은 그녀의 이모라며 돈을 대신 갚아준다면 조카와 결혼을 시켜주겠다고 말한다. 청년은 이에 동의하고 그 집에서 삼일을 머물었는데, 집으로 돌아온 뒤 머리가 아프고 어지러워 일어나지 못 하다가 죽고 말았다. 가족들이 이상히 여겨 여인의 집을 찾아갔지만 빈집과 나무 한 그루 밖에 없었고, 근처의 사람들은 그 나무 아래에 늘 큰 백사가 있었다는 말을 전하였다.

여 『뇌봉탑전기』에서 발전 과정을 자르지 않고 『백사전』까지 언급한다.

4) 이설연, 「중일 고전문학에 나타난 사녀형상 연구」, 고려대 석사논문, 2010, 39면.

5) 이설연, 위의 논문, 34-35면.

다른 한 가지 이야기도 이 이야기와 거의 비슷하다. 당나라 절도사의 아들 李官이 장안에서 매우 아름다운 두 소녀를 알게 되었는데, 집으로 돌아온 후 그는 머리가 아프고 몸이 허약해지다가 죽고 말았다. 부인이 이관이 갔던 곳을 찾아가니 나무 밑에 큰 뱀의 흔적이 있었고, 그 아래 작은 뱀만 가득하여 모두 죽였다.

이렇게 간략했던 이야기가 발전을 거듭하여 청대에 들어서면 매우 복잡해진다. 먼저 황도필 극본의 줄거리를 살피고 이어 방성배 극본의 줄거리를 살펴보겠다. 황도필의 『간산각악부뇌봉탑』 줄거리는 다음과 같다.[6] 천년 동안 수련을 하여 인간의 몸이 된 백사 백낭자(白娘子)와 그의 시녀인 청사 청아(青兒)가 인간 세상의 아름다움에 빠져 속세로 내려온다. 백낭자는 인간 남자인 허선(許仙)과 사랑에 빠지고, 청아가 백낭자와 허선의 혼사를 중매한다. 허선이 가난을 고민하자 백낭자가 허선에게 은괴를 주고 결혼을 성사시킨다. 그런데 허선이 은괴를 훔친 도둑으로 몰리는 일이 발생하고, 허선이 은괴를 얻은 경위를 알게 된 관아에서는 백낭자와 청아를 체포하려고 한다. 백낭자는 허선이 억울함을 당할까 두려워 자취를 감추었지만 반년 후 둘은 화해하게 된다. 이후 허선은 약방에서 일하게 되는데, 약방의 주인 이극용(李克用)이 백낭자에게 반해 그녀를 범하려 한다. 백낭자는 본래 白蛇의 모습을 드러내어 이극용을 혼절시키고 허선에게 약방을 그만두게 하고 그를 위해 약방을 차려준다. 그러던 도중 진강 금산사의 스님인 법해(法海)가 백낭자와 청아가 요괴임을 알고 물리치려 하자 둘은 물속으로 도망친다. 후에 백낭자와 청아가 허선을 찾아오지만 허선은 그녀들이 요괴임을 알고 도망쳐 법해를 찾아간다. 법

---

6) 손완이, 앞의 책, 152-166면.

해는 보탑과 바리때를 사용하여 요괴를 수습하고, 허선과 함께 뢰봉사(雷峰寺)에 가서 그들을 매장한다. 이후 법해와 허선은 영원히 백낭자를 진압하기 위한 불탑을 짓게 되고, 허선은 중이 되어 고된 수행 끝에 극락정토로 돌아간다.

방성배 『뇌봉탑전기』의 앞부분은 황도필과 대동소이하다. 白蛇가 자신의 인연을 찾기 위해 인간 세상으로 내려오고 시녀 청아의 주선으로 인간 남자 허선과 결혼을 하게 된다. 그리고 은괴를 둘러싼 소동이 일어난다. 금산사의 스님인 법해가 허선을 꼬드겨 백낭자에게 웅황주를 마시게 한다. 허선의 요청에 마지못해 백낭자가 웅황주를 마시고 본래의 모습으로 돌아가자 이를 본 허선은 졸도한다. 백낭자가 환혼초를 달여 허선을 소생시키지만 그는 도난사건에 연루되어 유배 당한다. 그 사이 백낭자는 허선의 유배지로 찾아오기도 하고 다른 사내의 유혹에도 정절을 지키는 등 지고지순한 모습을 보인다. 이후 백낭자는 허선의 아이를 출산하지만 허선은 법해를 만나 백낭자를 진압할 방도를 상의하고, 법해가 백낭자를 뇌봉탑에 가둔다. 허선은 불문에 귀의하고 오랜 시간이 흐른 뒤 백낭자의 아들이 장원급제하여 탑 아래서 백낭자와 재회한다. 법해는 부처의 뜻을 받들어 탑에 갇혀있던 백낭자를 사면시키고 백낭자와 청아가 모두 승천한다.7)

참고로 1950년대 『백사전』의 줄거리를 살펴보면 다음과 같다. 천년 동안 수련을 한 백소정(白素貞)과 시녀 소청(小青)이 등장하는데, 법해의 꼬임에 넘어가 백소정의 원래 모습을 본 허선이 졸도하는 것까지 내용이 이전과 같다. 소정은 신선초를 달여 허선을 소생시키지만 법해가 나타나

7) 손완이, 위의 책, 167-184면.

허선을 금산사에 감금시킨다. 허선을 구출하기 위해 소정와 소청은 법해와 싸우지만 임신을 하고 있던 소정은 산통 때문에 패주한다. 이후 법해가 소정을 탑 아래에 가두지만 소청이 탑신(塔神)을 물리치고 소정을 구출하여 승리를 거둔다.

3. 安珍・清姫伝説에서 『京鹿子娘道成寺』로

일본에도 중국의 백사고사처럼 白蛇, 蛇女가 등장하는 안친・기요히메 전설이 존재한다. 중국 백사고사의 변천과정만큼 복잡하지는 않지만 안친・기요히메 전설도 시대에 따라 다양한 작품으로 탈바꿈하였다.

처음 이 이야기가 희곡으로 창작된 것은 노(能)의 『가네마키(鐘巻)』라는 작품이고 이를 한층 발전시킨 것이 『도죠지(道成寺)』이다. 이를 계기로 안친・기요히메 전설을 바탕으로 하는 모든 작품을 도죠지모노(道成寺物)라고 통칭하게 되었다. 이 시기는 일본에서 무로마치 시대에 해당되며 중국에서는 명대 중기 정도로 볼 수 있다.

에도시대에 접어들면서는 宝暦 3년(1753) 기네야 야사부로(杵屋弥三郎)에 의해 『교가노코무스메도죠지』가 가부키 희곡으로 만들어졌고, 닌교죠루리(人形浄瑠璃)에서는 宝暦 9년(1759) 다케다 코이즈모(竹田小出雲)와 히라마츠 한지(平松半二) 등의 합작에 의해 『히다카가와이리아이자쿠라(日高川入相花王)』라는 작품으로 상연되었다.[8)]

8) 노나 가부키, 닌교죠루리와 같은 연극 장르 외에 나가우타長唄(가부키의 반주곡으로 시작하여 하나의 장르로서 독립한 샤미센三味線음악)에서도 『기슈도죠지紀州道常時』, 『케이세이도죠지傾城道成寺』, 『카키츠도죠지家橘道成寺』, 『모모치도리무스메도죠지百千鳥娘道成寺』 등

중국에서 백사고사가 화본소설이나 전기소설로도 창작된 것에 비해 일본의 안친・기요히메 전설은 대부분 희곡 위주로 개편되었고, '도죠지모노'라는 말에서도 알 수 있듯이 노의 『도죠지』가 후대 작품들의 원형이 되었다. 이후 『도죠지』는 가부키나 닌교죠루리 등 다양한 장르와의 결합을 시도하여 지속적인 인기를 얻었지만 작품들의 줄거리에는 큰 변화가 없었다.

가부키의 『교가노코무스메도죠지』를 포함하여 도죠지모노 대부분의 줄거리는 안친・기요히메 전설의 후일담 형식으로 되어있다. 안친・기요히메 전설의 배경은 다이고(醍醐) 천황 시대이고 안친(安珍)이라는 승려와 기요히메(清姫)가 등장한다. 안친은 쿠마노(熊野)에 참배를 하러 가기 위해 근처 숙소에 잠시 머물렀는데, 그 숙소 주인 키요츠구(清次)의 딸 기요히메가 안친의 수려한 외모에 반하게 된다. 기요히메가 안친에게 자신을 같이 데리고 떠나갈 것을 요구하자 참배 중인 상황에서는 곤란하므로 일이 끝나면 청을 들어주겠다고 속이고는 아무 말 없이 사라졌다. 자신을 속인 것을 알고 분노한 기요히메는 그 길로 안친을 뒤쫓았지만 안친은 재회를 반가워하기는커녕 모르는 사람이라고 잡아뗀다. 그리고 틈을 타서 다시 도망을 치는데 안친이 향한 곳이 바로 도죠지(道成寺)[9]였다. 기요히메는 안친을 쫓아 히다카(日高)강을 건너는데 그곳에 여인의 모습은 온데간데없고 원한에 휩싸인 뱀의 모습만이 남아 있었다. 반면 도죠지로 피신한 안친이 자신의 사정을 설명하며 도움을 요청하자 주지 스님은 커

다양한 도죠지모노가 존재한다.

9) 도죠지는 와카야마현 히다카가와和歌山縣日高川에 실제로 위치한 천태종의 절로, 701년에 문무천황의 칙령에 의해 대신 키노미치나리紀道成가 건립하였다. 안친・기요히메 전설로 유명하고, 경내에 그 흔적이 남아있다고 한다. 이것이 도죠지모노의 원류인 노『카네마키鐘卷』가 처음 상연된 무로마치 시대에도 존재했었는지는 불분명하나 작극의 모티프로서 작용했으리라 생각된다.

다란 종 속에 그를 숨겨준다. 하지만 뒤따라온 뱀은 커다란 종 전체를 감싸고 그 속에 숨어있던 안친까지 불태워 죽인다.[10]

이후 도죠지모노의 줄거리에는 안친・기요히메 전설의 후일담이 첨가되어있다. 노『도죠지』의 경우는 사건 이후 불타버린 도죠지의 종을 재건한다는 설정으로 이야기가 전개된다. 이때 묘령의 무희(白拍子)가 공양을 하겠다며 나타난다. 간곡하게 부탁한 끝에 원래 여성출입금지라는 규범을 깨고 무희가 경내로 들어오게 되고, 이윽고 성불을 위한 춤을 추었다. 그러더니 틈을 타서 종을 떨어뜨리고 그 속으로 숨어든다. 이를 보고 도죠지전설(道成寺伝說)(안친・기요히메 전설의 내용)을 떠올린 주지 스님이 요괴를 물리칠 기도문을 외자 뱀의 형상을 한 요괴가 모습을 드러냈다. 뱀은 집심執心에 사로잡혀 날뛰었지만 스님들의 필사적인 기도로 버티지 못하고 강물에 몸을 던진다.

가부키『무스메도죠지』는 노의 이러한 내용을 답습하고 있다. 그렇지만 애초에 가부키의 여러 장르 중에서 무용을 위주로 상연하는 쇼사고토(所作事)의 작품으로 각색되었기 때문에 사실상 온나가타(女方)(여성의 분장을 한 남자배우)의 독무대로 극이 진행된다. 막이 변할 때마다 온나가타의 의상 변화로서 집심으로 인해 점차 기요히메가 뱀으로 변해가는 과정 등을 표현하거나 춤사위로서 그녀의 원념을 표출하는 방식으로 상연된다. 따라서 가부키에 이르러서는 서사보다도 인물의 생동감 넘치는 감정 표현에 치중하고 있음을 알 수 있다.

---

10) 小山 弘志,佐藤 健一郎『新編日本古典文學全集 (59) 謠曲集 (2)』pp.285~300.

4. 경극 『白蛇轉』과 가부키 『京鹿子娘道成寺』의 비교

『뇌봉탑전기』와 『무스메도죠지』는 蛇女를 모티프로 취하고 있고 민간설화에서 희곡 작품으로 발전했다는 점에서 매우 유사한 변천과정을 거쳤다. 변화의 큰 줄기는 보편적이지만 두 작품은 각국의 독자적인 문학적 토양, 역사, 사회문화적 차이 등에 의하여 서로 다른 내용으로 발전하였다.

먼저 중국 백사고사의 내용 변화를 간략하게 정리해보면 초기에는 미녀의 모습을 한 白蛇가 남성을 유혹하고 이에 홀린 남성은 끝내 죽고 만다는 내용으로 매우 간략하다. 이러한 내용이 사랑을 위해 인간의 모습을 하고 하늘에서 내려온 白蛇가 인간 남자와 결혼한다는 새로운 설정으로 바뀐다. 異類에게 사람의 감정을 부여하였으나, 여전히 인간에게 해를 끼치는, 척결해야 할 대상임에는 변화가 없다. 여기에서 더 나아가면 白蛇가 전생의 은혜를 보답하기 위해 허선과 부부의 인연을 맺는다거나, 그들의 아들이 과거에 급제하여 白蛇가 득도승천을 한다는 등 異類의 부정적인 이미지는 사라지고 선하고 의로운 인간의 성격을 부여받으며 나아가 神格에 도달한다.[11] 등장인물이 많아지고 내용이 점차 복잡해진 것은 자연스러운 발전 방향이라고 생각할 수 있지만, 요괴에 불과하던 주인공에게 긍정적인 성격을 부여하고 그 분량을 늘림으로써 극의 결말 또한 점차 긍정적으로 바뀌게 한 것은 주목할 만하다.

반면 일본 안친・기요히메 전설의 극화 과정에서는 내용의 변화가 두드러지지 않는다. 여인의 사랑을 거부한 스님이 도망쳐 도죠지의 종 속으로 숨고, 원망에 가득 찬 여인이 뱀으로 변하여 종과 스님을 모두 녹

11) 김려, 「중국고전을 활용한 효과적인 장르전환연구 : 『백사전』을 중심으로」, 한양대학교 석사학위논문, 2013, 31면.

여 죽인다는 원전 설화가 거의 그대로 유지되고 있다. 다만 나중에 후일담이 첨가되어 여인의 원망과 그로 인한 집념을 한층 더 강화시키고, 이것을 스님들이 물리친다는 것이 내용상 변화의 전부이다. 인물의 성격 변화나 극의 짜임, 결말 등에 큰 변화가 나타나지 않는다.

양국의 蛇女 설화가 똑같이 극예술 형식으로 변화하면서도 이렇듯 다른 양상을 보이는 까닭에 대해서 한 번 생각해보고자 한다.

4.1. 극예술의 발달 방향 차이

중일 蛇女 설화가 발전하면서 나타나는 극명한 차이는 우선 양국의 극예술의 발달 방향이 달랐던 점에서 원인을 찾아볼 수 있다. 중국의 경우 극예술은 도시의 발달과 시민계층의 저변 확대를 통해 발달하였다.[12] 시민계층이 경제적으로 여유로워지면서 그들도 향유할 문화를 원하였다. 그러나 이들은 고급문화를 누릴만한 지식이나 소양이 없었기 때문에 쉽고 재미있게 즐길 수 있는 연예물을 선호하였다. 이들을 위한 연예장演藝場이 우후죽순 생겨났고, 그곳에서 상연하는 내용 역시 이들의 취향에 맞춘 것들이었다. 그들의 흥미를 끌기 위하여 구성은 점차 복잡해졌고, 내용 역시 사회의 분위기, 대중의 희망사항을 반영하는 방향으로 발전하였다. 따라서 중국의 蛇女 설화 역시 극화 되면서 이러한 방향으로 점차 바뀔 수밖에 없었던 것이다.

비슷한 시기 일본에서도 상업이나 도시 발달로 인해 대중들의 문화에 대한 욕구가 증폭되었다. 그로 인해 극예술이 각광받게 되었고 이는 중

12) 김학주 외, 『중국문학사 2』, 한국방송대학교출판부, 1999, 70면.

국에서 경극이 유행하게 된 경로와 일맥상통하다. 그러나 흥미롭게도 발전 방향은 중국과 반대였다. 가부키가 성행했던 에도시대는 유흥과 향락을 위한 문학과 예술이 주류를 이루었다. 그것들은 특히 유곽문화와 결합하여 유녀들이 등장하는 회화, 문학 등이 대거 등장하기도 하였다. 이러한 세태 속에서 독자들은 수단적인 예술보다는 예술 그 자체의 아름다움을 추구하게 된다. 그리하여 가부키는 관객들에게 미적인 감흥을 주는 것에 중점을 두고 관객들의 심미적 욕구를 만족시키려 하는 방향으로 발전하였다. 연극이 이야기의 기능보다 무용과 음악 등 비문학적 예술로서의 기능을 다하는 데 주력했기 때문에 중국과는 달리 내용상의 변화가 크게 나타나지 않는 것이다.

4.2. 여성에 대한 적대감 해소의 방식 차이

일반적으로 異類는 인간이 아닌 다른 생물을 지칭할 때 사용하는 말이지만, 남성중심의 봉건 사회에서 여성의 존재는 準이류를 벗어나지 못했던 것 같다. 중일 양국의 蛇女 설화를 살펴보면 그것을 느낄 수 있는데, 우선 뱀은 남성에게 위해를 끼치는 대상으로 설정되어 있다. 그런데 뱀은 여자의 또 다른 모습이다. 결국 나와 다른 존재로 인한 위기감과 그에 대한 적대적 의식이 설화에서 표출되었던 것이다. 그런데 중일 양국은 이 적대감을 해소하는 방식이 정반대로 나타난다.

중국에서는 아름답지만 위험한 존재의 위험함이 점점 흐려지더니 나중에는 아름다우면서도 이상적인 존재로 바뀌었다. 이것은 남성이 여성을 바라보는 시각을 바꾸었다기보다 여성을 논하는 태도를 바꾼 것으로 보인다. 그들이 희망하는 여성상을 분명히 하여 인물에 주입함으로써 적대적 존재의 자아를 억누른 것이다. 설화에서 무력하게 죽음을 맞이했던 남성 주인공이 다소 능동적인 인물로 바뀐 것도 적대적 존재에게 농락당했던 자존심의 회복을 꾀한 것으로 보인다. 그리고 종국에는 아름답고 헌신적인 여성 인물과 남성 주인공의 행복한 결말을 통해 그들의 이상적인 남녀관을 표출한 것이다.[13)]

반면 『무스메도죠지』를 포함한 도죠지모노에서는 원념怨念에 사로잡혀 뱀으로 변해버린 여인이 줄곧 등장하는데, 시대와 장르가 변했음에도 불구하고 이렇다 할 인물의 성격 변화는 찾아볼 수 없다. 오히려 후일담을 통해 여성의 부정적 면모를 더욱 극대화시키고 있다. 그런 점에서 일본은 여전히 남존여비의 봉건적 사고에 갇혀있는 듯하다. 이후의 결말 또한 노 『도죠지』가 만들어졌던 무로마치 시대와 가부키 『무스메도죠지』가 만들어진 에도 시대와 큰 차이가 없는 것으로 보아 여성에 대한 태도는 시종일관 부정적이었다고 할 수 있을 것이다. 게다가 도죠지모노에서 蛇女를 몰아내는 주지 스님은 여성들을 억압하고자 하는 남성들의 인식을 대변하는 역할을 하고 있다고 보인다. 이러한 남성 인식의 반영은 『무스메도죠지』로까지 이어지며 여성이 남성의 종속적인 위치에 있다는 것을 암시하는 듯하다.

따라서 중국에서는 남성이 백낭자를 이상적으로 생각하는 여성의 이미지를 덧씌우는 형태로 남성 권력이 작용했다고 한다면 그것이 일본에서는 반대로 부정적 이미지의 고정화를 통해 남성의 우월성을 강조하는 형태로 나타났다고 할 수 있다.

---

13) 이 글에서는 위험한 여성 형상을 이상적인 여성 형상으로 바꿈으로써 여성에게 더 큰 억압을 가한 것으로 보지만, 일반적으로 중국의 사녀 형상의 변화 과정은 여성의 해방을 의미한다고 보는 편이다(이설연, 앞의 논문, 94면).

5. 나가며

중일 민간설화의 극화과정을 경극 『뇌봉탑전기』와 가부키 『교가노코무스메도죠지』를 중심으로 살펴보았다. 각각 백사고사와 안친・기요히메 전설을 바탕으로 후대에 다양한 작품으로 개작되었는데, 이러한 과정 속에서 중국과 일본의 극예술의 발전 방향이 다른 양상으로 나타났음을 알 수 있었다. 경극이나 가부키는 모두 서민을 대상으로 하는 연극이기는 하지만 경극과 같은 경우, 등장인물이나 극의 전개에 당대의 상황이나 가치관 등이 매우 적극적으로 반영되고 있었다. 그에 반해 가부키는 오히려 극의 전개는 단순화되고 무용과 음악 등 비문학적 요소가 강조되어 예술지상주의의 방향으로 흘러갔다.

다음으로는 중국과 일본의 여성관이 투영되어있어 각국의 여성 인식이 어떠하였는가 추측해보았다. 중국과 일본 모두 남성이 우월한 위치에서 여성이라는 존재를 묘사하였다는 점은 일치하지만, 경극에서는 남성이 이상적으로 여기는 여성상이 '백낭자'라는 인물에 투영되었고 가부키에서는 여성이 여전히 집념에 사로잡힌 蛇女의 형태로 부정적 이미지를 탈피하지 못하고 있음을 알 수 있었다.

이 글은 민간설화의 극화과정이라는 단면을 통해 중국과 일본의 문화적 차이 — 워크숍의 테마인 문화DNA라는 관점에서 — 를 재고해보려는 연구의 일환이었다. 중국 백사고사의 경극으로의 발전 양상은 그간 많이 연구되어 온 분야이고, 일본 안친・기요히메 전설의 가부키로의 발전 양상 역시 많은 연구가 이루어졌다. 이 두 이야기를 연계한 연구도 지금까지 없었던 것은 아니나 대체적으로 특정 키워드에 맞추어 예시로서 다루어졌다. 그리하여 사회, 역사, 문화적 기반의 차이가 빚은 두 설화의 발전 양상 차이를 비교하고자 하였으나, 아주 초보적인 단계에서 벗어나지 못하였다.

하지만 중국문학, 일본문학을 연구하는 데 있어서 서로에 대하여 생각해보는 것은 그 자신의 정체성을 확인하기 위하여 꼭 필요한 작업이고, 그러한 점에서 본 연구의 의의를 찾을 수 있지 않을까 싶다. 대상의 특징을 파악하는 가장 좋은 방법은 주변의 다른 대상들과 비교해보는 것이다. 그간 당연하다고 생각해 눈 여겨 보지 않았던 특징도 상대는 그렇지 않다는 것을 알면 새롭게 보이기 마련이다. 향후 중일 양국의 문학적, 문화적 차이를 심도 있게 연구한 훌륭한 논문이 다량 나와 중문학, 일문학을 연구하는 학자들에게 좋은 자극이 되길 바란다.

참고문헌

김 려, 「중국고전을 활용한 효과적인 장르전환연구 : 『백사전』을 중심으로」, 한양대 석사학위논문, 2013.

김의숙・이창식 공저, 『구비문학이란 무엇인가』, 푸른사상사, 2004.

김학주 외, 『중국문학사 2』, 한국방송대학교출판부, 1999.

김학현, 『能 : 노오 : 노오의 古典 『風姿花傳』』, 열화당, 1991.

이설연, 「중일 고전문학에 나타난 사녀형상 연구」, 고려대 석사학위논문, 2010.

서성, 「西湖에서 『백사전』을 이야기하며」, 『中國小說硏究會報』 第64號, 2005.

서연호, 『동서 공연예술의 비교연구』, 연극과 인간, 2008.

손완이, 『중국 민간전설 백사전[白蛇傳]』, 신성, 2005.

한국구비문학회 편, 『구비문학과 인접문학』, 박이정, 2002.

鎌倉 惠子(監修), 『一冊でわかる歌舞伎名作ガイド50選』 成美堂出版, 2012.

小山 弘志, 佐藤 健一郎, 『新編日本古典文學全集 (59) 謠曲集 (2)』 小學館, 1997.

古典을 통해 본 中日 여성의 美적 주체성 비교

박지현 · 고명주

1. 들어가며

동서고금을 막론하고 여성의 아름다움을 향한 욕망은 어떤 방식으로든 존재해왔다. 그중 가장 보편적으로 여성의 복식이나 화장을 통해 그 욕구가 표출되어 왔는데, 미의 기준과 방식은 시대와 신분에 따라 부단히 변화하였음은 물론이다. 동아시아에 속하는 한국, 중국 그리고 일본에서도 마찬가지로 여인들의 미적 추구와 그 양상은 늘 해당 문화를 언급할 때 빠지지 않고 소개되는 부분이며, 많은 연구자가 관심을 기울이는 화제가 아닐 수 없겠다. 국가와 시대에 관계없이 기본적으로 모든 여성은 아름다움을 향한 욕구를 갖고 있으며, 아름다움을 얻기 위해 크고 작은 희생을 마다하지 않았다. 그러나 이러한 아름다움의 기준을 정하는 데 있어 때때로 남성의 심미관이 크게 반영되곤 하는데, 특히 여성을 하나의 소유물로 간주하던 남성 우월주의가 만연했던 고대 시기에는 여성의 아름다움이 온전히 여성을 위한 것이 아닌, 그것을 바라보고 평가하며 소유하는 남성을 위한 것이기도 하였다. 남성의 심미관은 자연스럽게 여성의 미의 기준으로 자리매김하였고, 나아가 여성의 의식을 압박하였으며, 심지어 그들의 주체성을 강탈하기까지 이르렀다. 그중 중일 양국의 대표적인 문화로는 중국의 전족(纏足) 문화와 일본의 화장(化粧) 문화를 들 수 있겠다. 또 이러한 여성의 미적 기준에 대한 문제는 각국의 고전문학 속에 고스란히 반영되어 있는데, 당시 사회를 향해 비교적 거침없고 솔직한 목소리를 냈던 소설 문학에서 그 생동한 묘사와 사회적 의식을 살펴볼 수 있겠다.

2. 중국 : 남성의 비뚤어진 욕망-전족

본래 중국에는 예로부터 시대에 따라 각기 다른 여성에 대한 미적 기준이 유행하였는데, 전통적인 미녀의 형상을 살펴보았을 때, 중국의 대표적인 미녀 西施를 비롯하여 전한 시기의 盛帝의 애첩 조비연 등 아름다움의 기준은 바람만 불어도 날아 갈 듯한 '병약한 미'에 맞춰져 있었다. 또한 이후 唐代 여성의 장식과 화장은 중국 역사상 가장 대담하며 육감적이라고 말할 수 있을 정도로 화려하였으며, 온화하면서도 당당한 아름다움을 추구하였다. 그러나 약 五代 시기부터 이후 천년 동안 변치 않았던 미의 기준이 있었으니, 바로 여인의 小脚[작은 발]이었다.

중국의 전족 문화는 이미 세계적으로 유래 없는 가학성과 비인간적인 '악습'으로 규탄 받아왔다. 이 악습은 약 천 년에 걸쳐 중국 역사와 동반하며 수많은 중국 여성들을 뼈를 깎고 살을 찢는 고통과 공포로 몰아넣었고, 이윽고 어미 자신의 손으로 어린 딸의 발을 동여매며 "전족을 하지 않으면 장차 시집을 갈 수 없다"고 엄포하며 자신이 겪은 똑같은 고통을 감내하도록 하며 악습을 이어나갔다.

전족의 기원에 대해서는 여러 가지 설이 있으나, 분명한 것은 모계사회에서 부계사회로 넘어오며 여성의 지위와 신분이 매우 낮아지면서, 사회적으로 수많은 속박과 제약을 받기 시작한 데서 기인했다는 것이다. 전족으로 인해 발의 크기는 남성과 여성의 가장 큰 신체적 구별점이 되었는데, 이는 여성의 사회적 진출을 막음은 물론, 여성으로 하여금 규방에서조차 쉽게 벗어날 수 없도록 발을 동여 맨 것이라는 설도 전해진다. 또한 이 행위는 점차 하나의 문화가 되어 여성이 전족을 하는 것이 당연한 것이 되었으며, 귀족 여성들로부터 시작된 이 문화는 이후 민간의 하층 여인들의 모방심리를 자극하여 전 중국의 여성들 사이에 행해지게 되었다. 게다가 중국의 옛 문학 작품들에는 여성의 작은 발을 묘사한 구절들을 어렵지 않게 찾아 볼 수 있었다. 아름다운 여인을 묘사할 때는 얼굴, 몸매, 피부 다음으로 반드시 '작은 발'이나 '뾰족한 발'을 언급하는 것을 잊지 않았다. 문인들에게 있어서 역시 여인의 작은 발은 찬미의 대상이었으며, 이는 전족을 미화시키면서 그것이 일종의 문화로 형성되도록 기여하기도 하였다.

남성이 여성의 전족에 그토록 집착하였던 원인 중에 빠지지 않고 언급되는 것이 바로 성적 대상으로서의 발이다. 전족을 한 여성의 뒤뚱거리는 걸음은 하체의 근육을 긴장하도록 하여 자연스럽게 둔부가 커지게 하고 이러한 모습은 남성으로 하여금 성적인 만족감을 느끼도록 해준다. 때문에 전족의 유무는 결혼할 당시 남성에게 있어 매우 중요한 기준이 되었으며, 전족을 하지 않은 여자는 남자의 사랑을 받기 어려웠다. 이러한 사실은 明代 말기의 소설 『金瓶梅』에 아주 적나라하게 서술되고 있는

데,『금병매』에서 潘金蓮이라는 여인을 통해 작은 발이 갖는 성적 매력과 남성의 욕망을 유인하는 매체로 작용함을 묘사하며 발이 갖는 성적인 상징성을 정면으로 인정하였다.

> 이 여인은 날마다 무대가 장사를 나가면 발 아래에서 수박씨를 까먹으며 작은 발 한 쌍을 살짝 드러내 보여 사람들을 유혹하곤 했다.(『金瓶梅』 제1회)

> 정말로 인연이란 교묘한 것인지 젓가락은 바로 금련의 발 아래로 떨어졌다. 이에 서문경이 급히 몸을 숙여 젓가락을 집으려다가 금련의 뾰족하면서도 앙증맞은 발이 보였다. 젓가락은 그 작디작은 전족 한 쌍 끝에 놓여 있었다. 서문경은 젓가락은 집지 않고 수를 놓은 신발 끝을 살짝 꼬집었다.(『金瓶梅』 제4회)

'금련'은 이름 그 자체만으로 작은 발을 상징하는 여인임을 알 수 있으며, 이 작은 발을 자신의 성적 무기로 삼아 수많은 남성을 유혹하며, 자신의 욕망을 끊임없이 충족시키기 위해 문란하고 음탕한 삶을 영위한다. 이 작은 발은 주인공 서문경을 비롯한 여러 남성들의 성적 욕망의 대상으로 묘사되며, 또한 금련의 작은 신발을 보며 여러 하녀들은 자신의 큰 발과 비교하여 찬사의 말을 아끼지 않으며, 서문경의 다른 부인들은 금련의 작은 발에 대한 시기와 질투를 일삼는다. 아름다운 얼굴과 풍만한 몸매는 물론 작고 뾰족한 발은 여기서 철저히 미의 척도로 작용하고 있으며, 여성 스스로도 이러한 작은 발을 자랑스러워하고, 잘 때도 붉은 비단으로 감싸 보호하였으며, 치마 밑으로 발을 내밀어 상대를 유혹하기를 서슴지 않았음을 알 수 있다.

『금병매』가 창작된 명・청대 시기는 바야흐로 전족이 가장 극성했던 시기로, 전족은 명나라 시대에 들어서며 미의 기준을 갖는 유행이 되었으며, 이러한 분위기는 청나라 시대에 와서 최고조에 달하게 된다. 하지만 한 가지 특이한 경우는 바로 曹雪芹의 『紅樓夢』 속에서의 전족 묘사이다. 『홍루몽』 속에서 특별히 전족에 관한 자세한 언급을 찾을 수 없는데, 즉 작가는 전족을 미화시키지도, 또 전족을 반대하지도 않는 입장을 취했다는 것을 의미한다. 이것은 청대가 만주족의 왕조이기 때문에 당시 정부가 만주인들에게는 전족을 금지했었던 것과 관련이 있다. 작품 속 가부는 분명 만주 팔기 호적을 가진 집안이며, 조설근 역시 만주 팔기에 적을 두었다는 설이 유력하므로 작품 속 여인들을 직접적으로 전족을 한 여인으로 묘사할 수는 없었다. 그러나 곳곳에 '작은 양가죽 장화'는 '작은 사슴가죽 장화', 또 발 크기에 대한 언급과 몸종에게 전족을 빗대는 '小蹄子'라는 단어를 사용한 점을 미루어 보아 『홍루몽』의 여인들도 상당수가 전족을 하였다는 것을 눈치챌 수 있다. 당시 많은 만주족 여인들은 정부의 전족 금지령에도 불구하고 전족을 아름다움의 기준으로 여겼으며 전족을 하고 싶어 한 것이 사실이다.

그러나 바로 청대 말기부터 서서히 反전족의 조짐이 일어나며, 전족의 가학성과 야만성이 부각되었고, 여성 인권 유린의 행위로서의 인식이 확산되면서, 세계적으로 유일무이한 중국의 기형적 전통 문화[1]를 단절하고자 하는 목소리가 확대되었다. 전족에 대한 비판적인 의식은 청대 말기 이여진의 장편 소설 『鏡花緣』에서 매우 비중 있게 드러나고 있다. 작가 李汝珍은 당시 청대 사회에 만연하던 여러 가지 병폐를 소설 속 비현실

1) 劉達臨은 『中國의 性문화』에서 "중국고대에는 성에 대해 세 가지 기현상이 있었는데 바로 창기, 환관, 여성의 전족이다. 그중 창기와 환관은 다른 나라에도 있었지만 전족은 중국고대의 독특한 현상이었다"라며 전족이 중국에만 존재했던 문화 현상임을 설명하고 있다(劉達臨 저, 강영매 역, 『中國의 性문화』, 상범우사, 2000, 322면).

적 해외의 나라들을 통해 풍자하였는데, 그중 남성과 여성의 신분이 뒤바뀐 女兒國에서의 에피소드를 통해 전족의 부당성과 비인간적인 면모, 남녀차별에 대한 세태를 날카롭고 통쾌하게 풍자하고 비판하였다.

> 궁녀들은 매일같이 임지양의 '금련'을 동여매고 약수로 씻었다. 덕분에 보름도 되지 않아 임지양의 발바닥이 반으로 구부러지고 발가락이 썩어 선혈이 낭자했다. 하루는 통증이 심한데 궁녀들이 또 걸으라고 닦달하자 화가 치솟아 올랐다. ……"죽으면 죽었지, 더 이상 전족은 안 한다고 국왕에게 전하라!" 그러면서 신을 벗고 능사도 마구 찢어버렸다. ……시간이 흐르면서 썩어가던 살과 피가 고름으로 변하고, 그마저도 멈추어 앙상한 뼈만 남았다. 이제 임지양의 발은 가늘고 작아졌다.(『鏡花緣』 제34회)

소설 속 임지양은 본래 주인공 당오와 함께 해외 각국을 유람하는 남성 상인으로, 여아국의 왕에게 자신이 갖고 온 물건을 팔기위해 궁에 들렀다가 여아국 왕의 눈에 들어 왕비로 간택되어, 궁녀들에 의해 강제로 감금되어 귀를 뚫게 되고, 온몸에 털을 뽑히며, 얼굴에 분을 바르고 화장을 하게 되는 것도 모자라 고통스러운 전족까지 하게 되는 시련과 수모를 겪게 된다. 임지양은 처음에 매우 강하게 이 행위들에 대해 저항하지만, 자살에 실패하고 숨을 끊는듯한 고통에 못 이겨 끝내는 전족을 받아들이고야 만다. 이는 전족으로 인해 여인들이 겪는 고통이 얼마나 불합리하며 강압적인 것인지를 매우 잘 반영하고 있다. 여아국의 이야기는 다른 나라의 에피소드와는 달리 작가가 매우 긴 분량을 할애하며 세세하고 생생하게 묘사하고 있는데, 이를 통해 작가가 여성의 사회적 억압과 불평등을 비판하고, 야만적인 전족 문화를 맹렬히 비난하고 있음을 알 수 있다. 이처럼 천년의 세월에 걸쳐 중국 여성을 옭아맸던 남성의 비뚤어진 욕망을 근절하고자 하는 움직임은 점차 확산되어 이내 전족문화는 역사의 한편으로 남겨지게 된다.

중국의 전족 문화는 여성의 미적 주체성을 상실케 하였으며, 오랜 기간에 걸쳐 여성으로 하여금 정상적인 미적 기준을 세우는 데 있어 판단력을 흐리게 하여, 일종의 세뇌 작용을 통해 마침내 그들 스스로 아름다움의 기준을 작은 발에 두도록 하였다. 그들은 때때로 작은 발을 이용해 자신의 아름다움을 과시하고 성적인 욕구를 충족시켰으며, 더욱 작은 발을 만들기 위해 더 큰 고통을 겪는 것을 마다하지 않았다. 이 기형적인 미적 기준은 중국의 전통적인 사회적 분위기와 여러 가지 문화 현상이 혼합되어 극대화된 결과라고 볼 수 있으며, 여러 가지 중국 전통 문화가 동아시아 각국에 퍼져 흡수되고 발전한 것과는 달리 천 년의 시간 동안 존재했던 전족 문화가 폐쇄적인 문화 현상으로 중국에 국한되어 행해진 것은 매우 이례적인 현상이라고 볼 수 있을 것이다.

비록 고대 한국의 여인들 역시 '큰 발'을 매우 수치스럽게 여겼으며, 버선과 신의 모양은 둥근 곡선과 뾰족한 코로 이루어져 있어 당시에도 작고 둥근 발을 미의 기준으로 삼았으며, 일각에서는 중국의 전족 풍속이 전해지기도 하였다.[2] 오히려 일본에서는 맨발로 게타(下駄[3])를 신는 등 발 본연의 모습을 드러냈으며, 길고 얇은 발가락이 미의 기준이 되었던 것을 발견할 수 있다.

2) 동치년간에 지어진 「聽雨軒叢談」에 "또 조선인들이 모두 발을 매우 가늘게 졸라 맨 것을 보았다"라고 적혀 있다. 민국 시기 영서의 「高麗纏足之我聞」 중에도 광서년간에 盱眙 사람 王儀鄭이 조선에 가서 전족을 좋아하는 사람들을 보았는데, 新月, 蓮翹, 魏様의 세 가지 모습이었다고 적고 있다. 이것으로 볼 때 비록 숫자가 많은 것이 아니고 지속된 시간도 길지 않았지만, 청대 동치와 광서년 동안 중국의 전족 풍속이 이미 조선에까지 전해졌음을 알 수 있다(고홍홍, 『중국의 전족 이야기』, 2002, 신아사, 273면).

3) 일본의 나막신.

3. 일본 : 여성의 자발적 은닉-'얼굴 감추기'

위에서도 살펴보았듯이 중국의 전족은 여성의 미적 가치를 규정하고 남성의 성적인 욕망을 투영한 부조리한 사회의 아이콘이었다. 그러나 작은 발을 비롯한 여성의 신체에 대한 찬미는 어찌 보면 인간의 자연스러운 감정 표현만큼이나 당연한 것으로 받아들여지기도 한다. 일본 중세의 수필 『쓰레즈레구사(徒然草)』도 여성의 손과 발, 그리고 피부가 가지는 아름다움에 대하여 논하고 있다.

> 쿠메선인(久米仙人)[4]이 빨래를 하던 여인의 백옥 같은 종아리를 보고 신통력을 잃고 말았다는 것은, 손발이나 피부가 참으로 예쁘고 살이 올라 통통하고 반들반들한 것이 겉으로 꾸민 것이 아닌 참모습인 것에 반하여 그랬던 것이니 수긍이 간다.(『쓰레즈레구사』 제8단 : 색욕 中)

쿠메선인은 하늘을 나는 재주를 지닌 비범한 인물이었으나, 그만 여성의 아름다운 다리를 보고 하늘에서 떨어져 평범한 삶을 살게 된다. 박상현(2010)은 이 장면에 대하여, "특히 '발'에 대한 애착은 중국의 전족(纏足)을 떠올리게 한다"고 하였고, 『쓰레즈레구사』는 일본 문학 작품 가운데 비교적 이른 시기에 여성 신체에 대한 애착을 논한 작품이라 지적하였다.[5] 그렇지만 이 작품은 여성의 매력을 단순히 늘어놓기보다는 오히려 성적 결합을 배제하고 우아한 여성미를 적극적으로 다루고 있다. 요시다 겐코의 작품은 불교적 무상관에 기인된 것이었고, 제8단과 9단에서 여성

---

4) 쿠메선인(久米仙人) : 하늘을 나는 신통력을 지닌 전설적 인물.
5) 박상현, 『한국인에게 일본이란 무엇인가 : 일본이라는 거울을 통해 본 우리들의 초상』, 박문사.

의 관능미를 논한 것은 헤어나기 어려운 색정의 번민으로부터 스스로를 삼가기 위한 것이었기 때문이다.

위에 드러난 여성미는 자연스럽게 드러나는 것이며, 쿠메선인의 행동은 오히려 여성에 대한 건강한 관심에 가깝다. 그러나 분재(盆栽)라던지 꽃꽂이(生け花) 등에서 볼 수 있듯이, 인공미 또한 일본의 문화적 특색 중 하나이며, 중국의 전족만큼이나 이해하기 어려운 미의 기준도 존재한다. 신분사회가 시작될 무렵 시작된 눈썹 화장과 오랜 기간 계속된 오하구로(お歯黑)가 대표적인 것이다. 『미인의 탄생』의 저자, 무라사와 히로토(村澤博人)는 이와 같은 인공미의 추구를 일컬어 '얼굴 감추기' 문화라고 하였다.

'얼굴 감추기'란 간단히 정의하자면 화장 등으로 얼굴에 안료를 바르고, 형태를 변형시키거나 제거하는 행위, 또는 실제로 긴 머리카락으로 얼굴을 가리는 행위이다. 대표적인 얼굴 감추기로는 눈썹을 밀거나 그리는 것이 있다. 눈썹을 밀고 그 위에 새로 그리는 것을 가리켜 '마요비키(眉引)'라고 하며, 시대마다 다양한 형태로 변하였고, 그 구체적인 예는 고대의 『만요슈(萬葉集)』에서도 찾아 볼 수 있다.

> 하늘을 우러러 초승달을 보면, 한 번 봤을 뿐인 그 사람의 아름다운 눈썹이 생각난다.
> 振り放けて　三日月見れば　一目見し　人の眉引き　思ほゆるかも(巻6 / 994)

> 매화꽃 꺾어 지그시 바라보니 그 때의 어린 버들잎 같은 아름다운 눈썹의 부인이 생각난다.
> 梅の花　取り持ち見れば　吾が屋戸の　柳の眉し　思ほゆるかも(巻10 / 1853)

위와 같이 아름다운 눈썹은 초승달 눈썹과 버들눈썹으로 비유되고 있다. 모양은 '원호를 그리듯이 눈의 길이와 같은 정도의 폭으로' 그려졌다고 한다. 이 시대의 눈썹은 가늘게 손질된 것에 불과하고, 우리가 흔히 들어 익숙한 통통한 아미(蛾眉)가 등장한 것은 당나라의 풍속이 전래된 나라(奈良) 시대라고 한다. 아미의 사전적인 의미는 '나방의 더듬이 같은 초승달 모양의 눈썹'이다. 이후, 가마쿠라(鎌倉) 시대에 와서는 그리는 눈썹의 높이가 점점 높아져 헤이케(平家)의 귀공자들도 이와 같은 눈썹화장을 하고 이를 검게 물들였다. 에도(江戸) 시대에 와서는 일반 서민 계급의 여성이 성인이 되거나, 혼인하여 아이가 생기면 눈썹을 뽑거나 밀었다. 얼굴, 특히 눈썹에 대한 미의식은 꾸준히 논해져 온 셈인데, 그렇다면 이러한 미의식은 도대체 왜 생긴 것인가.

무라사와 히로토(村澤博人)에 의하면, '이전부터 미의식이 존재했으나 문자가 도입됨으로써 비로소 기록되었다고 생각할 수도 있고, 그때까지 존재하지 않았는데 중국대륙이나 한반도 문화의 영향을 받아 새롭게 생겨나 발달한 것으로 생각할 수도 있다'고 하였다. 본래의 눈썹을 모두 밀고 새로 그리는 풍습은 고대 중국에서 발원한 것이다.[6] 확실한 것은 935년에 성립된 한어사전인 『와묘루이주쇼(倭名類聚抄)』에는 눈썹을 그릴 때 쓰는 먹(黛)이라는 말이 존재한다는 것이다. 문자를 구사하는 것은 주로 지배계급이므로, 미의식과 지배계급은 불가분의 관계라는 것을 염두에 두어야 할 것이다.

그렇지만 중국 대륙문화에서 벗어나 독자적인 문화가 꽃피면서, 현 일본문화의 뿌리가 형성된 헤이안(平安) 시대의 지배계급을 중심으로 발달

6) 선진시대에는 가늘고 길게 구부러진 형태의 초승달 눈썹, 서한시대에는 굵고 짧게 옆으로 누운 누에 같은 눈썹, 동한시대에는 팔자눈썹으로 눈썹의 일부분은 높고 끝부분은 낮고 길어 찡그린 것처럼 보였다. 삼국시대에는 曹操가 가늘고 긴 눈썹을 좋아하여 仙蛾粧이 유행하였고, 당 · 송대에는 소위 十眉라 부르는 온갖 기이한 눈썹이, 원대에는 일자눈썹, 명 · 청대에는 섬세하고 부드러운 곡선 모양의 눈썹으로 수려한 아름다움을 추구하였다.

된 왕조모노가타리에는 정작 어떤 것이 아름다운 것인가에 대한 묘사를 찾아보기 힘들다. 구로다 마리(黒田茉莉)는 '헤이안 시대의 문학작품에 있어서, 의복이나 체격, 머리카락에 대해서는 묘사가 자세히 되어 있는데, 예를 들어 눈이 큰지 작은 지와 같은 얼굴의 부분에 대하여 구체적으로 묘사되는 경우는 거의 없다'고 지적하였다.[7] 이와 같은 얼굴묘사의 부재는 에마키(繪卷)에서 획일화된 얼굴 묘사로 잘 드러나고 있다.

바로 히키메카기바나(引目鉤鼻)가 그것이다. 그림 속의 인물들은 모두 같은 표정을 하고 있다고 해도 좋을 정도이며, 머리카락이나 의복을 무시하고 본다면, 남녀의 구분조차 확실하지 않다. 그러나 이 히키메카기바나의 그림에서 인물 개개인의 개성이 상실된 이면에는 감상자로 하여금 감정이입을 쉽게 한다는 장점 또한 지적되고 있는 바이다.

[그림 1] 히키메카기바나

야마모토 겐키치(山本健吉)는 '이 표현은 귀족 이외의 계급에는 적용되지 않았으며, 서민은 밑그림에서부터 눈, 코가 그려져 있기 때문에 귀족과 서민은 의식적으로 구별되어 그려졌다는 것을 알 수 있다. 따라서 이 히키메카기바나의 표현은 이를테면 귀족의 특권의식과 자존심을 회화에 확실히 나타낸 것으로 생각할 수 있다. 일본 회화 야마토에(大和

[그림 2] 서민의 얼굴표현

7) 구로다 마리(黒田茉莉), 「王朝のファッション一化粧」 『王朝文化を學ぶ人のために』, 世界思想社, 秋澤亘・川村裕子[編].

繪)가 귀족 사회에서 발생하고 전개되어온 회화인 이상 귀족이 중심이 된 것도 어쩌면 당연하다고 할 수 있다'고 하였다. 이는 당시의 눈썹의 형태나 위치 등이 신분을 드러내는 수단이었다는 사실과 더불어, 얼굴 감추기 문화는 지배계급에 한정되었다는 사실을 알 수 있게 한다.

이후, 왕조문화가 중세의 노(能)를 통하여 무가(武家)사회와 민중들에게 전파될 때에도, 노멘(能面)의 형태를 보면 그 영향 관계가 여실히 드러나고 있다. 특히 노멘은 보는 각도와 형태에 따라, 또 보는 사람에 따라 가면의 감정이 다르게 인식된다는 특징이 있다. 히키메카기바나가 이차원적인 얼굴 감추기였다면, 노멘은 삼차원적인 얼굴 감추기나 다름없음을 의미한다. 특히 여자 가면인 온나멘(女面)이 왕조여성의 얼굴을 그대로 반영하여, 중간표정(中間表情)으로써 어느 쪽에도 치우치지 않는 표정을 가지게 된 것[8]을 미루어본다면, 얼굴 감추기에는 결국 희노애락을 모두 담기 위한 염원이 역설적으로 드러나고 있는 것이라고 볼 수 있다.

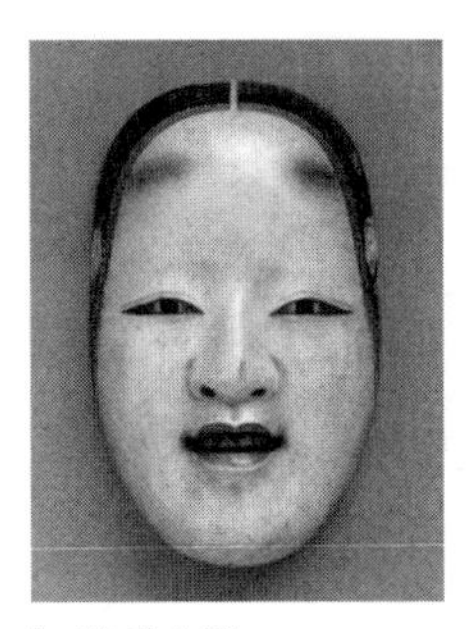
[그림 3] 노멘

다시 눈썹에 대한 이야기로 돌아오자. 미인화의 전문가 우에무라 쇼엔(上村松園)은 '옛 사람은 눈을 마음의 창이라 했고 또 눈썹을 감정의 경보기(警報旗)에 비유하는 등 눈썹에 대해 여러 가지로 표현해왔다'고 하였는데, 원래 있던 눈썹을 없앤다는 것은 감정표현을 제한하는 것이나 다름없는 일이다. 이는 함부로 울고 웃을 수 없었던 여성들의 실상을 단적으로 보여주는 문화사적인 증거이기도 한 것이다.

8) 미야 쓰기오(宮次男), 「室町争亂期の美人像」『日本女性の歴史－室町争亂期の女性』, 曉教育図書.

그런데, 모노가타리에서 얼굴의 미적 요소에 대한 상술(詳述)은 드물다 하더라도, 이러한 미적 감각이 남성에 의하여 여성에게 강요되는 장면, 혹은 여성이 이를 어김으로써 연출되는 파격적인 장면은 존재한다.

『겐지모노가타리(源氏物語)』에서 주인공 히카루 겐지가 가장 사랑한 여인인 무라사키노우에(紫の上)는 열 살 무렵이 되어도 화장을 하지 않았다. 이에, 겐지가 이를 검게 하는 오하구로(お歯黒)를 하게 하여 눈썹을 더욱 돋보이게 하였다는 장면이 나온다.

> 아직 물들이지 않은 이를 검게 물들이게 하시니, 눈썹이 한층 아름답게 보였다.
> 歯黒めもまだしかりけるを、ひきつくろはせたまへれば、眉のけざやかになりたるも, うつくしうきよらなり。(末摘花)

겐지는 오하구로를 한 무라사키노우에를 흐뭇하게 바라보며 '더 이상 정인(情人)을 만들 필요가 있을까'라고까지 생각하는데, 여기에는 오하구로에 대한 정념 섞인 고집이 묻어 있다. 그리고 오하구로는 여성의 성년(成年)을 상징하는 것으로서, 에도 시대에 와서는 기혼여성을 드러내는 것이기도 하였으니, 여성에 대한 소유라는 차원에서 남성의 욕망이 투영되어 있다고 볼 수 있다. 이를 물들이기 위해 치러야 했던 희생 또한 상당했는데, 구토를 유발할 만큼의 악취가 나는 용액[9]을 만들어 옻칠을 한 것처럼 광택이 나는 이를 가지려 노력해야했다. 그럼에도 불구하고 여성들은 시대의 가치에 순응하여 반강제적으로 자신의 신체의 일부를 부정하거나 없애는 행위를 스스로 행하면서, 사회적 약속에 따랐던 것이다.

한편, 『쓰쓰미추나곤모노가타리(堤中納言物語)』의 벌레를 사랑하는 아씨

---

9) 철장수(鐵漿水)라고 한다.

(虫愛づる姫君)는 묘령이 되었어도 눈썹을 정리하지 않고 머리카락도 단지 자라는 데로 놔두었다. 그리고 심지어는 '꾸미려는 것은 인간의 나쁜 점'이라고 말하며, 머리카락을 귀에 걸쳐 얼굴을 드러내는 행위인 미미하사미(耳挾み)를 서슴지 않았는데, 당대에 이러한 행위는 조신하지 못하고 품위 없는 행동으로 지적 받는 행동이었다.

「인간은 별나게 꾸미지 않는 편이 좋아」이라 눈썹도 정리하지 않고, 이도 「귀찮고 더럽지 않아」이라 물들이지 않은 채로, 하얀 이를 드러내며 웃으면서, 벌레들을 매일같이 아끼시는 것이었다. 주변 사람들이 참지 못하고 도망가니, 아씨는 화를 내며 다그쳤다. 이런 일로 소란을 피우는 사람들에게, 「괘씸하다, 버릇이 없다」이면 굵은 눈썹을 찡그리며 노려보니, 시녀들은 어찌할 바를 모르고 있었다.

「人はすべて、つくろふところあるはわろし」とて、眉さらに抜きたまはず。歯黒め、「さらにうるさし、きたなし」とて、つけたまはず、いと白らかに笑みつつ、この虫どもを、朝夕べに愛したまふ。人々おぢわびて逃ぐれば、その御方は、いとあやしくなむののしりける。かくおづる人をば、「けしからず、ばうぞくなり」とて、いと眉黒にてなむ睨みたまひけるに、いとど心地なむ惑ひける。(堤中納言物語ー虫愛づる姫君)

이와 같이 정돈되지 않은 눈썹으로 강하게 감정표현을 하는 모습, 얼굴을 드러내며 자신의 생각을 조리 있게 피력하는 아씨의 모습은 신선하면서도 용납되기 어려운 모습이기도 하였다. 그러나 인공적인 꾸밈과, 이로 인해 한없이 획일화되는 미의식에 대한 반발은, 당대의 얼굴 감추기 문화에 대한 비판적인 의식을 반영하고 있다고 볼 수 있을 것이다.

에도시대에 기혼여성은 오하구로를 하고, 그 후 임신을 하면 눈썹을 뽑고 새로 그렸는데, 이는 자랑스럽게 여겨졌다. 그러나 오하구로는 메이지 시대에 이르러서 갑자기 야만적인 풍속이라며 금지령이 내렸다. 이는 외국인이 보기에 매우 기묘하게 보이기 때문이라는 이유에서였는데, 외국인들은 "전날 밤만 해도 거뭇거뭇한 눈썹이 있어서 생생해 보였던 눈이 무디어져 버리고 또 안구가 튀어나올 것처럼 보이기도 한다"고 했고, "귀여운 입은 이제 추한 구멍에 지나지 않고 그 깊이는 눈으로 측정할 수 없다. 생각건대 이 풍습은 질투심이 많은 남편이 생각해낸 것이라"고 추측하기까지 하며, 이 기이한 문화에 대해서 비판을 가했고, 이러한 문화는 점차 사라지게 된다.

4. 나가며

중국과 일본, 그리고 한국 세 나라는 같은 동아시아 국가에 속하지만 미에 대한 기준은 철저히 다르며, 여성에 대한 미의 기준도 이와 맥락을 같이한다. 위에 언급한 일본의 오하구로나 마요비키 화장법, 그 외에도 정교한 정원 예술 등 일본인은 매우 인공적인 미를 추구했음을 알 수 있다. 그리고 위에 언급한 전족을 비롯하여 경극의 발성 등을 미루어 보면 중국은 평범함을 이탈한 강제적인 아름다움을 전제로 하고 있다는 것이 특징이다. 이 삼국 중 한국은 가장 자연에 가까운 미적 취향을 갖고 있다. 때문에 중국이나 일본과는 달리 여성의 미에 대해 어떠한 강압적이거나 인위적인 행위를 가한 문화나 전통을 발견하기 어렵다.

또, 각국의 미적 인식의 변화는 당시 문학 작품들을 통해서도 드러났음을 알 수 있는데, 중국의 전족은 당시 중국 여성들의 절대적인 미의 기준이 되어 너도 나도 작은 발을 추구하고 숭배하였으며, 문학 작품에서 역시 소각을 찬양하고 미화하였다. 그러나 청대 말기에 이르러 전족 문화의 잔인성을 인식한 사람들에 의해 그 부정적인 면이 여러 작품을 통해 드러나기도 하였다. 이것은 일본의 경우도 마찬가지인데 오하구로

나 마요비키 등을 아름다운 것으로 여겨 성행하였다가 이후 이에 대한 거부 의사를 나타내는 모습이 문학 작품을 통해 고스란히 나타나고 있으며, 이는 즉 여성의 의식이 해방되면서 미의 기준에 대해서도 주체성을 되찾음을 의미하는 것으로, 민간 백성의 삶과 가장 가까운 소설 문학에 즉각적으로 반영되었다고 할 수 있다.

여성의 미에 대한 기준은 시대에 따라 지역에 따라 부단히 변화하고 있다. 때때로 유행은 돌고 돌기도 하고, 전혀 새로운 아름다움이 부상하기도 한다. 미의 기준이란 유행과도 같은 것이어서 시간이 지난 뒤 되돌아보면 매우 촌스럽거나 전혀 아름답지 않게 느껴지는 경우도 많다. 각국 여성들의 미적 주체 의식을 앗아간 중국의 전족과 일본의 독특한 화장법 문화는 현재 대부분 역사 속으로 사라졌다. 전족은 그 잔인성과 가학성에 세계인들이 혀를 내둘렀으며, 대부분의 중국인들도 그것을 악습으로 인정하는 바이다. 그러나 일본 일부 지역에서는 현재에도 이를 검게 물들이는 일이 의식화되어 남아있기도 하며, 눈썹을 뽑거나 가늘게 하는 유행은 1990년대에 대중문화에 침투하기도 했는데, 인기가수 아무로 나미에의 영향으로 대학가의 여학생들이 이를 따라 하는 붐이 발생하기까지 했다. 일본의 두 풍습 모두 법으로 금지하거나 황태후가 솔선수범하여 그만두었기에 지금은 종식되다시피 하였으나, 가지는 의미 자체는 긍정적인 것이었다. 헤이안 시대에는 귀족여성의 신분과 우아한 멋을 드러내었으며, 중세에는 헤이케 집안 귀공자들의 자존감의 표현이었고, 에도 시대에는 한 가정의 어엿한 부인이라는 표식이었기 때문이다. 그러므로 이 풍습들은 외부의 비난이 없었더라면 자발적으로 계속되었을지도 모르는 풍습이라는 점이 흥미로운 점이다.

참고문헌

1. 번역서

李汝珍저 문현선 역, 『경화연』, 문학과지성사, 2011.

소소생저 강태권 역, 『(천하제일기서)금병매』, 솔, 2002.

무라사와 히로토, 『미인의 탄생』, 너머북스, 2010.

요시다 겐코 저, 김충영 · 엄인경 공역, 『쓰레즈레구사』, 도서출판 문, 2010.

2. 단행본

고홍홍, 『중국의 전족 이야기』, 신아사, 2002.

김문학, 『韓 · 中 · 日 3국인 여기가 다르다』, 한일문화교류센터, 2002.

박상현, 『한국인에게 일본이란 무엇인가 : 일본이라는 거울을 통해 본 우리들의 초상』, 박문사, 2010.

3. 학위논문

박경미, 「한 · 중 인물화에 나타난 화장문화 연구」, 학위논문(박사), 경성대학교, 2010.

우원원, 「전족과 코르셋을 통해 본 동서양 복식문화의 심미적 특성 비교」, 학위논문(석사), 동명대학교 대학원, 2013.

원유정, 「纏足文化와 그 文學的 考察」, 학위논문(석사), 동국대학교, 2012.

손열, 「작품 『마지막 전족(纏足)여인을 찾아서』에 나타난 중국 전족문화에 관한 사진적 연구」, 학위논문(석사), 중앙대학교 대학원, 2013.

신수용, 「中國 纏足에 關한 史的 考察」, 학위논문(석사), 국민대학교, 1995.

4. 원서

宮　次男, 「室町争亂期の美人像」, 『日本女性の歴史ー室町争亂期の女性』, 曉教育図書, 1982.

黑田茉莉, 「王朝のファッションー化粧」『王朝文化を學ぶ人のために』, 世界思想社, 秋澤亘 · 川村裕子[編], 2010.

5. 사이트

ポーラ文化研究所「やさしい化粧文化史～入門編 / 第2回 日本獨自の化粧文化へ～たおやかで優美な宮廷女性のよそおい～」

http://www.po-holdings.co.jp/csr/culture/bunken/muh/02.html

양계초 저작에 출현한 일본어 차용어 연구

-'청의보'『淸議報』를 중심으로-

최혜선

1. 들어가며

현재 중국어에서는 일본어 어휘를 다량 사용하고 있다. 그 예를 들면, 중국다운 어휘 社會主義(사회주의), 共産主義(공산주의), 幹部(간부) 등과 법률 용어 刑法(형법), 法庭(법정) 등이 있고 電視(텔레비전), 電話(전화)와 같은 일상

1) 양계초(1873-1929), 字 탁여(卓如), 號 임공(任公), 임빙실주인(飮冰室主人)이라고도 한다. 그는 민국초기 칭화(淸華)대학교 국학원의 4대 교수의 한 분으로써 중국의 정치, 문화에 큰 영향을 준 혁명가이자 학자이다. 뿐만 아니라 중국 근대어휘의 형성에도 큰 영향을 끼친 학자이다. 1873년, 중국 광동성(廣東省)에서 태어나 과거시험 준비를 하고 있었지만 17살 때 그는 강남제조국(江南製造局)의 서양서적을 번역한 책들을 보고 서양에 대한 관심을 가지게 되었다. 청일전쟁에서 청나라의 전패로 양계초는 양무운동(洋務運動)이 중국국정에 맞지 않다는 것을 인식하고 일본을 배워 같은 체제로 개혁해야 한다고 주장하였다. 이 시기부터 일본의 서적들뿐만 아니라 구미 등 나라의 신문도 번역하였다. 1898년, 양계초와 강유위 등은 무술변법에 참가하여 중국을 일본처럼 입헌군주제로 만들고 싶다는 것을 주장하였다. 광서황제(光緖皇帝)는 비록 지지하였지만 실권을 장악하고 있는 보수파인 자희태후(慈禧太后)한테 미움을 받아 변법은 결국 실패하였다. 그리하여 1898년 9월, 양계초는 일본으로 망명을 하게 되었다.

생활 용어도 많이 있다. 또한 교과목에 관련된 어휘 化學(화학), 物理(물리) 등도 일본에서 중국으로 유입된 것이다. 이런 어휘들의 특징 중 하나는 동형어가 많다는 것이다. 즉 한자표기가 일치한다는 말이다.

이에 본 연구는 일본어휘들이 어떻게 중국어에 수용되었는지, 그리고 어떤 어휘들을 수용 하였는지를 밝히기 위하여 일본어휘 수용 초기의 대표적인 신문 『清議報』[2](1898-1901)에 나타나는 일본어휘들을 고찰하고자 한다.

당시 한국, 일본, 중국은 모두 한문(漢文)을 사용하여 한국과 일본의 지식인들은 한문을 읽을 수 있었다. 현대문명을 먼저 접촉한 일본인은 서양문명을 소개하는 서적을 소개하거나 번역할 때 단순히 히라가나로 전부 표기할 수 없었다. 그래서 중국의 고전에서 나타나는 단어들을 차용하여 새로운 뜻을 부여하였다. 청일전쟁에서 중국이 패전하자 많은 지식인들과 혁명가들은 일본처럼 현대문명을 접해야 한다고 주장하면서 1896년 처음으로 일본으로 유학생을 파견하는 것으로 시작하여 일본인이 번역한 서양의 서적들을 소개하거나 2차 번역하였다. 1898년 일본 요코하마에서 창간한 『清議報』는 양계초의 영향력 등 이유로 많은 독자들을 보유하고 있어 일본어 어휘들이 중국어에 유입되는 붐이라고 볼 수 있다. "민주"와 같은 개념은 당시 황권지상(皇權志上)의 중국에 없었던 것이었다. 그래서 일본인이 만들었거나 중국고전에서 차용한 단어를 한자 그대로 다시 차용한 것이다. 그 시기 한국인들도 양계초의 한문을 번역하거나 그대로 한국의 신문에 게재하였다. 한국 개화기에 가장 인기 있던 외국 작가 중의 하나라고 볼 수 있다.

---

2) 일본을 따라 배우자는 무술변법의 실패로 1898년 9월, 양계초는 일본으로 망명을 하게 되었다. 망명 도중에 양계초는 여론(輿論)기관의 중요성을 인식하여, 1898년 12월 23일 요코하마(横濱)에서 『清議報』를 창간하였다.

2. 선행연구

양계초의 저작에 나타난 일본어 차용어에 대한 연구로는 주로 일본어 차용어에 주안점을 둔 연구, 근대 언어의 전파 및 수용에 주안점을 둔 연구에 주목한 연구 결과로 크게 구분할 수 있다. 전자(前者)로는 飛田良文(1986), 심국위(沈國威, 1994, 1995), 주경위(朱京偉, 1999)와 이한섭(2011) 및 손건군(孫建軍, 2003) 등의 연구가 있으며, 후자(後者)로는 왕리다(王立達, 1958), 진력위(陳力衛, 2001), 이운박(李運博, 2006)과 유범부, 판혜영(劉凡夫, 樊慧穎, 2009) 등의 연구를 들 수 있다.

飛田良文(1986)는 중국에서 활약한 서양선교사들이 집필한 한역양서(漢譯洋書) 등을 고찰함과 동시에 란서(蘭書)의 번역어, 한역양서 등에서 차용한 서양문화를 반영하는 중국어를 신한어(新漢語)라고 제시하였다.

심국위(1994)는 영화사전 및 영와사전을 통하여 일본 근대어의 성립과정을 고찰하였다. 그리고 명치초기 중국 지식인이 신한어에 대한 영향을 밝혔다. 심국위(1995)는 근대 일본어에서 만든 서양 인문자연과학을 표시하는 술어를 중국어로 설명한 어휘집 『신이아(新爾雅)』를 조사하여 20세기 초반 중국의 학술용어의 실태를 고찰하였다.

주경위(朱京偉, 1999)는 일본어 한자어의 분류를 설명하였고 일본어 한자어를 구조의 분석과 의미의 분석 두 가지 면으로 분석하였으며 단어의 의미 및 구조면에서 고대 중국어와 차이가 있는 것을 일본제 한자라고 판단하는 수단이 있음을 지적하였다.

이한섭(2011)은 근대에 있어서 번역어의 역할을 규명하였고 일본의 번역어와 한국어 어휘와의 관련성을 서술하였다. “권리”, “의무”와 같은 번역어가 있었기 때문에 개인과 사회의 관계를 설명하는 서양 사람들의 생각을 이해할 수 있었고 "자유", "민권" 등과 같은 번역어 때문에 새로운 사상을 알 수 있을 것이라고 강조하였다.

그리고 손건군(孫建軍, 2003)은 서양문화를 반영하는 새로운 용어 성립의 과정을 정리하고 일본으로부터 수용, 정착하는 과정을 밝혔으며 명치유신시기에 일본인 학자들에 의해 창조된 신한어(新漢語) 성립의 역사를 고찰하였다. 주로 지리 및 법률정치용어의 예를 들어 구체적으로 설명하였다.

양계초와 일본어 차용어의 관계에 주목한 연구 결과로서 왕리다(王立達, 1958)의 연구를 들 수 있다. 왕리다(王立達)는 「일본어 유래 현대 중국 외래어」라는 한 장에서 중화인민공화국 건국 후 일본어 차용어 연구의 발단이 되었다. 본 연구는 일어 차용어를 ①음역어 ②일본 훈독어 ③일본 근대 이후의 신어 ④중국어에 들어온 후 의미 변화가 생긴 단어 ⑤중국 고전어가 일본에서 새로운 의미가 부여된 후에 중국으로 역유입(逆輸入)된 단어 ⑥일본 국자(國字) ⑦일본어를 번역할 때 사용하는 단어 ⑧협화어(協和語)로 나누어 예시하였다. 하지만 일본어 차용어의 인정과 어원 고증에 적지 않은 문제가 내포되어 있다.

진력위(陳力衛, 2001)는 구체적으로 근대 중일어휘교류에서 양계초가 사용한 일본어 어휘들을 고찰하였다. 하지만 양계초가 사용한 일본어 어휘들이 중국어에 정착된 방법만 고찰하였지만 양계초의 저작을 전반적으로 고찰하지는 못하였다.

이러한 연구 현황에서 이운박(李運博, 2006)은 양계초의 문집 『飮冰室合集』(1902)에서 나타나는 일본어 어휘들을 전반적으로 고찰하였다. 그리고 『한어대사전(漢語大詞典)』을 기반으로 양계초가 최초로 사용한 어휘들을 추출하여 분석하였다. 양계초가 유입한 현대중국어에 사용되고 있는 일본어 어휘들을 고찰함에 있어서 중요한 자료가 될 수 있다.

유범부, 판혜영(劉凡夫, 樊慧穎, 2009)은 『음빙실합집(飮冰室合集)』(1902), 『역서어편(譯書彙編)』, 『사원(辭源)』, 『사해(辭海)』에서 나타난 일본어어휘에 대해 고찰하였고 『음빙실합집(飮冰室合集)』의 부분에서는 양계초가 일본에 가기 전, 후의 일본어 어휘를 통괄적으로 밝히고자 하였다.

기존 선행연구는 양계초의 저작물을 하나하나 연구하거나 특정단어를 연구대상으로 하거나 중일 양국어의 관계 또는 한일 양국어의 관계를 연구대상으로 하고 있다면, 본 연구에서는 양계초가 일본 망명 직후의 저작을 고찰대상으로 하고자 한다. 이러한 연구는 양계초가 일본 망명 직후 받아들인 일본어휘가 전반적으로 어떠한 양상을 가지고 있는지를 고찰 할 수 있다.

3. 연구자료 및 연구방법

이 글에서 일본어 차용어의 연구 자료로는 1991년 중화서국(中華書局)에서 발행된『淸議報』(6권)를 사용하였다. 중화서국판(中華書局版)은 원본의 체제를 충실히 따르고 있어 실제 내용과 다름이 없으며 현재 구입할 수 있는 유일한 책이므로 적절하다고 판단되기 때문이다.

1898년, 양계초와 강유위 등은 무술변법에 참가하여 중국을 일본처럼 입헌군주제로 만들고 싶다는 것을 주장하였다. 일본을 따라 배우자는 무술변법의 실패로 1898년 9월, 양계초는 일본으로 망명을 하게 되었다. 망명 도중에 여론(輿論)기관의 중요성을 인식하여, 1898년 12월 23일 요코하마(橫濱)에서 『淸議報』를 창간하였다. 이는 서양의 문화 및 근대 일본의 변화를 소개하였고, 국민의 애국심을 불러일으키고 개혁의 중요성을 설명하였다. 외국의 기사, 소설 등을 번역한 것이 어학적인 연구가치를 가지고 있다. 하지만 청나라는 『淸議報』가 '사람들의 마음을 고혹시키며 헛소문을 나게 한다'는 이유로 『淸議報』가 중국경내에 들어오는 것을 금지 하였다. 금서(禁書)로 됐다는 자체가 금지된 책의 영향력이 그만큼 크다는 것을 설명한다. 일본화교와 서양은행의 도움으로 중국 국내의 서국(書局)에서 비밀리에 대량으로 재판하여 발행하게 되었다. 『淸議報』 제1책에서는 구체적인 판매처가 적혀있지 않았지만 제2책부터 "본관각지대행사(本館各地代派處)"가 게재되어 있는데 일본, 중국은 물론 싱가포르, 하와이까지 판매되었다는 것을 알 수 있다.

제4책부터 '조선'이 등장하기 시작하였다. 당시 조선에서도 양계초의 문장을 번역하거나 한문 그대로 게재하였다. 정치소설은 단행본뿐만 아니라 신문에 연재되기도 하고 상당히 많은 인기를 가지고 있었다는 것을 알 수 있다. 이와 같이 양계초의 영향력이 한국에서도 점차 커지면서 대한제국은 1909년 5월 5일에 출판법[3]을 공포하였다. 그중 금서를 발표하였는데 한국에 소개된 양계초의 『越南亡國史(베트남망국사)』, 『飮氷室文集(음빙실문집)』, 『飮氷室自由書(음빙실자유서)』, 『伊太利建國三傑傳(이태리건국삼걸전)』, 『羅蘭夫人傳(라란부인전)』, 『中國魂(중국혼)』 등이 모두 금서로 되었다.[4] 그중 『飮氷室自由書』는『淸議報』에도 연재 된 문장들로 구성된 단행본이다. 이때부터 양계초의 애국관련 저서들은 한국에서 자취를 점차 감추기 시작하였다. 그만큼 양계초 저작의 영향력이 컸다는 것을 알 수 있었다.

우선 일본어 차용어가 중국에 유입되는 과정을 연구하려면 연구방법

---

3) 『구한국관보』, 1909.5.5, 국립중앙도서관 소장.
4) 조선총독부, 「신문지규칙」, 『조선법령집람』 10, 171면

은 다음과 같다.

첫 번째 과제는 기존 선행연구 및 사전 등을 참고하여 「일본어 차용어 DB」(본 연구에서 DB는 Data Base를 가리킨다)를 구축한다. 「일본어 차용어 DB」의 자료출처 항목은 중국어번체, 중국어간체, 전파경로, 번역어의 경우 서양어 표기, 정보의 기술내용 및 정보출처(저자, 테마, 발행처, 출판년도, 용례 출현 페이지) 등으로 구성하였다. 이와 같은 방법으로 수집한 일본어 차용어는 총 3,202개(별개어 수)였다.

두 번째 과제는 『淸議報』를 데이터베이스화 하고 여기에서 나타난 「일본어 차용어 DB」의 일본어 차용어를 추출하면서 「양계초 저작에서 나타난 일본어 차용어 DB」을 만든다. 이와 같은 방법으로 『淸議報』에서 나타나는 일본어 차용어들을 전반적으로 고찰할 수 있다.

위의 분류 기준을 토대로 하여 용례를 추출한 결과 『淸議報』에 출현하는 일본어 차용어는 총 1,318개로 조사되었다.

이와 같이 『淸議報』에 나타나는 어휘, 용례들을 분석함으로써 양계초가 일본 망명 직후 어떻게 일본어 어휘를 중국어로 받아들였는지, 받아들인 일본어 어휘들의 개관, 그리고 일본어 어휘가 현대 중국어와 어떠한 관련성이 있는지 등을 고찰하고자 한다. 또한 일부 어휘들은 사어(廢語)가 되어 현대 중국어에서 사용하지 않고 현대 중국어와 표기방법이 다른 단어도 있으며 현대 중국어와의 의미가 다른 단어들도 있다. 이런 것들을 상세하게 연구, 분석하고자 한다.

4. 결과 및 고찰

4.1. 양계초와 일본어

양계초와 일본어 차용어와의 관계를 알려면 우선 양계초가 일본어에 대한 인식을 잘 파악해야 한다. 그는 일본어에 대하여 다음과 같이 주장하였다.

> "일본과 중국은 같은 한자를 사용하는 나라다. …현재 일본어를 습득하고 일본어 책을 중국어로 번역할 수 있다. 힘을 많이 들이지 않고 많은 수확을 얻을 수 있다.[日本与我爲同文之國……今誠能習日文以譯日書。用力甚少。而獲益甚鉅。]"

양계초는 중국어와 일본어는 동문(同文), 즉 같은 한문을 사용해서, 일본어를 이해하기 쉽다고 주장하였다. 양계초는 일본어 습득이 쉽다는 이유를 다음과 같이 설명하였다.

> "一. 발음이 적다.
> 二. 중국 발음의 성조가 없다.
> 三. 문법이 복잡하지 않다.
> 四. 동물, 물건 등의 이름과 분류 등이 대략 중국과 같다.
> 五. 한자가 육칠십 퍼센트 차지한다.
> [一. 音少
> 二. 無棘刺扞格之音
> 三. 文法疏闊
> 四. 名物象事. 多與中土相同
> 五. 漢文局十六七]"

즉 양계초는 일본어를 배우는 것이 쉬워서 짧은 시간에 일본어를 파악할 수 있다고 생각한 것이었다. 양계초가 주로 일본 그리고 서양의 간행물들을 번역하는 작업을 중요시 하였기에 또한 당시의 서양 간행물들도 일부분은 일본어로 번역된 것을 다시 중국어로 번역을 하는 것이었다. 양계초가 집필한 신문, 잡지에서는 새로운 사상, 문화, 기술 등을 중국인에게 알리려 노력하면서 이미 이런 사물들을 받아들인 일본의 간행물을 대상으로 대량으로 번역하였다. 1921년『淸代學術槪論(청대학술개론)』에서 양계초는 자신의「양계초적 수입(輸入)」을 '조직성이 없고 선택성이 없으며 파별이 명확하지 않고 단지 양만 추구하였다'라고 비판하였다. 하지만 양계초가 그만큼 양의 문장들을 번역하였기 때문에 일본어 차용어를 중국에 소개하는데 도움이 되었다고 볼 수 있다.

4.2.『淸議報』에서 나타난 일본어 차용어

4.2.1. 일본어 차용어의 수용방법

양계초와 일본어 차용어와의 관계를 알려면 우선 양계초가 일본어에 대한 인식을 잘 파악해야 한다. 주경위(2007)는 양계초의 활동 시기를 다음과 같이 분류하였다.

"제1시기, 1896-1911, 즉 신해혁명 전의 저서. 글자 수로 볼 때, 양계초 평생 쓴 글의 절반에 가깝다.

제2시기, 1912-1917, 양계초가 일본에 망명하던 시기, 귀국한 뒤 북양정부에서 몇 년 관리를 하던 시기인데 양씨가 평생 글을 제일 적게 썼던 시기다.

제3시기, 1918-1928, 양계초가 정치생활을 멀리 하였고 일심전력으로 강의와 학술저서에 몰두하고 있는 시기였다. 하지만 이 시기의 양계초는 일본의 새로운 어휘를 유입하지 못하였다.

[第一時期(1896-1911)卽辛亥革命以前的著述。從寫作字數上看, 約占梁氏生平著述的一半。

第二時期(1912-1917)是梁啓超結束了日本的亡命生活, 回國后在北洋政 府做官的几年。是他生平留下
文字最少的時期。

第三時期(1918-1928)是梁啓超遠离政治活動, 全力投入講學和著述的時期。這一時期的梁啓超已經不大
可能在輸入新的日語借詞方面有所作爲。]”

즉 양계초는 일본에서 귀국하기 전까지 저술 활동이 제일 활발하였고 일본어의 영향을 많이 받았다는 것을 알 수 있다. 실제로 『清議報』에서는 일본에 관한 글이 자주 보인다.

孔子二千四百四十九年
光緒二十四年歲次戊戌 十一月十一日

清議報

第一冊

THE CHINA DISCUSSION
ISSUED THREE TIMES PER MONTH.

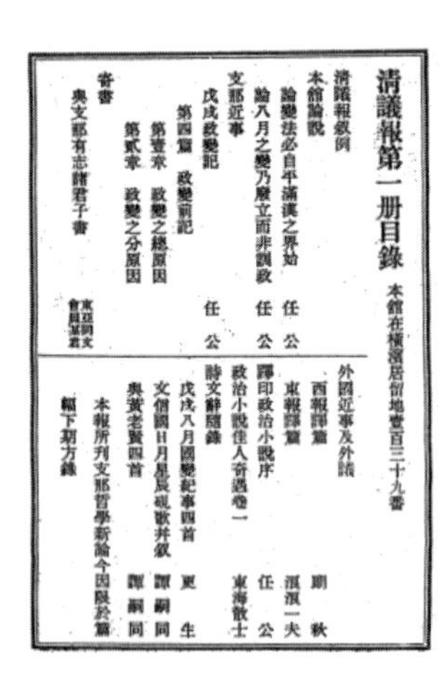
清議報第一冊目錄 本館在橫濱居留地壹百三十九番

清議報敘例
本館論說
論變法必自平滿漢之界始 任公
論八月之變乃廢立而非訓政 任公
支那近事
戊戌政變記 任公
第四篇 政變前記
第壹章 政變之總原因
第貳章 政變之分原因
寄書
與支那有志諸君子書 東亞同文會 [illegible]
外國近事及外論
西報譯編 [illegible]
東報譯編 [illegible]
譯印政治小說序 任公
政治小說佳人奇遇卷一 東海散士
詩文辭隨錄
戊戌八月國變紀事四首 更生
文信國日月星辰硯歌并敍 譚嗣同
與黃老賢四首 譚嗣同
本報所刊支那哲學新論今因限於篇幅下期方錄

[그림 1] 『清議報』 제1권 표지 및 목록

『清議報』 제1권 칼럼의 목차는 다음과 같다([그림 1]참조).

"본관논술, 중국근사－무술정변기, 기서, 외국근사 및 외의, 정치소설 서론 번역, 정치소설 가인기우 권1, 시문사수록[本館論說, 支那近事(戊戌政變記), 寄書, 外國近事及外議, 譯印政治小說序, 政治小說佳人奇遇卷一, 詩文辭隨錄]."

위의 목차를 보면 알다시피 정치에 관련된 문장들이 대부분이다. 심지어 소설도 정치소설인 「佳人奇遇(가인기우)」였다. 주로 새로운 정치, 사상용어가 자주 사용되는 것을 알수 있다. 「外國近事及外議(외국근사 및 외의)」의 내용을 보면 「西報譯篇(서보역편)」, 「東報譯篇(동보역편)」이 있다. 『淸議報』도 마찬가지로 외국신문기사를 번역하는 부분이 중요한 역할을 차지한다. 「東報譯篇(동보역편)」에서 중국어로 번역된 일본 기사를 특히 주목해야 한다.

양계초의 일본어휘의 수용방법은 주로 조어법, 번역의 방법, 기성(旣成) 단어로 재구성하는 방법, 일본제 한자의 차용하는 방법이 있다.

심국위(2012)는 일본어 한자 조어법을 '보족, 수식, 병렬, 대립, 중복, 보조, 생략, 음차'로 분류하였다. 수식의 예를 들면, 「愛人(애인)」의 경우 최초의 출처를 본다면 중국의 고전 『禮記』에서 「敬天愛人(신을 두려워하고 사람을 사랑하라)」이라고 나타나며 유교 사상으로 많이 사용되었다. 하지만 근대에 와서 일본이 서양문화를 접하면서 중국고전으로부터 「愛人」을 사용하여 일본어에서 자주 사용되는 수식관계로 Lover, Sweet heart, Darling을 「愛する人(사랑하는 사람)」으로 표현하였다. 그래서 「愛人(애인)」이 새로운 의미를 가지고 다시 중국어에 차용되었다. 현재 중국에서 「愛人(애인)」은 부부사이의 호칭으로 변하였다. 하지만 하나의 단어를 판단함에 있어서 고려해야 할 요소가 여러 가지이며, 단순히 단어의 구조, 의미로 일본어 차용어라고 판단할 수 없다.

일본인이 서양의 서적을 번역할 때, 주로 음역(音譯)과 의역(意譯) 두 가

지 방법을 사용하였다. 음역의 방법으로 번역된 외래어는 음 그대로 중국에 수용된 것이다. 예를 들면, 「瓦斯(Gas, ガス)」, 「倶樂部(Club, クラブ)」, 「浪漫(Romantic, ロウマン)」 등이 있다. 일본어로 한자를 "훈독"한 경우, 훗날 중국어에 차용될 가능성이 높다. 예를 들면, 「入口(イリグチ)」, 「出口(デグチ)」, 「立場(タチバ)」, 「市場(イチバ)」, 「打消(ウチケシ)」 등이 있다.

기성 단어를 재구성 하는 건 주로 두 가지 유형이 있다. 하나는 "접사+단어"의 형식이고, 하나는 "단어+단어"의 형식이다.

'*-性'은 고전중국어의 용법으로 주로 2자로 구성되었다. 하지만 『清議報』에서 '*-性'을 추출한 결과 3자로 구성된 어휘가 다량 추출되었다.

'*-性'의 예

愛國性(애국성), 獨立性(독립성), 冒險性(모험성), 奴隷性(노예성), 忍耐性(인내성), 世界性(세계성), 競爭性(경쟁성), 希望性(희망성), 急激性(급격성), 公共性(공공성), 自由性(자유성), 普通性(보통성), 炸裂性(파열성), 自重性(자중성), 燃燒性(연소성), 爆發性(폭발성), 別擇性(별택성)

양계초가 일본 망명 전 중국에서 창간한 『時務報(시무보)』에서 '*-性'을 추출한 결과 '水靜性(수정성)'만 출현하였다. 이 시기의 '*-性'은 일본의 영향을 받았다는 가능성이 높다고 추측된다. '단어+단어'의 형식의 용례로는 '愛國+心', '義務+教育' 등이 있다. 일본인의 입장에서 보면 기존 있는 단어를 재조합 하여 만든 단어의 구성은 자유롭고, 의미파악에도 도움이 된다. 이런 재조합된 단어를 다시 중국어에 차용한 것이다. 기성 단어로 재구성 하는 방법은 현재 차용어 아닌 일반 단어에도 적용 되며 특히 접사의 부분에서 일본어의 영향을 많이 받고 있다.

마지막으로는 일본제 한자의 차용이다. 일본제 한자의 주요 출현 시기는 1770-1860년 전후 란학자(蘭學家)들이 의학(특히 해부학, 안과), 화학, 식물학, 군사 등 분야의 서적들을 번역하면서 새로운 개념의 어휘와 일본제 한자가 창출하는 시기였다. 란학자들은 주로 세 가지 방법으로 단 음절 어휘를 번역하였다. 1. 직접 한자를 사용하여 네덜란드어 어휘를 번역한다. 2. 거의 사용하지 않거나 사람들이 잘 모르는 한자를 이용하여 의학의 개념을 번역한다. 이런 경우 한자에 새로운 의미가 부여된다. 3. 새로운 한자를 만든다. 즉 일본제 한자를 만드는 것이다. 용례로는 '呎', '哩' 등이 있다.

4.2.2. 현대 중국어와의 관계

4.2.2.1. 사어

사어(死語)가 총 64개 출현하였다. 필자가 이 글에서 정의한 사어로는 다음과 같다.

첫째, 사물이 역사의 흐름에서 사라진 것이다. 예를 들면, '下女(하녀)', '公武(공무)' '祈戰死(기전사)' 등이 있다. 즉 현대문명에 존재하지 않는 사물이나 개념이다. 단, 사람들이 상식적으로 알고 있는 문화나 역사 분야의 고유일본어는 사어로 판단하지 않는다. 예를 들면 '大正(다이쇼우)', '江戶(에도)', '慶應(게이오)', '福澤諭吉(후쿠자와 유우키치)' 등이 있다.

두 번째는 역사적으로 아직 존재하고 있지만 원래의 단어가 사용되지 않고 새로운 단어를 사용하는 경우, 원래의 단어를 사어로 판단한다. 이런 경우는 a. 원래의 단어를 의미가 비슷한 단어로 바뀌거나 b. 완전히 새로운 단어를 사용 하는 경우가 있다. 예를 들면, '國立銀行(국립은행)'은 현재 중국에서 '國有銀行(국유은행)'이라고 한다.

a의 경우 예를 들면, '國立銀行(국립은행)'은 현재 중국에서 '國有銀行(국

유은행)'이라고 한다. '國立(국립)'은 '나라가 설립하다'의 의미로서 현대 중국어의 '國有(국유)', 즉 '나라의 소유'에 해당된다. 현대 중국어에서는 '國立(국립)'이란 단어를 사용하지 않지만 일본이나 한국의 국립대학을 언급할 때 사용한다. 이와 같은 예는 또 '稅關(세관)', '大統領(대통령)', '脫黨(탈당)', '時計(시침)' 등이 있다. 이런 단어들은 당시 일본어랑 의미가 같은지 확인해본다.

'稅關(세관)'
與稅關船頭官公同查驗以杜弊混其朮設關道之地(세관의 선박회사랑 결탁하여 몰래 거래한다.)

將起工時。建稅關旗于其中(일 하기 전, 세관의 기대를 세운다.)

당시 일본의 의미 그대로 받아 들였다는 것을 알 수 있다. 다음 '大統領(대통령)'의 용례를 보기로 한다.

與英國雄軍。三戰大破之。遂爲大統領。(영군과 함께 세 번 전쟁에서 전승하면 대통령이 된다.)

현재 일본어와 한국어에서는 여전히 '大統領(대통령)'을 사용하지만 중국에서는 '總統(총통)'이란 단어를 사용한다. 여기에서는 "통괄"의 의미를 가진 '統(통)'이 포인트다. 중국인들도 '大統領(대통령)'이란 단어를 보면 의미를 알 수 있다. 이유는 바로 양계초가 말한 일본어와 중국어는 '동문'이기 때문이다.

완전히 새로운 단어를 사용하는 경우도 있다. 다음의 용례를 보기로 한다.

영어에서 'import(수입)'의 의미를 나타내는 '輸入(수입)'이 현대 중국어에서는 "컴퓨터에 입력하다"의 의미로 사용되고 "수입"의 뜻으로 사용되는 단어는 '進口(진구)'다. '進(진)'은 "들어오다"의 의미를 나타내고 '口(구)'는 "항구"의 의미를 나타낸다. 중국어의 동사(술어)가 명사(목적어)의 앞에 가는 특징을 이용하여 "항구에 들어오다(進口)"로 된 것이었다. 『時務報』와 『淸議報』에서 나타난 용례를 보면 다음과 같다.

然我國所輸進日本者貨物甚微。(그러나 우리나라는 일본인의 화물을 수입하는 것이 너무 적다.)

而因關稅法則改正之後。擬卽于該埠設立稅關。徵收輸入品之稅項。(세금관련 법률이 개정된 후 세관을 설립하고 수입품의 세금을 징수한다.)

이러한 단어들이 사어로 된 것은 중국인의 언어 사용 습관에 맞지 않을 뿐만 아니라 중국어의 조어법에도 알맞지 않기 때문에 새로운 단어로 대체 될 수밖에 없었다. 사어의 출현은 사회 및 언어가 발전함에 따라 불가피한 현상이라고 볼 수 있다.

4.2.2.2. 한자 표기의 변화

『淸議報』 데이터베이스를 『현대한어사전 제5판』과 "바이두 백과"에서 검색한 결과 현대 중국어에서 사용하였지만 표기가 변화 된 단어가 총 23개 출현하였다.

a. 순서가 바뀌어 진 경우 : '制限(제한)', '蠻野(만야)', '短縮(단축)' 등.

하지만 양계초는 『淸議報』에서 '蠻野(만야)'와 '野蠻(야만)' 두 가지를 모두 사용하였다.

'蠻野(만야)'

戊戌八月以來. 頑固之勢焰愈張. 蠻野之程度愈高。(무술8월부터 완고한 세력이 점점 강해지고 야만한 정도가 점점 심해지고 있다.)

'野蠻(야만)'

苟一思家國之故。一思東洋之局。一思宇內之勢。一思人道之自由。其能安樂否也。向者波蘭爲三國瓜分。而波蘭絶非野蠻。恒加利嘗爲奧大利所統一。(나라의 일을 생각하고 동양의 정세을 생각하며 사람의 자유를 생각하면 즐거울 수 있을까. 폴란드는 세 나라에 의하여 분리되었지만 폴란드는 결코 야만적이지 않다.)

중국인 어감에 맞게 단어를 선택하고 있음을 알 수 있다.

b. 한자가 바뀌어 진 경우 : '加非(커피)', '獨逸(독일)', '麥酒(맥주)' 등.

지명의 표기에서 많이 변화한다. 현대 중국어에서 나라 이름은 "음역+國"의 패턴으로 변화하는 것이 주류였다. 이 시기 양계초의 저작물에서 나타난 현대 중국어 지명과 표기법이 다른 예를 찾을 수 있다. 예를 들어 'America(미국)'의 경우, 훗날 '米(미)'가 '美(미)'로 변화하였음을 알 수 있다. 음료수인 경우 음역으로부터 음역, 예를 들면 커피는 '加非(Ja Fei)'로부터 '咖啡(Ka Fei)'로 변화 하였고, 보리로 만들었다는 것을 나타내기 위해서 나타난 단어 '麥酒(Mai Jiu)'는 'beer'의 음역인 '啤酒(Pi Jiu)'로 변화하였다.

c. 한자가 가감(加減) 된 경우 : '米突(미터)', '印稅(인세)', '商業學(상업학)' 등.

'米突(미터)'는 '米(미)'로, '商業學(상업학)'은 '商學(상학)'으로 한 글자씩 빠졌고 '印稅(인세)'는 '印花稅(인화세)'로 한 글자 증가되었다. 마찬가지로, '印稅(인세)'는 현대 중국어의 '印花稅(인화세)'란 동일한 뜻을 의미한다.

이상, 표기의 변화를 살펴보았다. 표기의 변화는 사람들의 습관이나 문법구조에 의하여 변화하는 것이다.

4.2.2.3. 의미의 변화

본 절에서 논하고자 하는 의미의 변화는 양계초의 저작물에서 나타난 단어가 현대 중국어에 정착되면서 의미가 변한 경우를 가리킨다.

추출한 단어의 양이 많지 않으니 하나씩 용례를 분석하기로 한다.

a. '高等學校(고등학교)'

'高等學校(고등학교)'는 '중학교를 졸업한 사람에게 교육을 실시하는 학교이고 인문계와 실업계가 있고 수업 연한은 3년인 학교'를 가리키지만 현대 중국어에서는 '高校(고교)'라고 약칭을 사용하고 '고등학교를 졸업한 사람에게 교육을 실시하는 대학교, 전문대학교'의 의미를 가지고 있다. 일본이나 한국에서 사용하는 '고등학교'랑 의미가 다르다.

> 凡女子高等學校畢業者。得保入女子高等師範學校。(여자 고등학교를 졸업한 자는 여자 고등 사범학교에 입학한다.)

용례에서 알다시피 양계초가 사용한 '고등학교'는 현대 중국어랑 부동하다는 것을 알 수 있다. 여기서 '고등학교'의 의미는 한국어 및 일본어와 같은 뜻이다.

b. '中學校(중학교)'

'中學校(중학교)'는 '초등학교와 고등학교 사이에 중등 보통 교육을 실시하기 위한 학교이고 수업 연한은 3년이며 의무교육으로 실시하는 학교'의 뜻으로서 현대 중국어에서는 '중학교와 고등학교'를 나타낸다. 의미의 확장이라고 말할 수 있다.

양계초의 저작물에 나타난 '中學校(중학교)'의 용례는 다음과 같다.

同日。停止各省府州縣設立中學校小學校。(같은 날, 각 성부주현에서 중학교 초등학교 설립하는 것을 중지한다.)

'중학교'도 마찬가지로, 초등학교와 고등학교 사이의 교육단계를 가리키는 것이다. 현대 중국어와 부동한 의미를 가지고 있다.

c. '法科(법과)'

'法科(법과)'는 '형법 조례', '옛 대학에서 법률, 정치, 경제 세 가지 학과를 가리키는 것', '불교용어에서 계율'을 나타낸다. 현대 중국어에서는 '법률 전공'이라고 볼 수 있다. 양계초의 『時務報』와 『淸議報』에 모두 '法科(법과)'를 사용했지만 뜻이 부동하다는 것을 알 수 있다.

其中功課分爲三大綜合文科法科爲一宗。(그중에서 3대 종합이 있는데 문과 법과가 하나다.)

國家學會雜誌第百四十四冊。載日本法科大學教授法律學士寺尾亨氏所講演之一篇。(국가 학회지 제 백사십사권. 일본 법대 교수 법률학 학사의 강연원고 한 편이 실렸다.)

양계초 일본 망명 전후에 사용한 같은 단어 일지라도 부동한 의미를 나타낼 경우가 있다는 것은 양계초가 고전 중국어에 새로운 의미를 부여한 일본어 차용어를 사용했다는 것을 알 수 있다. 양계초가 점차 일본어휘에 익숙해지면서 일본 어휘를 자유롭게 사용했다.

d. '浪人(낭인)'

'浪人(낭인)'은 고대에 '본적지를 떠나 타향을 떠도는 사람 또는 부랑인'의 의미를 가지고 있지만 현대 중국어에서는 두 가지 뜻이 있다. 하나는 '떠돌아 다니는 사람', 하나는 '일본의 건달'이다. 이것도 의미의 확장이라고 할 수 있는 것이다.

> 日本維新以前。浪人處士。爭議國是。(일본 유신 이전, 낭인이 일을 맡았고 나라의 큰일을 논의하였다.)

현재는 '건달', '부랑인'보다 일본어 그대로인 '재수생'의 의미로도 때론 사용한다. 의미의 확장으로 볼 수 있다.

이와 같이 같은 단어라도 역사의 흐름에 따라 의미가 변화 하거나 확대 축소 될 수 있다.

5. 맺으며

본 연구는 일본어휘들이 어떻게 중국어에 수용되었는지, 그리고 어떤 어휘들을 수용 하였는지를 밝히기 위하여 일본어휘 수용 초기의 대표적인 신문 『清議報』에 나타나는 일본어 차용어들을 고찰하였다. 구한말시기 양계초의 저작이 한국의 지식인들에 의해 한국에 유입되었는데 양계초의 저작을 통하여 일본어휘가 한국어에 정착되는 것에 어떠한 영향을 끼쳤는지는 금후의 과제로 한다.

참고문헌

1. 논문

김영희, 「대한제국시기 개신유학자들의 언론사상과 양계초」, 『한국언론학보』 43(4), 1996, 5-41면.

신승하, 「구한말 애국계몽운동시기 양계초 문장의 전입과 그 영향」, 『아세아연구』 41, 1998, 217-234면.

이한섭, 「근대 국어 어휘와 중국어 일본어 어휘와의 관련성 : 19세기말 자료를 중심으로」, 『日本近代學研究』 第13輯, 2006, 5-17면

장미라, 「한국 新文學에 미친 梁啓超의 영향」, 『어문론집』 21호, 1989, 57-69면.

沈國威, 「日本發近代知への接近—梁啓超の場合」, 東アジア文化交渉研究 第2号, 2009, 217-228면.

______, 「回顧與瞻前－日語借詞的研究」, 『日語學習與研究』 總160號, 2012, 1-9면.

孫建軍, 『日本語彙の近代：幕末維新期新漢語の成立に見られる漢譯洋書の影響』, 國際基督教大學博士論文, 2003.

朱京偉, 「構成要素の分析から見る中國製漢語と和製漢語」, 『日語學習与研究』 第111期, 2002, 17-31면.

朱京偉, 「『清議報』に見える日本語からの借用語」 關西大學アジア文化交流センター, 第7回研究集會漢字文化圈近代研究會第6回國際シン, ポジウム發表要旨, 2008.

2. 단행본

實藤惠秀, 『中國人日本留學史』, くろしお出版社, 1970.

陳力衛, 『和製漢語の形成とその展開』, 汲古書院, 2001.

李運博, 『中日近代詞匯的交流－梁啓超的作用与影響』, 南開大學, 2006.

劉凡夫, 樊慧穎, 『漢字を媒介にする新語の伝播—近代中日間語彙交渉の研究』, 遼寧師範大學出版社, 2009.

沈國威, 『近代日中語彙交流史－新漢語の生成と受容』, 笠間叢書, 1994.

3. 사전자료
『外來語の語源』, 吉澤典男・石綿敏雄, 角川書店, 1981.
『近現代辭源』, 黃河淸, 上海辭書出版社, 2010.
『近現代漢語新詞詞源』, 香港中國語文學會, 漢語大詞典出版社, 2001.
『漢語外來詞詞典』, 劉正埮・高名凱・麥永乾・史有爲, 上海辭書出版社, 1984.
『日漢同形异義語詞典』, 王永全・小玉新次郎・許昌福, 上午印書館, 2009.
『現代漢語詞典(第五版)』, 中國社會科學院語言研究所, 商務印書館, 2005.

韓·中·日 사동의 유형론적 대조

김은주

1. 들어가기

사동(causative)이란 사동주가 피사동주로 하여금 어떤 행위를 하게 하거나 어떤 상황에 놓이게 하는 태(voice)의 일종으로 이러한 사동의 개념은 여러 언어에서 보편적으로 존재한다. 언어 유형론에서는 사동의 유형을 어휘적 사동(lexical causative), 형태적 사동(morphological causative), 통사적 사동(analytic causative)으로 분류한다(Comrie 1981/1989). 이러한 관점에서 봤을 때 사동의 유형은 각 언어마다 다양한 분포를 보이고 있으며, 사동의 실현 양상에도 다소 차이가 발견된다.

이에 이 글은 韓·中·日 사동 형식에 대한 대조 분석을 통해 통사, 의미, 형태론의 측면에서 다양한 양상을 보여주는 사동이라는 문법 범주가 가지는 깊이 있는 특성을 언어유형론적 관점에서 고찰해보고자 한다.

2. 형태적 사동

형태적 사동이란 접사의 첨가나 굴절을 통해 사동을 표현하는 것으로 한국어와 일본어에 존재하며, 고립어인 중국어의 경우 형태적 사동으로 사동을 표현할 수 없다. 한국어의 형태적 사동은 주로 용언의 어간에 '-이-, -히-, -리-, -기-, -우-, -구-, -추-'가 결합하는 형태로 이루어진다. 이러한 접미사를 통해 사동사가 될 수 있는 용언에는 자동사, 타동사, 형용사가 있으며, 사동 접미사에 의해 이루어진 사동사의 예는 다음과 같다.[1)]

(1) a. 자동사 → 사동사
-이- : 죽다 → 죽이다 속다 → 속이다 줄다 → 줄이다 녹다 → 녹이다
-히- : 앉다 → 앉히다 익다 → 익히다
-리- : 울다 → 울리다 살다 → 살리다 얼다 → 얼리다 날다 → 날리다
-기- : 웃다 → 웃기다 남다 → 남기다 숨다 → 숨기다
-우- : 깨다 → 깨우다 자다 → 재우다 타다 → 태우다 서다 → 세우다
-구- : 솟다 → 솟구다

b. 타동사 → 사동사
-이- : 먹다 → 먹이다 보다 → 보이다
-히- : 읽다 → 읽히다 입다 → 입히다 잡다 → 잡히다 업다 → 업

1) 주동사에 사동 접미사가 결합할 경우 주동사에 하나의 접미사가 붙는 것이 일반적이나 일부 자동사는 두 개의 사동 접미사를 취하여 사동사를 형성한다. 예를 들면, 서다→세우다(서+이우), 타다→태우다(타+이우), 크다→키우다(크+이우) 등이 있다.

히다

-리- : 알다 → 알리다 물다 → 물리다 듣다 → 들리다 들다 → 들리다

-기- : 맡다 → 맡기다 안다 → 안기다 벗다 → 벗기다 뜯다 → 뜯기다

-우- : 지다 → 지우다 차다 → 채우다

C. 형용사 → 타동사

-이- : 높다 → 높이다

-히- : 좁다 → 좁히다 넓다 → 넓히다 밝다 → 밝히다

-추- : 낮다 → 낮추다 늦다 → 늦추다

(김성주, 2003 : 106-107)

이러한 사동 접미사는 단지 형태적 결합 관계만을 나타내는 것이 아니라 그 통사적 영역까지 관할하는데, 즉 '본동사(주동사)+사동 접미사'의 결합 형태가 새로운 사동사를 파생하는 것에 국한되지 않고 그 내부의 통사적 구조에까지 반영된다.

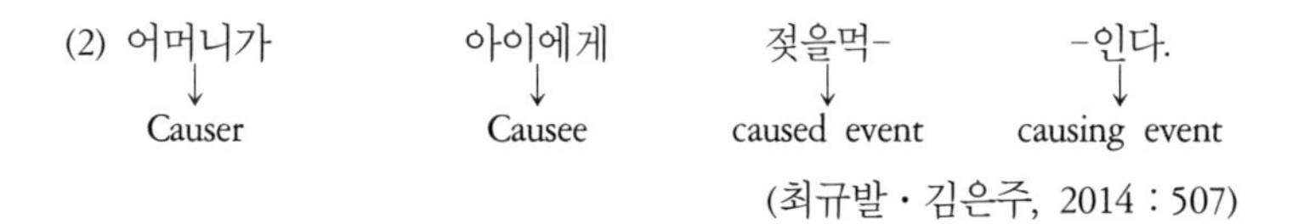

(최규발·김은주, 2014 : 507)

'먹이다'와 같은 파생 사동사는 '먹'이 피사동 행위를 나타내고, '이'가 사동 행위를 나타내는 것이다. 그러나 단어의 형성 과정에서 봤을 때 이들 사동사는 파생어(derivative)로 볼 수 있다. 그러나 다른 파생어와는 다르게 이렇게 파생된 사동사는 사동문이라는 새로운 통사 구조를 만들어 낸다.

사동 접미사의 각 형태는 선행 동사와의 관계에 따라 선택된다. 이들 형태가 드러내는 사동의 의미와 구문적 특성은 동일하다. 이들 접미사는 서로 다른 형태들이면서도 공통된 의미소(sememe/semanteme)를 지니고 있다. 이들은 모두 사동 접미사라는 형태소에 속하는 변이형태(allomorph)인 것이다.

한국어의 형태적 사동은 사동을 형성할 때 제약이 많고 한정된 범위 안에서 사동을 이룰 수 있다. 사동사는 일부 용언에 국한되어 파생되므로 대단히 불규칙적으로 형성된다는 특징이 있다.

일본어의 형태적 사동은 접사 '-(s)ase-'가 첨가되어 규칙적으로 실현되는 생산적인 사동법이다(강영부, 1997). 일본어의 사동의 범주에 대해서는 여러 가지 주장이 있으나, 접사 'せる(seru)・させる(saseru)'에 의해 이루어진 사동을 형태적 사동으로 인정하는 견해는 대부분 일치한다(김건희, 2001 ; 유장옥, 2005). 다음에서 각 유형의 동사가 사동 접사와 결합하는 양상을 살펴보자.

(3) a. 書く(kak u : 쓰다) + -aseru → 書かせる (kakaseru)
b. 開ける(akeru : 열다) + -saseru→ 開けさせる (akesaseru)
c. 發展する(hattensuru : 발전하다) + saseru→發展させる(hattensaseru)

(3a)와 같이 '-u'로 끝나는 동사는 'u'가 탈락하고 '-aseru'가 결합되며, (3b)와 같이 '-ru'로 끝나는 동사는 '-ru'가 탈락하고 '-saseru'가 결합된다. (3c)와 같이 '하다'의 의미를 가지는 동사의 경우 '-suru'가 탈락하고 '-saseru'가 결합된다.

접미사의 결합 형태를 살펴보면, 한국어의 사동 접미사는 동사와 형용사와 모두 결합될 수 있는 것에 반해 일본어의 사동 조동사는 동사에만 결합될 수 있다(안병곤, 2009). 또한 자동사와 타동사가 사동사로 변화할 때 격조사가 다르게 사용된다는 특징이 있다.

(4) 자동사 → 사동사
  a. 友人が集まる。(친구가 모이다)
  b. 私が友人を集まらせる。(내가 친구를 모이게 하다)

(5) 타동사 → 사동사
  a. 私が友人を集める。(내가 친구를 모으다)
  b. 母が私に友人を集めさせる。(어머니가 나에게 친구를 모으라고 하다)
(김희선, 2003 : 21)

(4a)의 경우 자동사인 '集まる(atsumaru)'에서 주어인 '友人'이 (4b)의 문장에서 목적어로 이동하여 사동의 의미를 나타내는 'せる(seru)'가 동사에 붙게 되고 주어에 목적격 조사인 'を(wo)'가 사용된다. 그러나 (5a)와 같이 동사가 타동사인 경우 (5b)와 같은 사동사로 변화하면서 주어 '私(watashi)'에는 조사 'に(ni)'가 결합된다. 김건희(2001)에서는 이러한 격표지가 사동문의 의미 해석에도 영향을 주는데 조사 'を(wo)'는 직접 강제 사동을 나타내고, 조사 'に(ni)'는 간접, 비강제 사동을 나타낸다고 하였다.2)

---

2) 직접 사동(directive)이란 피사동주에게 사동주의 사동 동작이 바로 미치는 것을 말하며, 간접 사동(indirect)이란 우회적 방법으로 사동 행위를 유발하는 것을 의미한다. Shibatani(2002)에 따르면 강제 사동(coercive)은 대개 사동주와 피사동주의 의지가 상반될 때에 나타나며, 비강제 사동(noncoercive)은 사동주와 피사동주의 의지가 상반되지 않을 때에 나타난다.

3. 어휘적 사동

어휘적 사동이란 하나의 동사로 사동 사건과 피사동 사건을 동시에 표현하는 사동을 말하며, 韓·中·日 각 언어에 모두 존재하는 사동의 유형이다. 한국어의 어휘적 사동에는 '보내다', '움직이다'와 같은 사동사로 이루어지거나 용언 '(-)하다'로 구성된 서술어를 '(-)시키다'로 치환하여 이루어지는 형식이 있다.

(6) 선생님이 학생에게 공부를 시킨다.

'(-)시키다'는 본래 사동의 의미를 지닌 어휘로 '(-)하다'와 결합된 서술어와 대치하여 사동문이 규칙적으로 형성된다. 이러한 사동법은 한정된 범위 안에서 매우 생산적인 양상을 보인다.

(7) 하다→ 시키다/ 긴장하다→ 긴장시키다/ 관람하다→ 관람시키다

'(-)시키다'는 사동 접미사와 같이 순수한 사동 의미를 나타내지만 단독으로 서술어로 사용할 수도 있다. '(-)시키다' 사동은 주로 '한자어+(-)시키다'와 '고유어+(-)시키다'의 형태로 나타나는데, 이러한 성분이 중국어 사동에 나타난다면 모두 통사 사동에 성립될 수 있다. 즉 '(-)시키다' 사동과 대응하는 중국어의 사동을 통사적 사동으로 볼 수 있는 것이다.

다음은 중국어의 어휘적 사동을 살펴보자. 중국어의 어휘 사동은 주동사와의 형태적 관계에 따라 세 가지로 나눌 수 있다.

(8) a. 我殺了他。내가 그를 죽였다.

b. 旧社會的統治麻痹了人們的思想。낡은 사회의 통치가 사람들의 생각을 마비시켰다.

c. 工人們加寬了馬路。인부들이 길을 넓혔다.

(최규발·김은주, 2014 : 511-512)

(8a)는 주동사와 형태적으로 아무런 관계가 없는 것으로 중국어에서 주동사와 형태적으로 아무런 관계가 없는 사동사는 그 수가 많지 않다. (8b)는 사동사와 주동사가 같은 형태로 나타나는 것이며, 주동사와 같은 형태로 나타나는 사동사는 일부 형용사와 자동사들이다. 그러나 이러한 사동사의 경우 어떤 형용사나 자동사가 사동 전환이 가능한가에 대해 규칙화하기는 어렵다. (8c)는 주동사가 다른 동사와 결합하여 일정한 형태를 유지하는 것이다. 이러한 사동사는 주로 RVC(결과보어)의 구조를 바탕으로 이루어져 있으며, 실질 의미를 가지고 있는 어휘 형태소(lexical morpheme)가 결합하여 사동의 의미를 나타내는 복합어이다.

일본어에서 어휘적 사동이 실현되는 경우는 비사동형으로부터 불규칙적인 방법으로 사동을 형성하므로 어휘부(lexicon)에 등재할 필요가 있는 비생산적인 사동이다(김건희, 2001). 어휘적 사동사는 그 자체에 사동의 의미가 내재된 타동사로 이에 대응되는 비사동형 자동사에 존재하는 사동의 접사 '-(s)ase-'가 결합되지 않는 것이다. 어휘적 방법으로 실현되는 사동의 예를 들면 다음과 같다.

(9)

	Noncausative	Causative
'die'	死ぬ shin-u	殺す koros-u
'withdraw'	引き込む hikikom-u	引き込める hikikom-e-ru
'cry'	泣くnak-u	泣かすnak-as-u

(김건희, 2001 : 21)

위와 같이 어휘적 방법으로 실현되는 경우는 비사동형, 즉 동사 어간에 대하여 불규칙적인 방법으로 사동사가 형성되므로 (9)의 예들 이외에도 여러 가지가 있다.

(10) a. カエルが死んだ。
Kaeru-ga shin-da
Frog-nom die-PAST
'The frog died.'

b. 子供がカエルを殺した。
Kodomo-ga kaeru-o koroshi-ta
child-nom frog-ACC kill-PAST
'Child killed the frog.'

(11) a. 息子が引き込んだ。
Musko-ga hikikon-ta
Son-nom withdrew-PAST
'The son withdrew.'

b. 先生が息子を引き込めた。
sensei-ga musko-o hikikome-ta
teacher-nom son-ACC withdrew-PAST
'Teacher withdrew the son.'

(김건희, 2001 : 21-22)

일본어의 어휘적 사동은 사동을 형성하는 데 있어 비생산적이라고 할 수 있는데, 즉 어휘적 사동은 접사 '-(s)ase-'가 붙는 형태적 사동보다 비생산적이므로 타동사로서의 역할만을 하여 다음과 같이 사동주와 피사동주가 있는 본래의 사동으로 사용되지 못하는 경우도 있다.

(12) a. 私は店の前に立った。
Watashi-wa mise-no maeni tat-ta
I-nom store in-front-of stand-PAST
'I stood in front of the store.'

b. *彼は私を店の前に立てた。
*Kare-wa watashi-o mise-no maeni tat-e-ta
he-nom I-ACC store in-front-of stand-PAST
'He stood me in front of the store.'

c. 彼は私を店の前に立たせた。
Kare-wa watashi-o mise-no maeni tat-ase-ta
he-nom I-ACC store in-front-of stand-CAUS-PAST
'He made me stand in front of the store.'
(Washio, 1995 : 72)

4. 통사적 사동

통사적 사동이란 사동 사건과 피사동 사건이 통사적으로 구분되어 표현되는 사동을 말하며, 일본어에는 이러한 형식이 존재하지 않지만 한국어와 중국어에서는 통사적 사동으로 사동을 표현한다.

한국어에서 통사적 사동은 서술어인 '-게 하다'가 용언의 어간에 붙어 이루어지며 형태적 사동이 불가능한 동사에도 파생이 가능하므로 형태적 사동보다 더 생산적이다. 또한 형태적 사동이 가능한 동사도 사용되며, 이미 형태적 사동이 실현된 사동사에서도 사용될 수 있다는 특징이 있다.

한국어의 통사적 사동은 피사동주의 격 실현이 매우 다양하게 이루어지는데, 하나의 주동문에 대응되는 통사적 사동문이 최대 네 가지 형식으로 나타날 수 있다.3)

(13) a. 소가 여물을 먹었다. (주동)
b. 주인이 소에게 여물을 먹게 했다. (여격)
c. 주인이 소를 여물을 먹게 했다. (대격)
d. 주인이 소가 여물을 먹게 했다. (주격)
e. 주인이 소로 하여금 여물을 먹게 했다. ((-)로 하여금)
(최규발 · 김은주, 2014 : 517-518)

(13)의 사동문은 모두 '-하게 하다'로 이루어진 통사적 사동문으로 이들을 다시 피사동주의 격표지에 따라 여격 사동, 대격 사동, 주격 사동, (-)로 하여금 사동으로 분류할 수 있다.

중국어의 통사적 사동은 '使', '讓', '叫', '令', '給' 등의 사동 표지(causative marker)를 통해 실현되며, 원인 술어와 결과 술어가 분리된 형태로 나타난다.

(14) a. 這件事使我爲難。
이 일은 나를 곤란하게 했다.
b. 你讓我仔細想想。
내가 자세히 좀 생각하게 해줘.
(CCL)

---

3) 통사 사동인 '-하게 하다'사동에서 서술어가 자동사인 경우, 형용사인 경우, 타동사인 경우 피사동자 격표지는 모두 다르게 나타난다. 서술어가 형용사, 자동사인 경우 피사동주의 격표지는 대격과 주격만을 허용하고, 서술어가 타동사인 경우에는 여격, 대격, 주격을 모두 허용한다.

(14)의 예문을 보면, 사동사건은 사동표지 '使'과 '讓'으로 표현되며, 피사동 사건은 '爲難'과 '想想'으로 표현된다.

앞서 살펴본 바와 같이 중국어의 경우도 사동문과 대응하는 주동문이 존재하는데, 통사 사동의 경우 원주동문의 주격이 이들 사동표지의 대격으로 이동하여 새 주격이 만들어지면서 사동문을 형성한다.

(15) a. 我去學校。
나는 학교에 간다.
b. 媽媽讓我去學校。
엄마가 나를 학교에 가게 했다.

(16) a. 學生讀書。
학생이 책을 읽는다.
b. 老師讓學生讀書。
선생님이 학생에게 책을 읽게 했다.
(최규발·김은주, 2014 : 517)

(15b), (16b)는 (15a), (16a)의 주동문을 바탕으로 구성된 사동문이다. 이와 같은 통사 구조에서 주동문 '我去學校', '學生讀書'는 그대로 사동표지 '讓'의 뒤에 놓이고, 행위자 논항 '媽媽'와 '老師'을 추가하여 (15b), (16b)와 같은 형식으로 통사적 사동문이 만들어진다.

통사적 사동은 형용사나 자동사에서 유래하는 사동문이 거의 존재하지 않는다. 특히 형용사는 사동 표지와 공기할 수 없기 때문에 형용사에서 유래하는 사동문은 대부분 어휘적 사동을 통해 사동을 실현한다. 그러나 타동사의 경우 대부분 통사적 사동을 통해 사동을 실현하는 것이다. 그러므로 중국어는 통사적 사동은 어휘적 사동과 비교하였을 때 어느 것이 더 생산적이라고 말할 수 없는데, 그 이유는 중국어의 통사적 사동과 어휘적 사동은 서로 독자적인 영역을 구축하고 있기 때문이다.

5. 결론

이 글에서는 언어유형론적인 접근을 통해 韓·中·日 언어에서 사동이 어떠한 형식으로 실현되는지를 살펴보았다. 이 글의 논의를 토대로 韓·中·日 사동의 실현 양상을 간략화하면 다음과 같다.

		韓	中	日
실현 양상	형태적 사동	-이-, -히-, -리-, -기-, -우-, -구-, -추-	—	せる(seru) させる(saseru)
	어휘적 사동	(-)시키다, 특수어휘	일부 자동사, 타동사, 결과보어	일부 불규칙 타동사
	통사적 사동	-하게 하다	'使', '讓', '叫', '令', '給'	—

참고문헌

고영근·구본관, 『우리말 문법론』, 집문당, 2009.

남기심·고영근, 『표준국어문법론』, 탑출판사, 2004.

강영부, 「韓·日 양국어에 있어서의 사역구문의 대조연구 : 사역구문의 연구 패러미터를 중심으로」, 『日本學報』, 제38집, 1997.

김건희, 「일본어 사동법 연구」, 『일본어학연구』, 제3집, 2001.

김성주, 『한국어의 사동』, 한국문화사, 2003.

김희선, 「한국어 교육에서의 사동문 연구 : 일본인 중급학습자를 중심으로」, 고려대학교 대학원 석사학위 청구논문, 2003.

유장옥, 「韓·日兩國語의 使動硏究」에 관한 考察, 『日本語文學』, 제31집, 2005.

최규발·김은주, 「韓·中사동법의 대조」, 『韓國漢文學硏究』, 제56집, 2014.

範 曉, 『論"致使"結構』, 中國語文雜誌社, 2000.

譚景春, 『使令動詞和使令句』, 商務印書館, 1995.

譚景春, 『致使動詞及其相關句型』, 商務印書館, 1997.

Comrie, B., *Language Universal & Linguistic Typology*, Chicago : The University of Chicag-o Press, 1987.

Shibatani Masayoshi, *The causative continuum*, Amsterdam : Benjamins, 2002.

Washio, R, *Interpreting Voice : A case Study in Lexical Semantics*, Tokyo : kaitakusha, 1995.

현대중국어 시간부사 '就/才'와 '了$_2$'의 공기현상 고찰

-한국어와의 비교를 중심으로-

허설영

1. 들어가는 말

현대중국어 시간부사 '就/才'는 '了$_2$'와 공기관계에 있어 비대칭 현상을 나타내는데, 예를 들면 다음과 같다.

(1) a. 電影七點開始, 他六點半就來了。
　　영화는 7시에 시작되는데, 그는 6시 반에 벌써 왔다.
　b. *八點上課, 他八點半才起來了。
　c. 八點上課, 他八點半才起來。
　　수업이 8시에 시작하는데 그는 8시 반이 되어서야 일어났다.
(岳中奇, 2000 : 19)

예문 (1)과 같이, 부사 '就'는 '了$_2$'와 공기할 수 있지만, '才'는 '了$_2$'와 공기 하면 비문이 된다. 이 글에서는 바로 이와 같은 '就 / 才'와 '了$_2$'의 공기 현상에 대해 분석함과 동시, 한국어에서 이들에 대응하는 성분이 어떤 것이 있는지, 그 성분들도 공기관계에 있어 중국어와 같은 양상을 나타내는지 실례를 통해 비교하여 차이점을 밝히고자 한다.

2. 의미기능 비교

2.1. 중국어 시간 부사 '就/才'의 의미

馬慶株(2000) 등에 따르면, 시간 부사는 동작행위나 사건이 어떤 참조시간과의 先時, 同時, 后時의 관계를 나타내는 부사이고, 張亞軍(2002), 邵海清(2011) 등에 따르면, 전형적인 시간부사는 주로 시제와 양태를 보조하는 범위 내에 한정된다. 손정(2014) 또한 시간부사가 표현하는 시간은 발화자의 주관적인 느낌을 나타내며, 주관양태와 뒤섞이기도 해서 발화자의 태도 혹은 인식을 나타내기 때문에 주관성이 매우 강한 특징을 갖고 있다고 지적하였다. 즉 시간의미와 주관성은 시간부사가 지니고 있는 두 가지 중요한 자질이라는 것이다. 이 기준으로 기존 연구를 조사한 결과, 다음과 같은 경우의 '就'를 시간부사에 귀속시킬 수 있다.

(2) a. 我就去。
나 곧 갈게.
b. 早在儿童時期我們就認識了。
어린 시절에 우리는 벌써 알고 지냈다.
c. 說完就走。
말을 다 하자마자 가버렸다.

(呂叔湘, 1980：315)

(2a)의 '就'는 '곧 발생 할 것'이라는 의미를 나타내고, (2b)의 '就'는 '이미 오래 전에 발생하였음'을 나타내며, (2c)의 '就'는 '두 사건이 연달아 발생함'을 나타낸다.[1] 이 세 가지 문형의 구조 유형은 각각 '就+동사', '시점성분+就+술어성분', '선행사건+就+후행사건'이다.

이 외에도 다음 예문 (3a), (3b)와 같이, '就'가 '시간성분+就+술어성분'구조에 출현할 경우, '동작행위 발생 시간이 이르거나 빠름, 혹은 소요시간이 적음'을 나타낼 수 있고, (3c)와 같이, '就'가 시간성분 앞에 출현할 경우, '화자가 보기에 사건 발생 시간이 늦음'을 나타낼 수 있다.[2]

(3) a. 演出七點半開始, 他七點鐘就到劇場了。
공연 시작 시간이 7시 30분인데, 그는 7시에 벌써 극장에 도착하였다.
b. 這課書他念了十分鐘就會背了。
그는 이 본문을 10분 만에 바로 다 외웠다.
c. 那天, 看完演出, 我們到家就九點五十了, 所以沒給你打電話。
그날 공연보고 집에 도착하니 벌써 9시 50분이 되어서 너에게 전화하지 않았던 것이다.
(劉月華, 2001 : 247-248)

이와 같은 기존 연구에 의하면, '就'는 '짧은 시간 내에 곧 발생할 것', '두 사건이 연달아 발생 함', '-하자마자' 등 시간의미를 나타낼 수 있는데, 이는 '짧은 시간 내에 곧 발생 할 것'으로 좁힐 수 있다. '화자가 보기에 사건 발생 시간이 늦음' 등과 같은 다양한 의미는 '就'가 나타내는 주관적인 양태의미로 볼 수 있다. 이렇게 다양한 주관적 양태의미를 나

1) 呂叔湘, 1980 : 315-316 참조.
2) 劉月華, 2001 : 247 참조.

타낼 수 있는 이유는 바로 '就'가 주관성 특징을 지니고 있기 때문이다. 허설영(2013)에 따르면 '就'가 지니고 있는 주관성 특징은 '화자의 심리적 기준치를 초과함'이다. 그러므로 시간성분이 '就' 뒤에 출현하였을 경우, '화자가 보기에 느리거나 늦다'는 주관적 양태를 나타내고, 반대로 시간성분이 앞에 출현하였을 경우, '화자의 예상보다 동작이 빨리 발생하였거나 이르게 발생하였다'는 의미를 낳게 된다.

계속해서 시간부사 '才'가 나타내는 의미도 시간의미와 주관적 양태의미를 기준으로 원칙을 살펴보고자 한다. 기존 연구를 분석한 결과, 시간부사 '才'는 다음과 같은 의미를 나타낼 수 있다.

(4) a. 他才走。
그는 이제야 갔다.
b. 他明天才能到。
그는 내일에나 도착한다.
c. 這孩子才六歲，已經認得不少字了。
이 아이는 이제 겨우 6살임에도 불구하고 적지 않은 글자를 깨우쳤다.
(呂叔湘, 1980：107)

예문 (4a)와 같은 '주어+才+동사'의 구조에서 '才'는 '사건 상황이 방금 전에 발생하였음'을 나타내고, (4b)와 같이 '시간성분+才+술어성분' 구조에서는 화자가 보기에 '사건이 늦게 발생하였거나 늦게 끝났음'을 나타내며, '술어성분+才+시간' 구조에 출현하였을 경우, 화자가 보기에 '시간이 이르거나 시간이 짧음'을 나타낸다.[3] 여기에서 '才'가 나타내는 시간의미는 '사건 상황이 방금 전에 발생하였음'이고, 나머지는 전부 '才'

---

3) 呂叔湘(1980), 張宜生(2000) 등 참조.

가 주관적 양태의미라 할 수 있는데, 이는 '才'가 지니고 있는 주관성 특징에 의한 것이다.[4] 허설영(2013)에 따르면, '才'의 주관성은 '화자의 심리적 기준치에 미달'이다. 그러므로 시간성분이 '才' 앞에 출현하고, 술어성분이 '才' 뒤에 출현할 경우에는 '동작이 늦게 발생하였다'는 의미를 나타내며, 반대일 경우, '시간이 이르거나 짧음'의 의미를 나타내게 된다.

한 가지 주의해야 할 점은, '就'와 '才'는 주관성이 강한 성분이기 때문에, 주관성을 제외한 단순시간의미만을 나타낼 수 없다는 것이다. 즉 '곧 발생할 함'과 '조금 전에 발생할 함'이라는 시간의미를 포함하고 있으나, 주관적 양태의미와 뒤섞여 있다는 것이다. 예를 들면, '他才走'와 같은 경우, '他'가 떠난 시간은 '방금 전'이고, '방금 전에 간 것'에 대해 화자가 보기에 '너무 늦게 갖다' 즉 '이제야 갔다'는 주관적 양태의미를 함께 나타낸다.

2.2. 한국어 부사 '곧/바로/벌써'와 '겨우/이제야'의 의미

『中韓詞典』에 의하면, 현대 한국어에서 시간부사 '就'에 해당하는 성분이 '곧', '벌써 / 일찍이', '바로', '-하자 곧 바로' 등이 있는데, 이 성분들의 의미를 각각 예문을 설명하자면 다음과 같다.

(5) a. 전화를 끄자마자 곧 그리로 가겠습니다.
b. 어머니께서 곧 오실 거야.

4) 邵敬敏(1997), 石錫堯(1990) 등에 따르면 화자가 보기에 시간이 짧거나 긴 것은 전부 주관적인 심리에 의한 것이다.

(6) 눕자마자 바로 코를 골기 시작했다.

(7) 나는 그 일을 벌써부터 알았다.

부사 '곧'이 나타내는 시간의미는 (5a)와 같이 '때를 넘기지 않고 지체 없이'라는 의미와 (5b)와 같이 '시간적으로 머지않아'라는 의미를 나타낸다. 예문 (6)번의 부사 '바로'는 '곧'과 유사하게 '시간적인 간격을 두지 아니하고 곧'의 의미를 나타내고, (7)번의 '벌써'는 각각 '예상보다 빠르게, 어느새'와 '이미 오래 전에'라는 의미를 나타낸다.[5)]

시간의미를 나타내는 '곧'과 '바로'는 중국어 시간부사 '就'가 나타내는 시간의미에 해당한다. 예컨대, "我就去"와 "說完就走"가 있다. 부사 '벌써'는 '就'가 나타내는 주관적 양태표현에 대응된다. 예를 들면, "足球聯賽明天就開始", "他十五歲就參加了工作" 등이 있다. 그러나 이들의 대응 관계는 '1대1'이 아니다. 코퍼스 조사 결과, '벌써'가 '就'와 같은 주관적 양태의미를 나타내는 것은 소수이고, 대부분 경우에는 중국어의 또 다른 시간 부사 '已經'에 대응한다. 예컨대, "우리가 들어있는 금고는 벌써 뜨거워졌다"가 있다. 이 외에도 부사 '곧'은 시간의미 외에, '바꾸어 말하면', '다름 아닌 바로' 등 의미도 나타낸다.

시간부사 '才'에 대응하는 성분은 '겨우', '방금', '이제야' 등이 있는데,[6)] 예를 들면 다음과 같다.

(8) 며칠 날밤을 새워 오늘에야 겨우 작품을 완성했다.

---

5) 『표준국어대사전』 참조.
6) 『中韓詞典』 참조.

(9) 저놈이 이제야 본색을 드러내는구나.

(10) 방금까지 옆에 있던 사람이 사라졌다.

『표준국어사전』에 따르면, 부사 '겨우'는 예문 (8)번과 같이 '어렵게 힘들여'라는 의미를 나타내고, '이제야'는 '말하고 있는 이때에 이르러서야 비로소'라는 의미를 나타내며, '방금'은 '말하고 있는 시점보다 조금 전'이라는 의미를 나타낸다. 이 중에 '방금'은 시간부사 '才'가 나타내는 시간의미에 대응하는데, 예를 들면 "他才走" 등이 있다. 그러나 앞서 지적한 바와 같이, '才'가 나타내는 시간의미는 이미 주관성과 뒤섞여 있기 때문에 '방금'과 완전히 일치 하다고 할 수 없다. '방금'은 단지 객관적으로 '조금 전'이라는 시간을 나타내기 때문에 오히려 '剛才'와 대응하는 성분이라 할 수 있다. 그러므로 이 글에서는 '才'와 대응하는 성분에서 '방금'을 제외시키겠다. 아울러 '겨우'와 '이제야'는 '才'가 나타내는 주관적 양태의미에 해당하며, 예를 들면 "他明天才能到", "他四十歲才評上講師"[7] 등이 있다.

3. 공기 관계 비교

3.1. '就/才'와 '了₂'의 공기관계

기존 연구와 CCL코퍼스를 조사한 결과, 시간부사 '就/才'와 '了₂'의 공

7) 易正中(2009 : 69)에서 인용.

기관계를 '공기할 수 없는 경우'와 '공기할 수 있는 경우'로 나눌 수 있다. 우선 다음과 같은 경우, '就/才'와 '了$_2$'는 공기할 수 없다.

(11) a. 我就去。/*我就去。
나 곧 갈게.

(12) a. 才走。/*才走了。
이제야 갔다.
b. 七點才起床。/*七點才起床了。
7시가 되어 겨우 일어났다.
c. 起床才七點。/*起床才七點了。
일어나보니 겨우 7시다.

(金立鑫・杜家俊, 2014：140)

예문 (11)에서 시간부사 '就'와 '了$_2$'가 공기할 수 없는 이유는 이러한 문형에서 '就'는 '사건이 곧 발생할 것'이라는 시간의미,[8] 즉 미래 시제를 나타내며, 문장에 '就'와 先時性을 나타내는 다른 성분도 출현하지 않았다. 그러므로 先時性 특징을 지니고 있는 '了$_2$'와 공기하면 비문이 된다.

시간부사 '才'의 경우, 시간의미로만 봤을 때, '才'가 先時 부사이기 때문에 같은 先時性을 나타내는 '了$_2$'와 공기할 수 있어야 마땅하다. 그러나 사실은 정반대로 대부분 경우 예문(12)번과 같이 '了$_2$'와 공기할 수 없다. 왜냐하면, '才'가 先時 부사인 동시, 강한 주관성도 지니고 있고, '才'가 지니고 있는 주관성 특징은 '화자가 예상한 기준치에 미달'이다. 胡建剛(2007), 허설영(2013)에 따르면, '了$_2$'는 '화자의 기준에 부합하거나, 초과함'이라는 주관성을 지니고 있기 때문에, 기준에 미치지 못한 성분과 공

8) 이런 의미에서 '就'는 后時부사이다.

기할 수 없다.

계속해서 시간부사 '就'는 위에서 제기한 경우 외에 대부분 '了$_2$'와 공기할 수 있는데 예를 들면 다음과 같다.

(13) a. 他昨天就來了。
그는 어제 벌써 왔다.
b. 學校明天就開學了。
학교는 내일이면 개강이다.
(史金生, 1993 : 43)

'就'는 后時를 나타냄에도 불구하고 '了$_2$'와 자유롭게 공기할 수 있는 이유는 허설영(2013)에서 제시한 바와 같이, '就'가 나타내는 주관성은 '화자가 예상한 기준치를 초과 함'이기 때문이다. 이는 '了$_2$'의 주관성, 즉 '화자의 예상에 부합하거나 초과함'과 같은 방향성을 갖고 있다. 한 가지 주의해야 할 점은 미래시제를 나타내는 문장에서는 반드시 先時성 조건을 만족시켜야 '了$_2$'가 출현 할 수 있다는 것이다. 예컨대, "*我就去/我明天就去" 등이 있다.

또한 孟豔麗(2010 : 52)가 조사한 결과에 의하면, 시간부사 '才'는 다음과 같은 경우에만 '了$_2$'와 공기할 수 있다.

(14) a. 這才叫人把人放了, 送回大隊臨護治療。
이제야 사람을 시켜 그를 놓아주고, 大隊하여 대대로 임시 호송하여 치료를 받게 하였다.
b. 將一夜的夢照的通明透亮, 直到日上三竿時才不見了。
하루 밤의 꿈을 반짝반짝 환하게 비춰 주다가, 해가 중천에 떴을 때가 되어서야 사라졌다.
c. 又失魂落魄地奔回來, 趴在床上把臉向裏貼了貼, 這才飛快地跑了。

또 다시 혼이 나간 듯 달려와 침대에 엎드려 얼굴을 조금 붙이더니 비로소 번개같이 뛰어갔다.

d. 我又說了一遍, 他才明白似的笑了。

그는 내가 다시 한 번 말하고 나니까 비로소 이해한 듯 웃음을 보였다.

(孟豔麗, 2010 : 52)

예문 (14)은 전부 선행사건과 '才'가 포함된 후속사건이 발생하는 문장이며, 두 사건은 아무런 의미 없이 나란히 발생하는 것이 아니라, 선행사건의 완성 혹은 발생은 후행사건의 전제조건이 된다. 즉 선행사건은 본래 '화자가 예상한 기준치에 미치지 못한' '才'의 주관성을 '화자의 주관성에 부합'하게 한다는 것이다. 그러므로 '了$_2$'와 공기할 수 있게 되었다.

3.2. '곧 / 바로 / 벌써'와 '-니까 / -네 / -야'의 공기관계

중국어의 '了$_2$'에 해당되는 성분은 어미 '-니까/-네/-야'가 있는데, 이들이 '곧/바로/벌써'와 공기현상을 조사한 결과, 미래시제에서는 '곧/바로/벌써'와 전부 공기할 수 있지만 과거시제에서는 '벌써'를 제외한 나머지 성분들은 '-니까/-네/-야'와 공기 하지 않는다. 예를 들면 다음과 같다.

(15) a. 곧 간다니까.

*我就去了。

b. 곧 모든 게 밝혀질 거야.

很快就會眞相大白了。

c. 곧 바로 반응이 나오네.

很快就有反應了。

d. 내일 벌써 개강이네.
明天就開學了。

이를 중국어의 경우와 비교해 보았을 경우, 한국어의 '곧 간다니까'는 성립되지만, 이에 대응하는 중국어 문장 "*我就去了"는 비문이 된다. 또한, '就'는 "明天就開學了/昨天就開學了"와 같이 과거시제 혹은 미래시제와 상관없이 전부 '了2'와 공기할 수 있는 반면, 한국어에서는 과거시제일 경우, '벌써'만 '-니까/-네'와 공기할 수 있는 것으로 나타났다. 예를 들면 다음과 같다.

(16) a. 어제 벌써 떠났네.
b. *어제 곧 떠났네.
c. ?어제 바로 떠났네.

3.3. '겨우/이제야'와 '-니까/-네/-야'의 공기관계

계속해서 '겨우/이제야'와 '-니까/-네/-야'의 공기 현상을 살펴보도록 하겠다.

국립 국어원 코퍼스에서 예문을 조사한 결과, '겨우/이제야'는 과거시제에서 '-니까/-네'와 공기할 수 있는데, 미래시제에서는 공기 하지 않는 것으로 들어났다. 또한, '겨우/이제야'와 어미 '-야'가 공기 하는 문장도 찾아볼 수 없었다. 예를 들면 다음과 같다.

(17) a. 겨우 3시네.
*才三點了。

b. 나 이제야 알았다니까.
*我現在才知道了。

중국어의 현상과 비교해 보았을 때, 중국어의 '才'는 조건관계가 성립되는 구문에서만 '了$_2$'와 공기할 수 있는 반면, 한국어의 '겨우/이제야'는 과거시제에서 '-니까/-네'와 공기할 수 있는 차이점을 보이고 있다.

4. 결론

이 글에서는 코퍼스 자료 및 기존 연구토대로, 현대중국어 시간부사 '就/才'와 '了$_2$'의 공기현상에 대해 분석함과 동시, 한국어에서 이들에 대응하는 성분 및 공기 관계에 대해서도 조사하였다. 결론적으로, 중국어 시간부사 '就'는 '我就去'와 같은 경우를 제외한 나머지 경우에는 전부 '了$_2$'와 공기할 수 있다. 한국어의 '곧/바로/벌써'는 미래시제에서는 전부 '-니까/-네/-야'와 공기할 수 있으며, 과거시제에서는 '벌써'만 '-니까/-네'와 공기할 수 있다. 또한 시간부사 '才'는 전제조건이 충족되는 경우에만 '了$_2$'와 공기할 수 있고, 이에 대응하는 한국어 부사 '겨우/이제야'는 미래시제에서는 '-니까/-네'와 공기할 수 없지만, 과거시제에서는 공기할 수 있는 것으로 드러났다.

참고문헌

1. 국내외 논저

孫 貞, 『현대중국어 시간부사 의미기능 연구』, 高麗大學博士學位論文, 2014.

呂叔湘, 『現代漢語八百詞』增訂本, 商務印書館, 1980.

胡建剛, 「主觀量度和'才', '都', '了2'的句法匹配模式」, 『世界漢語教學』 1, 2007, 72-81면.

劉月華 외, 『實用現代漢語語法』, 商務印書館, 2001.

馬慶株, 「略談漢語動詞時體硏究的思路」, 『語法硏究和探索(九)』, 北京 : 商務印書館, 2000.

孟豔麗, 「'就', '才'及相關副詞與句尾'了'共現的不對稱現象及成因」, 『語言應用硏究』 1, 2010, 51-53면.

邵海清, 『現代漢語時間副詞的功能硏究』, 北京 : 世界圖書出版公司, 2011.

邵敬敏, 「從'才'看語義與句法的相互制約關係」, 『漢語學習』3, 1997, 3-7면.

石錫堯, 「副詞'才'的語法組合功能, 語義, 語用考察」, 『煙台大學學報』 2, 1990, 83-8면.

夏 群, 「試論現代漢語時間副詞的性質及分類」, 『語言與翻譯』 1, 2010, 43-46면.

許雪英, 『현대 중국어 시간부사'就/才'와 '了2'의 공기관계』, 高麗大學碩士學位論文, 2013.

易正中, 「副詞'才'的基本義與義項劃分」, 『江西師範大學學報』 6, 2009, 67-70면.

岳中奇, 「'才', '就'句中'了'的對立分布與體意義的表述」, 『語文硏究』 3, 2000, 19-27면.

張亞軍, 『副詞與限定描狀功能』, 合肥 : 安徽教育出版社, 2002.

張宜生, 『現代韓與副詞硏究』, 上海 : 學林出版社, 2000.

2. 사전류

이상도 외, 『中韓辭典』, 서울 : 진명출판사, 1997/2002.

국립국어원, 『표준국어대사전웹사전』, 2008.

3. 예문검색 출처

국립국어원
http://ithub.korean.go.kr/user/corpus/corpusSearchManager.do

CCL 현대한어 코퍼스
http://ccl.pku.edu.cn:8080/ccl_corpus/index.jsp?dir=xiandai

遲子建 소설『僞滿洲國』속 ‘滿洲敍事’의 意義*

박창욱

1. 머리말

20세기 이후의 중국 문단에서 ‘만주국’이라는 세 글자를 바라보는 시각에는 모종의 불편한 입장이 존재해왔다. 이를테면 만주국 시기에 활동한 작가 및 작품 평가에 있어서도 애초부터 친일의 정도가 평가의 축이 되어버리면 본격적인 문학적 논의는 전개되기 힘들다. 그만큼 만주국에 관한 논의는 특정한 시기적 정황에 대한 지칭이기에 앞서 일종의 담론어가 되어버린 지 오래다. 때문에 이에 관한 논의는 엄연히 봉인된 난제로 남아있다. 그것도 모호한 정체성을 간직한 채 말이다. 우선, 이처럼 담론화 된 둥베이의 시간과 장소에 관하여 츠쯔젠이 주목하였다는 점에서 연구의 필요성을 느꼈다. 대개 ‘역사의 소설화’가 작가의 몫이라면, 역으로 ‘소설화된 역사의 담론화’ 내지 ‘담론화 된 역사의 해체화’는 연구자의

* 이 글은 2015년 2월 10일 고려대학교에서 개최된 ‘2015 BK21Plus 아젠다 국제 워크숍’에서 발표한 원고를 수정·보완한 것이며, 동년 6월 30일에 발간된『중국어문논총(中國語文論叢)』제69집에 게재되었음을 밝혀둔다.

몫일 것이다. 이 글은 츠쯔젠(遲子建, 1964~)의 장편소설 『위만주국(僞滿洲國)』(2000)을 탐독의 대상으로 삼았다. '만주국(manchukuo, 1932~1945)'이라는 특수한 시기를 서사의 제재로 택한 츠쯔젠의 작가적 고심을 살피고, 창작의 성과와 한계를 분석해보는 것이 연구의 목적이다. 특히 1945년 8월 15일 선포된 일제의 항복 선언과 대한민국의 광복, 그리고 제2차 세계대전의 공식적인 종결로부터 70년이 지난 지금의 시점에서 '만주국' 제재 소설의 실타래를 되풀어보는 작업은 보다 의미있을 것으로 판단된다.

본 연구자는 츠쯔젠 작가에 관한 선행연구를 통해 그녀의 문학세계를 정리한 바 있다.[1] 이때 확인할 수 있었던 것은 츠쯔젠의 '둥베이'에 대한 천착이었다. 그리고 그것은 그녀가 무심한듯하면서도 지난 30년간 일관되게 견지하고 있는 서사 스타일이라는 점이었다. 이러한 특징에 주목한 까닭은 당대문학계에서 유독 강렬히 드러났던 80, 90년대 여성의식의 고양된 분위기 속에서도 꾸준히 향토적 제재를 다뤄온 작가적 신념에 눈길이 갔기 때문이다. 또한 그녀의 대표작 중 『위만주국』과 『어얼구나강의 오른편 기슭(額爾古納河右岸)』(2005)이 각각 둥베이의 '시간에 관한 논의'와 '장소에 관한 논의'를 이끌어 내는 데에 유용한 텍스트임을 알 수 있었다. 특히 『위만주국』은 훗날 그녀로 하여금 둥베이 여성작가로서의 대표적 지위에까지 이르게 도와준 『어얼구나강의 오른편 기슭』의 창작에 있어서도 훌륭한 밑거름이 되어준 작품이다. 따라서 『위만주국』의 서사를 살피는 작업은 하나의 텍스트 분석의 차원에 머물지 않고 그녀의 이른바 '둥베이 시리즈'를 관통할 수 있는 공통분모를 발견할 수 있으리라 기대한다.

1) 졸고, 「遲子建 文學의 審美性 硏究」, 고려대학교 중문과 석사학위논문, 2011 참조.

지난 2000년, 문예잡지『종산(鐘山)』을 통해 발표될 때만 하여도 작품의 제목은『만주국(滿洲國)』이었다. 그러나 같은 해 단행본으로 출간되며『위만주국』으로 제목이 변경됐다. 원제에 얽힌 비화가 대변하여 주듯이, 작품 구상을 위한 작가의 상상은 '만주국'으로부터 촉발된 것이었다. 창작에 앞서 '괴뢰' 내지 '거짓'을 상징하는 '위'가 덧대어질 경우, 자칫 이념적 불균형이 서사에 녹아들 것을 우려한 작가의 선택이 아니었나 싶다. 또한 그러한 명명은 '만주국'의 평가에 국가적 정당성을 부여하기 위함이었다기보다 작가로서의 소신이 우선하였기 때문이라고 보는 편이 옳을 것이다.[2] 좀 더 엄밀히 말하자면, 만주국은 1931년 발발한 만주사변의 시점으로부터 붙여진 명칭이다. 츠쯔젠은 역사학자로서가 아니라, 작가로서 만주국을 이야기해보고 싶었던 것이다. 만주국은 현재의 관점으로도 한국에서는 '괴뢰국가', 중국에서는 '위만주국'으로 통칭된다. 소설『위만주국』은 이와 같은 우여곡절을 뒤로 하고, 일본에서 번역될 당시 또 다시 '위(僞)'가 생략되어『만주국 이야기(滿洲國物語)』라는 표제로 출간되었다. 이로써 알 수 있듯, 만주국 논의는 역사적 현상을 바라보는 한・중・일 발언주체의 입장에 따라 여전히 미묘하고도 복잡한 시각차를 공유하고 있다.

그렇다면『위만주국』에 대한 분석을 통해 얻을 수 있는 수확은 무엇인가. 츠쯔젠의 기존 작품과 대비하여 볼 때,『위만주국』은 그녀의 작가의식 연구에 실증적 단초가 되기 때문이다. 특히 역사를 회고하는 그녀

---

2) 츠쯔젠의 산문집에 실린「창안과 창밖의 세계(窗裏窗外的世界)」에서는『위만주국』이 아닌『만주국』으로 표기되고 있다. 저자의 원의를 헤아릴 수 있는 대목이다. 다만, '위만주국'의 표기는 초기의 평론 및 연구 논문에서 지속적인 논의의 대상이 된 바 있었다. 결국, 간행본으로의 출판 시 작품의 제목이『위만주국』으로 확정되었다. 이에 관해서는 遲子建,『遲子建散文』, 人民文學出版社, 2008, 156~157면을 참고할 것.

의 통찰력과 문학적 상상을 깊이 있게 살필 수 있다. 이처럼 소설 작품을 통해 2000년대 이후 중국작가의 만주국 묘사를 살피는 작업은, 선대 현대문학 작가들의 항일전쟁시기 만주 묘사와 비교해볼 수 있다는 점에서 연구의 접점이 존재할 것이라 본다. 특히 본 작품은 자료 수집 단계에서부터 작가의 상당한 공력과 시간이 들어간 작품이다. 츠쯔젠의 주요 창작 거점인 '하얼빈(哈爾濱)'의 경우, 만주국 당시의 지형도를 기준으로 살펴보자면 가장 핵심적인 중심지 중 한 곳에 해당한다. 그만큼 그곳에서는 당시 유입된 문화적 충격의 잔흔들이 보존 또는 산재된 형태로 남아져 있다. 결과적으로 그러한 지리적 환경과 문화적 조건은 일찍이 둥베이를 창작의 원천으로 삼았던 츠쯔젠에게 있어서도 적지 않은 영감과 집필 의욕을 고무시켰으리라 본다. 즉 그녀가 둥베이의 향토작가인 만큼 지리적인 측면에서도 만주국에 대한 사실적인 정경묘사와 정확한 지역 특성을 반영했으리라 기대할 수 있는 것이다. 이 글은 『위만주국』을 다음의 측면에서 분석해본다.

첫째, "기억의 회생 : '둥베이의 눈물'"에서는 '기록소설'로서 『위만주국』이 지닌 특징을 찾는다. 둥베이 지역은 현재, 작가 자신의 '향토'이자 그녀가 속한 국가의 땅 즉 '국토'이기도 하다. 흥미로운 점은 그녀가 얘기하는 것이 '향토'의 상처이기는 하여도 '국토'로서의 아픔을 부각시키지는 않는다는 것이다. 즉 1930~40년대의 만주지역이 '일본군 점령지구'였음에는 이론의 여지가 없다. 그러나 '만주국' 제재의 소설 집필을 계획한 작가가 만주국을 '윤함구(淪陷區)'로 미리 상정하고 집필에 임했다면, 그 결과물은 당연히 협소하고 진부한 의미의 '민족주의 소설' 이상의 문학적 성과를 획득하기 힘들다. 그런 면에서 볼 때, 『위만주국』은 츠쯔젠의 '이념적 균형감각'이 돋보이는 글쓰기다. 작가가 주시한 것은 권력

주체에 의한 점령지의 변동상을 당시의 만주국내 거류한 복합민족의 입장에서 살핀다. 한편 이것은 주의를 요구하는 서사이다. 그 지역의 이력과 현존의 역사에 관한 기원을 함께 두루 살필 수 있을 때 비로소 정확한 비교가 가능한 것이기 때문이다. 소설 창작이라고 하더라도 객관적이고 실증적인 자료가 뒷받침되지 못한다면, 자칫 날조되고 조작된 역사의 기술로 전락하기 쉽다. 실제로 츠쯔젠의 『위만주국』 또한 발표 초기, 평론가들로부터 호평만 이끌어내었던 것이 아니다. 바로 위와 같은 점을 우려한 입장 때문이었다. 이 글에서는 그럼에도 불구하고 '만주국' 서사를 시도한 작가의 용기가 그 자체만으로도 충분히 검토해볼 가치가 있다고 판단되었다.

둘째, "민족의 만가 : '혼종의 공동체'"[3]에서는 작중인물에 체현된 각기 다른 민족성과 그들의 정체성 문제를 고찰한다. 주지하다시피 '둥베이 윤함구'로서 만주지역은 14년의 기간 동안 '만주국'으로 존재했다. 물론 국제사회에서의 승인이 없었던 것(독일, 이탈리아, 교황청, 스페인, 헝가리, 폴란드 등 일부 국가를 제외)이 사실이지만, 그들이 독립국의 형태로 '국가'의 모양새를 띠고 있었던 것 또한 전적으로 부정하기는 힘들다. 바꿔 말하면, 만주국은 식민지가 아니었기 때문이다. 조선과 타이완이 식민국가로 전락한 반면, 만주국은 14년간 일본의 부속국가의 형태로 존재했다.

---

3) 용어의 선정에 있어서 생겨날 수 있는 논란의 여지를 막고자 이 글에서 사용하는 '혼종'의 개념에 관해 미리 언급하고자 한다. 기존의 '혼종성' 논의에서 주로 설명되는 '라틴 아메리카'의 혼종성 논의와는 다른 맥락임을 밝혀둔다. 이 글에서는 만주국 자체가, 이질적인 문화를 정치적으로 융합하려 했던 실례라고 보았다. 물론 이것이 일본 제국주의 주도하에서 시도된 불합리적이자 강제적인 성격이었음은 두말할 나위 없이 자명하다. 그러나 한편으로는 그러한 과정 자체가 또 다른 담론의 문제의식을 제공하는 것 또한 사실이다. 즉 이 글에서는 '만주국'이 20세기 아시아에서 시도되었던 '문화 혼종성' 논의의 실제적인 사례에 해당할 수 있다는 점을 주목했고 가설의 단초로 삼아 논의를 진행하였다.

엄격한 의미에서 만주국은 동시대 일본의 지배 및 기타 식민주체의 영향관계와 놓여 있었던 '해방구(解放區), 조계지(租界)' 등에 관한 묘사와 또 다른 지평에서의 논의되어야 할 이유가 여기에 있다.

『위만주국』 속 만주국은 '회색지대(gray zone)'가 아니었다. 당시 14년이라는 짧고도 길었던 기간 동안 '만주국민'으로서 그 땅을 삶의 터전으로 여겼던 이들에 대한 평가마저 '괴뢰국민'의 삶으로 그려져야 하는가. 절대 그렇지만은 않다. 한편으로는 오히려 그러한 단선적 프로젝트 자체가 만주국에 잔존했던 일말의 특색마저 모노톤으로 위장해버리는 또 다른 폭력일 수 있다. 혼돈의 공간 안에서 수단과 방법을 가리지 않고 '살기 위해 몸부림치는 인물군상'에 대한 묘사가 본 텍스트 속에는 다채롭게 담겨있다. 이는 자의에서건 타의에서건, '만주국민'으로서 이른바 '혼종의 공동체적 삶'을 이어가야 했던 이들의 스스로의 정체성에 대한 처절한 고민이라 할 수 있을 것이다.

셋째, "상상의 역사 : '봉인의 해제'"에서는 츠쯔젠이 '만주국'을 제재로 삼은 이유를 중심으로 텍스트에 의미를 부여해본다. 『위만주국』은 소재 및 제재 그리고 작가의 창작 의도를 종합하여 볼 때, 한 편의 '역사소설'로서도 해석될 수 있다. 본 텍스트는 만주국을 응시한 작가의 역사적 재구축 과정과 문학적 상상력이 함께 담긴 결과물인 셈이다. 그렇다면 츠쯔젠이 잊혀져가는 '만주국'의 역사를 굳이 끄집어내려했던 원의가 무엇이었을까. 그곳에서 지난 세월동안 어떠한 일들이 벌어졌으며, 그 역사가 절대 망각의 대상이 되어서는 안 된다는 메시지를 전하려는 궁극적인 작가의 의도를 추적해볼 것이다. 그리고 억압과 피억압의 주체들이 관계된 사이에서 어떠한 인물 군상에 대한 묘사가 이루어지고 심리적인 묘사가 덧대어지고 있는지를 살펴보려 한다. 이것은 단지 관동군(關東軍)

을 위시로 한 일본의 제국주의 자체를 가해자의 구도에 두고 이에 항거한 타 민족 전체를 피해자로 설정해버리는 도식적인 구분에서 벗어나 확장된 논의의 가능성을 확보할 수 있을 것이다.

2. 기억의 회생 : '둥베이의 눈물'

『위만주국』은 한 편의 '기록소설(Documentary novel)'이다. 본 작품은 1932~1945년에 걸친 시간의 흐름을 따라 14장의 편년체 구성으로 되어 있다. 각 장은 평균적으로 약 6절의 분량으로 세분화 되어있다. 외적인 형식면에서 도드라지는 특징으로는 각 장의 서두에 '서기(西紀), 민국 연호, 일본 연호, 만주국 연호'가 나란히 병기된 점을 꼽을 수 있다. 또 다른 한편으로는 역사에 대한 재론적 틀을 갖추고 있는 까닭에 '역사소설(Historical novel)'의 범주에도 포함된다. 특히 '만주국'의 경우 지금까지 '재론의 여지가 있을 수 없었던 금기된 대상'에 대한 소설화라는 점에서 더욱 그러하다. 본 장에서는 기록소설로서의 『위만주국』이 가진 특징에 다가선다. 본 작품은 사건의 발단부터 마무리까지 역사적 사건이 발생한 실제적 시·공간과 적절하게 엮어내고 있다. 덕분에 그 자체가 사실적인 준거의 틀이 되고, 플롯 속에서 실재적인 재현거리를 제공하게 된다. 이러한 측면은 기록소설에서 찾아볼 수 있는 특징이다. 기록소설의 경우 소설의 배경(setting)조차도 부차적인 존재에 머물지 않는다. 즉 만주국의 문학적 재현을 염두에 둔 작가라면, 작품의 주제를 발전시키기 위해서는 반드시 선행하여야 할 작업이 있다. 역사에 대한 엄밀하고도 정확한 고증이 그것이며, 이는 대개 당시의 사료와 기록에 의지한다.

그런 측면에서 볼 때, 『위만주국』은 일찍이 논란이 된 바 있다. 앞서 잠시 언급했지만, 본 작품은 초기의 평론[4]에서 호평보다 세부적인 지적이 잇따랐다. 그런데 그 이유를 살펴보면, 대부분 작품 속의 문학적인 주제보다 사건의 실제적인 사실관계와 관련한 것이 많았다. 이것은 기록소설로서의 『위만주국』의 측면을 중시한 평론가의 일침이었던 것이다. 그들은 『위만주국』이 재현한 만주국 내부의 다양한 인물군상에 대한 분석에 앞서, '만주국 시기' 역사에 관한 세부적이고도 객관적인 묘사가 충실하지 못했다고 지적했다. 그러나 다른 일각에서 우이친(吳義勤) 등의 논자는 그것이 작품의 일단면만을 바라본 결과일 수 있다고 반론했다. 그들은 『위만주국』의 실제적인 문학적 가치가 '미학적인 장점'에서 찾아질 수 있음을 강조하며 논란을 매듭지은 바 있다. 2000년대 초반의 논의에서도 '만주서사'는 여전히 껄끄러운 부분이었다. 그리고 작가의 문학 속 재현만으로는 성립될 수 없는 특수한 영역의 서사였던 것이다.

그렇다면 이처럼 츠쯔젠의 '만주서사'에 대해 의견이 분분함에도 불구하고 이 글에서 만주서사의 시도에 주목한 이유는 무엇인가. 『위만주국』에는 관련 사료와 문헌의 불충분 및 편향성을 극복하려는 작가의 몸짓이 담겨있기 때문이다. 주지하다시피, 국내에서의 초기 만주국연구에 있어서도 중요한 지침이 되어주었던 자료로는 『위만주국사(僞滿洲國史)』와 『위만주국사신편(僞滿洲國史新編)』[5] 등이 있다. 전자의 경우 1980년대 초반에

---

4) 吳義勤外, 「歷史・人性・敍述－新長篇討論之一・僞滿洲國」, 『小說評論』, 第1期, 2001. 이 논문은 『위만주국』의 대표적인 초기 평론이다. 우이친의 사회로 대담형식으로 진행된 논의의 결과를 기록한 것이다. 이 논의는 일종의 신서 서평의 형식이었다. 『위만주국』이 출간된 이후 약 15년이 흐른 지금의 각도에서 초기 평론을 비교하는 과정은 이 글이 또 다른 문제의식을 찾아볼 수 있게 도와주었다.

5) 薑念東外, 『僞滿洲國史』, 吉林：人民出版社, 1980；解學詩, 『僞滿洲國史新編』, 北京：人民出版社, 1995.

출간되었는데, 종합적이고 체계적인 통계가 첨부됐음에도 불구하고, 정치적 · 역사적 편향성이 병존하고 있다. 쉽게 말해, 중국 내부에서 만주국을 거론하고 문학적으로 꿰어내는 작업 자체는 여간 수월치 않다. 아래에서는 『위만주국』이 기록소설로서 가지는 특징과 츠쯔젠이 부여한 심미적 가치가 함께 발휘된 실례를 제시한다.

소설의 서두는 1932년, '핑딩산(平頂山)학살 사건'[6]에 대한 기억의 회생으로부터 출발한다. 신징(新京)에 살던 노인 왕진탕(王金堂)은 자신의 손자 지라이(吉來)와 함께 평범한 일상을 이어가고 있었다. 그러나 핑딩산으로 시집간 후 평안한 날을 보내던 그의 딸 메이롄(美蓮)이 임산부의 몸으로 참상의 현장에서 변을 당하게 된다.

> "온 가족이 이야기로 웃음꽃을 피우며, 월병을 다 먹어갈 무렵, 밖에서는 밤이슬의 찬 기운이 느껴졌다. 그제야 방으로 돌아와 잠자리에 들었다. 시어머니와 세 손자는 온돌 위에 꼭꼭 붙어 잤고, 큰 아들과 맏며느리는 작은 뒷방을 썼다. 메이롄은 남편과 함께 불을 끈 후 함께 기대어 얘기를 나눴다. 남편은 더는 못 참겠는 듯, 그녀의 뺨과 가슴에 입을 맞췄다. 그에게 이렇게 고통스런 날을 참게 만든 녀석, 아내의 배 안에서 아직 세상에 나지 않은 아이를 나무라면서 말이다. 그는 아이가 태어나고 나면, 혹여나 둘째 녀석은 절대 또다시 이 같은 말썽을 피울 일이 없게 하겠노라 다짐했다.
>
> (…중략…)
>
> 메이롄은 이 순간을 경험한 다른 이들과 예외 없이 '억'하고 외마디를 질렀다. 다시는 소리가 울리지 않았다. 그녀의 하복부가 의연히 핏줄기를

6) "1932년 9월 16일 일본군이 랴오닝(遼寧)성 푸순(撫循)시 핑딩산 마을을 포위 학살, 사체를 태우고 매장한 사건, 생존자 3명이 일본정부에 대해 소송을 벌였으나, 2005년 5월 일본 고법에서 패소했다. 「아사히 신문(朝日新聞)」2005년 5월 14일자 보도" 프래신짓트 두아라, 한석정 역, 『주권과 순수성-만주국과 동아시아적 근대』, 나남, 2008, 152면. 역자 주 인용.

> 토해냈다. 멀리서 보면, 마치 곱디고운 홍목단의 꽃잎파리가 바람에 흩날리는 모습 같았다. 사람들의 몸뚱이가 빗발치는 총알과 광분의 채찍질을 견뎌내는 속에, 핑딩산의 인가들은 이미 불바다를 이뤘다. 일본병사는 밥 짓는 연기를 피어 올리며 남아있던 민가들을 한 채 한 채 모조리 불살랐다.
>
> (…중략…)
>
> 남은 것은 오직 거센 불구덩이에 요동치는 아우성과 동물의 울부짖음 뿐이었다."[7]

평안했던 중추절 무렵 메이롄의 마을에 들이닥친 참상은, 한편으로 동시기 비공식적인 형태로 출현한 만주국의 불안한 앞날에 대한 복선이었다. 지라이는 펑톈(奉天)에서 펑위안탕(豐源當)을 운영하던 부친에게 보내진다. 이후 가업을 물려받게 되는 지라이의 성장과 펑위안탕의 몰락이 이야기의 주된 축이 된다. 요점부터 말하자면, 『위만주국』은 특정 인물을 중심으로 진행되는 이야기가 아니다. 즉 주인공이 없는 것이 아니라, 다수의 인물을 주인공으로 취하고 있다.

『위만주국』은 특정한 갈등양상을 주된 서사제재로 삼고 있진 않다. 대신에 분산된 주인공들의 개인적인 삶이 만주국 일상의 시간과 공간적 배경과 어우러지며 플롯을 만들어낸다. 이 과정에서 소설 속 인물들은 '만주국'에서 실재했던 인물과 조우하고, 각종 사건과 갈등관계 속에 휘말

---

7) "一家人說說笑笑着，直到吃了月餅，覺得外面有了夜露的涼爽氣息，這才張羅回屋睡下。婆婆和三個孫兒擠在一鋪炕上，大兒子和大兒媳住在小後屋。美蓮與丈夫熄了燈後偎在一起說話。丈夫十分委屈地用嘴親吻她的臉頰和胸脯。抱怨孩子占着老婆的肚子還不出世，害他受了這麽些天的苦。發誓生了這一胎後，絶不讓第二個孩子來調皮搗蛋了。
(…중략…)
美蓮照例同經歷這個瞬間的其他人一樣"呃"地叫了聲。再無聲響了。她的肚腹卻依然噴出一汪汪的血水，遠遠一看，就像豔極了的紅牡丹的花瓣在臨風舞動。就在人們的肉體經受着槍林彈雨、暴怒鞭笞的同時，平頂山人居住的房屋已是一片火海。日本兵縱火焚燒着那一座座還殘留着炊煙的房屋。
(…중략…)
有的只是烈火跳蕩的聲音和動物的哀鳴。" 遲子建，『僞滿洲國』(上)，作家出版社，2000，34～39면.

리게 된다. 서두에 배치된 핑딩산 학살 사건은 9·18 만주사변 이후로 촉발된 만주에서의 공식적인 참상이다. 이를 시작으로 텍스트의 각 장에서는 당대의 실제 사건에 의거한 이야기들이 시·공간적 재현을 돕는다. 예를 들면 마지막 황제 '푸이(溥儀, 1906~1967)와 리샹란(李香蘭, 1920~2014)'에 관한 이야기 삽입도 이에 해당한다.

"만주영화협회에서는 감독과 촬영에서부터 시나리오 작성까지 기본적으로 일본인이 위주였다. 그러나 배우들의 대부분은 중국인이었다. 리샹란은 그들과도 잘 어울렸다.

(…중략…)

후일 그녀는 점차 깨달았다. 만주영화협회가 촬영하는 모든 작품이 '일만친선(日滿親善)', '오족협화(五族協和)'의 기치를 위해 복무하고 있다는 것을 말이다. 스토리 구성의 결정권은 당연히 그녀에게 없었다. 단지 때로는 자신이 비록 인간이라고 느끼면서도, 연기와 관련한 문제를 떠올릴 때면 꼭두각시나 다름없다고 여겼다. 다른 이들로부터 조종되며, 마음속에는 거리낌이 있었다. 하지만 다행히도 일단 배역에 몰입하면, 그녀는 무엇이든 무리 없이 적응해나갔다. 그녀는 때로 배우란 제 마음 따라 아득한 곳으로 날아가는 버들개지와 같다고 생각했다."[8]

『위만주국』 속 리샹란에 관한 묘사 중 한 장면이다. 실존인물로서의 그녀가 제국의 프로파간다를 전파하는 일선에 서 있었음은 부정할 수 없는 역사적 사실이다. 그럼에도 불구하고 작중인물로서 그녀에 관한 츠쯔

---

8) "在滿洲映畫協會, 導演和攝影直至編劇, 基本以日本人爲主, 而演員卻大多數是中國人。李香蘭與他們相處都很好。
(…중략…)
後來她漸漸想通了, 滿洲映畫協會拍攝的所有的作品, 都是爲"日滿親善", "五族協和"服務的, 情節的設置自然不由她說了算。只是有時覺得自己雖然是有血有肉的人, 在想演什麽的問題上卻根木偶人一樣, 由別人操縱着, 心中隱隱有種不平感。好在一旦進入角色, 她什麽都能適應。她有時想演員就像柳絮, 去向茫茫, 隨意性很强。" 遲子建, 앞의 책, 520~521면.

젠의 묘사에서는 주목되는 구별점이 있다. 리샹란의 '연기력에 관한 기존 논의'[9]와는 또 다른 각도, 즉 배우로서의 인간적인 고민의 일면을 담담히 그리고자 한 것이다. 소설 속에서 이들이 배치된 이유는 무엇이었을까. 외형적으로 그들은 일본과의 영향관계에서 종속된 부속체의 핵심에 있었던 인물이다. 하지만 1937년 이전의 만주국은 일본과 가능한 대등한 위치를 유지하고자 노력했던 것도 사실이다. 그런 점에서, 리샹란 등의 인물이 자의식조차 없이 제국의 이데올로기에 침잠되어 있었던 것만은 아니라고 볼 수 있다. 이러한 묘사는 그동안 변명의 여지가 없었던 그녀에게 소설 속에서나마 '배우'로서 지녔던 최소한의 명분을 부여해주려는 작가적 배려가 아니었을까 생각해볼 수 있다.

그 밖에도 '이시이 시로부대(石井四郎部隊 : 관동군 제731부대)'와 위안부 문제 등이 텍스트에서 구체적으로 거론되고 있다. 군의관 기타노 미나미지로(北野南次郎)의 개입과 왕팅예(王亭業)의 출현도 소설의 플롯 전개보다 기록소설적인 특징을 한층 강화시키는 기제다. 이들은 각기 의학도였지만 만주국으로 건너와 731부대에서 복무하며 세균전을 준비하는 '침략군인'과 항일 활동을 펼친 이유로 투옥 후 731부대에서 비운의 죽음을 맞는 '지식인'형상으로 그려진다. 이러한 소설적 구성은 만주국 내부에서 극비리에 진행된 세균전부대의 잔혹한 만행의 실상과 그 피해의 대상이 작품 속에서 논픽션(nonfiction)의 요소로 기능하게 만든다. 『위만주국』의

9) "예술적인 각도에서 바라볼 때 리샹란의 연기는 주목할 만한 수준은 아니었다. 만영 초기의 멜로드라마에 출연한 그녀에게는 내면의 연기를 보여줄 만한 역량이 존재하지 않았다. 그녀의 연기는 다만 촬영현장에서 감독의 지시에 따라 즉흥적으로 움직이는 것에 불과했다. 그럼에도 불구하고 유년시절부터 쌓인 교양과 천부적인 용모, 특히 고혹적인 표정은 관중들에게 이국적이면서도 동양적인 신비감을 선사했다." 胡昶, 古泉, 『滿映—國策電影面面觀』, 北京 : 中華書局, 1991, 51면 ; 장동천, 「리샹란 영화가 투사한 제국의 환영」, 『중국현대문학』, 제46집, 2008, 49면에서 재인용.

목차 구성이 편년체를 따르고 있는 것 또한, 소설 속 사건의 기록성과 신뢰감을 더하기 위해서였을 것이다.

『위만주국』에서 기록소설적인 측면이 두드러지는 궁극적 이유는 무엇일까. 그것은 '망각을 경계하기 위함'이다. 만주국 시기 둥베이 지역에서 벌어진 일들의 근원적인 배경은 반드시 '기억되어야 할 대상'이기 때문이다. 『위만주국』 속 만주 묘사는 이처럼 실제적인 사건과 기록의 바탕에 허구적 상상이 덧대어지는 과정을 통해 츠쯔젠 특유의 '만주서사'로 확장되는 것이다.

3. 민족의 만가 : '혼종의 공동체'

만주국은 '복합민족국가'[10]를 표방했다. 그러나 현재의 역사적 평가에 따르면, 만주국은 정치적 모순과 민족적 갈등의 진앙지였을 뿐이다. 이를테면, 위만주국은 있어도 만주는 없고, 창춘(長春)은 있어도 신징(新京)은 없다. 즉 민족적・역사적 괴리의 산물일 따름인 것이다. 그러나 소설텍스트로서의 『위만주국』을 통해서는 잊혀져버린 '만주국'과 '신징'의 모

10) "만주국은 주변 민족적・지정학적 모순이 응결되어 '동아시아 질서 변동의 진원지' 역할을 한 만주에서 신기루처럼 나타났다가 일본의 패망과 더불어 사라진, '식민지적 상상과 제국적(帝國的) 욕망 속에서만 존재했던 복합민족국가'였다. 즉 만주국은 식민지적 상상 속에서 잉태된 '복합민족국가'였던 셈이다." 윤휘탁, 『만주국 : 식민지적 상상이 잉태한 복합민족국가』, 혜안, 2013, 38면. 만주국을 가리켜 '복합민족국가'로 지칭하는 것에는 한편으로 논란의 여지가 있을 수 있다. 그러나 이 글에서는 만주국을 단순히 '괴뢰국'으로 보는 관점을 의식적으로 지양한다. 때문에 그와 같은 지칭이 나름의 설득력을 지닐 수 있다고 보며 만주국을 '복합민족국가'로 해석한 국내 연구자의 견해에 기본적으로 동의한다.

습을 어느 정도 떠올려 볼 수 있다. 또한 작품 속에는 다양한 민족과 다채로운 직업을 가진 인간군상의 이야기가 전개된다. 그중에서도 비중있는 형상을 언급하면, '중국인 지식인', '일본인 만주개척단원 및 관동군', '어룬춘(鄂倫春)족 토비', '재만조선인(在滿朝鮮人)' 형상 등이 있다. 그렇다면 이들 삶의 일화가 츠쯔젠의 만주 묘사에 어떠한 식으로 기여하고 있는 것일까. 만주국의 '오족협화'정책이 실패로 이어진 까닭은 서로 다른 민족 간의 구조적인 문제가 상존한 상태에서 진행됐기 때문이다. 특히, 일제의 동화정책과 청조의 복벽(復辟)계획이라고 하는 권력주체들 사이의 야욕 충돌로 말미암아 실제적인 효용을 기대하기 힘든 허상이었음은 확실하였다. 이처럼 '오족협화'의 본질적인 문제는 만주국내 민족들이 수평적인 선상이 아니라 수직적인 구조, 즉 민족의 서열화된 형태를 이루고 있었다는 데에서 기인했던 것이다. 『위만주국』에서는 '오족협화'의 실체적 단면을 민족 간의 갈등요소를 통해 드러내 보인다. 아래에서는 이러한 논의를 뒷받침해 줄 대표적인 몇몇 플롯과 인물을 제시하고자 한다.

1932년 교사인 왕팅예는 역사를 가르치는 동료교사 정자칭(鄭家晴)을 길에서 마주친다. 그는 학술토론회로 위장한 항일단체 '독서회'의 일원이며, 9·18 사변 이후 한 주에 한 번씩 집회를 이어가던 참이었다. 정자칭은 우연히 조우한 왕팅예에게 함께 가보지 않겠냐고 은근슬쩍 떠보지만, 왕팅예는 머뭇거린다. 왕팅예는 교육자 인물 형상이다. 그러나 정작 '항일'에 대한 실제적 활동은 엄두조차 낼 수 없는 소심한 인물이기도 했다. 그러나 그는 돌연 마음을 고쳐먹는다. 고고학을 연구했던 선친의 말을 떠올린다. 그리고 얼떨결에 몸으로 부딪쳐보리라 결심한다. 그러나 얼마 후 그는 갑자기 일본군 헌병들에게 체포된다. 독서회에 열심히 참여한 것도 아니었으며, 그나마 발길을 유지했던 주된 이유 또한 그곳에서 만난 후(胡) 교수 일가의 처녀 위샤오수(於小書)에게 마음을 두었기 때문이었다. 그는 항변해보지만 소용이 없었다. 알고 보니 자신이 들르던 이발소에서 이발사의 부탁으로 무심코 대필해준 유시(油時)[11]가 항일의 죄목으로 문제시 되었던 것이다. 그는 1933년 투옥되어 1944년에 사망한다. 가장이 투옥된 여파로 왕팅예의 집안은 풍비박산 났다. 주목할 점은, 옥중을 전전긍긍하며 정신병까지 얻게 된 그가 731세균전부대로 이송 후 직접적인 희생자로서 생을 마감하는 과정이다. 처음부터 그는 항일 지식인 형상도 아니었기에, 그의 시련은 다소 황당하고 희극화된 형태로 처리되고 있다. 그러나 왕팅예가 투옥되어 고초를 겪는 시간이 만주국의 시간을 상징하고 있다는 것과 731부대의 희생양으로 그려지는 것은 비감의 증대와 더불어 모종의 시사점을 남긴다.

일본인 형상의 묘사에서 눈여겨 볼 대상은 만주개척단 2진에 합류하게 된 관동군 장교 하네다(羽田) 소위와 개척단원 나카무라 마사야스(中村正保)이다. 엄정한 역사적 사실로 볼 때, 관동군과 만주개척단은 개척・개발의 미명아래 침략을 감행한 선봉대에 불과하다. 그러나 작중인물로서의 하네다와 나카무라 마사야스 등의 인간형은 그들의 일원임에도 특수한 일면을 가지고 있다. 이들은 각각 일본 군국주의의 폐해를 직접 목도하고 자성과 고뇌에 몸부림치는 인물과 전란기 민족적 갈등이 뛰어넘지 못한 이데올로기의 비극적 인물의 형상으로 그려지기 때문이다. 1933년, 만주국의 자무쓰(佳木斯)로 한 무리의 일본인들의 만주 이주가 진행된다. 24살의 하네다 소위는 개척단을 인솔하여 북만주를 향한다. 하네다는 초급장교임에도 엘리트 군인으로서의 면모가 유감없이 드러나는 인물이다.

---

11) "小花小草向日, 冬日穿暖抗凍。不忘本去還鄕, 兒女要快跟上。餃子水要滾開, 有雞還能生蛋。" 遲子建, 앞의 책, 60~61면.

동시에 침착하고 차분한 인격의 소유자이기도 하다. 그러나 장기간에 걸친 만주국에서의 생활은 그로 하여금 새로운 각성과 고뇌의 단계로 이끌어 간다. 특히 이 과정에서 텍스트는 '새로운 역사적' 환경 하에서 겪게 된 관동군인의 우수와 정신적 시련을 집중적으로 형상화했다. 1939년 그는 일본 출정 시 자신에게 센닌바리(千人針)를 선물했던 소녀를 만주국 생활 내내 잊지 못한다. 하네다는 어느 날 자신이 호송임무를 맡은 열차 안에서 그녀와 운명적인 재회를 하게 된다. 그러나 자신의 눈앞에 서 있는 여인은 더 이상 기억 속의 소녀가 아니다. 그녀가 위안부의 신분임을 알게 된 하네다는 창밖의 달을 보며 흐느낀다. 이것은 단순히 침략군인의 애정 추억담을 그려낸 것이 아니다. 그것은 역사가 빚어낸 혼돈 속에서 잊고 있던 '나'를 찾고, 이로 인해 통절한 자각에 이르는 내면적 묘사인 것이다.

나카무라 마사야스는 개척단 2진 구성원의 자격으로 융펑(永豊)에 정착한 인물이다. 철도근로자의 후대라는 인물 설정에서 감지할 수 있듯이, 그는 군인계급이 아니라 만주로 이주한 농민과 노동자를 떠올리게 한다. 성격이 밝고, 고향을 그리워하는 그의 모습은 대체로 그가 순박한 심성의 소유자임은 짐작케 한다. 그러나 갈등의 발단은 그가 스물 두 살의 만주족 처녀 장수화(張秀花)와 혼례를 올리는 장면부터다. 나카무라는 혼례 당일 만주족의 전통의상을 입고서도 화색이 가득하다. 신랑으로서의 그는 진심으로 기뻐했다. 그러나 사실 이들의 혼례복이 만주복장으로 결정된 것은 신부로서 장수화가 요구한 유일한 조건이었다. 그녀는 다른 신부들이 와후쿠(和服)를 입고 예식 올리는 것에 큰 반감을 가진 이였다. 이것은 그녀의 민족주의 성향과 동시기 고양되어가던 항일의식을 상징적으로 비유한 것이다. 특히 이 결혼식이 만주개척단의 주관에 의한 것이었음을 떠올려 볼 때, 이들의 결혼은 '혼례'가 아닌, '정책'[12]의 일환이었던 것이다. 때문에, 나카무라가 장수화를 진심으로 좋아했고, 함께 살아가길 갈망했음에도 불구하고 결혼생활은 그의 바람과 정반대로 치달릴 수밖에 없었던 것이다. 이들 부부에겐 3년 만에 아들이 생기지만 이내 유산되고 만다. 장수화의 고의에 의한 것이었다. 이후 둘째 아들이 출산되지만, 또한 장수화가 죽여 버린다. 무슨 까닭으로 그녀가 이토록 잔인하고 모진 심성으로 그려져야만 했는가. 이들 부부의 혼례가 1937년이었음에 주목하면 어느 정도 그 해답을 짐작해볼 수 있다. 그들 부부에게 끝내 자식이 생길 수 없었던 상황은, 만주국내의 결혼모델과 국책이 실제적으로는 위기에 봉착해 있었음을 말해주는 하나의 상징이다. 즉 나카무라와 장수화의 비극은 넓은 의미에서 만주국 오족협화 정책의 필연적인 괴리를 상징하고 있는 것이다.

그리고 '박선옥(朴善玉), 박선희(朴善姬)'자매로 칭해지는 이들은 츠쯔젠의 '재만조선인(在滿朝鮮人)'형상이라는 점에서 특기할 만하다.『위만주국』의 전체적인 구성과 분량만 놓고 보자면, 기실 조선인에 대한 묘사는 많지 않다. 그러나 그에 비해 조선인 인물의 형상화가 촉발시키는 사유의 경로는 특별하다. 주지하다시피 츠쯔젠의 선배 세대 작가에 해당하는 '둥베이 작가군(東北作家群)'은 이미 중국현대문학사에서 정전화 반열에 오른

12) "국책으로서 추진된 국제결혼은 파문이 사회의 사방으로 확대되었다. 국제결혼은 파문이 사회의 사방으로 확대되었다. 국제결혼이라는 것은 '만주국'이 몰두한 하나의 지배정책이다. '오족협화'의 혈통사회를 만들기 위해 '일만결혼(日滿結婚)'·'일몽결혼(日蒙結婚)'·'만한결혼(滿漢結婚)' 등에 몰두한 것이다. '일만통혼(日滿通婚)'의 가장 대표적인 사례는 '만주국' 황제 푸이의 남동생 푸제(溥傑)와 일본화족과의 국제결혼이었다. 혈통에 따른 정치지배의 영향은 일반서민에게까지 영향을 미치고 있었다." 沈沈潔,「'만주국' 도시여성의 생활 및 그 변화」, 하야카와 노리요(早川紀代) 外, 이은주 역,『동아시아의 국민국가 형성과 젠더』, 소명출판, 2009, 374~375면.

공식적인 작가그룹이다. 그들은 중국 항전기문학의 초입에서 항일의식 고양의 도화선이 되어준 작품을 많이 남겼다. 또한 샤오쥔(蕭軍, 1907~1988)의 『팔월의 향촌(八月的鄉村)』을 비롯한 둥베이 지역 활동 작가의 작품에서는 재만 조선인들이 비중 있는 역할로 형상화된 바 있다. 그들이 주로 유격대의 일원 등 둥베이 지역 항일활동에의 주요 구성원으로 그려졌다면, 『위만주국』 속 조선인 형상은 그들의 디아스포라적 삶의 묘사에 집중하고 있다. 이른바 '재만 조선인'들의 경우 그 유입 동기 및 경로 면에서도 첨예한 차이를 지니고 있다. 주목되는 것은 그들의 '이주 목적'이다. 국내의 재만 조선인 논의자료[13]에 기대어 보면, 당시의 조선인들이 만주국으로 이주하게 된 이유는 큰 틀에서 '항일운동'과 '가난문제' 때문이었음을 알 수 있다. 박선옥과 박선희는 이들 중 후자의 그룹에 해당한다. 이들은 식민지 상황 하의 경제적 수난이 어떠한 지경에 몰려 있었는지 극명히 보여주는 인물이다. 또한 그들의 공통점은 혈혈단신으로 이국적 삶에 적극적으로 순응해나가는 여성 인물형상이다. 특히 텍스트에서는 박선희가 이러한 전란기 속에서 위안부로서 힘겨운 삶을 이어가는 모습이 실려 있다. 아래의 인용은 그녀가 위안부에 동원된 연유를 추론할 수 있는 대목이다.

13) "일반적으로 만주의 조선인에는 두 부류가 있었다. 한 부류는 독립운동을 위해서 온 사람들이고, 다른 부류는 더 나은 삶의 터전을 찾아서 온 사람들이다. 만주 전체로서도 그렇지만 특히 신경 조선인의 경우 후자에 속하는 사람들이 압도적으로 많았다. (…중략…)만주에서 태어난 이민 2세대의 경우 만주가 더 이상 낯선 이방이 아니었다. 이러한 사정을 반영하여 조선 내의 사람과 구별되는 '재만(在滿)조선인'이라는 하나의 종족(ethnic)집단이 형성되었다." 김경일 · 윤휘탁 · 이동진 · 임성모 공저, 『동아시아의 민족이산과 도시-20세기 전반 만주의 조선인』, 역사비평사, 2004, 216면.

> "위안부들이 남쪽발 기차로 러허(熱河)에 도착한 것은 저녁 무렵이었다. 그녀들은 유개화물차에서 하차 후 숨 돌릴 겨를도 없이, 하네다가 인솔하는 북만주행 또 다른 열차에 올라탔다. 이 기차는 원래 물자수송용 열차였다. 위안부들의 휴식공간마련을 위해 한 량을 따로 낸 것이었다. 하네다는 기차에 올라 식사를 했고, 두 명의 사병을 대동하여 위안부에게 식량과 물을 배급했다. 그들은 야전램프 두 개를 들고서, 내부가 흐릿한 화물칸으로 들어갔다. 코고는 소리가 규칙적으로 들렸다. 감당할 수 없을 정도로 피로에 지친 위안부들이 이미 침상에 쓰러져 잠들어 있었던 것이다. 어스레한 빛이 비춘 곳으로는, 단지 그녀들의 산발된 머리카락과 녹초가 되어버린 낯빛, 그리고 불결하리만큼 지저분한 옷을 걸쳐, 마치 한 무리의 난민을 연상케 하는 모습이 시야에 들어올 뿐이었다.
>
> 이들 위안부는 일본인과 조선인으로 구성되었다. 8명의 일본인과 12명의 조선인으로 이루어져 있었다. 일본인은 본토에서 자원하여 전선에 배치된 병사들의 복무를 위해 징집에 응한 경우였다. 그러나 조선인의 경우, 일자리를 모집한다는 꾐에 속아 오게 된 것이었다. 그녀들이 각기 두른 울룩불룩한 요대의 안쪽은 지난 2년 동안 위안부의 삶으로 얻어진 지폐들로 가득 채워져 있었다. 하네다는 위안부들이 깊은 잠에 든 것을 확인하고서야, 그녀들이 기상 후 자연스레 찾아 먹을 수 있게끔, 병사를 시켜 야전램프와 식품을 구석진 한켠에 놓아두었다."[14]

이는 일본과 조선에서 각기 다른 경로를 통해 위안부로 차출된 이들에 대한 묘사다. 지원동기를 막론하고 그녀들 모두가 '동시대의 비참하

---

14) "慰安婦們是晚上由南方的火車抵達熱河的。她們從悶罐車上下來還沒能喘口氣，就有羽田帶上了開往北滿的另一列火車。這是一列運輸物資的列車，辟出一節車廂供慰安婦休息。羽田上車後吃過飯，帶着兩個士兵給慰安婦送去食品和水。他們提着兩盞馬燈，走進模糊的悶罐車，聽到的去是一片均勻的鼾聲。不勝疲倦的慰安婦們已經倒在板鋪上睡着了。昏暗的燈光所映之處，只見她們一個個頭發淩亂，面色疲憊，衣着骯髒，更像一群難民。這些慰安婦由日本人和朝鮮人組成，八個日本人，十二個朝鮮人。日本人是本土自願應征而來爲前線戰士服務的，而朝鮮人則是以招工的名義被騙而來的。她們每個人都圍着一個鼓鼓囊囊的要帶裏面塞滿了兩年來慰安婦得到的紙幣。羽田見慰安婦們睡得正香，就喚士兵把馬燈和食品放到角落裏，她們醒了自然就會看到吃的東西了。" 遲子建, 앞의 책, 448~449면.

고도 쓰라린 악몽'을 공유한 여성 인물의 전형화인 것이다. 실지로 국내의 관련 연구에서도 '정신대(挺身隊)'와 '위안부'로 그녀들을 구분함으로써 세부적인 구별을 짓고 있다. 그러나 반드시 잊지 말아야 할 것은 이들의 본질이 비이성적인 제국주의와 군국주의의 망령으로부터 생성되었다는 사실일 것이다. 즉 특히 '위안(慰安)'이라는 이타적이고 숭고한 원의를 가진 어휘가 본래의 의미를 망실한 채 이처럼 가슴 아픈 담론의 중심에 서게 된 것은 시사하는 바가 많다. 이는 특수하고도 비이성적인 광기의 시대 속에서 변질되어야만 했던 처참한 역사를 상기케 하는 동시에 다시는 그러한 비극이 되풀이되지 않아야 한다는 통렬한 고발인 셈이다.

위에서 살펴본 바처럼, 『위만주국』 속에 기록된 개개인의 운명은 단지 개체적 삶의 생로병사와 희로애락에 대한 기술에 그치지 않는다. 츠쯔젠은 텍스트의 창작을 위해 개인의 이야기를 풀어냈지만, 수용 독자의 고민은 분명 다른 지점으로부터 시작되어야 한다. 그것은 '특정 민족의 수난사' 혹은 '특정 민족의 승리사'로 독해되기에 앞서 훨씬 다각적인 면에서 고찰되어야 한다. 즉 만주국의 생성으로부터 패망의 과정은 특정 민족만의 상흔이 아니라, 그것은 동시다발적인 동아시아 주변국 공통의 상처였던 것이다.

4. 상상의 역사 : '봉인의 해제'

『위만주국』은 갈등의 해법을 모색한 텍스트다. 역사적 사실에 비춰보자면, 만주국 시기는 가해와 피해의 주체가 명확히 구분된 시간임에 분명하다. 전자는 일본 제국주의였고, 후자는 그것의 식민적 영향 하에 놓여있던 동아시아 국가들 및 민족이라 할 수 있다. 그러나 그렇다고 해서 위의 소설이 역사적인 비극의 참상을 직접적으로 고발하고 비판하는 것만을 주목표로 삼고 있진 않다. 『위만주국』에 관한 독해의 관건은 츠쯔젠이 '역사상 만주국'과 '문학상 만주국'의 어떠한 차이에 역점을 두고 집필한 것인지 고민해 보는 데 있을 것이다. 앞선 언급에서, 본 작품을 가리켜 '기록소설' 내지 '역사소설'로 볼 수 있다고 한 것은 『위만주국』의 시・공간적 장치들이 실증적으로 재현된 특징 때문이었다. 츠쯔젠은 사건과 인물의 묘사에 있어서 객관적인 사실을 중시하고 따르되, 인간의 본성에 대해서는 다소 관대한 태도를 보인다. 그리고 그것은 연민과 동정으로서의 온정적 시각이라기보다 배려와 치유를 갈망하는 일종의 존중적 시각에 가깝다.

이러한 관점은 만주국의 생성에 직접적인 동인을 제공한 관동군 형상에서 두드러진다. 또한 본 텍스트는 1937년의 7・7사변(七七盧溝橋事變)이 중・일 전쟁의 전면전 확대로서의 계기가 되었다는 점을 서술하고 있으면서도 민족주의가 강화되는 묘사는 상대적으로 절제된다. 물론 작품 속에서는 지속적으로 항일 유격대의 활동이 등장하고 있다. 그러나 그것은 시대의 자연적인 흐름에 따른 묘사일 뿐, 작가가 힘껏 부각시키지는 않는다. 때문에 작품에서는 이데올로기적으로 심화된 갈등 혹은 계급적 투쟁에 관한 묘사는 찾아보기 힘들다. 대신에 개인의 몰락과 그들의 내면적 상처를 더욱 부각시킨다. 근본적으로 그러한 비극적 체험을 야기한 궁극적 원인이 어디에 있는지를 지속적으로 떠올리게 하는 글쓰기 전략인 것이다. 짐작해보건대 그것은 침략의 주체가 저지른 만행과 죄증의 폭로만이 만주국에 대한 진실한 재현이 아니라는 점을 강조키 위함이다. 앞서 잠시 언급한 바 있지만 2000년대 초반 작품의 출간과 함께 소개된

『위만주국』의 초기 평론들에서 역사에 관한 세부묘사와 플롯의 완정한 연결성 부족 등을 지적 했음에도 불구하고, 다른 일각에서 본 작품을 주시했던 까닭[15] 또한 이와 상통하는 부분이라 본다. 그런 면에서 볼 때, 『위만주국』의 심미적 기제들은 작품의 단점으로 보기 힘들다. 오히려 그것은 지난 역사에 대한 성찰과 동시에 앞으로의 새로운 전망을 모색하는 작가적 고민으로 보아야 옳다.

그러한 만큼 『위만주국』의 주제는 다각적인 독해의 가능성에서 찾아져야 한다. 이는 단순히 '만주국=괴뢰국'의 등식을 부정하려 함이 아니다. 가장 큰 이유는 그러한 구도 안에서의 논의가 이미 포화 상태이기 때문이다. 이처럼 도식적이고 단선적 이해에 매몰되지 않기 위해, 일각에서는 '역사 사회학(historical sociology)' 등의 다각적인 방법론이 만주국 논의에 적용되고 있다. 이는 역사학의 맥락을 중시하면서도 사회학적인 특성과 관계망들을 함께 고찰해보는 작업이다. 그런 면에서 『위만주국』과 츠쯔젠의 '만주 상상'은 역사적 선입견으로 인해 결빙되어진 만주국 논의를 해동시킬 수 있는 일종의 촉매제라 할 수 있다.

그렇다면 츠쯔젠이 『위만주국』의 창작을 결심한 궁극적 목적이 무엇

15) "장편 거작 『위만주국』은 10년에 가까운 세심한 공이 들어갔다. 특히 작가가 '거대서사'와 '개인서사'를 융합시킨 스타일이라는 점에서 탁월한 노력을 체현했다. 그럼에도 불구하고, 이러한 작품에 대한 평가를 두고는 현재 논란이 있다. 필자 또한 『위만주국』에 관한 기존 논의에서 '역사서사'에 대해 이견을 제시한 바 있다. 하지만 그렇다고 해서 평론가들의 이러한 논란이 작품 자체의 예술적인 빛깔에 미치는 손상은 조금도 없다. 게다가 이러한 작품의 예술적 가치에 대한 일종의 특수한 긍정이다. 왜냐하면 지금 시대에는 소위 형편없는 수준의 소설이 실로 너무나 많기 때문이다." "而歷時十年精心創作的長篇巨制 『僞滿洲國』則更是體現了作家建構"宏大敘事"和"個人敘事"融合風格的卓越努力。盡管, 對這些作品的評價目前尙有分歧, 本人也曾在討論 『僞滿洲國』時對其"歷史敘事"提出過不同的意見, 但是評論的分歧不僅絲毫無損於作品本身的藝術光芒, 而且恰恰是對這些作品藝術價值的一種特殊肯定, 因爲, 在這個時代, 令人無話可說的所謂小說實在是太多了。" 吳義勤, 『長篇小說與藝術問題』, 人民出版社, 2000, 237～238면.

이었을까. 그녀는 작중 후기에서 이례적으로 집필의 동기와 착수과정을 상세히 적고 있다. 작품의 구상은 1990년대 초반, 자신이 루쉰문학원(魯迅文學院)을 수료하던 때로부터 시작된 것이라 밝혔다. 그러나 본격적인 집필은 그녀의 일본 방문과 둥베이 일상에서의 발견으로부터였다. 아래의 집필 후기를 통해서는 본 작품이 어떠한 연유로 인해 완성까지 10년의 공이 들게 된 것인지 조금이나마 가늠해볼 수 있다.

> "그해 연말, 나는 일본을 찾았다. 도쿄에서의 어느 날, 저녁 일정이 마무리 될 무렵, 희끗희끗 반백머리의 노인이 내 앞으로 갑자기 다가왔다. 그는 유창한 중국어로 대뜸 내게 말을 건넸다. 그가 나에게 내뱉은 첫 마디는 "만주국에서 오셨는가?"였다. 나는 당시에 일종의 굴욕적인 느낌을 받았다. 왜냐하면 만주국의 역사가 종결된 지 이미 반세기가 넘었지만, 둥베이 사람에게 그 역사는 다름 아닌 고난의 역사이기 때문이다. 노인은 1930년대 둥베이에 와본 적이 있었다. 당시 통신사의 신문기자였던 것이다. 그는 내게 오늘날 둥베이의 변화상에 대해 물어보며, 다시 와보길 희망한다고 말했다. 이것은 나를 일종의 전율에 휩싸이게 만들었다. 나는 둥베이의 노인들이 지난 옛날 얘기들을 꺼낼 때, 자주 하는 말을 떠올렸다. "만주국 시절에는 말이야……." 그 시절의 역사가 중·일 국민들에게 어찌도 이리 깊게 각인되어버린 것일까? 귀국 후 나는 헤이룽장성 도서관으로 갔다. 그리고는 관련 자료를 열람하며 필기했다. 그러나 도서관 자료는 한계가 있었다. 『위만주국』은 그저 내 가슴 속에 기본틀만 그려놓았을 뿐이었다. 이에 대한 집필은 시기상조란 생각이 들었기 때문이다."[16]

---

16) "同年底, 我到日本訪問, 在東京, 有天晚宴結束後, 有一位兩鬢蒼蒼的日本老人突然走到我面前, 他講着一口流利的漢語, 他對我說的第一句話是 : "你從滿洲國來?"我當時有一種蒙羞的感覺, 因爲滿洲國的歷史已經結束半個多世紀了, 而那段歷史對東北人民來講又是苦難的歷史。這位老人在三十年代來過東北, 當時是一家新聞通訊社的記者, 他向我了解如今的東北的情況, 表達了想再來看看的願望, 這對我是一種震動。我想起了東北一些老人在憶起舊事常常要說的那句話 : "滿洲國那時候……" 這段歷史何以給中日人民留下了的烙印如此深刻? 歸國後我開始去省圖書館查閱相關資料, 做了一些筆記。然而圖書館資料有限, 『僞滿洲國』在我心中只是一個雛形, 覺得動筆寫它爲時尚早。" 遲子建, 앞의 책, 832~833면.

무엇보다 그녀의 회고 안에서 가장 주목해야 할 언술은 '자료수집의 어려움'과 그것이 '집필의 유보'로 이어졌다는 점이다. 이것은 경제적이나 물리적인 여건에서 기인한 어려움이 아니었다. 짐작해보건대 당시의 그녀는 아마도 자신의 집필이 그대로 계속된다면, 선대 작가들의 '만주서사'를 답습 내지 모방하는 것에 그치지 않을까하는 고민에 봉착하였던 듯하다. 즉 둥베이 출신의 작가로서의 츠쯔젠이 과거의 만주지역에 대해 집필 의욕이 앞섰던 것은 사실이다. 하지만 동시에 그녀는 자국 내에서의 만주국 연구 자료들이 가진 이념적 편향도 함께 발견했을 가능성이 높다. 왜냐하면 중화인민공화국 성립 이후로 출간된 만주국 연구서들은 항전기 승리의 입장에서 서술된 비중이 높았기 때문이다. 문제의 핵심은 그것이 잘못되었다는 것이 아니라, '만주국'에 관한 전반적 논의가 다소 도식화되고 경직되었다는 데 있다. 앞서 언급한 만주국사 관련 자료를 포함한 적지 않은 서적들이 이러한 구도를 넘어서지 못했다. 이를테면 '만주국사'와 '항일사(抗日史)'의 논의가 비슷한 구도에서 다뤄질 수는 있어도 동일한 결론으로 귀결되어서는 안 되는 것이다. 만약 그러한 입장에서 창작된 소설은 소위 '침략과 저항'의 구도 아래 일정한 '전형 인물'의 창조 방면에서는 수월할지 모르지만, 역사의 통찰적인 전망을 그려내기는 어렵다. 츠쯔젠은 이 점을 미리 간파하였던 것이다.

이후로 '만주국' 제재 이외의 중·단편소설 창작에 집중하던 츠쯔젠은 약 7년 후 펜대를 다시 잡고 장편소설로서의 『위만주국』 집필에 착수하여 작품을 완성하였다. 물론, 본 작품에서 특정한 주인공을 발견하기 어렵다는 것은 전형화된 인물의 부재로 볼 수 있다. 또 한편으로, 그것은 리얼리즘 비평이론의 각도에서 볼 때 『위만주국』의 한계점으로도 지적될 수 있는 부분이다. 그러나 인용문에서도 살펴볼 수 있듯이, 객관적 논의가 부족했던 '만주국'을 창작의 제재로 삼아 자신의 문학적 상상을 덧대어낸 것은 작가 나름대로의 결단력이 있었기에 가능했다. 그리고 그러한 결정은 결과적으로 유효했다고 본다.

5. 맺음말

앞서 논한 소설이 발표된 지 어느덧 15년이 흘렀다. 그러나 텍스트가 제시한 역사적 화해는 지금도 여전히 현재진행형의 '비전'일 따름이다. 물론 츠쯔젠이『위만주국』의 창작을 통해, 지나간 역사에 대하여 엄격하리만큼 서술자로서의 중립태도를 유지했다고 단언하기는 어렵다. 그러나 범박하게 말해서, 민감한 제재 선택에도 불구하고 여느 작가와는 다른 글쓰기를 보여준 것은 특기할 만하다. 작품 속에서는 만주국의 구성원으로 살아간 보통 사람들의 지난한 삶이 집중적으로 조명되었다. 원하였든 그렇지 않았든 이른바 '혼종의 공동체' 안에서 각자에게 짊어진 삶의 무게를 견뎌내야만 했던 이들의 모습을 작가는 그리고 싶었던 것이다.

주지하듯이 '소설 속의 진실'이 '역사 속의 사실'과 반드시 정합(整合)하는 것은 아닐 터이다. 즉 문학적인 진실은 작품으로서의 의의가 있다고 판단될 때, 확보될 수 있는 가치이다. 소설 텍스트로서의『위만주국』은 역사적 사실성보다 문학적 심미성이 돋보이는 작품이다. 이 글은 이러한 특징을 중심으로 츠쯔젠의 '만주서사'가 지닌 문학적 의의를 고찰해보았던 것이다.

그 결과는 다음의 측면에서 정리해 볼 수 있을 것이다.『위만주국』은 '봉합되지 않은 동아시아의 슬픈 기억'을 다시 끄집어내었다. 그러나 기억을 환기하는 목적은 망각의 경계에 있는 것이지, 상흔의 재현에 있지 않았다. 때문에 작품 속에서는 노골적이고 편향된 수사가 지양되었고, 작가의 이념적 균형감각을 읽어낼 수 있었다. 이런 특징은 진정한 의미의 '문학적 상상'이 아닐까 하다.

요컨대 『위만주국』은 한(韓)・중(中)・일(日)이 공유하고 있는 아픔에 관한 이야기이다. 또한 그것에 대한 극복의 필요성을 역설한 텍스트이다. 과거의 갈등은 미래의 전망을 돕기 위한 디딤돌이어야 하지, 상호 대립 속에 자리한 걸림돌이 되어서는 안 될 것이다. 아마도 그것이야말로 본 텍스트가 전하는 회심의 메시지일 것이다.

참고문헌

遲子建, 『僞滿洲國』(上, 下), 作家出版社, 2000.

解學詩, 『僞滿洲國史新編』, 北京 : 人民出版社, 1995.

백영길, 『中國抗戰期 리얼리즘 文學論爭研究』, 고려대학교 출판부, 1998.

吳義勤, 『長篇小說與藝術問題』, 人民出版社, 2000.

_____ 外, 「歷史 · 人性 · 敍述－新長篇討論之一 · 僞滿洲國」, 『小說評論』, 第1期, 2001.

巫曉燕, 「歷史敘事中的審美想象－評遲子建長篇小說 『僞滿洲國』」, 『當代作家評論』, 第3期, 2004.

김경일 · 윤휘탁 · 이동진 · 임성모 공저, 『동아시아의 민족이산과 도시－20세기 전반 만주의 조선인』, 역사비평사, 2004.

한석정, 『만주국 건국의 재해석』(개정판), 동아대학교출판부, 2007.

한석정 · 노기식 外, 『만주－동아시아 융합의 공간』, 소명출판, 2008.

프래신짓트 두아라, 한석정 옮김, 『주권과 순수성－만주국과 동아시아적 근대』, 나남, 2008.

장동천, 「리샹란 영화가 투사한 제국의 환영 : '대륙 3부작'에 대한 반향을 중심으로」, 『중국현대문학』 제46집, 2008.

하야카와 노리요 外, 이은주 옮김, 『동아시아의 국민국가 형성과 젠더』, 소명출판, 2009.

김도형 外, 『식민지시기 재만 조선인의 삶과 기억』, 선인, 2009.

피터 버크, 강상우 옮김, 이택광 해제, 『문화 혼종성』, 이음, 2012.

김영명, 「論後殖民時期"東北淪陷區"的鄕土敘事－以遲子建的 『僞滿洲國』爲中心」, 第五屆中華名作家邀請國際文學論壇－ 『遲子建文學研究 國際學術會議 發表論文集』, 2013.

윤휘탁, 『만주국 : 식민지적 상상이 잉태한 복합민족국가』, 혜안, 2013.

비린더 S. 칼라 · 라민더 카우르 · 존 허트닉, 정영주 옮김, 『디아스포라와 혼종성』, 에코리브르, 2014.

졸 고, 「遲子建 文學의 審美性 研究」, 고려대학교 중문과 석사학위논문, 2011.

_____, 「遲子建小說中的鄕土意識與歷史解構－以『額爾古納河右岸』爲例」, 『文藝評論』, 第1期, 2014.

국제교류기관의 중일(中日) 비교

-재외공관문화처와 해외문화센터를 중심으로-

장만니(張曼妮)

1. 서론

2015년 1월 현재 일본의 재외 공관은 207(대사관 139, 총영사관 60, 정부대표부 8)[1]곳이 있으며, 그 이외 외무성 산하 국제 교류 기금에 속하는 22개의 해외 일본문화센터(日本文化中心)[2]가 설치되어 있다. 한편 중국은 재외 공관 수가 263(대사관 166, 총영사관 85, 정부대표부 12)[3]곳이며, 그 외에 문화부 산하의 대외문화연락국(對外文化聯絡局)에 속하는 20개의 해외 중국문화센터(中國文化中心)[4]가 분포되어 있다.

그들은 외국과의 문화예술 교류에 있어 쌍방향으로 작용하는 게이트웨이로서 기능하고 있다. 설립 이후 장기간의 활동을 통해 해외사무소에

---

1) 日本外務省(http://www.mofa.go.jp/)(이 글에서 인터넷 정보의 최종 액세스 날짜는 2015년 1월 6일이다).

2) 國際交流基金(http://www.jpf.go.jp/j/index.html).

3) 中國外交部(http://www.fmprc.gov.cn/).

4) 中國文化中心(http://www.cccweb.org/).

서 쌓은 노하우(know-how)나 네트워크, 그리고 이를 바탕으로 한 정보 제공 및 상담 대응 등은 자금지원만으로는 얻을 수 없는 결과이며 글로벌 시대의 국제문화교류에 귀중한 자원이라고 말할 수 있다.[5)]

2011년 동일본 대지진 후쿠시마(福島) 원전 사고의 경험을 세계에 어떻게 전할 수 있는가. 이는 일본 홍보문화외교에 있어서의 큰 과제이다. 대지진으로 인해 추락한 일본 브랜드의 부활을 위해서는 공공외교(public diplomacy)[6)]를 활용한 국제사회로부터의 존경과 평가가 매우 절실하다.[7)] 참고로 공공외교를 담당하는 외무성 이외, 문화교류를 담당하는 공공기관으로 국제교류기금(國際交流基金)과 문화청이 있다. 외무성은 「국제 교류기금=문화 외교에 관한 활동」, 「문화청=문화예술 진흥과 교육계몽에 이바지하는 활동」이라는 역할 분담을 통해 국내외에서 양자가 협력하여 활동하기를 희망하고 있다.[8)]

글로벌 시대에서 기존의 정치경제 관계를 중심으로 한 외교만으로는 국가의 영향력 증진에 불충분하기에 각국 정부는 '공공 외교'를 중심으로 한 '소프트 파워'를 강화시키기 위해 경쟁하게 되었다. 따라서 문화산업을 적극적으로 해외에 진출시킴으로써 해당산업의 무역적자를 해소하고 자국의 이미지를 제고하는 것이 정책 과제로 대두되고 있다.[9)]

---

5) 吉本光宏「舞台芸術の國際交流を取り巻く文化政策の潮流」ニッセイ基礎研究所 (http://www.performingarts.jp/J/overview_art/1005_01/2.html).

6) 일본 外務省(2012)의 리포트에 따르면 「홍보문화외교(public diplomacy)」은 상대국의 국민에게 직접 활동하여, 자국의 정책이나 사회 등에 대해서 이해나 호의를 얻고, 외교 목적의 달성을 도모하는 활동이다. 중국에서 「public diplomacy」의 번역은 조계정(趙啓正)(2011)과 중국공공외교협회(中國公共外交協會China Public Diplomacy Association)과 같이 「공공외교」라고 소개되고 있다.

7) 外務省(2012), 『「3・11後の廣報文化外交」廣報文化外交の制度的あり方に關する有識者懇談會」最終報告書』를 참조.

8) 同6) 外務省(2012).

9) 鎌田文彦・津田深雪(2011).

상호국가 간에 설치되어 있는 재외공관은 국제교류기금의 해외거점 및 문화센터 등 다양한 활동의 전선기지 역할을 하며 공공외교정책의 효율적인 수단으로 활용되고 있다. 대사관, 영사관에 설치되어 있는 홍보문화센터[10]는, 컨텐츠 진흥의 전시장이 될 뿐만 아니라, 자국의 전통문화, 세시 풍속을 소개하고, 다양한 문화사업을 주관 및 주최하는 문화외교의 거점 역할을 담당한다.[11]

[그림 1] 공공외교의 범주와 정부외교와의 관계

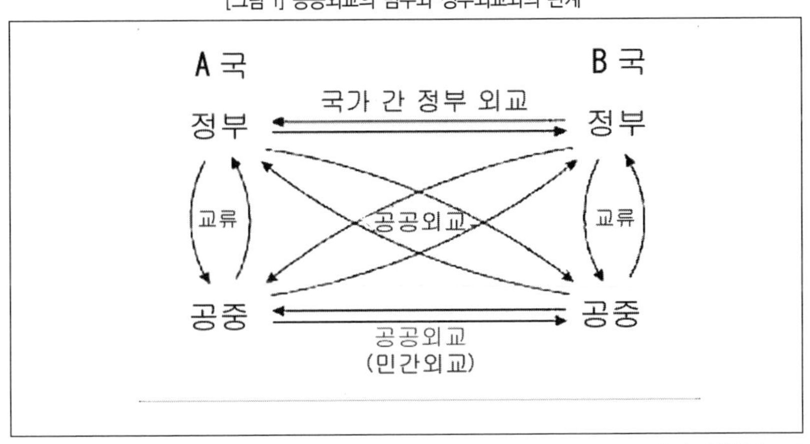

출처 : 趙啓正(2011)

자오(2011)가 지적한 바와 같이 최근 중국에서는 해외에서의 경각심이 높아지면서 공공외교(公共外交)에 주목하고 있다. 2012년 12월 국무원(國務院)이 발표한 "해외 중국 문화 센터 발전 규획(2012-2020년)"은 2020년까지 세계의 중국문화센터를 50곳으로 확대할 예정이다.[12] 2015년의 시점

10) 중국 재외공관의 경우는 「文化處」이라고 하는 부문이다.

11) 久田和孝, 「パブリック・ディプロマシーと文化發信據点－日本と韓國の比較を中心に－」, 人文研究(180), 神奈川大學人文學會, 2013, 1-24면.

에 중국 외교부에 의해 관리되는 재외 대사관 문화처(원어는 '文化處')도 포함하면 전 세계 73개 도시 94곳이 설치되어 있는 셈이다.[13] 문화처는 정보 서비스를 실시하고 있으며, 많은 나라에서 문화 교류 사업을 전개하고 있다. 그 예로 "중국 문화 축제"와 "중국 여행의 해" 등의 이벤트를 실시하였는데 이는 문화부 조직인 중국문화센터와 외교부 대사관 문화처의 "저우추취(走出去)"[14] 전략의 일환이라고 평가되고 있다. 또한 2010년부터 유사한 역할을 담당하고 있는 두 기관이 개최하는 회의가 열리고 있다.

그러나 일본과 중국의 공공외교 및 문화정책을 비교할 때 국제 교류기관·문화 발신 거점을 대상으로 하는 연구내용을 검토할 여지가 남아 있다. 또한, 일본과는 달리 중국문화센터와 재외대사관 문화처는 외교부 소속일 뿐만 아니라 문화부의 조직으로서도 업무를 진행하고 있다. 중국 정부 입장에서는 대만과 홍콩 특별 행정 지구 등 문화배경이 다른 도시와 공공외교를 추진하고 있기 때문에 정부의 입장에서 보면 이런 지역의 문화 교류는 국가와 국가의 '외교'가 아니라 내정이라고 해석될 가능성도 있다.

---

12) 「着力創新 深化改革 擴大開放 努力開創對外文化工作新局面－在文化部2014年駐外文化處(組)及文化中心負責人工作研討會上講話」2014.1.9. 『文化傳通網』(http://www.culturalink.gov.cn/portal/pubinfo/112001001/20140109/c6e7b2b4e9a1420ba5979ac500ed29cc.html).

13) 「文化部召開2015年駐外文化處(組)及文化中心負責人工作研討會」, 2015.1.6, 『文化傳通網』(http://www.culturalink.gov.cn/portal/pubinfo/101001/20150106/f915723f03a74192bc2bd0879e3a6341.html).

14) 중국 경제의 발전, 특히, 외환 보유액의 증가와 일부 국내 기업의 급성장에 따라 중국 기업이 해외 직접 투자를 위한 조건은 점차 정비되어있다. 이러한 변화를 감안하여 공산당과 정부 지도자들은 2000년부터 '走出去'(해외 진출) 전략을 제창하게 되었다. 「文化"走出去"戰略」(http://www.xinhuanet.com/politics/17j6zqh/zcq.htm), 佐野淳也「動き始めた中國の『走出去』戰略」을 참조(번역 : 필자).

이 글에서는 중일 양국가간의 해외 거점을 통한 대외문화 정책의 현황을 비교하는 것에 집중하고자 한다. 그중에서도 특히 「일본 재외 공관 홍보 문화 센터」, 「일본 문화 센터」, 「중국 재외 공관 문화처」, 「중국 문화 센터」에 대해 주목하고 싶다.

2. 선행 연구와 과제

공공외교의 문화정책 과제에 관한 연구 성과로서, 자오(趙)(2011), 가마타(鎌田)(2011), 히사다(久田)(2013) 등을 들 수 있다. 지금까지의 연구는 대체로 역사 분석, 이론 연구, 정책 추진 등 세 가지로 나눌 수 있다. 첫 번째는 각국의 문화정책의 비교 연구를 통한 자국 문화정책의 개선 방안이다. 두 번째는 매크로적으로 공공외교의 개념 또는 의미의 연구다. 세 번째는 문화를 「외교」에 활용하려는 움직임 상에서 국제 사회에서 소프트파워로서의 가능성을 추진하는 제안 유형의 연구다.[15)]

---

15) 比較研究：大宮朋子(2008), 「極東フランス學院の研究—フランスの對外文化政策における學術・文化機關の役割—」; 桶田眞理子(2009), 「國際文化交流機關の理念と経營--ブリティッシュ・カウンシルの芸術交流事業を事例に」; 久田　和孝、緒方　義廣(2014), 「日本のパブリック・ディプロマシー：韓國における事例」; 張　雪斌(2013)「日本の對中パブリック・ディプロマシーの役割と課題」
パブリック・ディプロマシーの研究：星山隆(2008), 「日本外交とパブリック・ディプロマシーソフトパワーの活用と對外發信の强化に向けて」
提言タイプの研究：政策シンクタンクＰＨＰ總研(2012), 「新段階の日中關係に適合した多面的なパブリック・ディプロマシーの展開を」; 東北大學公共政策大學院(2012), 「中國を對象とした廣報文化外交に關する分析と提言」.

[표 1] 2015년 1월 일본문화센터와 중국문화센터의 분포표

	일본문화센터	중국문화센터
아시아	8	8
유럽	7	6
호주	1	1
남아메리카	1	0
북아메리카	4	1
아프리카	1	4
합계	22	20

출처 : 국제교류기금 사이트 및 문화전통망(文化傳通網) 자료를 바탕으로 필자 재구성 (2015.01.16)

[표 1]에서 알 수 있듯이 일본문화센터의 거점 수는 북미 대륙에서 중국문화센터보다 많으나 아프리카에서는 중국문화센터의 수가 더 많다. 중국은 미국과 캐나다를 포함하는 GDP 상위국에 문화센터를 설치하지 않으나 반면 아프리카에서 문화센터를 적극적으로 설치한 것도 흥미로운 현상이다. 중국이 아프리카에서 중국문화센터를 적극적으로 설립한 이유는 다음과 같다. 아프리카 대륙의 풍부한 자원 확보, 새로운 생산기지로서의 활용 그리고 일본 ODA 정책을 견제하기 위함으로 해석될 수 있다. 반면에 미국/캐나다에 진출하지 않는 이유로 이미 재외동포 커뮤니티(차이나타운)가 풍부하게 형성되어 있고, 현지 정부에서 중국 공공외교 정책에 대한 경계심이 반영된 결과이다. 참고로 아시아 문화센터가 적은 이유는 각국과의 첨예한 영토문제가 진행되고 있으며, 중국 문화에 대한 반감이 높기 때문이다.

[표 2] 재외대사관홍보 문화부와 문화 센터의 예산이 정부예산에 차지하는 비율

연도	단위 : 백만 엔						
	2007	2008	2009	2010	2011	2012	2013
일본 국제교류기금 결산 (일본 문화 센터의 결산)	4,814	3,692	4,671	4,333	4,390	3,760	3,961
일본 제외대사관 홍보 문화 센터 예산	–	–	981	881	783	714	638
일본 정부예산에서 차지하는 비중	0.006%	0.004%	0.0064%	0.0056%	0.0056%	0.005%	0.005%
중국 문화부 외교 예산 (중국문화센터와 대사관 문화처 사업비 예산)	3,033	2,536	4,566	6247	7,338	7,884	8,503
중국 정부예산에서 차지하는 비중	0.014%	0.01%	0.016%	0.02%	0.022%	0.022%	0.022%

※ 2014년 12월 1일 현재 일본 재무부의 환율로 계산 1위안=19.18엔
출처) 각국별 공식 외교부 사이트

일본의 '홍보문화센터(廣報文化中心)'도 중국의 '문화처'도 '대외외교의 최전선'으로 공공 외교를 강력하게 추진하고 있다는 점에서 공통점이 있다. 그러나 국가마다 투입하는 예산, 제도, 관점이 다르므로 국제교류기관마다 그 실효성에 큰 과제가 남겨져 있다. 양국의 정책상의 차이점은 다음과 같다.

첫째는 대사관 문화처와 문화센터가 정부 예산에 차지하는 비율이다. 일본 문화센터의 예산은 해마다 감소 추세에 있으며, 정부 예산에서 차지하는 비중은 약 0.005%를 유지하고 있다. 반면, 2013년 중국 대사관 문화처와 중국문화센터의 사업비 예산은 2007년의 그것의 약 3배까지 달하였고 그와 동시에 정부 예산에서 차지하는 비중도 매년 증가하고 있다. 양국의 예산을 비교하면 2009년 중국 정부의 국제 교류기관의 예산이 정부 예산에서 차지하는 비중은 일본의 대략 2배였다. 그리고 2013년 일본의 그것의 4배에 달했다.

두 번째는 재외대사관문화처의 소속 기관이다. 일본 재외대사관홍보문화센터는 재외대사관의 일부로서 외무성에 속하고, 매년 외무성의 예산으로 운영된다. 중국 재외대사관문화처는 외교부 산하이지만, 사업비는 외교부에서 분리하여 문화부의 외교예산에서 지출한다.

세 번째 차이점은 일본과 중국의 시정방침이다. 일본의 공공 외교 정책은 제도 개선에 주목하여 효율성 및 일관성의 관점에서 지점 간의 통합을 강조하며 2011년 토론토, 파리, 모스크바, 뉴욕, 홍콩의 4개 홍보문화센터를 폐지했다.[16] 반면, 중국은 2020년까지 세계의 중국문화센터 수를 현재의 약 두 배로 증대시킬 예정이다.

국력의 상승과 함께 재외문화발신거점의 양은 비약적으로 증대되는 경향이 있다. 또한 문화센터 이외 '국제 중국어 교육 제도의 개발・정비, 중국 문화에 대한 세계 각국의 이해 증진'을 목표로 추진하는 공자학원(孔子學院)[17]도 2006년 122곳에서 2014년 1,201곳[18]에 달한다. 그러나 공자학원은 북미에서 민감한 주제를 교육 과정에서 배제함이 논란이 되었

---

16) 外務省(2012), 「廣報文化センターを通じた情報發信活動」平成24年行政事業レビュー.
(http://www.mofa.go.jp/mofaj/annai/yosan_kessan/kanshi_kouritsuka/gyosei_review/h24/pdfs/giji/musyo.pdf).

17) 공자학원(孔子學院)이란, 중국 정부가 「국제적인 중국어교육제도의 개발・정비, 중국 문화에 대한 세계 각국의 이해 촉진」을 목표로 추진하는 프로젝트로서, 중국어 학습자를 지원하고, 세계 각국과 중국과의 이해와 우호, 세계평화와 발전을 촉진하는 것을 목표로 하는 교육 기관이다. 세계의 많은 나라에 중국의 대학과 현지의 대학 등과 협력해서 「공자학원」을 설치, 적극적으로 중국어교육을 추진하고, 기타 다른 자원의 제공이나 지원을 하고 있다. 각국의 공자학원은 교재의 제공이나 강사의 파견, 중국어능력시험이나 장학금지급, 기타가 각양각색의 편의・협력을 공자학원본부에서 직접 얻을 수 있다(출처 : 立命館孔子學院, 번역 : 필자).
(http://www.ritsumei.ac.jp/mng/cc/confucius/concept2.html).

18) 2014년 10월 현시점, 각국의 대학에 설립된 공자학원이나 현지의 중・고등학교에 설치된 「공자과당(孔子課堂)」도 포함한 수치이다.
(출처 : 孔子學院總部 / 國家漢辦(http://www.hanban.edu.cn/confuciousinstitutes/))

다. 2014년 9월 미 시카고 대학은 5년간의 계약 갱신 협상 중단을 결정했다. 그리고 미국 펜실베니아 주립 대학도 제휴 중단을 발표했다. 캐나다에서도 같은 해 토론토 교육위원회가 공자학원과의 관계를 중단할 것을 결정했다.[19] 그럼에도 불구하고 454곳이 공자학원이 설치되어 있는 미국은 여전히 최대 규모의 공자 학원을 운영하고 있는 대륙이다. 공자학원이 여론의 역풍에서도 중국의 공공외교 해외 추진에 장애가 된다고는 생각하기 어렵다.

3. 향후의 과제

작년 12월 기시다(岸田) 외무대신은 기자회견[20]에서 다음과 같이 말하고 있다.

> 「일본은 전후 일관적으로 평화국가로서, 세계의 평화와 번영에 공헌해 왔습니다. 평화국가로서의 일본의 발걸음은 앞으로도 변함없을 것이라고 생각합니다. ……이러한 일본의 참된 모습이나 다양한 매력을 보여주기 위해서, 재팬 하우스(ジャパンハウス Japan House)의 설치를 비롯한 대외외교 강화 정책을 지속적으로 유지하려는 의지가 있습니다.」

이와 같이 2015년에 외무성은 약 52억 엔(약 482억 원)의 예산을 투입해, 런던, 로스앤젤레스, 상파울루의 세 도시의 발신 거점인 '재팬 하우

---

19) 「北米で相次ぐ「孔子學院」閉鎖中國政府の価値観押しつけに「ＮＯ」」『産経ニュース』 2014.10.14. (http://www.iza.ne.jp/kiji/world/news/141014/wor14101413340010-n4.html).
20) 『岸田外務大臣會見記錄』 2014.12.24 (http://www.mofa.go.jp/mofaj/press/kaiken/kaiken4_000160.html).

스'를 창설할 계획이다. 실제로 '재팬 하우스'의 첫 등장은 2008년 베이징 올림픽의 활동 거점이었다. 이런 환대 하우스는 각국도 마련했지만 일본에게는 또 하나의 큰 목적이 있었다. 그것은 바로 당시 도쿄도(東京都)가 출마한 2020년 올림픽・패럴림픽 유치 활동의 프로모션이었다. 2015년의 시점에서 '재팬 하우스(ジャパンハウス Japan House)'의 재등장은 5년 후의 도쿄 올림픽의 히트 업(heat up)이라고 말할 수 있다. 중국이 주최한 2008년 베이징 올림픽을 통해 중국을 세계에 소개하였고 많은 이해와 관심이 높아졌기 때문이다.[21] 이본은 2020년 올림픽 개최를 통해 일본의 국제 경쟁력을 높이는 계기를 만들고자 하고 있으며 일본의 국제교류기관・재외거점의 활약을 기대하고 있다.

필자는 국가의 경제력과 세계정세에 따라 국가의 공공외교 및 문화정책이 더욱 영향을 받는다는 사실을 알 수 있으며, 이를 효과적으로 시행하기 위해서는 다양한 문화교류기관을 외교창구로 활용하는 노력이 필요하다고 본다. 중국, 일본을 막론하고 어느 국가이던지 문화외교를 위해서는 요체로 부상하고 있는 문화교류기관의 구체적인 현황 및 성과를 통해 향후 바람직한 기관으로서의 역할에 대해서 추가적으로 고민해보고 싶다.

---

21) 「李繁杰：北京奧運會的公共外交解讀與啓示」2010.06.01. 『鳳凰網』
http://news.ifeng.com/mainland/special/PublicDiplomacy/anli/detail_2010_06/01/1573530_0.shtml

참고문헌

趙啓正「公共外交與跨文化交流」, 北京 : 中國人民大學出版社, 2011.

中國文化部, 『文化部部門預算』, 2013.

宮本雄二・林錚顗譯, 『日本該如何跟中國打交道』, 新北 : 八旗文化, 2012.

約翰夫・奈,馬娟娟譯, 『軟實力』, 北京 : 中信出版社, 中國語, 2013.

鎌田文彦・津田深雪, 「文化的發信を强化する中國」『總合調査「世界の中の中國」』, 2011, 135~153면.

大宮朋子, 「フランスの對外活動－文化的プレゼンス再生にむけた取り組み－」

『技術と文化による日本の再生 : インフラ、コンテンツ等の海外展開』 國立國會図書館 2012-09.

久田和孝, 「パブリック・ディプロマシーと文化發信據点 : 日本と韓國の比較を中心に」『人文研究 / 神奈川大學人文學會 編』, VOL. 180, 2013, 1~24면.

外務省, 『「3・11後の廣報文化外交」廣報文化外交の制度的あり方に關する有識者懇談會』, 最終報告書, 2012.

文化廳, 『諸外國の文化政策に關する調査研究』報告書, 平成24年度「文化廳委託事業」, 野村總合研究所, 2013.

中村 登志哉, 「廣報外交の組織的强化とその課題 : 第2次安倍政權を中心に」, 『言語文化論集』 36(1)호, 2014, 95~110면.

사이트

日本外務省, http://www.mofa.go.jp/

國際交流基金, http://www.jpf.go.jp/j/index.html

中國外交部, http://www.fmprc.gov.cn/

中國文化部, http://www.mcprc.gov.cn/

中國文化中心, http://www.cccweb.org/

文化傳通網(中國), http://www.culturalink.gov.cn/

孔子學院總部 / 國家漢辦, http://www.hanban.edu.cn/confuciousinstitutes/

[부록 1]

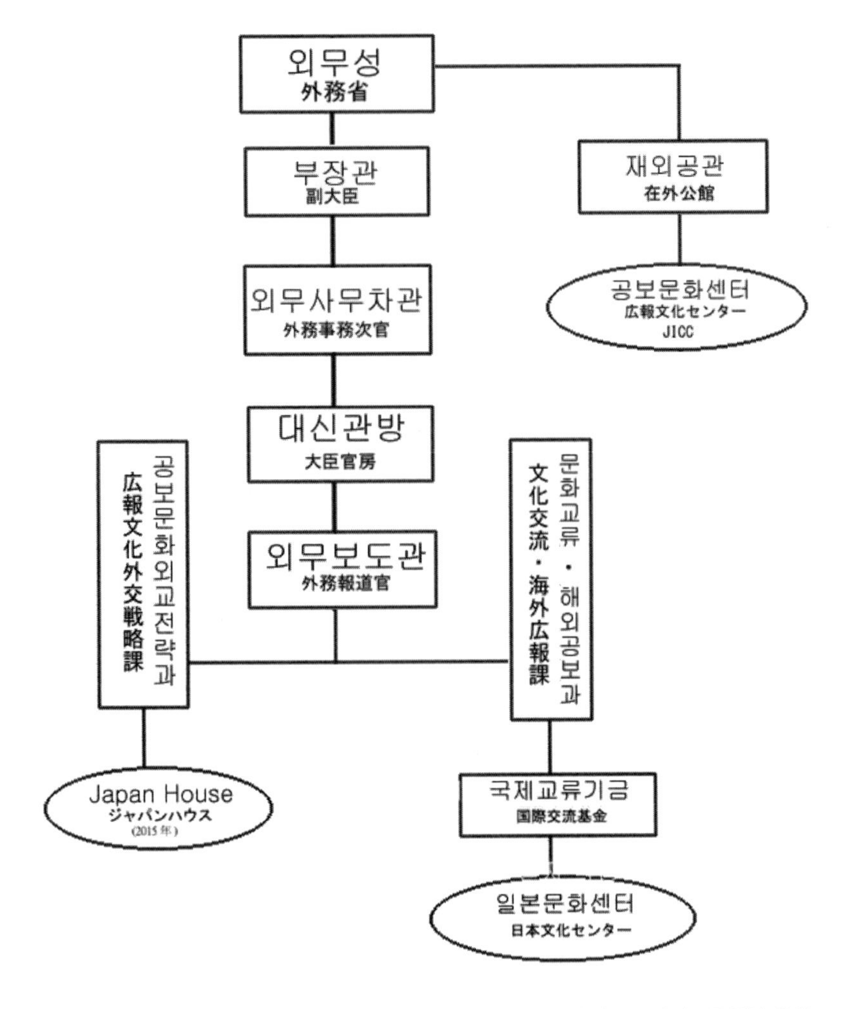

출처) 2015 년 1 월 현재, 외무성 각 공개 자료를 바탕으로 필자 작성

[부록 2]

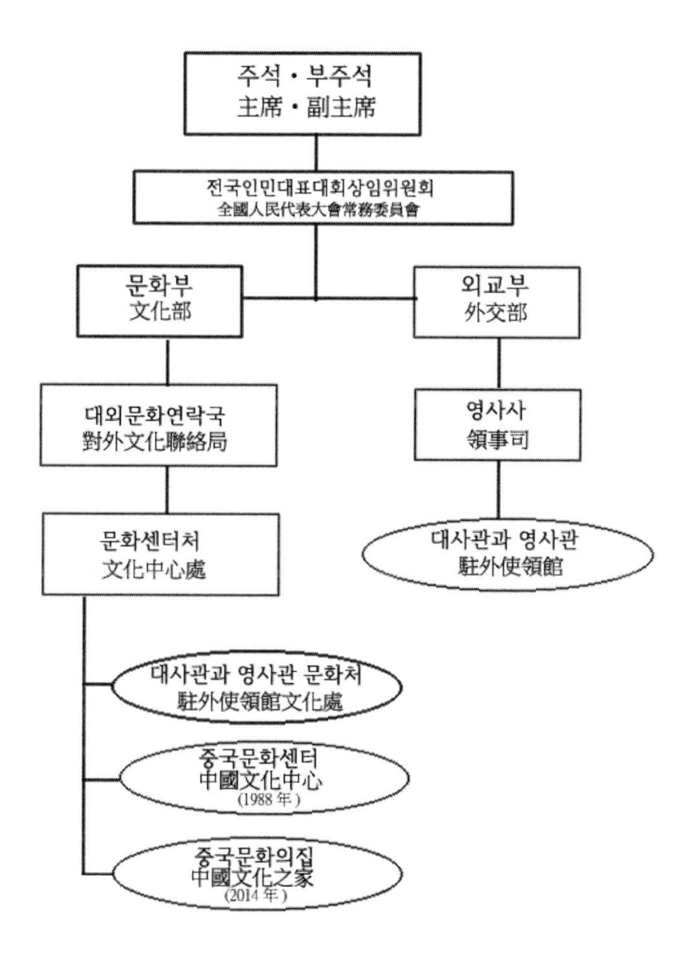

출처) 2015 년 1 월 현재, 외무성 각 공개 자료를 바탕으로 필자 작성

일제 '외지' 고등교육기관의 문예활동에 대하여

-조선과 대만의 일본어 문예잡지를 중심으로-

김 욱

1. 들어가며

이 글은 식민지기 조선과 대만의 고등교육기관에서 일본어로 이루어진 문예활동과 제현상을 규명하기 위해 그 전초적인 작업의 필요성을 느끼고 식민지에 고등교육기관이 설립된 경위와 산하 문예잡지의 현황을 파악하는 것을 목적으로 한다. 따라서 조선의 경성제국대학(京城帝國大學), 대만의 대북제국대학(台北帝國大學), 대북고등학교(台北高等學校) 등 세 곳의 고등교육기관과 산하 문예잡지를 검토대상으로 하며, 비교학적 관점에서 접근하여 조선과 대만의 학제가 성립되는 과정과 그 기관 안에서 이루어진 학생문예활동의 상황을 유기적인 형태로서 바라보고자 한다. 이들 식민지 고등교육기관의 구심점이 제국 일본의 대 식민지 교육방침에 있다는 사실에서 또한 삼자의 비교, 대조가 필요한 경우도 있을 것이다.

이에 관한 선행연구로는 경성제국대학, 대북제국대학에 대한 연구가 개별적으로 이루어져왔으며 한국에서는 대부분 경성제국대학에 치중해 있다.[1] 한국에서 대북고등학교에 대한 연구는 찾아볼 수 없었다.[2] 경성제국대학과 대북제국대학의 비교연구로서 최근에 발표된 추우정의 석사논문이 1편 있으며[3] 주로 식민지에 제국대학을 설립하는 과정에서 일어났던 정책적, 사회적, 교육적 목적의 다양성과 논쟁을 검토하는 데 중점을 두고 있다. 따라서 이 글에서는 기존 선행연구에서 개별적으로 다루고 있던 식민지 '외지' 고등교육기관 잡지들의 성향과 취지를 한데모아 살펴보려고 한다.

2. '외지' 고등교육기관의 민족 구성비

일제가 설립한 '외지'의 고등교육기관은 말하자면 식민지인과 내지인이 병존하는 혼종의 아카데미즘을 형성하고 있었다. 조선에서는 조선인과 재조일본인 학생, 대만에서는 대만인과 재만일본인 학생이 입학하여 이후에 소개할 『청량(淸凉)』이나 『쇼후(翔風)』와 같은 문예잡지를 함께 구성해나가는 활동을 전개하기도 하였다. 이와 같은 양상은 일견 식민자와

1) 이충우, 『(다시 보는) 경성제국대학』, 푸른사상, 2013 ; 정선이, 『경성제국대학 연구』, 문음사, 2002 ; 노상래, 「『청량』 소재 이중어 소설에 대한 일고찰, 『현대문학이론연구』 제35집, 2008 ; 박광현, 「경성제대와 『신흥』」, 『한국문학연구』 26집, 2003 ; 백지혜, 「경성제대 작가의 민족지 구성방법 연구」, 서울대학교 박사논문, 2013 ; 신미삼, 「『청량』 소재 이중어 소설 연구」, 『한민족어문학』 제53집, 2008 ; 윤대석, 「경성제대의 교양주의와 일본어」, 『대동문화연구』 제59집, 2007 ; 정근식 외, 『식민권력과 근대지식 : 경성제국대학 연구』, 서울대학교 출판문화원, 2011 ; 하재연, 「『문우』를 통해 본 경성제대 지식인의 내면」, 『한국학연구』 31호, 고려대학교 한국학연구소, 2009 외 다수.

2) 쳉리링(鄭麗玲)의 논문(「대북제국대학의 학교조직과 학원문화」, 『사회와 역사』 제76집, 2007)에서 약간의 내용을 발견하였지만 미비하게 언급되는 수준이었다.

3) 추우정, 「일제 강점기의 경성제국대학과 대북제국대학에 관한 비교 연구」, 한국학중앙연구원 대학원 석사논문, 2014.

피식민자의 모습을 동등하게 자리매김 시킨 것처럼 보이지만 살펴보면 실상은 조금 달랐다. 경성제국대학을 예로 들어보자면, 조선총독부는 문부성을 대신하여 경성제국대학 위해 군림하면서 연구 및 학사(學事)에 제약을 가했다. 입학생의 비율을 '일본인2 : 조선인1'로 한다는 결정이 대학설립 이전부터 설정되어 있었던 식민지대학에서 '보편적 입장'에 근거한 '자율적' 연구 활동과 대학 자치는 애초에 한계가 명확했던 것이다.[4] 대북제국대학 역시 문부성 관할이 아닌 대만총독부 산하의 교육기관으로 명시되어 있었고, 대북고등학교는 아예 대만총독부소관학교(台湾總督府所管學校)라는 별칭이 존재할 정도였다. 김용덕의 주장처럼 생도들 간에 "학문적 보편성과 순수한 인간관계로 맺어진" 우정이 존재하였고[5] 식민지 제국대학 출신자들이 남긴 여러 회고록에서도 그와 같은 기록이 발견되기는 하지만, 어디까지나 학교는 '제도'의 틀에서 운영되는 만큼 학생 간의 교류에 제도적인 문제가 있었음은 분명하다. 이는 학내 잡지를 구성하는 문제와도 깊이 연관된 장애물이었다.

구성 비율을 보아도 경성제국대학 예과의 첫 입학생 180명 중 조선인은 44명으로 전체의 4분의 1 수준이었고, 식민지하 경성제국대학에서 배출한 전체 졸업생 수는 약 2,300명으로 이중에 조선인 학생들은 810명(1946년 경성제대 졸업자를 합치면 947명으로 확인)이었다.[6] 대북고등학교의 1회 입학상황은 더 심각한 수준으로 총 합격자 76명 중 대만인은 4명으로 약 5퍼센트 수준에 그쳤다.[7] 대만제국대학 역시 60명의 1회 합격자

4) 정준영, 「경성제국대학의 유산」, 『일본연구논총』 제34호, 2011, 177면.

5) 1945년 이전 경성제대에서의 학문적 보편성과 순수한 인간관계로 맺어진 또 다른 한일 지식인들의 교류의 맥은, 이른바 '친일파' 인사들의 정치적 밀착과는 다른 성격의 깊은 인간적 상호 이해의 길로 이어진 것도 주목해야 할 필요가 있을 것이다(김용덕, 「경성제국대학의 교육과 조선인 학생」, 『한일공동연구총서』, 제5호, 2007, 148면).

6) 김용덕, 「경성제국대학의 교육과 조선인 학생」, 『한일공동연구총서』, 제5호, 2007, 129면.

중 대만인은 6명으로 1할에 불과했다.[8] 대만의 입학상황을 미루어보면 조선의 상황은 오히려 괜찮았던 것처럼 여겨질 정도이다.

3. 조선과 대만의 일본어 문예활동 양상

하지만 그렇다고 해서 식민자와 피식민자의 양자 간 교류가 이루어지지 않은 것은 아니었다. 양자를 하나로 묶을 수 있는 키워드는 "엘리트 의식"과 "교양주의"였다. 제국대학 혹은 '외지' 유일의 고등학교라는 점에서 그들은 공통체로 묶여 "엘리트 의식"을 공유할 수 있었다. '식민자-피식민자'의 이분법적 등식에서 어느 정도 탈피하여 '엘리트-비엘리트'라는 새로운 등식으로 이동한 것이다. 이것은 공동으로 문예활동을 전개할 때 다시 "교양주의"를 통해 식민지의 언급을 회피하면서 공통체 의식을 확보하는 방향으로 나아간다. 윤대석은 "경성제국대학 학생문예는 처음에는 당시 엘리트 교육의 특징 가운데 하나였던 교양주의적 성향을 드러냈"[9]다고 서술하며 "고전지향, 서구어 지향, 현실·실천과의 유리 등은 동아시아 교양주의의 특징"[10]이라고 정의했다. 이와 같은 기치로 식민지 고등교육기관에서는 양자가 공동으로 편집, 게재활동을 벌인 일본어(당시의 「국어」) 잡지가 발간되었다. 그중 어느 정도 발간 기간이 유

7) 추우정, 「일제 강점기의 경성제국대학과 대북제국대학에 관한 비교 연구」, 한국학중앙연구원 대학원 석사논문, 2014, 68면 참고.
8) 추우정, 위의 논문, 2014, 74, 78면 참고.
9) 윤대석, 「경성제국대학의 학생문예과 재조일본인 작가」, 『동아시아의 일본어잡지 유통과 식민지문학』, 역락, 2014, 178면.
10) 윤대석, 위의 책, 2014, 163면.

지된 대표적인 잡지 네 종류를 소개하도록 하겠다.

3.1. 『청량(淸凉)』(경성제국대학 예과)

경성제국대학 개교 1주년을 기념하여 1925년 5월 18일에 제1호를 낸 『청량』은 이후 확인되는 자료로 30호(1941년)까지 발행되어 무려 16년간 경성제국대학의 주요 잡지로서 역할을 했다. 『청량』은 문예잡지의 성격을 뛰어넘는 종합잡지의 성격을 지녔으며 문예란 이외에도 여러 학교 소식을 전하기도 하였다. 하지만 결국 일본어 전용의 잡지라는 점, 제국의 학제편입의 의도가 강하게 반영되어 있는 점 등의 이유로 조선인 학생들은 한국어 잡지를 편찬하여 좀 더 자유롭게 활동할 수 있는 문예지를 구성해가는 방향으로 나아가고 만다. 같은 교수의 밑에서 일본어라는 공용어로 공부를 하고, 또한 조선인과 일본인의 엘리트 학생 집단이라는 공통점으로 뭉친 구성원을 가지고 있다는 점에서 융화의 가능성을 보여주는 측면도 있지만, 한국어 잡지의 창간과 조선인 집필진 수의 감소는 한계성 또한 여실히 보여주고 있었다.

3.2. 『쇼후(翔風)』 (대북고등학교)

『쇼후』는 대북고등학교에서 1926년 3월에 창간하여, 1945년 7월까지 전 26호가 간행되었다. 그러나 창간호는 배포되지 못했으며, 발행 후에 전권 회수되었다. 완성본이 「빈약하며, 별 볼일 없어서 타교와의 교류가 불가능하다」은 이유로, 미사와 다다스(三澤糾) 교장이 「전부 보류해라」라고 했다고 한다. 가와하라는 『쇼후』가 다른 학교의 잡지와는 다른 특징이 두 가지 있었다고 한다. 하나는 대북고교가 일본인 생도뿐만이 아닌 대만인 학생도 있었기 때문에 『쇼후』에는 양자가 작품을 실었다는 점이다. 다른 하나는 눈길을 끄는 표지의 아름다움이다. 다양한 색채로, 그것도 대만을 대표하는 화가인 시오쓰키 도호(塩月桃甫)[11]가 그린 그림은 타교의 회지에는 없는 것이었다.[12]

먼저 『청량』과 『쇼후』에 대한 개별적인 논의를 살펴보면 '식민지 근대의 이중성'을 드러내는 '동화'와 '저항'의 양면성을 보여준다는 논의가 주로 『청량』을 연구하는 한국인 연구자들에 의해 주장되어 왔다. 반면 『쇼후』에 대해서는 대만인과 일본인 양자가 같이 편찬한 근대잡지로서 큰 의의가 있다고 발신하는 점[13]에서 한국과 대만 연구자들 간의 온도 차이가 느껴진다. 또한 대북고등학교에는 『쇼후』 말고도 『대고(台高)』라는 신문부에서 발간한 잡지가 1937년부터 1940년에 발간되었다는데 이 잡지에 대해서는 아직 확인하지 못했다.[14] 다만 경성제국대학 예과 내에는 신문부가 없었다는 점에서 대북고등학교의 학내활동은 조선의 그것보다 훨씬 활발했다는 정황을 파악할 수 있다. 더구나 대북고등학교 및 대북제

---

11) 시오쓰키 도호(塩月桃甫, 1886－1954)는 다이쇼－쇼와시대의 서양화가이다. 에히메사범학교(愛媛師範), 대북고등학교(台高)에서 교단에 섰다. 대만에서는 총독부 미술관 창설에 기여했고 전후에는 미야자키시(宮崎市)에서 미야자키현 미술전의 심사원을 맡았다.

12) 가와하라 이사오(河原功), 「台湾に生き續ける旧制高等學校」 『동방(東方)』 384호, 2013, 9면.

13) 대만에서는 차이페이후오(蔡培火)가 1920년에 도쿄에서 『타이완청년(臺灣青年)』을 발간하기까지 대만인에 의한 근대사상에 관한 잡지가 존재하지 않아 조선인 유학생이 만든 『아세아공론』이나 『청년조선』에 대만인 유학생이 글을 기고하고는 했다고 한다(요코지 게이코, 「잡지 『타이완청년』」, 『동아시아의 일본어잡지 유통과 식민지문학』, 역락, 2014, 103-104면).

14) 徐聖凱, 「治時期台北高等學校之研究」, 국립대만사범대학 석사논문, 1997, 227면 참고.

국대학에서는 한어(漢語)을 사용한 잡지가 발간된 적이 있다는 기록을 확인하지 못했으나, 경성제국대학에는 『문우(文友)』[15]와 『신흥(新興)』[16]이라는 조선어 잡지가 몇 년간 발간되었다는 사실은 특이하다고 할 수 있다.

조선인 학생들이 『청량』에서 이탈하여 조선어 잡지를 만든 것은, 그들이 보다 언어적, 사상적 제약이 없는 환경에서 글을 쓰고 싶은 욕망이 있었기 때문이었을 것이라고 지금까지 논의되어 왔다. 하지만 그렇다고 해서 대만인 학생들이 상대적으로 그러한 욕망이 없었다고 단정하기는 어렵다. 왜냐하면 앞에서 살펴보았듯이 대북고등학교 및 대북제국대학에 입학한 대만인 학생 수가 애초에 너무 적었기 때문이며 더구나 대북고등학교 대만인 학생들은 대거 「내지」 유학을 떠났다는 정황으로 미루어볼 때, 그들이 일본어로 문예활동을 하는 것은 앞으로의 유학 생활에도 도움이 되는 행적이 되었을 것이다.

1940년대에 들어서면 『청량』은 종간을 맞이한다. 종간호에 적힌 「종간의 사(終刊の辭)」에는 "경성제국대학 예과 학우 외는 주지한 바와 같이 사정에 의해 해산하게 되어, 자연히 우리 잡지부도 이와 같이 해산한다"고 밝히며, "국민총력예과연맹 문화부는 종래보다 더 충실한 활약을 할 수 있도록 준비할 것이다"라고 적고 있는데,[17] 이와 대조적으로 『쇼후』는 일본이 패전하여 해방이 될 때까지 꾸준히 발간되었다. 중일전쟁과 더 연관이 깊은 대만에서는 잡지활동이 계속되고 조선에서는 정간하는 온도차는 어디에서 기인하는 것일까. 이러한 상황은 이하에 소개할 『성대문학』과 『대대문학』에서도 드러난다.

---

15) 문과의 조선인 학생들이 1925년 창간하여 1927년 5호까지 발간되었다.
16) 법문학부 출신 졸업생들이 1929년 창간하여 1937년 9호까지 발간되었다.
17) 경성제대예과학우회, 『청량』 제30호, 『아단문고 미공개 자료 총서 2012』, 아단문고, 355-356면 재인용.

3.3. 『성대문학(城大文學)』(경성제국대학)

『성대문학』은 현존하는 자료로 제2권(1936.02), 제3권(1936.05), 제4권(1936.07), 제5권(1936.11), 제7권(1939.07) 등이 확인된다. 필자는 대부분 일본인이고 비평, 소설, 단카, 번역소설, 번역시 등이 실려 있다. 조선인 필진이 완전히 배제되어 있는 사실이 특이하다. 사실 『청량』에서도 14호(1932.09)를 끝으로 조선인 편집위원이 명단에서 사라졌지만, 종간호인 30호(1941)에서도 한 명의 조선인의 필진에 이름을 올리고 있는 반면, 경성제대 문학부에서 발간한 『성대문학』 종간호에는 단 한 명의 조선인도 찾아볼 수 없다는 사실이 매우 이질적이다. 창씨제도가 미나미 총독의 발인에 의해 1939년 11월에 「조선민사령」이 제정되고 1940년 2월 11일부터 창씨개명의 접수를 받은 것을 미루어보아, 적어도 1939년 시점에서는 『성대문학』은 오로지 일본인 학생들의 전유물이었다는 사실을 이끌어낼 수 있다.

3.4. 『대대문학(臺大文學)』(대북제국대학)

1936년 1월, 『대대문학』은 대북제대 문정학부(文政學部)의 학생단체인 「대북단카회」에 의해 창간되어 정간(停刊)하기까지 9년 동안 이례적으로 장수한 잡지이며, 1년에 1권씩 발간되었다. 전 8권의 집필자 중에는 1940년대 대만문단에서 활약한 중요한 작가나 논자들이 포함되어 있으며 『문예대만』의 주요 추진자로 아라가키(新垣宏一), 닛타(新田淳), 萬波教, 시마다(島田謹二), 야노(矢野峰人)가 참여했고, 『대만문학』에는 黃得時, 고토(工藤好美), 나카무라(中村哲), 더불어 『민속대만(民俗台湾)』의 이나다(稲田尹), 아사이(淺井惠

倫), 가나세키(金關丈夫)의 이름도 있었다.

『대대문학』이 1936년 발간되어 1945년까지 꾸준히 1년에 1권식 정기적으로 발간된 것과 달리, 성대문학은 비정기적으로 3년 간 발간되다가 돌연 종간한다. 이후에 『성대문화』가 1942년 발간되면서 명맥을 이어가지만 창간호만 보더라도 조선인 필자의 이름은 보이지 않았다.[18] 윤대석은 『성대문학』의 성격을 두고 "『성대문학』에서는 이러한 연대감이나 비판의식(『청량』을 가리킴)은 사라지고 그 자리를 대신해 재조일본인 의식이라는 자의식만이 부각된다"[19]고 비판하였다.

『성대문학』과 『성대문화』가 한국에서 거의 논의되지 않은 반면, 『대대문학』은 일본과 대만에서 중요한 문학사적 간행물로서 여겨지고 있다. 다루미 치에(垂水千惠)는 대만에서의 일본어 교육 효과에 힘입어 "1930년대부터는 일본어로 쓴 대만인작가의 문예활동도 볼 수 있게 되었다"고 밝히며, "대만인이 제2언어인 얼본어로 창작할 수밖에 없는 식민지상황"에서 "대만인의 아이덴티티와 일본의 관계를 테마로 하는 작품이 많았다"고 주장하고 있다.[20] 대만의 『대대문학』에서 활동했던 대만인이 이러한 테마로 『문예대만』과 『대만문학』에서 동시에 활약한 사실은, 『성대문학』에서 조선인 필자가 거의 보이지 않는 사실, 일본어로 작품 활동을 한 제대출신 조선인 작가가 한국에서는 대부분 친일문학가로 상정되는 사실과 곧바로 배치된다.

---

18) 창씨개명으로 인해 감추어졌을 가능성도 있다.

19) 윤대석, 「경성제국대학의 학생문예과 재조일본인 작가」, 『동아시아의 일본어잡지 유통과 식민지문학』, 역락, 2014, 179면.

20) 垂水千惠, 「台湾人作家のアイデンティティと日本の關係について」, 『横浜國立大學留學生センター紀要』第1号, 1994, 84면.

일본어로 창작활동을 했다는 사실 자체가 친일의 낙인으로 연결되었던 해방 후 한국에서는 경성제대 출신의 인물들이 종종 자신의 일본어 창작활동을 은폐하거나 공개하지 않으려했다. 자연히 이들이 1940년대에 발행된 『조선총력(朝鮮總力)』과 『국민문학(國民文學)』에서 행했던 문학 활동은 줄곧 비판의 대상이 되어왔고 2000년대에 들어서야 조금씩 협력-저항의 이분법적 사고에서 벗어난 연구들이 발표되고 있다. 그러나 대만에서는 협력-저항의 프레임이 아닌 우호적-대립적 프레임에서 1940년대의 잡지를 바라보고 있으며, 당시 잡지활동에 가담했던 재만일본인 작가들이 상당수였고 이들을 대만문학의 수행자로서 여기고 있다. 이러한 사실은 두 식민지의 고등교육기관 잡지에서 나타난 온도차와 매우 닮아있으며 위에서 다루어왔던 잡지들의 양태가 결국, 양국의 1940년대 문학사의 전사(前史)로서 기능했다는 사실과 이어지는 것이다.

4. 나가며

이 글에서는 조선과 대만의 고등교육기관인 경성제국대학과 대북제국대학, 대북고등학교의 문예활동을 살펴보았다. '외지'에 설립된 고등교육기관은 표면적으로는 식민지에 높은 수준의 지식을 습득할 수 있는 기회를 부여하고 있는 듯이 보일 수 있으나, 정작 내지인들이나 식민지에 정착하여 살고 있던 재조일본인, 재만일본인 2세들이 과반수를 점하고 있다는 점에서 그렇지 않다는 것을 확인하였다. 또한 「내지」 전체를 두고 보았을 때 '외지' 고등교육기관의 설립정황과 초기 행보 등이 식민지 학생들의 교육적 편의와 관계없는 제국 일본의 식민지 정책 방침에 따른 것이었음을 확인할 수 있었다.

또한 『청량』과 『쇼후』, 『성대문학』과 『대대문학』의 구성비에 근거해 두 식민지의 일본어 문학에 대한 온도차를 확인하였다. 그리고 이 잡지들에서 활동했던 식민지 인텔리들의 졸업 이후의 추이를 비교하며 살펴보면서 오늘날 한국의 식민지기 일본어문학의 인식과 대만의 식민지기 일본어문학 인식이 1920-30년대의 학생들에게도 이미 나타나고 있었다는 것을 밝혔다. 한국과 대만의 대일의식 혹은 식민지 지배에 대한 인식의 근원을 이들 교육기관의 설립과 운용에 있어서의 일제의 태도와 그곳에서 직접 일본어문학을 수행했던 식민지 인텔리들에게서 찾아볼 수 있다는 사실은 앞으로도 식민지 제국대학 및 대북고등학교에 대한 비교연구의 필요성을 절감하게 했다. 금후의 과제로서 이 글에서 부족했던 대만 측 자료의 수집과 연구를 진행하는 한편, 이들 학생들이 수행했던 작품들을 검토하고 이 정황자료를 토대로 조선과 대만의 '외지' 고등교육기관에서 이루어진 문예활동의 비교 연구를 수행하려 한다.

근대 서간문의 양상

-국정교과서『國語讀本』의 편지글과 민간 학습서 척독문을 중심으로-

한원미

1. 서론

본 연구는 근대 일본어 학습서 연구의 일환으로 한국에서 발행된 일본어 서간문 중 총독부에서 발행한 국정 교과서에 실린 편지문과 민간 척독문[1]의 구성 및 형식을 통하여 서간문의 특징에 대하여 알아보고자 한다.

근대에 발간된 일본어 서간문은 교과서에 단편적으로 실린 편지문을 제외하고 대부분이 척독문의 형태로 발간되었다. 이에 본 연구에서는 국정 교과서『國語讀本』에 실린 편지문과 민간에서 출판된 일본어 서간문 중 척독문『獨習 日韓尺牘』의 서지정보, 책의 구성 형태에 대하여 알아보고 당시 일본어 글쓰기 중 하나인 서간문의 일본어 학습서로서의 연구 가능성에 대하여 생각해보고자 한다.

서간은 수신자와 발신자가 명확한 편지문이며 당시 의사소통 수단으

1) 편지를 쓰기 위해 편지 문구를 모아 놓은 편지 예문집.

로서 일상생활에서 실용적으로 사용되었을 것으로 생각된다. 따라서 당시 출판된 서간문을 시기별로 분류하여 연구한다면 다음과 같은 연구 성과가 기대된다. 첫째, 서간문의 내용을 통하여 문어체에서 사용되는 언어 및 어휘의 실태 파악에 용이하다. 특히 일본과 한국의 서간문의 경우는 문어체에서 구어체로 변화해 가는 과정 및 문체에 대한 당대 사람들의 인식에 관하여 살펴보는데 유용한 자료가 될 것으로 생각된다.

둘째, 근대 작문 학습서로서의 가능성에 대하여 판단할 수 있을 것으로 생각된다. 우정국이 설치되면서 우편을 통한 교류가 활성화 되었고 이에 따라 편지글 쓰기가 강조되었다. 학교 교과서에서는 우편을 쓰는 법, 봉투 사용법, 우정국 이용 방법 등에 관한 내용이 실렸으며, 민간에서는 다양한 상황에 맞는 편지글 형식을 모아놓은 척독문이 출판되었다. 이에 교과서와 민간 출판물에 실린 내용과 구성 형태를 살펴보면 실제 편지글쓰기가 교육현장에서 어떠한 형식으로 교육되었는지를 생각해 볼 수 있을 것으로 판단된다.

따라서 본 연구에서는 근대 서간문 중 하나인 국정교과서『國語讀本』과 민간 학습서『獨習 日韓尺牘』을 소개하는 것을 통해 당시 서간문의 특징 및 내용에 대하여 알아보고자 한다.

2. 본론

본론에 들어가기에 앞서 서간(척독)의 뜻이 무엇이며 언제부터 발생된 장르였으며, 시대에 따라 어떻게 인식되어 왔는가에 대하여 간단하게 설명하고자 한다.

2.1. 서간[尺牘]문이란

<尺牘>은 발신자와 수신자가 분명한 개인적 서신(편지)를 의미한다. 이것은 회화서나 문법서와 같이 개화기에 새롭게 등장한 책의 장르가 아니다. 이것은 문자를 사용하던 전 시대에 걸쳐 사용되는 것이었다. 기본적으로 서신은 발신자와 수신자의 관계가 확실하다. 다만 전달 목적, 수신자의 성격 등에 따라서 재분류 되기도 한다. 만일 공적인 내용을 전달하고자 한다면 상소문이나 호소문과 같은 종류로 분류된다. 尺牘문은 이 중 발신자가 사적인 일이나 감정을 수신자에게 전달하는 편지글을 의미한다.

이것은 조선시대 후기에 와서 점차 형식화되기 시작했다. 양반계층인 허균, 박지원 등을 시작으로 척독문은 평균 150자 정도의 한자만을 가지고 간결하게 작성되야 한다는 규칙이 형성되었다. 이것은 서간[尺牘]문이 단순히 사적인 편지글로서 인식되지 않고 당시 지배계층만이 누릴 수 있는 교양 중 하나로 인식되고 있었다는 것으로 해석할 수 있다. 이 후 척독문을 쓰는 방법과 같은 책이 유행하기 시작하며 척독문을 작성하는 것은 양반이 갖추어야 할 기본 교양으로 여기어졌다.

이와 같은 관념은 개화기에 접어들고 신분계층이 무너지기 시작하면서 양반에서 서민까지 갖추어야 할 기본 교양으로 확대되었다. 당시는 외세의 침략으로 국가의 자주권이 위협받던 시기였기에 국가의 발전을 위해서는 민중계몽이 필요하다는 인식이 지배계층에 확산되어 있었다. 이에 따라 민중들에게도 글을 읽고 쓸 수 있는 교육의 필요성이 대두되었고, 습득에 시간이 걸리는 한자 대신 한글로 글을 쓰자는 분위기가 지식인들을 중심으로 형성되어 독립신문과 같은 한글 신문 등이 발행되기까지 하였다.

위와 같은 분위기 속에서, 척독문은 근대 편지글의 규범집으로 자리잡게 된다. 민중들이 접하고 활용할 수 있는 글쓰기로 서간문이 유용하였기 때문이다. 이것은 우편을 통한 의사소통이 일반적이었던 시대 상황에서, 대중들이 편지를 통하여 자신의 의사를 전달할 수 있었기 때문으로 추측할 수 있다. 당시 척독문의 인기는 높았던 것으로 보인다. 편찬된 척독문의 종류는 약 160여 종에 이르며 김우균의 『尺牘完編』은 약 10여 차례 재판될 정도로 척독문은 당시 출판계에 있어서 중요한 수입원이자 근대 출판물의 대중적인 장르였다는 것을 알 수 있다.

현대에는 척독문이 근대적 글쓰기의 일환으로서 한문체에서 한글체로 바뀌는 과정이 그대로 드러난다는 점에서 최근 국어학계에서 주목하고 있는 자료이다. 그러나 한국인이 만든 척독문은 한문체에 토(조사)를 다는 정도에 그치고 있어 문체의 변화과정을 살펴보기에는 한계가 있다는 지적도 있다.

2.2. 근대의 서간문

개화기 조선에서는 서구문물을 받아들이는 과정에서 일본의 언문일치운동[2)]의 영향을 받게 된다. 일본에서 먼저 시작된 이 운동으로 인하여 일본의 국정교과서 및 소설, 신문기사, 잡지에서는 순한문체로 구성된 문어체를 탈피하고 구어체를 글쓰기에 반영시키려는 다양한 시도가 있었다. 특히 「です、ます、である、でござる」 등과 같은 문말 표현이 소설이나 신문 기사에서 실험적으로 사용되기 시작하였다.

---

2) 이것은 문어체와 구어체가 분리되어 쓰이고 있던 문체와 글자를 하나로 통일시키려는 운동이었다.

조선은 일본 유학파 지식인들이 일본 서적을 번역하는 과정에서 처음으로 유길준의 『西遊見聞』이 순한문체에서 탈피한 국한문혼용체로 구성되었다. 『西遊見聞』을 보면 어휘의 대부분은 한자로 구성되어 있으며, 조사 및 문말 표현 정도만 한글로 표기 된 것을 볼 수 있다. 이것은 순한문체에서 완전히 벗어났다고는 할 수 없으나, 문체변화의 과도기가 시작되었다는 점에서 의미가 있다. 그 뒤 서재필이 창간한 독립신문도 순한글판으로 신문을 제작하는 등 조선 국내에서도 민중 계몽을 위한 방안의 하나로서 언문일치운동이 꾸준히 시도되었다.

그리고 우정국이 설치되면서 국내뿐만 아니라 멀리 해외까지도 서신왕래가 가능하게 되자 글쓰기는 계몽운동의 하나로 인식되면서 대중들도 많은 관심을 가지게 되면서, 순한문체를 탈피하고 대중들이 쉽게 쓸 수 있는 한글체로 변화해 가는 움직임이 있었다.

서간문은 국정교과서의 편지문과 민간 학습서의 척독문으로 크게 두 가지의 형태로 나눌 수 있다. 일본 국정교과서에 실린 편지문의 형태를 보면 저학년이 사용하는 교과서에는 전문이 和語로 되어 있지만 고학년으로 올라갈수록 한문어투의 문구가 사용되고 있는 것을 확인 할 수 있었다. 이것은 편지문은 한문체에서 완전히 벗어나지 못하기 때문에 나타나는 현상으로 생각할 수 있다.

민간 출판사에서는 주로 척독문을 출판하였다. 척독문은 상황에 따라서 사용할 편지문구를 모아놓은 책으로 1900년대부터 일반인까지 갖추어야 할 기본 소양으로 자리 잡았으며, 1900년대~1930년대까지 성황리에 출판되었다. 이것은 우편을 통한 의사소통이 일반적이었던 시대 상황에서 대중들이 편지를 통하여 자신의 의사를 전달하고자 하였기 때문으로 생각된다.

척독문은 당시 근대화를 상징하는 글쓰기의 대표적인 장르였고 식민지가 된 후 일본의 식민정책의 일환으로 국정 교과서에 편지문 단원을 구성하였다는 점으로 보아 개화기 출판계 및 학습서의 측면에서 서간문의 연구 필요성이 있다고 생각한다. 이에 이 글에서는 서간문 연구의 일환으로 『國語讀本』과 민간 학습서 『獨習 日韓尺牘』이 어떠한 특징을 가지고 있는가를 살펴보고자 한다.

3. 국정교과서와 민간 출판사의 척독문

이 글에서는 서간문을 크게 국정 교과서 『國語讀本』에 실린 편지문과 민간 출판사에서 출판된 척독문으로 나누어서 그 특징을 살펴보고자 한다.

3.1. 『普通學校 國語讀本』

국정교과서인 『國語讀本』은 식민지기, 4번의 조선 교육령에 따라서 교과서의 성격이 달라진다. 이에 박경수·김순전(2011)[3]는 식민지 시기를 1기부터 5기까지 나누어서 『普通學校 國語讀本』에 나오는 척독문의 내용을 각 시기 별 교육목표와 연관하여 고찰하였다.

3) 박경수·김순전, 「『國語讀本』서간문에 투영된 조선인 教化樣相」 『日本語文學』 50, 2011, 283-304면.

目錄

第一課	日光	二
第二課	稲刈	六
第三課	明治天皇	十二
第四課	菊	十六
第五課	朝鮮地理問答	十七
第六課	雁	二十三
第七課	甘藷	二十七
第八課	甘藷を贈る手紙	三十一
第九課	本州と四國	三十四
第十課	大阪からの手紙	三十八
第十一課	人ノカラダ(一)	四十二
第十二課	人ノカラダ(二)	四十六
第十三課	食物	五十
第十四課	胃の腑と身體	五十五
第十五課	年始狀	六十
第十六課	京都見物の話	六十四
第十七課	おもいやり	七十一
第十八課	九州ト臺灣	七十三
第十九課	北海道ト樺太	七十七
第二十課	[illegible]	八十一

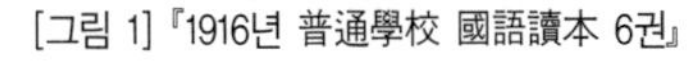
[그림 1]『1916년 普通學校 國語讀本 6권』

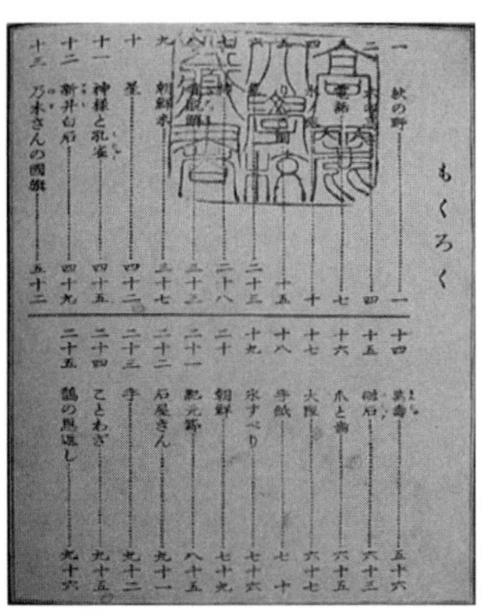
もくろく

一	秋の野	一
二	[illegible]	四
三	[illegible]	七
四	[illegible]	十
五	[illegible]	十五
六	[illegible]	二十三
七	[illegible]	二十八
八	[illegible]	三十二
九	朝鮮米	三十七
十	[illegible]	四十二
十一	神様と孔雀	四十五
十二	新井白石	四十九
十三	乃木さんの國旗	五十二
十四	[illegible]	五十六
十五	磁石	六十三
十六	[illegible]	六十五
十七	大阪	六十七
十八	手紙	七十
十九	氷すべり	七十六
二十	朝鮮	七十九
二十一	紀元節	八十五
二十二	石屋さん	九十一
二十三	[illegible]	九十二
二十四	ことわざ	九十五
二十五	鶴の恩返し	九十六

『1937년 普通學校 國語讀本 6권』

『普通學校 國語讀本』은 낮은 권수에서는 구어체의 간단한 편지문 형식이 실려있으며 권수가 높아질수록 긴 문장의 편지문 형식이 나타난다. 이하는 박경수 · 김순전(2011)이 정리해 놓은 국어독본 1기의 편지글이다.

이 글에서는 국정교과서 1기 『普通學校 國語讀本』에 실린 편지문과 비슷한 연도에 출판된 일본어 척독문 『獨習 日韓尺牘』의 구성 형태를 대조해 보았다. 우선 『普通學校 國語讀本』에서는 편지글이 많은 부분을 차지하고 있지는 않았지만 꾸준히 실려 있는 것을 확인 할 수 있었다. 또한 1기~3기까지 발행된 『國語讀本』의 내용은 전부 다른 내용으로 구성되어 있었다. 이하는 고려대학교 중앙도서관에 소장되어 있는 1기부터 3기의 국어독본이며 각각의 내용이 전부 다른 것을 확인하였다.

『國語讀本』에 실린 우편 및 편지에 관련된 과는 총 6개이며 이것을 표로 정리하면 다음과 같다.

[표 1][4)]

권-과	단 원 명	발신자/수신자	특 징
6-8	고구마를 보내는 편지 (甘藷を贈る手紙)	金仁孫↔李先吉	날짜, 발신자, 수신자 표기
6-10	오사카에서 온 편지 (大阪からの手紙)	容植 ↔完植	겉봉투 쓰는 법 예시
7-10	출발 날짜를 문의하는 편지 (出立の日取を問い合わせる手紙)	미상↔미상	
7-16	병문안 편지(病氣見舞い手紙)	미상↔미상	
8-12	책을 빌리는 편지 (書物を借用する手紙)	미상↔미상	구어문과 문어체(候文)를 대비하여 서술함
8-23	은사님께 보내는 편지 (舊師に送る手紙)	제자↔옛은사님	(候文)

박경수・김순전(2011)은 1기부터 4기까지의 편지글은 구어체로 사용하여 읽기에 용이하게 만들었으며 그 내용은 「조선교육령」에 있는 식민지 교육정책과 연관되도록 편찬되었다고 밝히고 있다.

필자가 조사한 『國語讀本』의 편지문을 보면 책의 권수가 높아질수록 문장이 길어지고, 한자 어휘의 사용 빈도가 높아지는 것을 알 수 있다. 그로인해 편지문의 문체도 이하의 그림과 같이 점차적으로 복잡해지고 어려워지는 경향이 보인다.

4) 박경수・김순전, 「『國語讀本』서간문에 투영된 조선인 教化様相」 『日本語文學』 50, 2011, 284-288면.

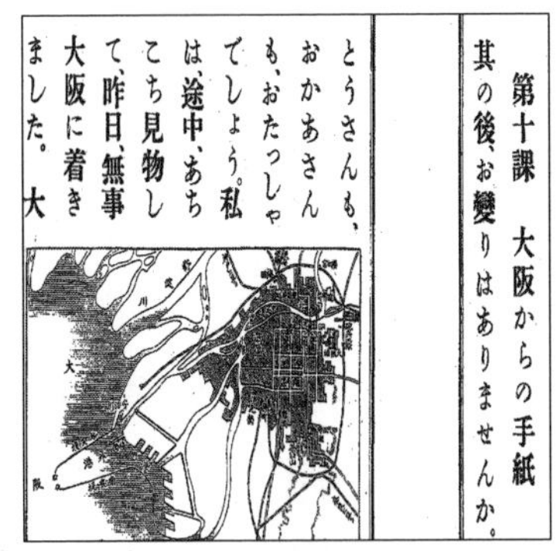
第十課　大阪からの手紙
其の後、お變りはありませんか。
とうさんも、おかあさんも、おたっしゃでしょう。私は、途中、あちこち見物して、昨日、無事大阪に着きました。大

[그림 2] 6권 편지문

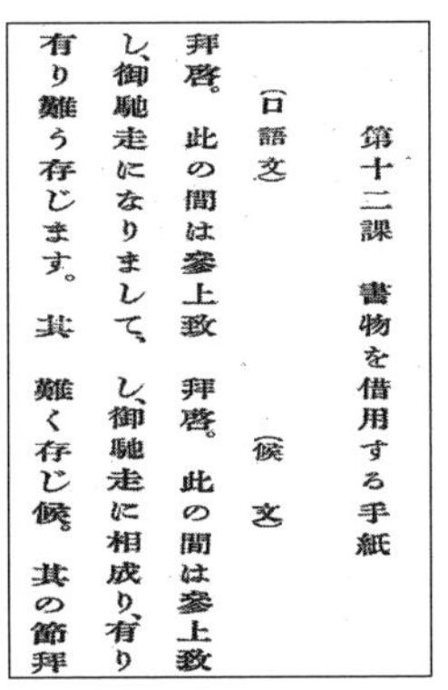
第十二課　書物を借用する手紙
（口語文）
拜啓。此の間は參上致し、御馳走になりまして、有り難う存じます。其
（候文）
拜啓。此の間は參上致し、御馳走に相成り、有り難く存じ候。其の節拜

8권 편지문 비교

그리고『國語讀本』8권의 12과를 보면 같은 내용의 편지문을 이하의 [그림 3]과 같이 구어체와 문어체로 나눈 것이 보인다. 이것은 편지글 문체에서 구어체를 사용하는 것이 일상화 되지 않았기 때문이라고 생각한다.

（口語文）
拜啓。御手紙拜見致しました。先達ては折角御出で下さいましたのに、一向御構ひ申しませんで、失禮致しました。御申し遣はしの農業書は、只今、自分方では不用でございますから、御使に持たせて差上げます。ゆ

（候文）
拜啓。御手紙拜見候。先達ては折角て下され候處、一向ひ申さず、失禮致し申し遣はしの農業只今、自分方にてはに付、御使に持たせげ候。ゆるく御されたく候。草々

[그림 3] 구어체 문어체[5]

5)『普通學校 國語讀本 8권 12과』, 1915, 45면.

3.2. 민간 학습서『獨習 日韓尺牘』

서간문 중 축하, 감사, 위로와 같이 상황에 맞추어서 사용하는 예문을 모아놓은 편지 예문집을 척독문이라고 한다. 이것은 1890년대 김우균의 『尺牘完編』이 출판된 이후로 유행하게 된다.

척독문은 목차가 세분화되어 있다는 특징이 있다. 다른 출판물과 달리 목차 페이지가 평균적으로 10장이 넘으며 목차의 내용은 책마다 거의 비슷하다. 이렇게 목차가 상세하게 분류되어 구성된 것은 상황에 맞추어 목차에서 골라서 편지를 쓸 수 있게끔 구성하였기 때문으로 생각된다. 본 발표의 조사 대상이 된 정운복의『獨習 日韓尺牘』은 목차가 32페이지에 달한다. 이하의 [그림 4]『獨習 日韓尺牘』의 목차의 일부를 나타낸 것이다.

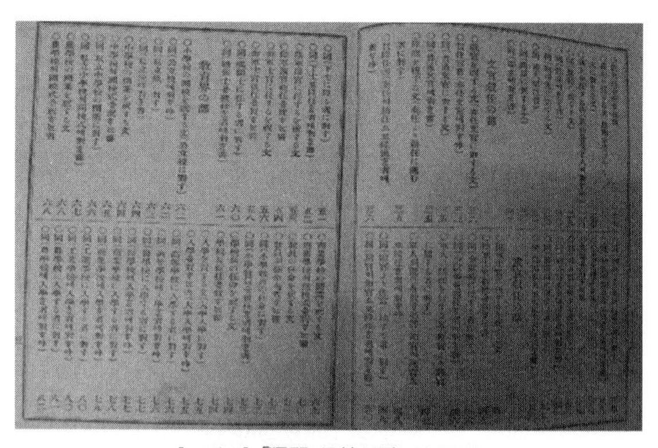

[그림 4]「獨習 日韓尺牘」의 목차

위처럼 척독문의 목차 구성 형태는 여느 책 보다 상세하게 나와 있는 것을 알 수 있다. 또한 조사과정에서 일본에서 1870년대에 발간된 척독문의 목차 구성 형태와 비슷하다는 것을 알 수 있었다. 이것으로 보아 한국에서 유행한 척독문의 구성 형태가 일본의 척독문의 영향을 받았을 것으로 생각된다.

이와 같은 척독문은 우편이 발달하게 되면서 점차 종류가 다양해졌으며 1910년 식민지 이후부터는 한국어 척독문뿐만 아니라 일본어 척독문도 발행되었다. 지금까지 확인한 일본어 척독문은 약 19개이며 거의 비슷한 형태로 출판된 것을 확인할 수 있었다. 특히 일한 대역문으로 되어 있다는 점, 양국어 모두 한문어투의 비중이 높다는 점이 공통점으로 나타났다. 이하는 한국에서 출판된 일본어 척독문 『獨習 日韓尺牘』에 대하여 소개하도록 하겠다.

정운복이 저술한 『獨習 日韓尺牘』은 1909년 <日韓書房>에서 발간되었으며 서문 2장, 범례 1장, 목차 32장을 포함하여 총 513페이지로 구성되어 있다.

책의 구성은 2단으로 나뉘어져 있으며 상단 오른쪽부터 일본어문이 쓰여 있고 문장이 끝나면 바로 조선어로 대역이 되어 있는 것을 알 수 있다.

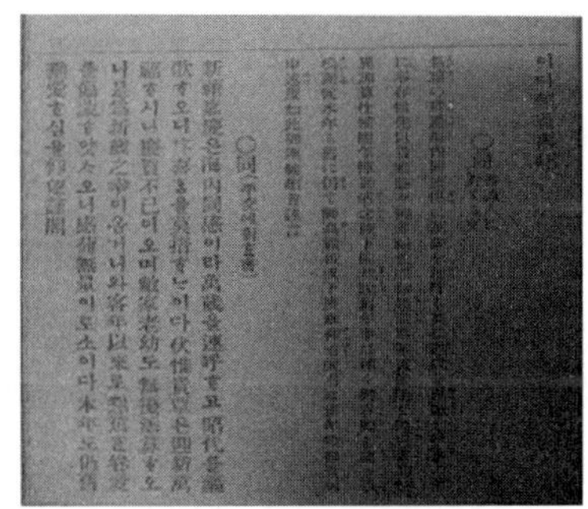

[그림 5] 「獨習 日韓尺牘」의 구성형태

목차는 32페이지이며, 총 16文으로 구성되어 있으며 내용은 478페이지에 걸쳐 구성되어 있다. 척독문은 文아래 다양한 部로 나뉘어 있는 구성으로 되어 있다. 이하는 그 내용을 소개한 것이다.

『獨習 日韓尺牘』「목차」
祝賀門－季節, 文官, 武官, 教育界, 選擧, 營業, 愛事, 七木, 營業, 雜事
訪問門－營業, 災害, 雜文
報知門－勤業, 教育, 災事, 雜事
照會門－季節, 營業, 人事, 教育, 雜事
誘引門－季節, 雜事
勸告文－營業, 學事, 雜事
照興門－季節, 雜興
送致門－營業, 雜事
招聘門－季節, 愛事, 雜事
貸借門－營業, 雜事
督借門－營業, 雜事
謝禮門－人事, 雜事
謝絶門－營業, 雜事
謝罪門－營業, 雜事
忠告文－雜事
吊財

목차를 보면 축하, 방문, 사례, 사죄, 충고 등에 관련하여 내용을 세분화 하여 구성한 것을 알 수 있다. 이것은 대중들이 책을 사용할 때 본인에게 알맞은 상황을 쉽게 찾을 수 있도록 구성한 것이라고 생각된다.

민간 학습서인 일본어 척독문은 위에서 보다시피 국정교과서의 편지문보다 한문체의 비중이 높게 나타나는 것을 알 수 있다. 그리고 척독문이 상황에 맞는 편지예문을 모아놓은 편지예문집이라는 것과 목차가 다른 학습서보다 상세하게 분류되어 있다는 점은 다른 학습서와 다른 점이라고 할 수 있다. 또한 교과서, 회화서, 사전, 문법서 등은 면학에 참고할 수 있는 참고서 역할을 하였다면, 척독문은 한문어투가 많아 대중들이 학습하기에는 그 내용이 방대하고 어렵기 때문에 상황에 맞는 편지 예문을 대중들이 직접 필사할 수 있도록 사용하였을 것으로 추측된다.

4. 결론

이상으로 국정교과서『普通學校 國語讀本』의 편지문과 민간 학습서의『獨習日韓尺牘』의 구성 형태를 살펴보았다. 이것으로 다음과 같은 차이점이 있는 것을 알 수 있었다.

우선 언어적인 측면에서는 국정 교과서『普通學校 國語讀本』의 편지문의 경우 저학년용은 가능한 구어체를 사용하고 한자의 사용을 최대한 배제하고자 한 것을 알 수 있다. 다만 고학년용은 같은 내용을 구어체와 문어체로 표현하고 있어 편지글에서는 문어체를 완전히 배제하는 것이 어려웠던 것으로 생각된다.

반면 척독문은 100%문어체로 되어 있는 것을 확인할 수 있었다. 또한 목차가 다른 책들에 비해 상당히 자세하며 많은 분량을 차지하고 있었다. 이와 같은 사실로 보아 당시 일상생활에서 편지글은 여전히 문어체 위주로 사용되고 있었다는 것으로 생각할 수 있다. 그리고 순한문체는 아니지만 한문어투 위주의 문어체를 사용하고 있는데, 이것은 일반 대중들이 실제로 척독문의 예문을 이해하여 사용한 것보다는 상황에 맞는 예문을 그대로 필사하기 위한 용도로 활용되었을 것으로 추측된다.

내용적인 측면에서도 국정교과서『普通學校 國語讀本』과 민간 학습서의『獨習 日韓尺牘』는 차이가 있었다.『國語讀本』은 일상생활에서 있었던 평범한 내용이 주를 이뤘던 반면,『獨習 日韓尺牘』은 공식적으로 예를 표해야 할 경우에 사용될 만한 한문어투의 문구로 이루어져 있었다는 것을 알 수 있었다.

이번 조사로 국정 교과서의 편지문과 척독문에는 문체와 내용상에 차이가 있는 것을 알 수 있었다. 다만 본 조사는 국정 교과서 1기에 실린 내용과 일본어 척독문 중 일부를 다뤘을 뿐 한국의 척독문이 일본 현지에서 발간된 척독문의 영향을 받은 것이 대한 부분은 정확한 조사가 이루어지지 않았기에 이에 관한 연구를 금후의 과제로 삼기로 한다.

참고문헌

박경수·김순전, 「『國語讀本』서간문에 투영된 조선인 敎化樣相」, 『日本語文學』 50, 2011.

김성수, 「근대 초기의 서간(書簡)과 글쓰기 교육 : 독본·척독·서간집 텍스트를 중심으로」, 『한국근대문학회』 21, 2010.

박해남, 「척독 교본을 통해 본 근대적 글쓰기의 성격 재고」, 『반교어문학회』 36, 2014.

성낙연, 「尺牘의 敎材化 方案」, 한국교원대학교 대학원 국어교육학과 한문교육전공석사 학위 논문, 2013.

홍인숙, 「근대 척독집 간행현황과 시대별 변화 양상」, 『한국고전연구』 24집, 2011.

_____, 「1920~30년대 '편지예문집류 척독집'의 양상과 그 특징」, 『동양고전연구』 51집, 2013.

이경현, 「1910년대 신문관의 문학 기획과 한국 근대문학의 형성」, 서울대 박사학위논문, 2013.

임상석, 「국한문체 작문법과 계몽기의 문화의식」, 『한국언어문화』 33집, 2007.3집, 2007.

요시다 시게루(吉田茂)의 아시아 인식

김남은

1. 서론

일반적으로 전후 일본은 점령기 요시다의 설계도에 따라 '경무장, 미일 안보, 경제중심'이라는 이른바 '요시다 독트린'의 기본방침에 따라 형성되어 왔으며, 전후 일본의 외교 또한 요시다 노선을 기점으로 이루어져 왔다고 평가되어지고 있다. 이러한 점에서 요시다 노선이란 미국 의존을 전제로 하는 외교에 대한 선택과 각오로서 패전국 일본에게 있어서는 매우 효율적인 전략이었다고 볼 수 있다. 특히 일본이 고도성장의 시대로 접어들면서는 요시다 노선이야말로 전후 일본을 재건한 성공의 초석이었다는 인식도 확립되어 갔다. 이처럼 1945년부터 1952년까지 계속되었던 점령기의 대부분을 수상으로 지내며 일본의 재건을 두고 미국과의 관계를 고민한 요시다의 선택은 전후 일본의 삶에 일정한 형태를 부여한 것만은 사실이다.

그러나 그 이면에는 전후 일본 외교가 아시아 외교에 관해서는 항상 명확한 기본방침을 가지고 있지 않다는 구조적 문제를 안고 있다는 점에 유의해야 한다. 즉 '경무장, 미일안보, 경제중심주의' 노선 모두 일본의 아시아 국가들과의 관계에 대해 직접적인 지침이 되는 것은 아니었기 때문이다. 전후 초기에는 아시아에서의 냉전관계, 80년대부터는 상호의존 관계의 진전과 전쟁책임, 그리고 내셔널리즘을 둘러싼 마찰의 문제 등이 일본 외교에서 매우 중요한 과제로 부상하였음에도 불구하고 요시다 노선은 일본이 아시아와 어떤 관계를 구축해야 할지에 대해 직접적인 해답을 주지 못하였다. 요시다 외교에 관한 연구에서 아시아와의 관계가 대상화되지 못한 것도 바로 이 때문이다. 일본의 문명론적인 관점에서 보면 일본이 아시아에 대해 어떤 태도를 취해야하는지에 대한 문제는 메이지유신 이래 계속되어진 일본의 정치・사상적 문제였으며, 전후의 맥락에서 보면 이는 요시다 노선에 잠재되어 있는 구조적 문제를 의미한다. 뿐만 아니라 아시아가 국제정치경제의 주체로서 성장한 현실에서는 이러한 문제야말로 일본 외교의 혼란을 더욱 심화시키는 결과를 가져오고 있는지도 모른다.

요시다에 관해서는 이미 무수히 많은 연구가 존재한다.[1] 그럼에도 불

---

1) 먼저 요시다의 리더십에 대한 예찬론 또는 찬미론이라고 할 수 있는 긍적적인 평가를 내리고 있는 연구로서 高坂正堯, 『宰相吉田茂』, 中央公論新社, 1968 ; 工藤美代子, 『赫奕たる反骨, 吉田茂』, 日本経済新聞出版社, 2010 ; 北康利, 『吉田茂 : ポピュリズムに背を向けて』講談社, 2009 ; 北康利, 『吉田茂の見た夢 : 獨立心なくして國家なし』扶桑社, 2010 등의 연구서와 渡部昇一・工藤美代子, "今こそ「吉田茂」待望論" 『Will』, 2010. 6, 62-73면 ; 北康利, "吉田にみる復興への志", 『歴史通』 7, 2011, 66-77면 등의 연구논문이 있다. 물론 이에 대한 비판의 목소리도 적지 않다. 片岡鐵哉 『さらば吉田茂 : 虛構なき戰後政治史』, 文藝春秋, 1992 ; 孫崎享, 『戰後史の正体 1945-2012』, 創元社, 2012 등이 그에 해당한다. 요시다 독트린에 관한 논의를 다루고 있는 연구로서는 永井陽之助, "吉田ドクトリンは永遠なり", 『文藝春秋』 5, 1984 ; 片岡鐵哉 "さらば吉田茂 : 虛構なき戰後政治史", 『文藝春秋』, 1992 ; 三浦陽一, 『吉田茂とサンフランシスコ講話』 (上・下), 大月書店, 1996 ; 中西寛, "「吉田ドクトリン」の形成と変容 : 政治における「認識と当爲」との關連において", 『法學論叢』, 152 (5・6), 2003, 276-314면 등이 있다. 요시다의 전기류에 해당하는 것으로는 猪木正道, 『評伝吉田茂』 全 4 巻, ちくま學芸文庫, 1995 ; 井上壽一, 『吉

구하고 요시다의 아시에 대한 인식과 태도에 관해서는 아직 충분히 해명되지 않은 부분이 많으며, 특히 전전과 전후를 통해 요시다와 아시아와의 관계를 총체적으로 포착하려는 시도는 매우 적다.[2] 그러나 요시다와 아시아와의 관계를 해명하는 것은 전후 일본의 아시아 외교를 이해하고 평가하는 데 핵심적 중요성을 가질 뿐만 아니라, 전후 일본 외교의 기본 틀을 평가하는 데도 반드시 필요한 작업이다. 이 글에서는 요시다가 '국제협조주의'라는 국제적 협력관계의 틀 안에서 아시아와의 관계를 어떻

田茂と昭和史』, 講談社, 2009 ; 工藤美代子, 『赫奕たる反骨, 吉田茂』, 日本経済新聞出版社, 2010 등이 있으며, 村井哲也, 『戦後政治体制の起源 : 吉田茂の「官邸主導」』, 藤原書店, 2008과 楠綾子, 『吉田茂と安全保障政策の形成 : 日米の構想とその相互作用, 1943-1952』, ミネルヴァ書房, 2009와 같이 국내정치에 초점을 두거나 안보정책에 초점을 둔 연구도 존재한다. 이 밖에도 ジョン・ダワ, 『吉田茂とその時代』(上・下), (大窪愿二譯) TBSブリタニカ, 1981 ; リチャード B. フィン(Richard B. Finn) 『マッカーサーと吉田茂』, (上・下) 同文書院インターナショナル, 1993와 같이 미국의 시각에서 다룬 요시다의 연구가 있다.

2) 도베 료이치(戸部良一)는 "吉田茂と中國", 吉田茂記念事業財団編 『人間吉田茂』, 中央公論社, 1991, 293-303면에서 전전의 요시다의 대중정책을 분석한 뒤 전후에서도 일정한 연속성을 찾아볼 수 있음을 지적하고 있으나, 전후의 요시다의 대중정책에 관해서는 결론부에서 언급하는 것에 그친다. 또한 기타오카 신이치(北岡伸一)는 "吉田茂における戦前と戦後", 近代日本研究會編 『近代日本研究 : 戦後外交の形成』16, 山川出版社, 1994, 105-131면에서 요시다의 외교인식이 전전과 전후에서 비교적 일관하고 있음을 논하고 있지만 아시아 정책에 대한 언급은 매우 부분적이다. 나카니시 히로시(中西寛)의 논문 "吉田茂のアジア觀 : 近代日本外交のアポリアの構造", 『國際政治 : 吉田路線の再檢証』, 151, 2008은 요시다 외교가 영미중심의 문명관을 가지고 있었기 때문에 아시아, 특히 중국 및 한국의 관계에 대해 분명한 지침을 갖지 못하였다고 지적하고, 요시다의 전전부터의 연속성을 주장하고 있다. 하지만 메이지시대의 세계관, 대외관이 그 이후의 아시아와의 관계를 규정했다는 결론을 도출해내면서도 메이지시대의 세계관과 대외관에 대한 충분한 검증보다는 주변인들로부터의 영향력에 보다 초점을 두고 있다는 한계를 지닌다. 한편 외교관 시절의 요시다에 대한 외교사적 연구도 활발히 이루어져 왔다. 특히 요시다의 봉천 총영사 시대(奉天總領事, 1925년 10월-1927년 12월)의 만몽정책(滿蒙政策)에 대한 상세한 연구로서는 衛藤瀋吉, "京奉線遮斷問題の外交過程 : 田中外交とその背景", 篠原一・三谷太一郎編 『近代日本の政治指導』, 東京大學出版會, 1965, 375-425면 ; 佐藤元英, "吉田茂の奉天總領事時代 : 對滿蒙政策の思想と行動," 『近代日本の外交と軍事 : 權益擁護と侵略の構造』, 吉川弘文館, 2002, 177-202면 등이 대표적이다. 전후의 요시다의 대중 정책에 관해서는 陳肇斌, 『戦後日本の中國政策 : 一九五〇年代東アジア國際政治の文脈』, 東京大學出版會, 2000 ; 袁克勤, 『アメリカと日華講和』, 柏書房, 2001과 같은 연구가 존재한다.

게 인식하고 있었는지를 밝힘으로써, 전후 일본의 아시아 관계에 대한 구조적 문제를 규명하고자 한다. 또한 전후 일본의 아시아 인식이 근대 일본의 아시아 인식과 밀접한 관련성을 가지고 있으며 현재까지도 일본의 아시아 지역에 대한 인식의 토대를 제공하고 있다는 점에 역점을 두고, 요시다의 아시아 인식 특히 한국과 중국에 대한 인식을 중심으로 전전과 전후의 연속성이라는 관점에서 고찰해 보고자 한다.

2. 근대 일본에 있어 요시다의 국가 전략과 아시아 인식

많은 연구들은 요시다가 메이지인으로서의 자기동일시와 영국적 자유주의 기풍, 그리고 전통주의와 천황숭배 등 서로 어울리지 않는 지향을 가지고 있음을 지적하고, 그 이유를 그의 성장과정에서 설명하고 있다.[3] 그러나 서구문물에 개방적인 메이지인으로서 자유주의자이면서 동시에 천황주의자인 것은 비단 요시다만의 특징이 아니며, 요시다는 메이지 시대의 기풍을 대표하는 한 사람으로서 볼 수 있다. 그리고 요시다는 국가건설 지도자인 이와쿠라 도모미(岩倉具視), 기도 다카요시(木戸孝允), 오쿠보 도시미치(大久保利通), 이토 히로부미(伊藤博文) 등의 문명개화, 부국강병을 목표로 한 국가건설 업적을 높이 평가하고, 입헌군주제의 초석을 다진 메이지 국가정신을 높이 찬양한 대표적인 인물이었다는 것에 주목할 필요가 있다.[4]

---

3) ジョン・ダワ, 『吉田茂とその時代』 (上下), (大窪愿二譯) TBSブリタニカ, 1981, 6-25면 ; 保阪正康, 『吉田茂という逆說』中央公論新社, 2003, 17-54면 ; 原彬久, 『吉田茂 : 尊皇の政治家』岩波書店, 2005, 4-29면.

주지하는 바와 같이 요시다는 외교관 인생의 대부분을 중국에서 보냈으며 유럽에 임명되어 있는 동안에도 중국문제에 대해 끊임없이 고민하고 있었다. 전후에서도 요시다는 아시아, 특히 중국과의 관계에 대해서는 많은 심혈을 기울였는데, 그것은 단지 요시다 개인의 문제가 아니라 메이지 이후 일본 외교에서 중국이 가지는 비중이 그만큼 컸다는 것을 의미하는 것이기도 하다. 요시다는 1906년 텐진(天津)에서 외교관 생활을 시작하여 곧바로 펑톈(奉天)으로 근무지를 옮겼다. 펑톈에서 요시다는 러일전쟁 직후 일본이 점령한 만주지역을 둘러싸고 러시아, 그리고 중국과의 교섭에 참가하였다. 이 시기 요시다는 일본의 권익을 위한 하나의 수단으로서 중국문제를 인식하고 있었는데, 그러나 그것은 아시아에 지역주의적 국제질서를 구축하려는 '아시아 맹주론'적 시도와는 구분되는 것으로, 중국을 발판으로 영국과 미국 등 제국들을 중심으로 한 보편주의적 국제질서의 형성에 일본이 당당히 참여해야 한다는 것이 요시다의 전략이었다. 예를 들어 1916년 3월 요시다는 장인 마키노 노부아키(牧野伸顯)[5]에게 보낸 서한에서 "제 어리석은 생각으로는 만주에서의 우리 정치경제적 지위를 확립하고 북경의 배후지에서 우리 세력을 이용하여 성실히 중국을 지도하기 위해 준비하는 것이 중요하다고 봅니다."라고 밝히고 있다.[6] 같은 해 6월 마키노 앞 서한에서도 일본이 중국을 분할하여

---

4) 渡辺昭夫, 『戰後日本の對外政策：國際關係の変容と日本の役割』, 有斐閣, 1985, 124면 ; 加瀨俊一, 『吉田茂の遺言』, (1967), 日本文芸社, 1993, 89면.

5) 마키노 노부아키(牧野伸顯)는 제1차 야마가타 내각에서는 외무대신에 임명되었으며, 제1차 세계대전이 끝난 뒤인 1919년에는 파리 강화 회의에 일본의 전권 대사로 참석하였다. 1925년에는 내무성 대신이 되어 1935년까지 재임하였으며, 제2차 세계대전 개전까지도 고문으로서 계속해서 쇼와 천황에게 영향력을 발휘하였다. 요시다 시게루는 사위, 일본 내각총리대신을 지낸 아소 다로는 마키노의 증손자에 해당되는 인물이다.

6) 吉田茂, 『吉田茂書翰』, 中央公論社, 1994, 607면.

일본의 배타적 식민지를 건설하는 것보다는, 중국의 영토를 보전하고 일본의 자유로운 경제활동을 통해 이익을 확보해 나가는 것이 보다 중요하다는 의견을 피력하였다.[7] 또한 1915년 요시다는 당시 오쿠마 내각(第2次大隈内閣)의 '대중국21개조요구(對中國二十一個條要求)'를 비판하며 정부방침에 대한 반대운동을 기도하기도 하였다. 그러나 요시다가 이에 반대했던 이유는 일본의 중국 진출을 반대한 것이 아니라 열강과의 정치적 협조 즉 제국 간의 질서유지를 우선하였기 때문이다.[8] 즉 요시다는 제국 간 협조에서 비로소 제국의 안정적 운영이 가능하다고 판단하고 있었으며, 이를 실현하는 과정에서 국제사회의 관습과 협상을 통해 지국 이익을 확대해 나가는 입장을 굳히고 있었다.

한편 1931년 9월에 발생한 만주사변을 계기로 고조되던 대일비판에 대해 요시다는 일본 정부, 특히 군부가 주도하는 대중강경책을 견제하고 있었다. 대륙 경영에만 의지한 자립경제만으로는 일본의 생존 발전이 불가능하며, 특히 영국과 미국 등과의 협조 하에서 점진적인 대륙 진출을 지향해야 한다는 것이 요시다의 생각이었다. 뿐만 아니라 1932년 2월 제네바에서 열린 국제연맹 총회에 참석 후 마키노에게 보낸 서한에서는 불과 얼마 전까지만 해도 대국의 지위를 누리던 일본이 침략국으로 낙인찍혀 대국으로서의 지위가 하루아침에 실추되어 국제무대에 설 자리를 잃게 되었다고 한탄하였다.[9] 그리고 당시의 서양제국의 의구심이 일본의 독일과 이탈리아에 대한 접근에서 비롯되었다고 보고, 일본 정부에게 그 시정을 강력히 요구하면서 일독반공협정에 이르기까지 줄곧 반대하는 입

---

7) 위의 책, 609면.
8) 原彬久, 『吉田茂 : 尊皇の政治家』, 41-42면.
9) 앞의 책, 『吉田茂書翰』, 628면.

장을 표명하였다. 요시다가 독일과의 제휴를 반대한 이유는 "일본의 군부는 나치스 독일의 실력을 실제보다 높게 평가하고 있었다. 독일은 세계대전에서 연합군에게 패배 당한 데다가 또 해외의 영토마저 전부 잃어버렸기 때문에 아무리 독일 민족이 위대하다고 하더라도 20년 밖에 안 되는 기간에 영국, 프랑스, 나아가 미국과 대립할 수 있을 만큼 회복할 수는 없다. 한편 영국과 미국은 세계에 널리 퍼져있는 광대한 영토와 풍부한 자원을 가지고 있다. 거기에다 오랜 기간 동안에 배양된 정치적·경제적인 저력을 무시할 수가 없는 것이다."는 것으로,[10] 이는 요시다가 얼마나 영국과 미국 등을 대국으로 평가하고 그들과의 협력을 지향했는지 알 수 있는 대목이다.

요시다는 반소친영미적인 인식을 언제나 보이고 있었지만 결코 소련과 중국을 동일시하지는 않았다. 그는 중국은 결코 소련의 지배를 받거나 종속적인 국가가 될 수 없다고 평가하고 중국과는 협력해야 한다고 주장하였다.[11] 이러한 요시다의 중국인식은 중국이 앞으로 언젠가는 강국으로 발전하고 타국의 지배를 받지 않을 것이라는 점에서 1898년 당시 수상이며 외상을 겸직하고 있었던 오쿠마 시게노부(大隅重信)의 중국인식과 그 맥을 같이 하고 있었다. 오쿠마는 동방협회(東方協會) 제7차 총회 연설에서 "생각하건대 중국인은 지금 수면 중에 있음을 알아야 한다. 잠에서 깨어나면 반드시 강국으로 발전할 것이다. 한 번은 영웅호걸의 지사(志士)가 나타나서 대중이 품고 있는 애국심과 충성심을 더 높이면 4억의 국민은 세계에서 비교할 수 없는 충신으로 변할 것이다. (…중략…) 중국인은 아프리카인이나 인도인과는 다른 민족이다."라고 밝힌 바 있었다.[12]

---

10) 吉田茂, 『回想十年』 第1卷, 新潮社, 1958, 44-45면.
11) 앞의 책, 『吉田茂の遺言』, 82면.

한편 요시다는 한국에 대해서는 방위적 관점에서 인식하고 있었다. 1912년 안동(安東) 영사가 되어 익년 1월부터 조선총독부의 서기관 직을 약 4년간 겸직하게 된 요시다는, 당시 영사의 통상적 업무보다는 압록강가의 삼림지대를 곳곳으로 누비면서 식민지의 자원 채취에 몰두하고 있었다.[13] 그리고 마침내 "청일전쟁이나 러일전쟁은 침략전쟁이 아니며 자위(自衛)의 전쟁이었음에 한 점의 의심도 없다."고 주장하기에 이른다. 이는 요시다가 일본을 위한 안보적 가치라는 관점에서 한반도에서의 일본의 군사적 활동을 불가피하다고 인식하고 있었기 때문이다. 그리고 이러한 요시다의 논리는 메이지 시대의 정치가들과 지식인들의 인식을 그대로 따르고 있는 것이라고 볼 수 있다. 즉 오이 겐타로(大井憲太郎)의 '조선제방론(朝鮮堤防論)'이나, 한반도는 일본의 독립을 유지하기 위하여 꼭 지켜야 하는 외곽방어선이라는 야마가타 아리토모(山縣有朋)의 '조선이익선론(朝鮮利益線論)'과 같은 논리를 요시다의 자위론에서 엿볼 수 있다. 오이 겐타로는 자유민권운동에 종사하면서 중의원 의원을 지냈으며 노년에는 남만주철도주식회사(南滿州鐵道株式會社)와 관련된 대외 강경론자로 활동하였던 인물로서, 1892년 자유당 결성 취지문에서 "우리 일본은 아시아 혁신의 지도자로서 그 임무를 다해야 한다. 특히 조선은 우리나라의 제방임을 알아야 한다. 한 번 둑이 터지면 그것이 일본에 미치는 환란은 셀 수 없이 크다. 그러므로 우리는 부지런히 그 둑을 구축해야만 한다."고 주장한 바 있다.[14] 또한 야마가타 아리토모는 일본 제국 육군 원수이자 일본 총리를 두 번 지낸 인물로서 "국가의 독립과 자위에는 두 가지 길

---

12) 渡辺幾治郎, 『日本近世外交史』千倉書房, 1938, 301-306면.
13) 앞의 책, 『吉田茂の遺言』, 18면.
14) 平野義太郎, 『馬城 大井憲太郎伝』風媒社, 1968, 297면.

이 있는데 첫째는 주권선을 지켜서 외국의 침략을 막고, 둘째는 이익선을 방어하는 것이다. (…중략…) 열국 가운데 국가의 독립을 유지하려면 주권선을 수호하는 것만으로는 충분하지 못하며 반드시 이익선을 방어해야 한다. (…중략…) 우리나라의 이익선의 초점은 조선이다"라고 주장하였다.[15] 이처럼 요시다가 아시아를 제국 일본을 위한 수단으로 이용하고자 했던 이들의 인식을 많은 부분 계승하고 있으며, 나아가 아시아에서 확보한 일본의 특권을 이용하여 방위 이익의 발판으로 삼거나, 영국과 미국 등 제국들을 중심으로 한 보편주의적 국제질서에 참여하고자 하였던 것이다.

3. 전후 일본과 요시다의 아시아 인식

3.1. 요시다의 패전 인식

일본은 1945년 패전과 함께 미군정에 의한 기존의 정치질서가 전면적으로 부인되는 혁명적 상황을 맞았다. 그러나 패전의 실의와 허탈감에 빠져있던 대부분의 일본인들과는 달리 요시다는 누구보다도 이른 시기에 환경적 변화에 대한 적절한 대응책을 모색하고 있었다. 요시다는 연합군의 일본 진주가 개시되기 바로 전날인 8월 27일, 궁정 정치가이며 천황제 옹호자인 하라다 구마오(原田熊雄) 앞으로 보낸 한 서한에서 그 기본 구상을 밝히고 있다. "드디어 올 것이 왔습니다. 만일 악마에게 자식

15) 日本國際政治學會編, 『日本外交史研究 明治時代』 有斐閣, 1957, 186-195면.

이 있다면 도조(東條)야말로 그 자식입니다. 지금으로 봐서는 우리가 패배한 모습 또한 동서고금에 일찍이 없었던 모습이라고 하겠습니다. 그러나 황국재건의 기운 또한 감추어져 있습니다. 군이라고 하는 정치의 암적 요소를 제거하고 세계를 밝고 깨끗하게 하며 군민도의를 앙양하고 외교를 일신시켜야 하며, 제국의 진수를 더욱 발휘하게 한다면 이번 패전은 꼭 나쁜 것만은 아닙니다. 비온 뒤에 천지는 더욱 아름다워집니다. 여하튼 천황의 결단에 의한 전쟁 종결에 오직 감격할 뿐, 진심으로 하늘이 아직도 우리를 버리지 않은 것으로 생각됩니다."[16]라는 것이 요시다의 패전인식이었다. 이와 같은 맥락은 외교시보(外交時報)의 편집자인 한자와 교쿠조(半澤玉城)에게 보낸 9월 2일자 서한에도 잘 나타난다. 즉 요시다는 이 패전이 꼭 나쁜 것만은 아니라며 영국의 예를 들어 쓸데없이 실망낙담하지 말라고 위로하고 이어서 "메이지유신의 그때로 돌아가 더욱 개국진취(開國進取)하여 널리 지식을 세계에서 구하고 도의의 앙양을 위해 노력하며, 외자 기술을 대대적으로 초치하여 새로 보강의 책을 세워야 한다."라고 강조하였다.[17] 식민지의 상실에 대해서도 요시다는 낙관적으로 인식하고 있었다. 즉 일본의 현실이 미국 독립전쟁에서의 패배 직후의 영국과 흡사하다는 것이다. 영국은 이 전쟁을 통해 유럽의 다른 국가들과 대립하여 고립무원의 상태가 되었을 뿐만 아니라 식민지 13주를 잃는 지경이 되었지만, 오히려 그 시기에 부흥의 기운을 쌓아서 19세기의 위대한 영국을 건설하는 역사적 족적을 남겼다고 강조하고, 일본이 영국을 교훈삼아 나간다면 재기할 수 있을 것이라고 요시다는 믿고 있었다.[18]

---

16) 勝田龍夫, "吉田茂氏の手紙", 『日本経済新聞』, 1975년 11월 19일.
17) 앞의 책, 『吉田茂書翰』, 558면.
18) 위의 책, 554-555면.

이후 요시다는 9월 17일 전후 초대 내각인 히가시구니 노미야(東久爾宮)내각의 외상으로 입각하여 점령군과 일본 정부 간을 잇는 가교 역할을 맡았다. 그리고 시데하라 기주로(幣原喜重郎) 내각에서도 "전쟁에는 졌지만 외교에서 승리해 보인다."[19]는 각오로 연합군 총사령부와의 교섭에 열중하였다.

1949년 말 중국의 공산화는 미국으로 하여금 일본의 전략적 가치에 관한 종래의 인식을 결정적으로 변화시켰다. 즉 일본은 아시아에서 미국 전략방위선의 제1선을 구성하는 지위로 부상하게 된 것이다. 중국 공산화에 이어 1950년 공산 베트남이 성립되고 중소우호동맹조약이 체결됨에 따라 미국의 입장에서는 일본의 자주독립과 아시아 공산화를 저지하는 기지로서의 일본의 필요성이 더욱 절실한 과제가 되었다. 이에 더해 한국전쟁은 미국이 일본에게 '자유세계에 대한 공헌'을 강력히 요구하게 되는 객관적 환경을 제공하는 결과를 가져왔다.

3.2. 요시다의 한국 인식

일본은 패전과 동시에 외교권을 상실한 점령기를 보내게 되었고 아시아와의 관계 또한 일본에게는 독자적인 외교적 과제가 될 수 없었다. 하지만 예외적으로 한국과의 관계에 있어서는 우선 일본에 재일한국인이 존재하는 것에 더해, 미소냉전에 의해 분단된 한반도가 냉전의 쟁점이 됨으로써 이것이 일본 안보문제와 겹치게 되었다. 그러나 요시다의 한반도에 대한 입장은 기본적으로 소극적이었으며 직접적인 관계를 극소화

19) 鏑木清一,『日本政治家100選』秋田書店, 1972, 170면.

하려고 하였다. 패전 직후 전쟁의 강제 징발자를 중심으로 약 2만 명의 한국인이 일본에 있었다고 추정되지만 그 과반수는 46년 초까지 한국에 돌아갔다고 한다. 그리고 1946년 5월 요시다 내각 출범 당시에는 약 6만 명의 재일한국인이 남아있었는데, 요시다는 재일한국인 조기 귀국을 재촉할 뿐 아니라 강제송환을 점령 당국에 청하기도 하였다. 그 이유로는 재일한국인의 존재가 미국의 식량지원에 대한 부담을 가중시키고 있으며, 그들 대부분은 생산적인 활동이나 일본의 부흥에 기여하지 않으며 범죄자나 공산주의자가 대부분이라는 것이었다.[20] 그러나 요시다의 의중은 재일한국인을 송환함으로써 한국과의 직접적인 유대를 끊으려고 하는 것에 있었는지도 모른다. 한국과의 관계에서 적극적인 태도를 보이지 않았던 것도 바로 그런 이유에서였을 것이다. 이에 요시다 내각 시절에는 냉전으로 대립하는 북한과는 물론 한국과의 관계 또한 진전되지 않았다.

한일수교 협상은 미국의 희망 아래 샌프란시스코 강화조약 서명 직후부터 시작되었지만 처음부터 순조롭게 진행되지 않았다. 1952년 2월 제1차 한일회담은 청구권, 어업권 문제로 대립이 풀리지 않고 무산되었다. 이는 중일평화조약이 샌프란시스코 강화조약 발효 직전에 발효된 것과는 대조적이었다.[21] 1953년 1월에는 마크 클라크(Mark Wayne Clark) 미 극동군 총사령관의 초청으로 이승만 대통령이 방일하여 요시다와의 회담이 이루어졌다. 함께 참석한 당시 외무장관이었던 김용식의 회상에서 약 70분의 회담 중 이승만이 45분 말한 데 비해 요시다는 15분 발언하는 것에 불과했다는 것을 알 수 있다. 또한 요시다는 "과거의 잘못은 일본 군국주의자들 때문입니다. 앞으로는 절대로 그런 일은 일어나지 않을 것

---

20) 金太基,『戰後日本政治と在日朝鮮人問題』, 勁草書房, 1997, 576-580면.
21) 吉澤文壽,『戰後日韓關係：國交正常化交渉をめぐって』クレイン, 2005, 37면.

임을 확신합니다."[22]라고 밝혔지만, 그러한 발언은 요시다의 외교적 배려에 불과했다는 것이 이후 그의 회고에서 밝혀진다. 즉 요시다의 본심은 "일본의 한국 통치가 한국 국민에게 고통만 안겨 주었다고 하는 사실에 매우 반대한다. 오히려 일본이 한국의 경제발전과 민생향상에 기여한 점을 공정하게 평가해야 한다."는 것이었다.[23]

반면 요시다는 한국이 일본의 안보에 있어서 중요성을 가진다는 인식에는 이전과 다름이 없었다. 요시다의 지시에 따라 대일강화 준비를 위한 일본의 비무장에 관한 이상적 방안에 대한 검토가 이루어졌는데, 그것은 이후 "일본의 입장에서의 이상적인 안전보장방안(日本からみて理想的な安全保障案)"이라는 문서로 작성되었다. 요시다는 조약체결 전에 재군비는 반대한다는 명분을 취하면서도 실제로는 재군비를 해야 될 것이라고 전망하고 있었다. 당시 요시다는 "한국의 비무장화를 생각하면 어떨까. 소련의 일부 비무장도 아울러 생각하면 어떨까."라고 발언하고 재군비를 하지 않는 일본의 안보를 한국과 연결하는 발상을 제시하기도 하였다.[24] 요시다가 일본의 비무장을 전제로 한 국제협정에서 한국의 비무장을 생각한 배경은 분명하지 않지만, 한반도와의 관계를 일본에게 있어 안전보장이라는 관점에서 보는 것은 요시다의 만년까지 일관된 태도였다. 또한 1965년 한일수교 전 단계에서 요시다는 "한반도가 일본의 국가적 안전에 중대한 관계를 갖는다는 것은 이제 와서 말할 필요도 없다. 청일전쟁도 러일전쟁도 그 시작은 모두 한반도였다."고 강조하고, 아시아의 방공

22) 柳町功, "戰後日韓關係の形成とその經濟的側面；担い手たちの行動を中心に", 『経濟學研究』 71(1) 2004.5, 54면.

23) 吉田茂, 『世界と日本』 (1963) 中公文庫, 1991, 148면.

24) 『外文調書一』 "10月5日官邸集會備忘錄(記)", 680면 (中西寛 "吉田茂のアジア觀：近代日本外交のアポリアの構造", 『國際政治：吉田路線の再檢証』 151, 2008, 26면 재인용).

체제 강화의 관점에서 조기 한일국교정상화를 위해 한일 양국 정부는 청구권 문제에 구애받아서는 안 되며 "전체적 입장에서 대세를 따라 처리해야 한다."고 주장하였다. 즉 요시다는 한국과의 민족적 교류에는 그 의의를 두지 않고 국제질서 속에서 한국문제를 생각하였다는 점에서는 늘 일관된 모습을 보이고 있었다.[25] 그럼에도 불구하고 요시다는 한국의 안보문제에 대해서 직접 관여하고자 하지는 않았다. 일본이 직접 관여하지 않고 서방국가를 지원함으로써 일본의 국익을 실현하는 것이 목적이었기 때문이다.

3.3. 요시다의 중국 인식

한국 문제와는 대조적으로 요시다는 전후 일본의 외교 과제로서 중국과의 관계에 대해서 많은 심혈을 기울였다. 이는 요시다가 노년의 한 인터뷰에서 "동양의 문제는 결국 중국이라는 문제라고 생각합니다. 베트남의 문제도 아니고 조선 문제도 아니며 대만의 문제도 아니며 (…중략…) 중국의 인심을 얻는 것이 동양의 외교로서 중심문제여야 한다고 생각합니다만"라고 말하였던 점에서도 알 수 있다.[26] 그러나 요시다의 대중정책에 대해서는 여전히 논쟁이 많다. 예를 들어 고사카 마사타카(高坂正堯)는 "요시다 시게루의 중국에 대한 견해는 결코 확고한 것이 아니라 흔들리거나 가끔은 모순된 것이었다."고 밝히고 있으며, 호소야 치히로(細谷千博)는 요시다가 대만과의 강화조약 체결을 표명한 이른바 "요시다 서한(吉田書簡)"은 미국의 압력에 굴복한 것으로 요시다의 본의는 아니었다고 해

25) 앞의 책, 『世界と日本』, 147-148면.
26) 吉田茂記念事業財団編, 『人間吉田茂』, 中央公論社, 1991, 629-630면.

석한 것에 반해, 왠커친(袁克勤)은 요시다는 원래 대만과의 강화를 원했다고 분석하였다. 그러나 진조빈(陳肇斌)은 이들의 주장을 모두 비판하며 요시다는 '두개의 중국' 노선으로 시종일관했다고 주장하고 있다.[27] 하지만 나카니시 히로시(中西寛)가 지적하는 것처럼 요시다의 대중정책에 관한 외교 사료의 대부분은 미국과 영국과의 협상에 관여해 있기 때문에, 외교 사료에 한정해서 보면 요시다의 최대 관심은 미영일 삼국 간의 대중정책 공조에 있었다는 것을 알 수 있다. 즉 요시다는 중국이 하나이냐 두개이냐 그 이상이 되느냐는 것보다 미국, 영국, 일본 삼국의 일치된 중국정책으로 중국을 자유주의 진영에 끌어들이는 것을 중시하고 있었다.[28]

요시다는 자신의 중국 인식에 따라 장래의 중소 갈등의 가능성에 대해서도 피력하였다. 즉 "중국인은 오랜 전통과 역사를 가지고 있으며 스스로 중화라고 부르고 다른 나라, 최소한 아시아 국가들에 대해서는 우월감을 여전히 가지고 있다. 소련인은 어느 쪽이냐 라고 하면 공상, 몽상의 이론을 펼치면서 하나의 사회 이론을 만들고 있는 것에 비해 중국인은 현실적이고 이해관계에 있어 대단히 예민하다. 이 두 나라가 오랫동안 제휴해 나간다는 것은 국민의 성격 및 환경의 차이에서 믿기 어렵다."라고 전망하였다.[29] 더불어 일본의 역할에 대해서는 "중국의 개국방침은 중국인을 위해서도 동남아시아 개발을 위해서도 세계경제를 위한 최선의 정책임을 알고 중국인을 선도하는 데 힘을 쏟아야 할 것이다. 지리상 역사상 가장 관계 깊은 일본은 개국 정책의 실행을 선도할 위치

27) 陳肇斌, 『戰後日本の中國政策』, 東京大學出版會, 2000, 1-6면.
28) 中西寛, "吉田茂のアジア觀：近代日本外交のアポリアの構造", 『國際政治：吉田路線の再檢証』 151, 2008, 27면.
29) 吉田茂, 『回想一〇年』 第1卷, 中央公論新社, 1998, 307면.

에 있다."고 주장하였다.[30] 이러한 주장은 전전의 '아시아 맹주론'과 같은 맥락에서도 읽혀질 수 있는 대목으로, 요시다는 중국을 끊임없이 의식하며 중국 문제의 중요성을 시종일관 주장하면서 마침내 그러한 중국을 선도할 나라는 일본이라는 결론에 도달한 것이다.

반면 그는 1950년대 말 일본 내에서 중국과의 무역에 과다한 기대를 품고 안이한 대중 접근을 꾀하는 것에 대해서는 비난하였다. 즉 "중국과의 무역을 너무 과대하게 평가하는 것은 이상하다고 생각한다. 옛날과는 전혀 사정이 다르다. 혹시 중국에 수출입의 여력이 있다면 그것은 소련으로 가 버린다."는 것이 요시다의 생각이었다.[31] 또한 60년대는 대만과의 관계를 단절하고 중국을 승인한다는 의견에 대해 중국이 여전히 호전적 자세를 고치지 않고 있으며 "그 공업화 등의 표면을 예찬할 뿐 올바른 판단을 하지 않는 일본의 대부분의 인사의 경향은 놀라울 정도다. 그런 풍조 속에서 중국과의 접촉을 추진하는 것은 일본인으로서 특히 경계해야만 한다."라고 비판하였다.[32] 이상에서 살펴본 바와 같이 요시다의 중국 인식도 문명세계에 속하는 일본과 그렇지 않은 '아시아'라는 틀, 즉 전전의 아시아 인식에서 기인한다고 볼 수 있다. 즉 요시다에게 있어 중국은 어디까지나 서양제국의 협조를 도모하는 장소로서 중요했던 것이다.

1972년의 중일국교정상화는 양국의 경제적 이익은 물론 군사·안보적인 측면에서도 크게 기여하였다. 요시다는 일찍이 1951년 12월 24일 당시 미국 국무장관 델레스에게 "일본정부는 일본의 우방인 중국과의 전면적인 정치적 평화와 통상관계의 수립을 희망한다."는 서한을 보낸 바 있

30) 앞의 책, 『回想一〇年』 第1卷, 308면.
31) 吉田茂, 『大磯隨想』 (1962) 中文庫, 1991, 39면.
32) 앞의 책, 『世界と日本』 143면.

었다.[33] 즉 요시다의 전략은 중국을 아시아 지역에서 고립시키는 것이 아니라 아시아 지역에 편입시키고자 하는 것에 있었으며, 그것이 바로 일본의 국익과 아시아 지역의 평화와 안정에 도움을 가져올 수 있을 것으로 판단했기 때문이다.[34]

4. 결론

요시다에게 있어 패전은 상실과 허탈감이 아니라 메이지유신 이후의 일본, 즉 아시아에서 유일하게 문명화에 성공한 일본이 아시아의 새로운 문명론적 중심이 되어 아시아의 지도자가 되고자 했던 그때로 회귀할 수 있는 절호의 기회였다. 따라서 근대 일본이 대내외적인 압력에 대한 극복 또는 하나의 대안으로서 아시아를 인식했던 것과 같이, 요시다는 전후 일본에서 아시아를 방위적 관점에서 이해하거나 아시아를 선도하고자 하였다. 즉 요시다는 공산화된 중국이 소련 진영에서 이탈해서 궁극적으로는 영미중심의 문명 세계로 선도하는 것이 일본의 역할이라고 여겼다. 한국에 대해서는 중국 정책과는 대조적으로 기본적으로 소극적인 입장이었지만, 미국을 중심으로 한 서방의 방침을 지원함으로써 일본의 안보 이익을 확보하고자 했다는 특징을 드러낸다.

요약하자면 요시다의 아시아 인식의 핵심은 국가전략상 적합한 국제적 협력관계 유지, 그리고 그것을 위한 아시아 외교에 근간을 두고 있다

33) 入江通雅, 『戰後日本外交史』, 嵯峨野書院, 1978, 163면.
34) 竹田いさみ, “多國間主義の檢証”, 『國際政治』 133, 2003, 67면.

는 것을 알 수 있다. 따라서 요시다에게 있어 아시아의 문제는 일본이 국제적 위상을 획득하기 위한 수단으로 밖에는 인식될 수 없었던 구조적인 문제를 안고 있었던 것이다. 이는 본질적으로는 메이지시대 이후 근대 일본의 아시아 외교가 내포하는 구조적 문제, 즉 문명세계에 속하는 일본과 그렇지 않은 '아시아'라는 틀에서 출발한 것으로, 이는 요시다가 전전부터 전후에 걸쳐 아시아에 대한 중요성을 강조하면서도 결과적으로 아시아 외교에서 큰 성과를 이루지 못한 이유이기도 하다.

집필진 소개

- 김준연(金俊淵) : 고려대학교 중어중문학과 교수
- 우위핑(吳雨平) : 중국 소주대학 교수
- 오가와 도시야스(小川利康) : 일본 와세다대학 교수
- 이경철(李京哲) : 동국대학교 일어일문학과 교수
- 이지민(李知珉) : 고려대학교 중일어문학과 박사과정
- 박지현(朴祉炫) : 고려대학교 중일어문학과 석사과정
- 최혜선(崔惠善) : 고려대학교 중일어문학과 박사과정
- 허설영(許雪英) : 고려대학교 중일어문학과 박사과정
- 장만니(張曼妮) : 고려대학교 중일어문학과 석사과정
- 한원미(韓元美) : 고려대학교 중일어문학과 박사과정
- 서승원(徐承元) : 고려대학교 일어일문학과 교수
- 왕샹위안(王向遠) : 중국 북경사범대학 교수
- 왕즈쑹(王志松) : 중국 북경사범대학 교수
- 김문경(金文京) : 일본 교토대학 교수
- 김지혜(金智慧) : 고려대학교 중일어문학과 석사과정
- 고명주(高明珠) : 고려대학교 중일어문학과 박사과정
- 김은주(金恩珠) : 고려대학교 중일어문학과 박사과정
- 박창욱(朴昶昱) : 고려대학교 중일어문학과 박사과정
- 김 욱(金 旭) : 고려대학교 중일어문학과 박사과정
- 김남은(金男恩) : 고려대학교 중일어문학과 박사과정

번역자 소개

- 고운선_고려대 강사
- 이현복_고려대 중국학연구소 연구교수
- 홍서연_고려대 강사
- 안예선_고려대 강사
- 정지수_고려대 강사

BK21 Plus 중일언어문화교육연구단 학술총서 01

문화 DNA의 관점에서 바라본 동아시아

초판 1쇄 인쇄 2015년 8월 3일
초판 1쇄 발행 2015년 8월 10일

편저자 김준연 · 서승원
펴낸이 이대현
편 집 오정대
디자인 이홍주
펴낸곳 도서출판 역락
서울시 서초구 동광로 46길 6-6 문창빌딩 2층
전화 02-3409-2058(영업부), 2060(편집부)
팩시밀리 02-3409-2059
이메일 youkrack@hanmail.net
역락블로그 http://blog.naver.com/youkrack3888
등록 1999년 4월 19일 제303-2002-000014호

ISBN 979-11-5686-234-5 93800

정 가 27,000원